2 그대 앞에 등불되리

박희채·박희섭 공저

2 그대 앞에 등불되리

박희채·박희섭 공저

다차원북스

일러두기

고려시대의 역사적 이해를 돕고 인명의 혼동을 피하기 위하여 1권 말미에 각 인물들의 약력을 간단히 수록했습니다.(자세한 것은 한국인물사전 참조) 참고하시기 바랍니다.

1권 차례

7

먼저 세상을 살았던 역사적 인물들의

숨은 진면목과 격정적인 삶의 궤적을 뒤쫓으면서

등장인물들의 다채로운 인생 역정과

사랑과 복수, 순정과 야망의 행로는

단조로운 일상에 젖어 무기력해진 우리 현대인의 삶을

되돌아보는 계기가 될 것이다.

- 작가의 말 중에서

7부

七月ㅅ 보로매, 아으 百種 排ᄒ야 두고
니믈 한ᄃᆡ 녀가져, 願을 비ᅀᆞᆸ노이다
아으 動動다리

칠월(七月) 보름에, 아아! 온갖 음식으로 제사드리니

저승일지라도 임과 함께 가고자, 소원을 비옵니다

아으 動動다리

1

건덕전 뒤편에 자리한 문덕전(文德殿).

시원한 바람이 통하도록 분합문이 활짝 열린 넓은 전각(殿閣)에는 지금 두 사람이 바둑에 열중하고 있다. 그들과 두어 보 떨어진 양옆에는 열일곱 살가량의 얼굴이 예쁘장한 지밀내시(至密內侍) 두 명이 무릎을 꿇은 자세로 미동도 않고 앉아 있다.

옥색 모시 도포를 입은 채 바둑판을 유심히 들여다보는, 얼굴이 맑고 갸름하며 보기 드물게 귀한 티가 나는 이는 공민왕이다. 맞은편에서 좀 한가한 표정을 짓고 있는 붉은 무관복의 청년은 호군 윤호다. 둘다 비슷한 연배라 언뜻 보면 다정한 친구끼리 수담(手談)을 즐기는 것처럼 보인다.

공민왕의 미간에 약간 곤혹스런 기색이 떠오른다. 상대의 수를 읽기가 까다로운 것이다.

"원에 있을 때보다 한결 행마가 날카로워진 것 같구나."

"과찬이십니다, 전하."

늦여름 오전 햇살이 내리는 문 바깥을 바라보던 윤호가 얼른 시선을 돌린다.

"윤 법사사(法司事)가 바둑을 잘 둔다지?"

수읽기를 마친 공민왕이 검은 바둑돌을 들어 판에 내려놓는다.

"소신(小臣)의 아비 말씀입니까?"

윤호의 부친은 윤해(尹侅)라는 벼슬아치로 삼사좌윤을 거쳐 지금은 지전 법사사(知典法司事)로 있다.

"그래. 만약 조윤통이 살아 있었으면 좋은 호적수가 되지 않았을까?"

공민왕이 말한 조윤통(曹允通)은 충렬왕 때 호군 직책에 있으면서 바둑으로 크게 이름을 떨친 사람이다. 마침내 소문을 들은 원 세조 쿠빌라이의 초치를 받게 되었다. 그와 바둑을 두고 난 다음에 원 세조는 그의 실력을 높이 사서 포마차부(鋪馬箚付)를 내렸다. 포마차부란 임의대로 역마를 사용할 수 있는 권한으로, 언제든지 마음대로 본국을 왕래할 수 있도록 하기 위한 조치였다.

"소신 소견으로는 두 점 접바둑이면 상대가 될 것이라고 여겨집니다."

윤호가 재빨리 다음 수를 놓는다.

"음, 그 정도인가."

"예. 소신이 어릴 적부터 조윤통이 가히 천하에 적수가 없을 만큼 대단한 고수라고 들었습니다."

"그건 그렇고 너와 이렇게 바둑을 두고 있자니 모처럼 만사가 태평한 듯하구나."

공민왕이 문득 씁쓸한 감회를 담고 말한다. 말투에는 그동안의 피로감이 적지 않게 묻어 있다. 큰 잔치를 치른 다음이어서 그럴 것이다.

그저께만 해도 공민왕은 근 한 달 동안을 나라의 정사는 제쳐두고 원나라에서 건너온 만만태자(巒巒太子) 일행을 접대하는 일에만 매달려 있었던 것이다. 태자 일행을 접대하기 위한 재물만도 소가 칠백 두에, 술을 빚는 쌀만도 일천 석이 든 큰 행사였다. 그렇게 보름 넘게 흥청망청 국고를 탕진하며 주지육림으로 배를 채운 만만태자 일행이 그저께야 겨우 원나라로 떠나간 것이다.

"소신, 뭐라 드릴 말씀이 없습니다."

"그래, 다 나라 힘이 약한 탓인 게지."

말끝에 공민왕이 가볍게 한숨을 내쉰다. 맑은 미간에 자조적인 그늘이 드리워진다. 가뜩이나 섬세한 성격인지라 내색은 않았지만 그동안 겪었던 태자 일행의 오만 방자한 언행이 마치 체증처럼 가슴에 남아 있는 탓이다.

"그렇습니다."

"요즘 기씨 일파의 움직임이 어떠하냐?"

"조일신의 난 이후로 아직 이렇다 할 동태를 보이지 않고 있습니다."

"그래? 그나마 다행이구나."

바깥에서 멈췄던 매미소리가 다시 시작되고 있다. 마치 소나기처럼 매미소리가 천지에 자욱하다. 집현전 뒤편에 특히 활엽수가 많아서일 것이다.

"그러하오나 전하."

시선은 바둑판을 향한 채 윤호가 말한다.

"말하려무나."

"요즘 전라도와 양광도에 나날이 왜구의 출몰이 늘어나서 백성들의 근심이 깊어지고 있다 하옵니다."

탁, 소리를 내며 윤호가 반상에 흰 돌을 내려놓는다.

"그에 관한 장계는 이미 받았어. 그리 염려할 만한 정도는 아닌 듯한데……."

"불은 초기에 끄는 게 가장 쉽다고 들었습니다."

"그래. 그렇다면 짐이 곧 도순찰사를 토왜사(왜구를 토벌하는 장수)로 내보내도록 조치하마."

"하오나……."

다른 기미를 느낀 공민왕이 바둑판에 두었던 시선을 들어 윤호를 응시한다.

"뭔가? 말해 보아라."

"감히 청하옵건대 소신을 그리로 보내주셨으면 합니다."

"너를 말이야?"

"예."

"그러해야 할 무슨 연유라도 있느냐?"

"무관으로 공을 세우고 싶습니다."

윤호가 이런 의견을 낸 것은 왕의 호위를 맡는 일에 얼마간 싫증을 느낀 때문이었다. 그는 공민왕이 세자일 때부터 죽 호위무사로 음지에서 지내왔다. 하지만 이제 왕권은 어느 정도 안정을 되찾고 있다. 아울러 조일신의 난이 평정되면서 한동안 조정이 평안하리라는 점을 누구보다 잘 알고 있는 그였다.

따라서 이참에 권문세가들의 탐욕과 시기, 음모와 술수가 판치는 궁궐을 떠나서 진정한 무관으로서의 역할을 해보고 싶은 마음이 생겼던 것이다. 서해를 비롯한 바다에서 수시로 출몰하는 왜구들의 잔인한 노략질에 대해 그도 들은 바가 있었다. 그래서 이참에 왜구들을 소탕하는 일에 자신의 능력을 시험해보고 싶었다.

또한 그 속에는 유정을 향한 그의 복잡한 심사도 포함되어 있다. 개경에서 멀리 벗어나 자신의 직무에 열중함으로써 유정에게 기울어진 자신의 애정을 정리하고자 하는 마음도 없지는 않았던 것이다.

"무관으로서 공을?"

"예, 전하. 활을 쏘고 말을 달리며 그간 배웠던 무술을 펼쳐보고 싶습니다."

"허면 여태껏 네가 맡았던 짐의 호위는 누가 맡는단 말인가?"

말투에는 윤호를 곁에 두고 싶어하는 심정이 은연중 드러난다. 원나라에서부터 항상 친구처럼 얘기 상대가 되어주고, 조일신의 난 때도 몸을 아끼지 않고 자신을 구해 준 윤호를 믿고 아끼는 마음에서다.

"무예에 능한 무사 한 사람을 추천할까 합니다만……."

"누굴 말인가?"

"소신의 동문 후배로 무영이라 하옵니다."

"무영이라, 나이가 얼마인가?"

"소신 듣기론…경진생이라고 들었습니다."

공민왕의 눈길이 힐끗 윤호의 이마를 스치고 지나간다. 시선은 곧장 우측에 부복한 지밀내시에게 가서 멎는다.

"거기 김 내시는 몇 년생인가?"

"무인생이옵니다."

다시 윤호에게 돌아온 공민왕의 눈길에 조금의 힐난이 담겨 있다.

"저 내시 또래보다 어린 아이가 나를 경호한단 말인가?"

"하오나 그 아이는 소신보다 무술 실력이 뛰어난 것은 물론이고 담략이 있고 총명하여 전하를 잘 호위할 것이라 사료되옵니다."

"아니 된다."

공민왕의 말투가 딱딱하게 굳는다.

"전하, 통촉하여 주옵소서."

"어허, 아니 된대도…그나저나 이번 판은 짐이 졌구나."

바둑판을 내려다보며 공민왕이 말한다. 더 이상 그 말을 꺼내지 말라는 무언의 신호다. 실망한 듯 윤호가 입술을 깨물며 골똘한 생각에 잠긴다.

"치워라."

어명이 떨어지자 곧 양편에 앉아 있던 내시 두 명이 무릎걸음으로 다가와서 흩어진 바둑판 돌을 깨끗하게 정리하기 시작한다.

"어떤가? 그냥 두기엔 심심하니 이번에는 짐과 내기를 한번 해보는 게……."

공민왕이 바둑판의 돌을 통에 집어넣는 내시의 모습을 무심히 바라보며 말한다.

"전하, 내기라니요?"

"원에서도 자주 짐과 내기 바둑을 두었지 않느냐."

"그건 그러하옵니다만……."

"여기라고 내기를 못하란 법이 어디 있을까."

곧 바둑판을 정리한 두 명의 내시가 무릎걸음으로 소리 없이 자신의 자리로 물러가 앉는다.

"어떤 내기를 하시려는지요?"

"흠, 지는 쪽이 고시(古詩)를 써서 내놓는 게 어떠하냐?"

"고시 말씀입니까?"

"그래. 네가 글을 잘한다는 얘기, 짐이 들은 바 있느니라."

"송구스럽습니다, 전하."

"자, 그럼 시작하도록 하지."

공민왕이 먼저 바둑판의 화점에 세 개의 검은 돌을 놓았다. 바둑 실력이 좋은 윤호에게 세 점 치수의 접바둑을 두는 것이다.

"너, 혹 바둑내기에 사랑하는 아내를 내놓아 빼앗긴 얘기를 아느냐?"

이십여 수가 오간 뒤 문득 기억난 듯 공민왕이 묻는다.

"소인, 과문(寡聞)하여 들은 바가 없습니다."

이미 알고 있지만 짐짓 모르는 척하는 윤호다.

"그럼 들어 보아라."

공민왕이 바둑을 두며 얘기를 시작한다.

중국 상인 중에 하두강(賀頭鋼)이란 자가 바둑을 잘 두었다. 그는 장사차 예성강에 왔을 때 주막집에서 한 아름다운 여인을 발견하고 그녀를 빼앗으려 마음먹었다. 하두강은 마침 여자의 남편이 바둑을 좋아한다는 사실을 알아냈다.

그는 여자의 남편을 불러 내기바둑을 시작하였다. 처음엔 자주 져주면서 내기를 계속 곱절로 걸었다. 결국 여자의 남편은 재물이 탐 나서 아내까지 내기에 걸고 말았다. 일이 계획대로 된 하두강은 내기에 이겼고, 여자를 배에 싣고 떠나갔다. 뒤늦게 자신의 잘못을 깨달은 남편은 이를 후회하고 눈물에 젖어 한탄하며 노래를 지었다.

"그게 바로 〈예성강곡(禮成江曲)〉이지."

그 뒤로 이런저런 얘기를 하며 차 한잔 마실 시간이 지나자 윤호가 가만히 바둑돌을 바둑판 귀퉁이에 내려놓는다.

"이 판은 소신이 패했습니다."

공민왕이 흐뭇한 미소를 짓는다.

"그럼 내기한 대로 고시를 지어서 바쳐라."

"허나 이 내기는 정당하지 못하였습니다."

"그게 무슨 소리인가?"

"전하께서 아까 속수(俗手)로 소신을 이긴 줄 아옵니다."

"이겼으면 그만 아니냐. 어떤 수를 쓰든…패자는 구차한 변명이 필요 없는 법."

공민왕이 윤호를 놀리듯 빙글거리며 말한다.

무언가 궁리하듯 가만히 앉아 있던 윤호가 손짓을 보낸다. 지밀내시가 다가와서 미리 준비해둔 종이와 붓, 그리고 먹을 갈아놓은 벼루를 마룻바닥에 늘어놓는다.

윤호가 정좌를 하고 붓을 집어 든다. 그리고 붓끝에 먹물을 찍어 일필휘지로 고시를 써 내려간다.

欺暗尙不然(기암상부연)
欺明當自戮(기명당자륙)
難將一人手(난장일인수)
掩得天下目(엄득천하목)
(어두운 데서 속임도 옳지 못하며, 밝은 데서 속임은 스스로 죽을 일이라.
한 사람의 손으로써 천하의 이목을 가리기는 매우 어려운 것이다.)

옛날 남송(南宋)의 이신(李紳)이란 자가 지은 시였다.

시를 지켜보던 공민왕의 얼굴에 일순 당혹감이 스치고 지나간다. 자신의 속임수를 고시로 빗대어 비난하고 있었기 때문이다. 공민왕이 큰 눈을 들어 윤호를 노려본다. 그러나 윤호는 묵묵히 자신이 쓴 글을 내려다보고 있을 뿐이다.

공민왕이 말없이 자리를 차고 일어난다. 그는 곤룡포 옷자락에 바람이 일도록 거세게 문덕전을 걸어 나간다. 두 명의 내시가 재빨리 몸을 일으켜 왕의 뒤를 따른다.

전각이 텅 비자 비로소 윤호가 눈을 들어 바깥 풍경을 바라본다. 아직 해는 중천에 떠 있다. 나뭇가지 사이로 잠자리 날개처럼 투명한 늦여름 햇살이 빗금을 치듯 얼룩을 남기며 대지에 쏟아지고 있다. 그러나 계절은 어김없어 내전 마당의 느릅나무 가지에는 어느새 조금씩 가을 기운이 느껴지고 있다.

편전 뒤편의 부속건물.

영창을 넘어온 오후 햇살을 받으며 공민왕이 그림에 몰두하고 있다. 조금 전 편전에서 수라상을 물린 뒤 주랑을 거쳐 곧장 이리로 왔던 것이다.

지금 공민왕이 그리는 그림은 〈천산대렵도〉다. 두 달 전부터 시작한 것이지만 아직 진도는 미미한 수준이다. 겨우 밑그림에서 벗어난 정도다. 원나라의 태자나 칙사, 어향사(御鄕使) 따위를 맞느라 그림을 그릴 시간이 많지 않았던 것이다.

공민왕은 원나라에 세자로 가 있을 때 서화에 취미를 붙였다. 이국의 외로움을 잊기에 좋은 방법이기도 했지만 다른 일보다 서화가 그의 적성에 잘 맞았다. 원래부터 섬세하고 예민한 예술적 기질을 타고난 덕에 이제 그의 화법은 화원(畵院)의 화가들도 놀랄 경지에 와 있었다.

물감에 붓을 찍던 공민왕이 잠깐 동작을 멈춘다. 그의 시선은 그림에 가 있지만 생각은 다른 데에 가 있다. 오전 나절에 중랑장 윤호가 한 말이 아직도 마음 한구석에 앙금처럼 남아 있다.

공민왕은 윤호의 그 발칙한 태도 이면에는 그만큼 절실한 마음이 자리하고 있다고 이해한다. 그는 공민왕이 믿을 수 있는 몇 안 되는 측근이자 가장 아끼는 호위무사다. 그가 천거한 인물이라면 모르긴 해도 결코 실망을 시키지 않을 것이란 사실을 공민왕은 누구보다 잘 알고 있다.

그러나 그런 명철한 의식과 달리 윤호를 곁에 두고 싶은 욕심을 떨치기 힘들다. 그것은 어디에든 의지하고 싶은 인간의 나약한 감정의 소치일 것이다.

"공주마마 납시옵니다."

노국공주(魯國公主)의 행차를 알리는 내시의 복송 소리가 긴 침묵을 깬다.

"어서 오오."

공민왕이 반색을 하며 공주를 맞는다. 그녀를 맞는 것은 언제나 왕에게 큰 기쁨이자 즐거움이다. 붓을 던져두고 일어선 공민왕이 가까이 온 공주에게 손을 내민다. 공주가 공민왕의 손을 마주 잡는다. 그녀의 손은 항상 부드럽고 따뜻하다.

"여긴 어인 일이오?"

"심심하기도 하고, 또 전하가 무얼 하시나 궁금하기도 해서 나왔습니다."

언제나 그렇듯 정갈하고 조용한 대답이다. 공민왕은 그린 듯 조용한 얼굴의 노국공주를 바라본다. 볼 때마다 위안을 얻게 되는 소중한 여인이다.

그는 손을 뻗어 노국공주를 슬며시 품에 껴안는다. 공주의 몸은 언제나 부드럽고 따뜻하다. 마치 잊고 있었던 어머니의 품이 있다면 이런 느낌이 아니었을까 하고 공민왕은 생각한다. 무엇보다 그녀의 몸에서는 그의 마음을 편하게 해주는 독특한 살냄새가 난다. 여태껏 다른 여자한테선 이처럼 부드러운 냄새를 맡은 적이 없다. 그 냄새는 공민왕에게 고향에 온 듯한 안정감과, 또 알지 못할 어떤 원초적인 그리움 같은 걸 느끼게 한다.

"여기 이리로."

공민왕이 포옹을 풀고 공주를 자기 옆 의자에 앉힌다. 공주는 항상 그렇듯 다소곳하게 공민왕의 뜻에 따른다. 공민왕을 쳐다보는 그녀의 눈길에는 남다른 신뢰와 이해가 어려 있다. 하지만 그건 이성으로서가 아닌, 오랜 기간을 함께한 사람이나 동기간끼리 가질 수 있는 그런 친밀감의 색채에 가깝다.

"그림을 마저 그리시지요. 전 뒤편에서 구경이나 할 테니……."

가을 호수처럼 조용한 미소를 띤 공주가 말한다.

"거기 앉아 계시오."

"혹 방해가 될까 싶어서……."

"화가는 자신을 알아주는 사람을 위하여 그림을 그리는 법이오."

"저야 문외한에 가까운걸요."

"나의 그림을 공주 이상으로 깊게 이해한 사람도 없소."

"괜히 저를 치켜세우시는 말씀을……."

"연경에서도 내 그림을 평해주지 않았소."

그 말에 공주의 얼굴에 엷고 따스한 미소가 어린다. 예전 두 사람이 함께 연경에 있을 때의 일이 회상된 것이다.

"그럼 그려보세요. 전 조용히 구경만 할 테니……."

"그러시겠소? 그럼……."

먹을 찍은 붓을 막 화폭에 갖다 대던 공민왕의 손길이 멎는다. 공민왕의 눈길이 무언가 골똘해져 있다.

"게 있느냐? 당장 일직내관에게 사령장을 준비하여 편전으로 오라고 일러라."

공민왕이 밖을 향해 소리친다.

"전하, 무슨 급한 일이옵니까?"

의아해진 공주가 우려의 빛이 담긴 눈길로 공민왕을 쳐다본다.

"잠시면 될 거요. 마음에 걸리는 일이 하나 있어서······."

공민왕은 윤호의 충정을 이해하기로 결정한다. 그는 다시 붓을 들어
아직 여백이 많은 〈천산대렵도〉를 그려 나가기 시작한다.

2

입춘을 넘기면서 햇살이 약간 두터워지긴 했지만 대기 속에는 아직
도 한랭한 겨울 기운이 머물고 있다. 응달진 담벼락 아래에는 나흘 전
내린 눈이 녹지 않고 시커멓게 더께가 져 있다.

저녁에 접어들면서 바람까지 불어 날씨는 더욱 차가워졌다. 어깨를
잔뜩 움츠린 행인들은 집을 향해 종종걸음을 재촉하고, 우마차를 끄는
소의 커다란 콧구멍에선 연신 허연 김이 쏟아져 나온다.

석양이 내리는 드넓은 장안 대로에 낡은 승복 차림의 사내가 거리
가 좁다는 듯 위세 좋게 걸어온다. 거대한 몸집에 붉은 가사와 장삼을
걸치고 손에 육중한 석장을 짚은 그는 라마승인 마환이다. 추위에 아
랑곳없이 얼굴이 붉게 상기되어 있다. 오가는 행인들이 그의 남다른
거구와 특이한 행색을 이상하다는 듯 힐끔거리며 지나친다.

대로를 따라 십자로 부근에 다다른 마환은 자남산을 등지고 권신귀
족들의 거택들이 어깨를 맞대고 늘어선 활동으로 들어선다.

우뚝우뚝한 거택들 중에서 가장 크고 웅장한 솟을대문 앞에 도착하
자 창을 들고 대문을 지키던 병사들이 어리둥절한 눈길로 그를 맞는다.

"대사께서 느닷없이 어쩐 일이시오? 기별을 주셨으면 마중이라도

내보냈을 것이오만……."

안면이 있는 집사의 안내를 받아 사랑채 앞에 이르렀을 때 방문을 열고 반갑게 맞이한 자는 덕성부원군 기철이다. 그는 손수 마루에 나와서 마환을 방으로 청해 들인다.

널따란 방 안에는 벌써 산해진미와 미주가 차려진 술상이 놓여 있고, 기철을 위시하여 집현전 학사인 노책과 복안부원군 권겸이 상을 중앙에 두고 둘러앉아 있다. 벌써 한잔씩들 걸쳤는지 얼굴에 불그레하니 화색이 돈다. 모두들 마환과 잘 아는 사이인지라 간단하게 예의를 갖추고 난 뒤 비단 방석에 좌정한다.

"빈도가 식복이 있나 보오이다. 이처럼 때에 맞춰 잔칫상에 껴들었으니 말이외다."

산삼과 송이를 넣은 영로주(靈露酒)를 한 잔 털어 넣은 마환이 예의 걸걸한 음성으로 농을 던진다.

"대사를 뵌 지 어언 삼 년이 넘었소. 그간 어찌 지냈습니까? 그러잖아도 소식이 감감해서 궁금해하던 차였소."

"별다른 일은 없었소이다. 바람 따라 구름 따라 고려의 산천 경치나 두루두루 즐겼지요."

"대사의 팔자가 부럽소. 근데 찾으신다는 비서는 그래, 손에 넣으셨소?"

술잔을 들던 권겸이 물었다.

"빈도가 비서를 찾고 있다는 걸 어찌 아셨소?"

마환이 다소 놀란 눈길을 권겸에게 돌린다.

"그거야 다 아는 수가 있지요. 원래 발 없는 말이 천리를 간다는 말이 있지 않소."

마환이 마지못해 고개를 끄덕인다. 보나마나 입이 가벼운 복산 사제의 짓일 터였다. 아마 술김에 경망스레 입을 놀린 게 분명하다. 그의 짙은 눈썹이 불만스레 꿈틀거린다. 현재 복산은 자신이 맡은 밀정 임무를 고려 승려인 소영(小英)에게 넘겨주고 원나라로 떠나가고 없다.

"불행하게도 삼 년여를 뒤지고 다녔지만 찾지 못했소이다."

마환이 탄식처럼 말한다.

"비서란 게 원래 임자가 따로 있는 법이어서……."

주제넘게 끼어들던 노책이 맞은편에 앉은 권겸의 질책 담긴 눈빛과 마주하자 자신의 실언을 깨닫고는 말끝을 흐린다.

"헌데 얼마 전에 아랫것들한테 귀동냥으로 들은 적이 있소만, 그 비서가 아주 가치가 있는 귀중한 것이라면서요?"

권겸이 비서에 대한 궁금증을 마환에게 넌지시 캐묻는다.

"빈도도 그것까지는 모르오. 단지 스승께서 언급하시길 음양학을 연구하는 데 필요한 책이라고만 하셨소이다."

"그래요? 시중에 떠도는 소문으로는 비서는 모두 두 권으로, 그중 한 권만 가져도 세상을 움직일 수 있는 놀라운 책이라고 하던데……."

다시 노책이 이야기에 끼어든다.

"그래요? 난 금시초문이오."

기철이 고개를 갸우뚱거린다.

"세상을 움직일 만큼 귀중한 책이라면 왜 아직도 나타나지 않고 있겠소. 원래 소문이란 게 사람들 입을 하나둘 거치면서 자꾸 침소봉대가 되는 법이지요. 여하간 그 비서가 어떤 내용을 담고 있는지는 잘 모르지만, 대사께서 아직 고려에 온 목적을 이루지 못했다니 몹시 안타까울 따름이오."

권겸의 위로조의 말에 마환이 두툼한 미간을 접으며 쓴 입맛을 다신다.

"어쩌겠소. 아직 운이 닿지 않았는가 봅니다."

"그래, 주로 어디어디를 찾아다니셨소?"

기철의 물음에 마환이 대답한다.

"남해와 동경, 그리고 전라도와 제주도까지 돌아다녔소이다."

"허 참, 멀리도 다니셨소. 헌데 혹 대사께서 찾으시는 비서란 게 그저 소문에 불과할 뿐 실제로는 존재하지 않는 게 아닐까, 의심은 해보지 않으셨소?"

작은 눈을 깜박이며 권겸이 의심스럽다는 표정을 한다.

"그건 아닐 것이오. 빈도의 판단으론 분명히 여기 고려에 그 비서가 있다고 보여지오. 소문이란 다 근거가 있어서 생기는 법일 터, 단지 시간이 없어서 두루 찾아보지 못한 게 아쉬울 뿐이오."

미련을 버리지 못한 마환이 고개를 가로젓는다.

사실 그는 삼 년여 전, 스승인 유타대사에게서 비서를 찾아오라는 밀명을 받고 원나라를 떠나 고려로 왔을 때만 해도 속으로 긴가민가했었다. 원나라에서 보면 동쪽 변방에 불과한 작은 고려 땅에 그처럼 귀중한 비서가 출현할 리 없다는 판단 때문이었다.

그러나 고려 여기저기를 돌아다니면서 그는 차츰 고려에 비서가 존재할 거라는 확신을 가지게 되었다. 고려는 원나라와 달리 국토의 지형세가 깊고 빼어나서 필히 보물이 있을 만한 곳이었다. 어딜 가나 물이 맑고 산천이 아름다웠다. 옛날 진시황이 불로장생의 명약을 찾아 선남선녀들을 보냈다는 게 이해가 되었다. 보면 볼수록 아기자기하고 빼어난 정취가 있는 땅이었다. 국토 방방곡곡에 사찰이 없는 데가 없고, 신앙심 깊고 마음 착한 백성들이 사는, 말하자면 불국토(佛國土)요, 전국이 명승이고, 보지(寶地)며, 길지(吉地)가 아닌 곳이 없었다.

"그렇소? 그럼 앞으로 어떡하실 작정이시오?"

권겸이 마환의 사기잔에 술을 채워주며 묻는다.

"잠시 본국에 다녀올까 하오이다. 소문에 듣기론 지금 본국엔 홍건적의 난이 일어나 몹시 혼란스럽다고 들었소이다. 스승님의 안위도 궁금하고, 차제에 다른 볼일도 있고 해서 한 번 다녀올 셈이오."

"상국에 가시면 기황후마마께 이 오빠의 안부도 좀 전해 주시오."

"그야 여부가 있겠소. 그건 그렇고 오늘은 무슨 일이 있어 이처럼 주연을 마련했소이까?"

음식이 가득한 상을 둘러보던 마환이 묻는다.

"그게 다름 아니라……."

말 못할 사정이 있는지 기철이 말꼬리를 얼버무린다.

"두 부원군대감, 그리 감출 게 뭐 있습니까? 대사 역시 우리 편인데. 그럼 제가 대신 말하지요. 대사님도 아시다시피 요즘 들어 더욱 자심해진 공민왕의 반원정책에 대한 대비책을 논의 중이었소."

심지가 얕은 노책이 덜렁 의중을 드러낸다.

"짐작은 하고 있었소이다."

아마 차제에 공민왕을 없애고 자신들이 왕권을 찬탈하려는 역모를 꾸미고 있었을 것이다. 마환은 그들 세 사람의 심중을 꿰뚫듯 환히 알고도 남는다.

"대사께선 무슨 신통한 방도라도 있으신지?"

술이 오르는지 권겸이 불그레한 눈빛이 되어 묻는다. 마환에게 물은 것은 지난번 조일신의 난 당시, 미리 앞일을 예견한 마환의 의견을 좇아 몸조심을 한 덕택에 기철의 동생인 기원 한 사람만 죽었을 뿐 다들 무사했던 기억을 가지고 있었기 때문이다.

문득 세 사람을 둘러보던 마환의 눈길에 의미 모를 빛이 반짝하고 스쳐 간다. 하지만 아무도 그걸 보지 못한다.

"아직은 때가 이르다고 보오이다. 빈도의 소견으로 한 일 년쯤 은인자중하며 기회를 엿보는 게 좋을 듯 여겨집니다만."

"그렇게 늦춰야 할 무슨 이유라도 있소?"

성정이 급한 기철이 되묻는다.

"설명하기는 곤란하오만……."

무슨 이유에선지 마환이 머뭇거린다.

"대사께선 오직 때를 기다리란 말씀만 하는구려. 헌데 그때가 언제인지 알 수가 없으니 허 참."

기철이 자못 불만스럽게 말한다. 예전 같으면 이렇게 마환의 면전에서 노골적으로 불만을 드러내지는 않았을 것이다. 하지만 예전과는 상황이 많이 달라져 있었다.

두 달 전 마환의 스승인 유타대사가 순제의 왕사에서 물러났던 것이다. 아울러 유타대사와 막역지우인 승상 탈탈마저 새롭게 봉기한 홍건적의 난으로 인해 쫓겨나고, 새로 승상이 된 태불화가 순제로부터 신임을 얻고 있는 지금 마환대사의 힘도 예전과는 달라졌다. 말하자면 마환이 고려 조정에 그다지 큰 영향력을 미칠 만한 자리에 있지 않다는 걸 기철은 약빠르게 알고 있는 것이다.

"작금 우리가 어떤 상황에 처해 있는지 잘 모르고 대사께서 그런 한가한 말씀을 하시는 것 같소이다. 우리는 일각이 여삼추란 말처럼 하루하루가 바늘방석에 앉은 것처럼 불안하다 이 말이오. 공민왕은 지금

상국의 정세가 어지러운 틈을 타서 황제폐하의 은공도 모르는 새파란 반원파들을 대거 조정 중신으로 중용하고 있소이다. 게다가 그들이 작당을 하면 언제 우리를 숙청하려들지 알 수도 없는 급박한 상황이고……."

기철의 비위를 맞추려는지 노책이 섣부르게 목에 핏대를 세운다.

얘기를 듣던 마환의 얼굴빛이 기이하게 변한다. 비웃는 것 같기도 하고, 연민을 느낀 것 같기도 한 그런 묘한 표정이다.

"빈도는 그 말밖에 더 드릴 말씀이 없소이다."

마환이 슬쩍 핵심 화제에서 발을 뺀다. 사실 마환은 아까 세 사람의 관상을 보았을 때 하나같이 얼굴에 흉한 기운이 서린 것을 보았다. 그의 짐작이 맞는다면 가까운 시일 내에 비명횡사할 상들이다. 그걸 막는 방안은 자중하는 수밖에 없지만, 이들 세 사람의 언행으로 보아선 지금 그 어떤 충고도 먹혀들지 않을 것이다.

그렇다고 얼굴에 살기가 덮였다는 걸 진솔하게 털어놓을 수도 없는 노릇이다. 게다가 노책이란 작자의 비아냥대는 말투에 심기가 적잖게 불편해진 것이다.

"그것보다 먼저 처리할 일이 있소만……."

느닷없는 말과 동시에 마환이 술상에 얹힌 쇠젓가락을 집어 드는가 싶더니 뒤편으로 난 봉창을 향해 힘껏 던진다. 괴력이 실린 쇠젓가락이 비수처럼 봉창 한지를 뚫고 처마를 향해 날아간다.

뒤이어 자리를 차고 일어난 마환이 거구답지 않게 날렵한 몸놀림으로 봉창을 송두리째 부수며 바깥으로 튀어나간다. 모든 건 찰나 간에 일어난 일이다.

이미 바깥은 깜깜하게 어두워져 있다. 어두운 중에도 마환은 검은 복장에 복면을 한 괴한이 뒤란 담 위에 훌쩍 올라서는 걸 본다. 마환은 괴한의 뒤를 따라 좁은 담 위로 몸을 날린다. 괴한과 마환은 마치 평지를 달리듯이 나란히 좁고 위태로운 담 위를 날렵하게 달음질쳐간다. 단숨에 서너 채의 집을 지나쳐간다. 마환은 괴한의 몸놀림이 보통이 아니라고 여긴다.

"이놈! 게 서거라."

조바심이 든 마환이 벽력같은 소리를 내지른다. 서너 걸음 앞서 달려가던 복면의 괴한이 웬일인지 몸을 돌린다. 괴한은 마환을 기다리기나 하듯 담에서 뛰어내려 어느 낯선 집 마당에 내려선다.

"네 이놈, 무엇 하는 놈이냐?"

뒤따라 마당에 내려선 마환이 괴한에게 묻는다.

"흥, 그러는 당신은 무엇하는 자요? 보기에 라마교 땡추 같다만……."

비꼬듯 응대하는 목소리가 아직 젊다.

"행색을 보니 밀정이로구먼."

마환이 코웃음을 치며 말을 받는다.

"아무튼 애타게 불러서 서긴 했지만 별 용건이 없으면 난 가보겠소."

마치 친구와 농담이나 주고받듯 자못 명랑하기까지 한 괴한이다.

"누가 보내서 기철 대감의 비밀을 염탐하고 있었느냐?"

첩자 주제에 전혀 두려워하는 기색을 찾아볼 수 없는 괴한의 태도에 마환은 은근히 노기가 치민다.

"그걸 알아내서 누구에게 고해바치려고 그러시오?"

"이놈이 썩 불손하구나."

마환이 훌쩍 뛰어 달려들며 단숨에 괴한의 어깨를 움키려든다. 하나

괴한은 간발의 차이로 두어 걸음 뒤편으로 물러나 있다. 언제 물러났
는지 거의 눈에 보이지도 않는 경쾌한 보법이다.

"덩치 큰 원나라 땡추가 힘만 믿고 사람을 핍박하려 드는군."

더욱 유유자적한 괴한의 태도다.

"이놈, 원숭이처럼 재주가 제법인데……."

마환이 허벅지에 힘을 주며 다시 자세를 가다듬는다. 상대가 보통이
아니란 것은 알았지만, 일개 괴한에게 이처럼 보기 좋게 당하기는 처
음이다.

"명색이 중이라는 작자가 절간에는 있지 않고 천하의 간신배들과
더불어 주효나 축내고 앉았으니, 가히 축생지옥에나 떨어질 파계승이
로군."

괴한이 장난스런 말투로 마환을 놀려댄다.

"무어라, 이런 생으로 찢어 죽일 놈이……."

"사람까지 생으로 찢어 죽이려드니 나찰 못지않은 악도로군."

마환의 짙은 눈썹이 뱀처럼 꿈틀거린다. 가뜩이나 불같은 성정에,
노골적으로 빈정대는 괴한의 수작에 노기가 정수리까지 치민 것이다.
그는 단번에 괴한을 제압하기로 결심한다.

그는 다리를 양쪽으로 벌리고 서서 단전에 힘을 모은다. 그의 관자
놀이에서 태양혈이 불끈 치솟는다. 이어 커다란 손이 허공에서 풍차처
럼 서로 교차하며 돌아간다. 그가 쓰려는 수법은 항마수결(降魔手結)이
란 수로 밀교의 무술승려에게만 전해지는 놀라운 포박법이다. 오대명
왕(五大明王)의 하나인, 네 개의 얼굴에 여덟 개의 팔을 가진 분노신(忿
怒神)인 항삼세명왕(降三世明王)이 악마들을 잡아 항복 받는 묘법을 본
뜬 비전(秘傳)무술인 것이다.

"어디 이 밤중에 박쥐라도 잡으려는 것인가?"

농조로 말을 던지면서도 괴한은 자세를 바로잡는다. 상대가 감히 무시하지 못할 괴이한 술법을 쓰리란 걸 본능으로 알아차린 것이다.

"차 – 앗!"

곧 공기를 찢는 기합소리와 함께 수없이 많은 커다란 손그림자가 사방팔방에서 천라지망처럼 조여 들어온다. 어느 게 허고, 어느 게 실인지 알 수 없는 기괴한 술수다. 손그림자는 떼어놓을 수 없는 본체의 그림자처럼 괴한을 향해 긴박하게 좁혀져 온다.

그런 어느 한순간, 갑자기 마환이 손을 거두어들인다. 분명 손안에 들어와 있어야 할 괴한의 모습이 한줄기 바람처럼 오간 데 없이 사라진 것이다.

"어라?"

어이가 없어진 마환이 화경 같은 눈길로 사방을 이리저리 살펴본다. 하지만 어디에도 괴한은 보이지 않는다. 가히 믿어지지 않는 일이다.

"괴상한 라마승이군. 다음에 또 만날 때가 있겠지."

어느새 괴한은 사라지고 복화술인 듯 허공중에 소리만 여운처럼 들려온다. 경이롭다고 표현할 수밖에 없는 놀라운 은신술이다.

닭 쫓던 개처럼 한참 동안 어두운 허공을 바라보고 있던 마환은 끙하고 한마디 탄식을 내쉰 다음 묵중한 몸을 돌린다. 어이없이 괴한을 놓친 게 몹시 불만스럽지만 어쩔 수 없었다. 괴한이 그처럼 간단하게 자기의 항마수결을 빠져나갈 것이라곤 예상도 못한 것이다.

자신이 펼친 술법이 잘못되었거나 아니면 상대가 억세게 재수가 좋은 게 틀림없었다. 그렇지 않다면 아무리 무예가 뛰어난 사람으로도 오대명왕이 악마를 잡을 때 쓰는 술법인 항마수결을 그처럼 쉽게 빠져

나간다는 건 거의 불가능하기 때문이다.

하지만 그도 모르는 사실이 있었다. 그가 펼친 항마수결을 가지곤 천신의 움직임을 본떠 만든 마리지천법을 사용하는 은형술사를 잡을 수 없다는 점과, 방금 달아난 괴한이 그 마리지천법을 십성으로 익힌 술법자라는 사실을.

마환이 기철의 집으로 되돌아왔을 때 집 안은 매우 어수선했다. 횃불을 든 호위 병사들이 마당에 몰려나와 있고, 기철과 권겸, 노책은 영문을 모른 채 누마루 위에 나와 서성대고 있다.

"대체 무슨 일이오?"

터벅거리며 사랑채로 들어서는 마환을 발견하자 노책과 권겸이 이구동성으로 묻는다.

"별것 아니오. 바깥에 요물이 들었소이다."

굳이 창밖에서 밀정이 그들의 대화를 엿듣고 있었다고 알려줄 필요는 없었다. 그래봤자 분위기만 뒤숭숭해질 것이고, 그깟 첩자 하나 잡지 못한 자신에게 책망이 돌아올 따름이란 걸 마환은 잘 알고 있다.

"요물이라니요? 그래서 어떻게 되었습니까?"

"쫓아갔습니다만, 조금 늦어서 놓치고 말았소이다."

"요물이라면 대체 무얼 두고 하시는 말씀인지요?"

"아마도 늙은 밤 너구리였나 봅니다. 너구리란 짐승은 늙으면 요물처럼 되어 왕왕 어두운 밤에 나타나선 기가 약한 사람을 홀리거나 사람 흉내를 내기도 하지요."

마환의 능청스런 대답에 다들 고개를 끄덕일 뿐 더 이상 다른 말을 묻거나 하진 않았다.

한편, 용수산 아래의 논밭 사이로 난 어두운 길을 따라 걸어오는 자는 아까 기철의 집에 검은 복장으로 나타났던 무영이다. 올해로 열여섯이 된 그는 제법 청년티가 난다.

대단한 괴력을 지닌 라마승이로군.

라마승은 예상외로 괴상하고 경이로운 상대였다. 처음 라마승이 기철의 집 안에 찾아들 때부터 대강 짐작은 했지만 역시 예사로운 라마승이 아니었다. 보기 드문 거구의 몸집과 뛰어난 술법으로 보아 예전에 석모도를 급습하여 길상천 아저씨에게 중상을 입히고 갔다는 그 정체 모를 라마승이 분명한 듯싶었다.

어쨌건 상상을 뛰어넘는 술법을 익힌 라마승이란 점만은 틀림이 없었다. 그렇지 않다면 무영이 남다른 은신법을 써서 봉창 위 처마 밑에 박쥐처럼 숨어 있다는 걸 일개 라마승이 그처럼 쉽게 알아챌 수는 없었을 터였다.

아마 그 거구의 라마승은 불문의 비술인 천이통(天耳通)을 익혔거나, 아니면 다른 기이한 이술(異術)을 익힌 술승이 틀림없을 터였다. 조금 전에 라마승이 펼친 무영을 향해 펼친 포박술 역시 전혀 듣지도 보지도 못한 괴이쩍고 놀라운 술법이었다.

무영이 제때에 마리지천법의 하나인 은적술(隱迹術)을 펼치지 않았다면 그 라마승의 손길에서 그처럼 쉽게 벗어나긴 어려웠을 것이다. 만약 그 라마승이 예전 석모도를 침범하여 길상천 아저씨에게 중상을 입힌 그자라면 그냥 놔두고 오는 게 아니었다는 소년다운 후회도 없지 않았다.

그나저나 그 라마승이 찾는다는 비서는 어떤 내용이 담긴 책을 말하는 것일까. 비서를 찾아 몇 년을 돌아다녔다니 결코 터무니없는 낭설만은 아닐 것이다.

생각을 더듬던 무영의 뇌리에 불현듯 작은 기억 하나가 떠올랐다.

재작년 어느 날이었던가. 볼일이 있어 풍천스승이 머무르는 동굴을 찾아갔을 때, 스승은 어디 가고 서탁 위엔 기름을 먹인 두툼한 낡은 서책이 한 권 펼쳐져 있었다. 설핏 보았지만 쓰여 있는 내용은 여태껏 전혀 본 적이 없는 기이한 것이었다.

궁금하게 여겨 표지를 뒤적여 보았지만 어떤 제목도 적혀 있지 않았다. 다만 표지 안쪽에 한 구절, '인연이 있는 자 보게 될 것이다' 는 글귀가 적혀 있는 게 이채로웠다. 나중에 풍천스승이 동굴로 돌아왔을 때 책에 대해 물었더니 나중 알게 될 거라는 간단한 대답만 들었을 뿐이었다.

혹시 그 책이 라마승이 찾고 있다는 비서가 아닐까?

알 수 없는 일이다. 그나저나 이제 기철의 역모는 기정사실로 밝혀진 셈이다. 아직 날짜는 정해지지 않았지만 조만간 또다시 왕권 찬탈을 위한 비밀회합을 가질 것이다.

정치란 언제나 그처럼 음험하고 비밀스런 것인가. 정적을 제거하기 위해 음모를 꾸미고, 한편에서는 그 음모를 분쇄하기 위해 비밀리에 첩자를 보낸다. 그리하여 먹고 먹히느냐의 눈에 보이지 않는 싸움이 끝없이 계속된다.

그 과정에서 수많은 군상들이 아비규환의 도가니에서 오늘과 내일의 운명을 모른 채 먹이를 앞에 둔 축생처럼 아우성이다. 약간의 권력과 부귀영달을 위하여. 하지만 그것도 구름이 스쳐 가듯 잠시일 뿐이다.

도소양(屠所羊: 도살장에 끌려가는 소나 양처럼 인간도 시시각각 죽음을 향해 가고 있다는 비유)이란 말처럼 언제나 인간의 삶의 이면에는 죽음의 신이 커다란 입을 벌린 채 기다리고 있다. 언제 어느 때 사신이 자신들의 목숨을 거두어갈지 모른다. 그렇지만 미욱한 인간들은 그걸 깨닫지 못하고 있다. 오늘의 하찮은 권세와 영달이 천년만년 지속되리라 믿는 것이다.

인간들의 미련함이 오늘따라 무영에겐 더욱 측은하게만 느껴진다. 그건 자신의 현재 생활에서 비롯된 감정인지 모른다. 그는 지금 맡고 있는 첩자 노릇이 영 내키지 않았다. 자신을 공민왕에게 천거한 윤호 사형이나, 친원파를 몰아내고 세상의 변화를 도모하고자 하는 풍천스승만 아니었으면 이런 일은 진작에 집어치웠을 것이다.

재작년 구월 경부터 토왜사가 되어 남해로 내려간 윤호의 후임을 맡게 된 무영은 공민왕의 비밀 호위무사를 하며 지냈다. 그러던 차에 올해 초부터 임무가 더해져 수시로 기철 일파를 감시하는 역할까지 맡게 되었다. 그것은 반원정책을 밀어붙이는 공민왕을 도와 서둘러 친원세력을 제거하려고 마음먹은 판삼사사 이인복 대감의 밀명에 따른 것이다. 친원파의 영수격인 기철 일파를 제거하기 위해선 그들의 회합을 은밀히 정탐하여 역모의 증거로 삼을 만한 자료를 찾아내야 했던 것이다.

언제쯤 이런 잡무에서 벗어날 수 있을까.

무영이 가볍게 한숨을 내쉰다. 첩자가 되어 비밀을 정탐하거나, 그림자처럼 숨어서 왕의 신변을 호위하는 일에 슬슬 정나미가 떨어진 것이다. 섬에서 자유롭게 자라난 그로선 세속적인 것과 어디든 예속되는 걸 견디기 힘들어하는 건 어쩜 당연한 일일 것이다.

가까운 흥국사에서 늦은 법회라도 열리는 모양이다. 범패(梵唄)소리가 미계(迷界)에 빠진 영혼을 인도하듯 낭랑하게 들려온다. 대로에서 좁은 골목으로 꺾어들자 저만치 눈에 익은 기와집이 보인다. 붉은 불빛이 정다운 느낌으로 새나오고 있다.

성내 숙소로 쓰고 있는 사저로 돌아왔을 때 대문을 열고 나온 사람은 뜻밖에 지난가을 석모도로 돌아갔던 유정이다.

"놀랐니?"

달빛 아래 환한 미소를 띠며 유정이 묻는다. 올해로 스물여섯이 된 그녀는 여자로서 한창 피어날 시기이건만 박꽃처럼 하얀 얼굴에는 알지 못할 슬픔 같은 게 아련하게 떠돈다.

"언제 왔어?"

"이제 한동안 여기에 머물 생각이야. 백부께서 그렇게 하라고 허락하셨어."

보나마나 그녀가 반년도 채 되지 않아 다시 개경으로 나온 이유는 양검이라는 떠돌이 무사를 잊지 못해서 일 것이다. 한 남자를 향한 일구월심, 애타는 연모는 그 자체로 아름답긴 하지만 한편으로 비극적이기도 하다. 정인과의 해후만을 기다리는 유정의 애틋함에 무영은 잠시 할 말을 잊는다.

"안에서 손님이 너를 기다리고 있어."

"손님?"

불이 밝혀진 사랑방 댓돌에 검은 가죽신이 놓여 있다. 인기척을 느꼈는지 방문이 열리면서 불빛을 등지고 나오는 사람이 있다. 붉은 시위 무관복을 걸친 그는 오늘밤 대궐 숙위를 맡은 호군 이방실(李芳實)이다. 두륜산 호랑이라는 별명에 걸맞게 부리부리한 눈빛과 검고 무성한 구레나룻을 가진 무장이다.

"긴히 전할 게 있어 야밤에 찾아왔네."

"그럼 안으로 드시지요."

"아니, 곧 가야 되니 바깥에서 잠시 나를 보세."

두 사람은 마당 한구석의 으슥한 곳으로 자리를 옮긴다.

"자네, 내일 아침 일찍이 함길도(咸吉道: 함경도) 쌍성으로 가줘야겠네. 공민왕 전하의 밀명이시네."

"무슨 일입니까?"

"쌍성 천호장(千戶長) 이자춘(李子春)이 기철 일파와 작당하여 역모를 위해 군사를 모집하여 조련시키고 있다는 비밀첩보가 입수되었네. 자네가 은밀히 가서 전체적인 상황을 둘러본 다음, 이자춘에게 입궐하라는 왕의 밀지를 전하게. 이건 마패니 말이 필요하면 언제든 사용하도록 하게."

이방실이 품에서 꺼낸 잘 봉인된 비단 두루마리와 역참(驛站)에서 말을 빌릴 수 있는 손바닥 크기의 둥근 동패(銅牌)를 무영에게 건넨다.

"촌각을 다투는 일이네. 내일 날이 밝기 전에 떠나는 게 좋겠지. 그럼."

"오랜만에 너랑 그동안 밀린 얘기나 나누려던 참이었는데……."

내일 새벽에 길을 떠나야 한다는 무영의 얘기를 들은 유정이 못내 아쉬운 얼굴을 한다.

3

동쪽으로 나아갈수록 산세는 더욱 높고 험준해진다.

나라의 중추인 백두대간에 가까워진 때문이다. 숲은 차차로 깊고 울창해졌으며, 깊은 계곡은 태고의 정적과 함께 짙은 그늘을 드리우고 있다. 간혹 이름 모를 새들이 우짖는 소리가 조용한 숲의 적막을 일깨운다.

그나마 산곡 사이로 소로가 나 있는 게 여행자들에겐 퍽 다행스런 일이다. 동계(東界)와 서경을 이어주는 길이다. 지금 그 길을 바랑을 멘 두 승려가 터벅거리며 걸어가고 있다. 그들은 두류산 청련사(靑蓮寺)에 불법 강론차 갔다가 내려오는 길로, 이왕 나선 김에 산천을 유람하면서 동계 지역의 사찰 형편도 알아볼 겸 해서 길을 잡은 편조와 그의 도반인 능우다.

"편조법사."

한참 동안 아무 말 없이 편조의 뒤를 따르던 능우가 문득 말을 건넨다. 편조가 뒤로 고개를 돌린다.

"이틀 전에 만났던 그 여자와 소년이 무슨 관계인지 짐작이 가시는가?"

이심전심이란 말이 있듯 편조도 방금 전까지 그 일에 대하여 생각하고 있던 중이다.

"글쎄."

"어쩐지 미심쩍은 구석이 있단 말이야."

능우가 고개를 갸웃거리며 혼잣소리처럼 말한다.

"뭐가 미심쩍다는 말인가?"

"아무리 궁리해도 어떤 관계인지 짐작이 가지 않아서 하는 말이네."

이틀 전이다. 두 사람은 안주(安州)에서 간단하게 점심을 마친 뒤 길을 떠났다. 오후 늦게 하늘에 먹장구름이 몰려든다 싶더니 채 한 시진도 지나지 않아 세찬 소낙비를 퍼붓기 시작했다. 거센 바람까지 불고 구름이 쉼 없이 밀려드는 기세로 보아 쉽게 그칠 비가 아니었다.

두 사람은 비를 맞으며 길을 헤매다가 마침 길가에서 약간 떨어진 묵정밭 언저리에 있는 외딴 농가를 발견했다. 흙담이 반 넘어 무너지고 마당에 쇠비름이며 바랭이, 참소리쟁이 따위의 잡초가 무성한 걸로 보아 주인 없이 버려진 오래된 폐가인 듯했다.

워낙 낡은 농가라 초가지붕은 비가 새고 문짝과 벽은 아예 떨어져 나가고 없었다. 비바람이 들이치는 안방보다는 그나마 바람벽이 남아있는 부엌이 나을 듯하여 찾아들었더니 뜻밖에도 안에는 먼저 자리한 사람이 있었다. 열서넛 남짓한 소년승(少年僧)과 서른이 갓 넘어 뵈는 한 명의 여인이었다.

속옷 차림으로 서로 부둥켜안고 있던 두 사람은 난데없이 인기척이나자 화들짝 놀라서 떨어졌다. 두 사람 모두 소나기를 맞았던지 불이지펴진 시커먼 부엌 아궁이에는 두 사람의 겉옷이 나뭇가지에 걸쳐진채 말라가고 있었다.

비록 옹색하기는 했지만 바깥에는 굿은비가 뿌리는 터여서 하는 수 없이 네 사람이 부엌에서 함께 밤을 지새우게 되었다. 자연 이런저런 얘기가 오가게 되었다. 여인은 무슨 까닭인지 이야기를 삼가는 눈치였으나 편조와 능우의 관심과 집요한 질문에 몰려 하는 수 없이 신상에 관한 얘기를 띄엄띄엄 털어놓았다.

여인은 함께 있는 소년승과 원나라에 다녀오는 중이라고 말했다. 곧 득도식을 올릴 소년승이 마지막으로 원나라에 있는 부친을 뵈러 갔다 오는 길이며, 동행한 자신은 소년승에게 이모가 된다고 털어놓았다. 무슨 까닭인지 원나라에서 녹사로 있다는 부친의 이름은 끝내 밝히지 않았다.

희고 동글넓적한 용모에 짙은 눈썹을 가진 여인은 지극히 선한 눈매를 하고 있었다. 소년승은 약간 갸름한 말상에 희멀겋게 생긴 용모여서 첫눈에도 귀하게 자란 듯한 인상을 주었다.

되도록 내색을 않으려 애썼지만 여인이 소년승을 무척 아끼고 위하는 건 눈치로 알 수 있었다. 누운 소년승에게 무릎을 내어주고 밤새 뜬 눈으로 지새우던 여인은 새벽녘에 소년승을 깨워서 어디론가 사라지고 없었다.

"아무리 이모라고 한들 남녀가 유별한데 어찌 자신의 무릎을 그리 쉽게 내어줄 수 있겠나?"

능우가 아무래도 납득이 가지 않는지 고개를 갸웃거리며 말한다.

"그건 그러네."

편조가 머리를 끄덕인다.

"처음 우리가 들어갔을 때만 해도 그렇지, 마치 사랑하는 연인처럼 마주 껴안고 있었지 않았나. 아무리 비를 맞아 춥다손 치더라도 그렇지, 이질 간에 어찌 감히 그럴 수 있을까?"

"거야 알 수 없는 노릇이지."

건성으로 대답하며 편조는 소년승의 깊고 검은 눈을 생각한다. 어린 나이답지 않게 우수 어린 눈빛을 지니고 있었다. 마치 세상의 모든 슬픔을 간직한 사람의 눈처럼 보였다.

"두 사람이 하는 양이 어딘지 모르게 보통 인척관계처럼 보이지는 않았네. 서로 하는 행동이나 눈빛도 남달랐고. 혹 어릴 때부터 키워온 유모가 아닐까?"

"그건 아니라고 생각되네."

편조가 잘라 말한다. 유모 처지에 그 먼 길을 따라나설 리도 없거니와 이미 출가한 소년승에게 유모가 필요할 리 만무하기 때문이다.

이런 추론 끝에 편조의 뇌리에 문득 소년승의 목에 걸려 있던 금빛 보패(寶貝)가 떠오른다. 여인의 무릎을 베고 잠이 든 소년승의 목덜미에 달려 있는 걸 우연히 보게 되었지만, 보패는 분명 시중에선 보기 힘든 귀하고 보배로운 물건이었다. 그게 왜 그 소년승의 목에 걸려 있었을까.

혹시?

불현듯 전 대왕인 충혜왕과 은천옹주 사이에서 태어난 세자가 있다던 말이 새삼스럽게 떠오른다. 석기라는 이름을 가진 그 비운의 세자는 충정왕이 등극하면서 머리를 깎여서 개경의 만덕사(萬德寺)로 출가했다는 소문을 들은 적이 있다.

그렇다면 그 얼굴 긴 소년승이 석기라는 전 세자였던가. 그렇게 본다면 소년승의 우수에 찬 얼굴이 얼마간 이해될 듯도 하였다. 만약 그 소년승이 석기세자라면 그 또한 얼마나 불운한 것인가. 단지 왕의 혈통을 받았다는 이유로 타의에 의해 머리를 깎이고 정처 없이 세상을 떠돌고 있다니.

편조는 소년승의 처지가 남의 일처럼 여겨지지 않았다. 소년승 역시 운명의 굴레를 벗어나지 못하는 또 하나의 가엾은 인간이리라.

"아무튼 기묘한 관계인 것은 분명하네."

"출가한 사람이 그런 사사로운 일에 신경 쓰는 것도 옳은 일은 아니지."

편조가 계속 이어질 듯한 능우의 얘기에 쐐기를 박는다. 그는 걸음을 멈추고 눈앞에 펼쳐진 산봉우리들을 아득한 심정으로 바라본다. 마치 겹겹이 물결이 밀려오듯 높다란 산군(山群)들이 까마득히 시야를 가로막고 있다. 잘 모르긴 해도 저 줄지은 산맥을 넘으면 동해에 닿을 것이다.

"어, 당장 저 숲에서 범이라도 뛰어나올 듯하네."

험한 산세를 바라보던 능우가 질린 듯한 표정을 하고 중얼거린다. 사실 이 근방에는 짐승들이 많았다. 늑대며 삵, 여우, 멧돼지는 보통이고 곰이나 범도 심심찮게 출몰하는 지역이었다. 비록 짐승들이 이유 없이 사람을 해하는 일은 드물지만 행여 피해를 입지 않으려면 미리 조심하는 게 상책이었다.

"저 아래쪽에 보이는 게 마을 아닌가?"

이마에 손을 얹고 사방을 둘러보던 능우가 안도하며 소리친다. 편조도 보았다. 길게 뻗어 내린 산 준령이 호위하듯 둘러싼 중앙에 꽤나 넓은 분지가 펼쳐져 있고, 이백여 호가 넘을 듯한 마을이 중간에 내를 끼고 올망졸망하게 모여 있다.

"혹시 맹산이란 마을이 아닐까?"

만약 맹산이라면 행로에서 벗어나 어지간히 둘러 가는 셈이 된다. 서산에 한 뼘 남짓 기웃거리는 해를 봐서는 지금 이 시간에 다른 마을을 찾기는 어려울 것이다. 만약 마을을 찾지 못하고 해라도 지면 꼼짝없이 산중에서 하룻밤을 보낼 각오를 해야 했다. 이런 험준한 산골에서 그건 좋은 생각이 못될 터였다.

"아무튼 내려가 보지."

편조의 말에 능우가 앞장서서 숲을 헤치며 내려가기 시작한다. 길이 나지 않은 숲이라 들어찬 나무 사이를 뚫고 헤쳐가기가 쉽지가 않다. 발이 푹푹 빠지는 낙엽지대를 지나 너덜겅과 가파른 벼랑을 내려오느라 두 사람은 몹시 지쳤고, 마을을 한 시진 거리쯤 목전에 두었을 때는 더 이상 걷기조차 힘들 지경이었다.

아무 데서나 잠깐 쉬어갈까 궁리하는 중에 시야에 양지바른 언덕의 집 한 채가 보인다. 남향인 초가집은 농가치고는 정갈하고 아담하다.

"저 집에서 일단 목이나 축이고 잠시 쉬어가도록 하는 게 어떤가?"

가쁜 숨을 몰아쉬며 능우가 편조에게 묻는다.

싸리 울타리를 끼고 돌아 마당에 들어섰을 때 인기척을 들었는지 방문이 열렸고, 어둑어둑한 방 안에서 한 사람이 나온다. 환갑을 넘긴 듯한 노인으로 가슴까지 내려오는 흰 수염에 옷차림은 수수하다. 나이에 비해 눈동자가 맑고 기력이 있어 보인다. 외진 산골에 사는 노인답지 않다.

"젊은 스님들이구면. 어서 오시구려."

의외의 방문에도 전혀 개의하는 기색도 없이 노인은 친근하게 두 사

람을 맞는다. 이어 살피는 눈길이 되어 편조와 능우를 번갈아 바라본
다. 무얼 찾아내려는 듯 눈빛이 예사롭지 않다.

"다리가 아파서 잠시 쉬어가려고 합니다. 나무아미타불."

능우가 염주 든 손으로 합장을 하며 말한다.

"그러시구려."

"우선 목부터 좀 축일 수 있는지요?"

"것도 어렵지 않소이다. 아이, 게 있느냐?"

노인이 작은방을 향해 소리친다. 하지만 아무런 응답도 없자 노인이
직접 짚신을 꿰어 신으며 섬돌에 내려선다. 보기보다 신체가 정정하다.

"늙은이 혼자 살기가 적적하여 재작년에 양자를 하나 들였는데, 아
마 밭에 일하러 나간 모양이오."

혼잣말처럼 중얼거린 노인이 직접 부엌으로 들어가더니 작은 바가
지에 물을 퍼왔다. 두 사람이 번갈아 물을 마신 다음 마루에 걸터앉자
지켜보던 노인이 물어온다.

"대체 어디서 오는 길이오?"

앞쪽에 마을길을 두고 가파른 뒷산을 타고 내려온 게 의아했던 모양
이다.

"산천 유람 삼아 수성(洙城: 현재 강원도 문천) 쪽으로 넘어가려던 중
입니다."

편조가 대답한다.

"수성이라면 길을 잘못 드셨구려. 여긴 맹산이란 고을이오."

예상대로였다. 길을 잘못 든 것이다.

"그리 가시려면 마을 앞으로 난 길을 따라 한 이십여 리 가다보면
작은 갈림길이 나오는데, 거기서 왼편 길을 따라 백여 리쯤 가면 그리

로 갈 수 있소이다."

"알려주셔서 고맙습니다."

"별말씀을…헌데 속인이 이런 말하기엔 뭣하지만, 거 스님 관상이 참 좋소이다. 머잖아 만인의 존경을 받을 상이오."

아까부터 편조를 유심히 건너보던 노인이 던지듯 말한다.

"어르신께선 관상을 보실 줄 아십니까?"

편조 곁에 앉아 있던 능우가 호기심을 드러내며 묻는다.

"허허, 그저 조금 알 뿐이지, 관상쟁이는 아니외다. 그냥 근동에서 반(半)풍수 노릇이나 하면서 지내지요."

"그럼 지관(地官)이란 말씀이십니까?"

"기인을 만나서 풍수를 약간 배운 덕에 양택(陽宅)과 음택(陰宅) 정도 짚을 줄 알고 땅의 길흉이나 구분하는 정도지요. 작은 재주 덕에 그럭저럭 밥은 굶지 않고 지내는 형편입니다."

노인이 문득 쓸쓸한 표정이 되어 약간 자조적인 기운이 감도는 투로 말한다. 편조는 노인이 자신의 재주 적음을 자탄하고 있음을 느낀다.

"기인을 만나셨다니 놀랍군요. 어떤 분인지 물어도 실례가 되지 않을는지요?"

"그것보다 이 늙은이가 먼저 스님께 물어볼 게 있소이다. 스님의 생년이 어찌 되시오?"

뜻밖의 물음이다. 잠깐 머뭇거리던 편조가 노인이 심심소일 삼아 자신의 사주팔자나 뽑아보려니 싶어 솔직하게 대답한다.

"을해생(乙亥生)입니다만."

대답을 들은 노인의 얼굴에 경악의 빛이 스쳐 지나간다. 노인은 새삼스러운 눈길이 되어 상대가 무안해할 정도로 편조의 관상을 주의 깊게 살핀다.

"소승 사주팔자에 무슨 액(厄)이나 살(煞)이라도 들었는지요?"

편조의 엉뚱한 물음에 노인이 빙그레 미소를 머금으며 고개를 가로 젓는다.

"그게 아니라 지난 얘기가 너무 딱 맞는 게 놀라워서 그렇소이다."

"지난 얘기라니요?"

호기심을 참지 못한 능우가 다그쳐 묻는다.

"허허, 그럼 내 말씀드리리다. 그보다 먼저 아까 기인이란 사람이 누구인지 밝히는 게 우선일 듯싶소이다. 혹 젊은 스님께선 안(安), 방 (邦)자, 열(悅)자 성함을 들어본 적이 있습니까?"

노인이 자못 진지한 어투가 되어 편조에게 묻는다.

"예. 소승이 알고 있기론 고종 때에 사천국 판사(司天局判事)를 지내고, 삼별초의 난 때 배중손 장군을 도와 함께 대몽 항쟁을 위해 진도로 갔다가 세상을 하직한 유명한 술사가 아닙니까? 용손(龍孫: 고려 왕씨) 이 12대에서 끝나는 고로 남경에 황궁을 세워야 국운이 새로 흥성할 것이라는 참위설을 주장했다고 들었습니다."

"역시 스님께선 예상한대로 박학다식하십니다그려. 허나 잘 모르고 계신 것도 있구려. 아무튼 그분이 아까 말씀드린 기인이자, 이 늙은이 의 스승 되시는 분입니다."

"거참 이상한 일이군요. 그 술사분이 세상을 하직하신 지가 얼마인 데 어르신의 스승이 되신다는 말씀입니까?"

납득이 가지 않는 듯 편조가 고개를 갸웃거리자 노인이 눈가에 주름 을 만들며 호방하게 웃는다. 이어 속 시원히 대답을 해준다.

"놀랍게도 스승님께서 이 마을에 오신 건 충선왕 5년 때이외다. 그러니까 진도에서 배중손 장군과 함께 관군의 손에 죽임을 당했다고 알려진 뒤 자그마치 삼십이 년이 흐른 다음이지요. 그 당시 본인 나이 이칠(二七: 14세)이었소이다."

노인의 조심스런 얘기에 의하면, 당시 이 마을에 나타났을 때 두 사람은 나이 팔십이 넘어 보이는, 백발에 수염이 허연 늙은이였다. 나중 얘기를 들어 알게 된 사실이지만 키가 육척인 노인이 안방열이고 또 눈빛이 남달리 형형한 노인은 배중손 장군이었다고 한다.

진도에서 벌어진 접전에서 관군에게 살해당했다는 소문은 추적을 피하기 위해 고의로 퍼트린 낭설로, 관군과의 전투가 벌어지기 전날 안방열의 점괘로 패할 것을 미리 안 두 사람은 몰래 배를 타고 남해로 피신했고, 그 덕에 살아남았다는 것이다. 그때부터 두 사람은 세상을 등진 기인이 되어 산천을 떠돌아다녔다고 한다.

"그럼 진도에서 전사했다는 배중손 장군도 실은 생존해 있었다는 말씀이십니까?"

"그렇지요. 말하자면 위계(爲計)를 쓴 셈이지요."

천만뜻밖, 놀랍고도 황당한 얘기다.

천천히 붉은 석양이 내리기 시작한다. 산골이라 산 그림자가 내려오기 시작하면 금방 어두워진다. 이미 땅거미가 마당 가장자리 싸리 울타리까지 내려오고 있다. 서녘 하늘을 힐끗 바라본 노인이 하던 이야기를 접고 편조에게 말한다.

"누추하지만 스님들께선 오늘 이 늙은이 집에 묵고 가시는 게 좋을 듯하오. 아직 할 얘기도 꽤 남아 있고, 또 지금 내려간대도 마을에 가면 어두워져서 하룻밤 묵을 집을 찾기도 힘들 것이오. 마침 집에는 먹거리도 좀 있소이다."

두 사람은 노인의 말에 따르기로 결정을 내린다. 앉아 있자니 잊고 있었던 여독이 밀려왔고, 다리가 아파서 더 이상 걸을 여력도, 길을 떠날 마음도 없었다.

사위가 어둑어둑해지면서 때맞추어 밭에 나갔다던 젊은이가 집으로 돌아왔다. 땅딸막하게 생긴 젊은이는 손님들에게 꾸벅 인사를 하곤 곧장 부엌으로 들어가서 저녁준비를 서둘렀다. 가만히 앉아서 기다리기 무안했던지 능우가 피곤한 몸을 이끌고 부엌으로 들어가서 젊은이를 도왔다.

곧 두어 가지 산채 반찬에 국 한 가지와 보리가 반 넘게 섞인 밥이 소반에 준비되었다. 네 사람은 어둑한 마당에 관솔불을 피워 놓고 멍석 위에서 요기를 마친다.

"아까 하시던 얘기를 마저 들을 수가 없겠습니까? 궁금해서 참기가 힘듭니다."

숭늉으로 입가심을 한 뒤 능우가 넌지시 노인에게 얘기를 독촉한다. 부엌으로 밥상을 내가는 젊은이의 등을 바라보던 노인이 크게 헛기침을 한 다음 운을 뗀다.

"그럼 마저 얘기를 해드리리다. 그날, 스승님께선 전국 산천경개를 살피며 돌아다니시던 중에 기력이 쇠잔하여 이 마을에 들르신 모양이었소이다. 이틀간 이 초가집에서 묵으신 스승님께선 조만간 닥쳐올 자신의 임종을 예견하셨던지 가친(家親)의 허락을 얻어 이 늙은이를 제자로 받아들인 것이오. 그런 다음 부랴부랴 풍수에 관한 비술을 몇 가지 가르쳐 주셨지요.

하지만 워낙 아둔한 제자인지라 배운 것이 열이면 다섯밖에 깨우치지 못한 게 아직도 스승님께 죄송하고 개인적으로는 원통할 따름이외다. 그렇지 않다면 이런 작은 마을에서 근처 사람들 음택이나 잡아주며 살지는 않았을 거외다."

처연하게, 때로는 비분에 차서 노인이 스스로의 둔탁한 재주를 탓한다. 입술이 마르는지 곁에 둔 자배기의 숭늉으로 입술을 축인 노인이 얘기를 이어간다.

"이런 제자의 무능을 아셨는지 스승님께서도 별 기대는 하지 않으신 듯하오. 아무튼 몇 가지 비술을 전해주신 대가로 스승님께선 제자에게 한 가지 유언을 남기셨습니다."

"한 가지 유언이라니요?"

잔뜩 귀를 기울여 듣던 능우가 캐묻는다.

"잠깐 기다리시오. 내 가져올 게 있소이다."

노인이 자리에서 일어나더니 마루에 올라 큰방으로 들어갔다. 한참을 어두운 방 안에서 부스럭거리던 노인이 손에 책자 하나를 들고 나온다. 노인은 그 책자를 조심스럽게 편조 앞에 내민다.

"이 책을 해독할 수 있겠소?"

엉겁결에 편조가 책을 받아든다. 기름먹인 종이로 표지를 한 누런 빛깔의 책자는 무척이나 낡고 오래돼 보인다. 얼마나 만졌는지 귀퉁이가 닳아서 야들야들하다. 책의 두께는 손가락 두 마디 정도였는데, 두꺼운 표지 안쪽에는 '인연이 있는 자 얻게 될 것이다' 라는 간단한 결구가 쓰여 있다. 다시 한 장을 더 넘기자 큰 글씨로 『음양혼천비록』이라고 적혀 있고 그 밑에 조금 작은 글씨로 『하권, 풍수지리록(下卷, 風水地理錄)』이라고 씌여 있다.

"『음양혼천비록』이라면!"

놀란 편조가 자신도 모르게 부르짖는다. 그는 얼른 관솔불 아래 책을 펼친다.

책장에는 한자로 쓰인 뜻 모를 칠언절구들과 함께 지형지세의 모양과 형태가 자세하게 그려져 있다. 언뜻 보아도 풍수지리에 관하여 적어놓은 내용임이 분명한 듯하다. 하지만 난해한 용어로 적혀 있는 탓에 내용의 의미를 해석하기는 쉽지 않다.

"혹시 이 책이 옛날 신라시대 음양학의 대가이신 도선국사께서 당나라를 주유하다가 기이한 인연으로 얻게 되어 가져왔다는 그 비기는 아닐까요?"

편조가 서둘러 책장을 넘기며 언젠가 우연히 귀동냥으로 들은 적이 있는 비서에 대한 이야기가 생각나 어림짐작으로 노인에게 묻는다.

"그렇소이다. 스승님께서도 그런 말씀을 하셨소이다."

도선국사는 신라 말기 스님이었다. 스무 살 때 뜻한 바 있어 출가하여 동리산(桐裏山) 혜철대사에게 배우기를 청하였고, 무법법(無法法)과 무열설(無說說)의 법을 전수받고 스물세 살에 비구계를 받았다고 전해진다.

"그런데 표지에 하권이라고 적혀 있는 것으로 보아 따로 상권이 있을 것 같습니다만."

편조의 질문에 노인의 안색이 약간 떨떠름해진다.

"그럴 것이오. 허나 스승님께서 이 제자에게 남긴 것은 그 책, 『풍수지리록』 한 권뿐이외다."

잠시 기다림의 침묵이 흐르고, 생각을 정리한 듯 노인이 얘기를 이어간다.

"하도 오래전 일이라 기억이 가물가물하지만, 당시 이 제자가 스승님께 듣기로는 이 책이 두 권으로 만들어진 데에는 그 이유가 있을 거

라고 했소이다. 그건 이 비서에 기록된 내용이 한 권으로 묶기엔 많기
도 하거니와 기록된 비술이 너무 엄청나서 만일 누군가 이를 악용하면
세상에 걷잡을 수 없는 혼돈이 닥쳐올까 우려하여 일부러 두 권으로
나누지 않았겠느냐 하는 것이오.

또 스승님께서 말씀하시길 오래된 예언에 의하면 상권은 천기(天氣)
를 읽고 이를 응용하는 법을 적어놓은 책이고, 하권은 지기(地氣)의 흐
름과 맥을 읽고 이용하는 법을 적어둔 책이라고 하였소. 하여간 이 두
권의 기서를 모두 지닌 사람은 천년왕국을 세울 수 있다고 하였소이
다. 말하자면 천년이 이어질 왕국의 제왕이 되는 셈이지요. 여하간 너
무 엄청난 예언이라 그것까지는 믿기 어려우시겠지만, 그 상권의 제목
은『음양도참록(陰陽圖讖錄)』이고, 하권은 바로 스님이 보고 있는 바로
그『풍수지리록』이라고 했소."

노인의 좀 더 자세한 얘기에 따르면 상권인『음양도참록』은 음양의
변화를 연구, 예측하여 나라를 세우고 국운을 흥성하게 하며 백성을
다스리는 제왕지도(帝王至道)의 법을 중점적으로 적어놓은 책이고, 하
권인『풍수지리록』은 지형지세나 방위(方位)의 길흉을 따져서 백성들
의 화복(禍福)을 도모하는 법을 적어놓은 책이라고 했다.

그렇게 상하권으로 나누어진 책은 많은 우여곡절을 겪으면서 상권
인『음양도참록』은 고려 중기의 술사인 강정화(康靖和)가 입수하여 나
중 술승인 묘청(妙淸)과 그 제자인 백수한(白壽翰)에게로 이어졌다. 그
리하여 묘청이 백수한과 함께 난을 일으켰다가 처형된 이후로는 행방
이 묘연해진 상태였다.

노인이 가지고 있는 하권『풍수지리록』은 어떤 연유에선지 고려 숙
종 때의 술사인 위위 승동정(衛尉丞同正) 벼슬에 있던 김위제(金謂磾)가

소지하고 있다가 승려인 주연지(周演之: 본명 최산보)에게, 이어 그의 제자인 승려 도일(道一)에게 넘어갔다.

사제 사이인 주연지와 도일은 무신시절, 권신 최우를 등에 업고 거부(巨富)가 되어 많은 부인들을 유혹, 능욕했다고 한다. 이후 고종 15년에 주연지는 상장군 노지정(盧之正) 등과 함께 최우의 제거와 희종(熙宗)의 복위를 모의하다가 탄로 나서 남해에 유배당한 뒤 살해되었다고 한다.

하지만 술승 도일이 가지고 있었던『풍수지리록』이 어떤 경로를 거쳐서 노인의 스승인 안방열에게까지 넘어가게 된 것인가 하는 경위는 가히 추측하기조차 힘든 일이었다.

"아하, 그렇게 된 것이군요."

노인의 얘기를 들은 편조가 납득이 갔다는 듯 고개를 주억거린다.

"그렇소이다. 책에 적힌 비밀스런 내용만큼이나 파란만장한 경로를 거친 셈이외다."

그 대답에는『음양도참록』이나『풍수지리록』을 소지했던 대부분의 사람들이 비참하게 일생을 마친 것에 대한 감회가 서려 있다.

노인의 말에서 편조는 문득 묘청이나 백수한, 김위제, 주연지와 도일 모두 서경 천도설(遷都說)을 주장했다는 공통점을 떠올렸고, 어쩌면 그건 책에 쓰인 천기를 누설했거나 스스로 왕이 되려 한 때문에 입은 횡액이 아닐까 하는 엉뚱한 추측을 하기에 이르렀다. 그렇지 않다면 왜 기서를 소지했던 사람들이 하나같이 불운의 길을 걷게 되었는지 마땅한 해답을 찾기 힘들었다.

여하튼 편조가 손에 들고 있는 그 책이야말로 평생을 통하여 보기 힘든 귀중한 비서라는 점에는 틀림이 없었다.

"헌데 어르신께선 이 귀중한 책을 왜 소승에게 보여주시는 것입니까?"

내심 흥분을 가라앉힌 편조는 진작부터 궁금하게 여겼던 점을 끄집어낸다. 그 말에 노인이 잠시 의미 있는 눈길로 편조를 건너다본다. 두어 번 수염을 쓰다듬은 노인이 신중하게 입을 연다.

"이 비서를 스님께 전하라는 스승님의 유언이 있었소이다."

"소승에게 전하라는 유언이라니요? 그게 무슨 말씀입니까?"

놀란 편조가 눈을 크게 뜬다. 곁에서 이야기를 듣던 능우 역시 놀라서 어리벙벙한 표정을 짓는다. 몇 십 년 전에 세상을 뜬 술사가 전혀 일면식도 없는 편조에게 비서를 전해주라는 말을 남겼다는 얘기가 당최 믿어지지 않았던 것이다.

"그럼 말하지요. 실은 스승님께서 임종하시기 직전에 이 제자에게 한 가지 특별한 유언을 남겼소이다."

지그시 눈을 감은 채 당시를 회상하며 노인이 이야기를 이어간다.

"그 한 가지란 다름 아니오. 갑오년 유월이 되면 관상이 출중한 을해생 젊은이가 집으로 찾아들 것이니 비서를 넘겨주라는 말이었소. 그게 벌써 오십 년 저쪽의 일이라 까맣게 잊고 있었지요, 그런데 오늘 스님을 만나자 불현듯 그 유언이 떠오르지 않았겠소.

사실 이 늙은이의 집은 외진 산비탈에 자리 잡고 있어서 일 년 내방객이라야 채 열 손가락에 꼽을 정도도 되지 않소이다. 그런데 스승님께서 말씀한 갑오년 유월에 젊은 스님께서 이처럼 우연히 이 집을 찾아올 줄 어찌 알았겠소. 정말 놀랍고 신기하지 않소이까? 스승님께서 오십 년 뒤 오늘의 일을 미리 예견하시고 유언을 남기신 게 말이오."

"참으로, 참으로 신묘한 일입니다."

능우가 입을 다물지 못하고 감탄사를 연발한다.

"일이 그리 되었으니 스님께선 조금도 괘념치 말고 그 책을 받아 주시오."

"허나 소승이 무슨 자격이 있어 이 귀중한 비서를 받겠습니까?"

편조는 내심 놀랍고 기꺼웠지만 의연하게 사양한다.

"스님, 들어보시오. 자고로 세상의 모든 물건은 다 쓰임새가 있으며, 또한 옳은 주인을 만나야 사람들에게 이롭게 쓰여진다는 말이 있소이다. 이 늙은이가 보기에 이제야 제 주인을 만난 것 같소이다. 그러니 제발 책을 받아들여 작고한 스승님의 유언을 헛되게 하지 마시오."

"그래도……."

"스승님의 유언이기도 하지만 이 늙은이가 떠맡은 짐을 벗는 일이며, 스승님의 은혜를 만분의 일이나마 갚을 기회이기도 하오. 제발 거두어 주시오."

간절하고 진심 어린 노인의 청원이다. 편조는 이쯤에서 책을 받아들이기로 마음을 정한다. 노인이 잊고 있었다는 듯 덧붙인다.

"한 가지 더 알려드릴 것은, 임종 전에 스승님께서 말씀하시길 그 책의 내용이 너무 난해하여 수십 년을 읽어서 겨우 칠할밖에 터득할 수가 없었다며 자탄하셨소이다. 이 늙은이 역시 책의 내용이 궁금하여 수시로 꺼내어 탐독해 보았으나 능력이 부족한 탓인지 도통 이해하기조차 힘들었소이다. 그러니 총명하신 스님께서 부디 그 책을 잘 활용하여 도탄에 빠진 백성들에게 안녕과 복덕을 가져왔으면 하는 게 이 늙은이가 가진 단 하나의 바람임을 알았으면 하외다."

"알겠습니다. 그럼 소승, 어르신의 뜻을 겸허하게 받들기로 하겠습니다."

편조가 책을 멍석에 놓고 엎드려 크게 절을 해서 예를 보인 다음 노인에게는 합장을 올려 고마움을 표했다.

"부디 좋은 결과 있으시길……."

노인이 마주 합장을 하며 축원한다. 이제야 스승의 유언을 받들어 기서의 주인을 찾아준 것이 몹시 감격스럽고 또 그동안의 여러 감회가 치미는지 물기 젖은 눈자위가 불그스름하게 달아오른다.

"편조법사, 잘하셨네. 정말 잘하셨어."

다음 날, 비교적 융숭하게 아침 대접까지 받은 편조와 능우는 노인의 집을 나섰고, 능우는 제 일이라도 되는 양 연신 기꺼워한다. 편조도 왠지 기분이 좋아 고개를 끄덕인다.

"참, 편조법사, 혹 작년 이맘때 있었던 일을 기억하시는가?"

"작년 이맘때라니?"

어리둥절해진 편조가 능우를 바라보며 되묻는다.

"관음사에서 개심사로 가던 도중 산길에서 만난 도인 말이네."

그 말을 듣자 금세 편조의 뇌리에 한 노인의 모습이 떠올랐다. 자신과 능우를 백 길이나 허공으로 치솟게 한 괴이한 술법을 지닌 그 노인이 했던 말도 생생히 기억난다. 그는 편조에게 일 년 뒤 이맘때쯤 기연을 만날 것이며, 그걸 부지런히 자기 것으로 익혀 두면 큰 도움이 될 거라고 하지 않았던가. 이제 와서 돌이켜 생각하면 그 도인의 예언이 정확히 맞아떨어진 셈이었다.

"그래, 기억하고말고."

뜻하지 않은 기연을 만난 편조는 소중하게 책표지를 쓰다듬으며 말한다. 자신도 모르게 가슴 가득 세상이 안겨 오는 듯 뿌듯한 기분이 들었다.

편조 일행이 떠난 지 서너 시진 지났을까, 잠시 낮잠에 빠져 있던 노인은 난데없는 말발굽 소리에 눈을 떴다.

방문을 열어보니 한 사내가 털빛이 하얀 호말(胡馬)을 끌고 마당에 들어서고 있다. 가죽안장 옆에는 큰 활과 전통, 장창이 달려 있고, 짐승 가죽으로 만든 옷을 입은 젊은 사내는 육척이 넘는 큰 키에 이마가 넓고 귓불이 한 뼘이나 늘어져 어깨에 닿을 정도다. 야성적인 모습에 눈빛이 번쩍이면서 정기가 넘친다. 천하에 보기 드문 호남아(好男兒)였다.

"노인장, 물 좀 얻어 마실 수 있을까요?"

목소리 역시 부드러우면서 울림이 깊다. 노인은 천천히 자리에서 일어나 툇마루로 나선다.

"그야 물론이요. 헌데 어디 사는 뉘시온지?"

"함길도 쌍성 천호장의 차남 이성계(李成桂)라 합니다. 살을 맞은 범의 뒤를 쫓다가 길을 잃고 여기까지 오게 되었습니다."

노인이 부엌에서 물을 떠다주자 사내가 시원하게 목을 축이며 말한다. 말투며 행동거지가 모두 호쾌하다. 옆에 서서 그 모습을 지켜보던 노인이 지나가는 말처럼 묻는다.

"혹 생년을 물어도 될는지요?"

입가에 흘러내린 물을 손등으로 훔치던 사내가 쾌활한 웃음을 보이며 되묻는다.

"그건 왜 물으시오?"

"그냥 알고 싶소이다."

"그럼 물 한 잔 얻어먹은 대가로 알려드리리다. 을해생이오."

대답한 사내는 노인의 손에 바가지를 건네주곤 곧장 몸을 돌려 마당을 빠져나간다. 이어 훌쩍 말에 올라타고는 말발굽 소리와 함께 기세 좋게 멀어져 갔다. 그는 노인이 마당에서 우두망찰, 놀람과 의문, 허탈 감이 섞인 기묘한 표정을 짓는 것을 결코 알지 못했다.

4

개경에서 서쪽 관문인 선의문을 빠져나오면 서교(西郊)라는 자그마한 마을이 있고, 거기서 조금 더 가면 황교(黃橋)라는, 널찍한 돌로 지어진 석조교가 나온다.

송도 8경의 하나로 손꼽히는 이 황교에서 바라보는 석양이 지는 장관은 너무 찬연하고 아름다워 정승인 이제현(李齊賢)은 젊었을 때 다음과 같은 시를 지었다.

둑에서 바라보니 시냇물은 구불구불 흐르고,
들판의 밭두둑은 가로세로로 나뉘어 있네.
숲 너머로 사람의 말소리는 멀어서 겨우 들릴 듯하고,
마을길은 마치 한 폭의 펴놓은 푸른 치마 같구나.
솔개는 오산의 나뭇가지에 모이고,
까마귀는 곡령의 구름 속으로 사라지네.
오는 소와 가는 말로 분주한데,
성곽에는 석양이 비로소 노을 지고 있구나.

시 구절과 달리 지금 황교 부근의 넓은 벌에는 매캐한 먼지 냄새와 함께 눈부신 초여름 햇살이 쏟아지고 있다. 여름은 인종(忍從)을 필요로 하는 계절이다. 농사꾼들이나 노비들은 밭일을 하기에 등이 굽고 장사꾼들은 무거운 등짐을 져 나르기에 허리가 휘는 나날을 보내야 한다.

새들이 밝게 지저귀는 아침나절이 지나고 햇살이 점차 뜨거워지면서 관도를 오가는 행인들은 삿갓이나 일산(日傘)을 쓰고 바쁘게 길을 재촉한다.

황교는 개경에서 국제무역항인 벽란도로 통하는 길목인지라 여행객뿐만 아니라 승려, 짐꾼, 상인, 유학생, 관리 등이 끊임없이 오갔다. 또한 짐을 가득 실은 우마차나 손수레도 적지 않게 눈에 띈다. 개경으로 들여올 약재나 향료, 비단, 목면 따위의 물목이거나 외국으로 보낼 호피나 자기, 저포, 나전칠기 등속의 고려 생산품을 실은 마차다.

외국과 교역이 잦다보니 외국 상인들도 심심찮게 드나드는 걸 보게 된다. 가까이는 변발을 한 원나라 상인부터 일본이나 동남아, 멀리 아라비아 상인까지 대로를 오가기도 한다.

길옆, 큰 수양버들이 무성한 가지를 드리운 개울가.

오가는 행인들을 상대로 단지에 담긴 샘물과 떡을 파는 중년 아낙 옆에 서서 한가롭게 주위를 감상하며 쉬고 있는 청년이 있다. 얼굴이 약간 앳돼 보이긴 하지만 탄탄한 어깨와 균형 잡힌 늘씬한 키는 오가는 사람들의 눈길을 끌 만하다. 청년은 바쁜 세상사를 초월한 사람처럼 여기저기 무심하게 시선을 던지고 있다.

무영은 직무를 쉬는 날이면 이곳 황교에 나오길 즐겼다. 궁궐을 벗어나 넓은 들판과 자연이 주는 풍경을 감상하다보면 답답하던 심사가 얼마간 풀리는 것 같았다. 석모도에서 자유롭게 자라난 그에게 격식과 법도에 얽매여야 하는 궁궐 생활은 애초부터 적성에 맞지 않았다.

그나마 가끔씩 이렇게 나성 밖으로 나와 자연을 바라보며 망중한(忙中閑)을 즐기거나 대로를 오가는 사람들을 지켜보며 유유자적하는 게 요즘 그의 유일한 즐거움이다. 다행히 지난 오월경에 친원파 수장인 기철과 권겸, 노책 일당을 역모혐의로 한꺼번에 척결한 뒤로 정탐 일이 줄어서 예전보다 시간적 여유도 많아진 편이다.

"젊은 무사님, 약속한 처녀가 아직 오지 않는 모양이네요."

좌판에 진열한 떡에 물기가 마르지 않도록 물에 적신 삼베 천을 덮어주던 아낙이 무영에게 말을 붙인다. 넉살좋은 아낙의 농에 무영이 슬며시 미소를 머금는다. 이 수양버들 밑에서 몇 번 안면을 익힌 뒤로 짓궂은 농담도 곧잘 건네곤 하는 아낙이다.

"처녀를 기다리는 게 아니야."

"처녀를 기다리지 않으면 왜 그렇게 한 자나 목을 빼고 기다리십니까. 그러다가 내생에 두루미나 학으로 태어나면 어쩌시려고. 그렇게 냅다 목만 늘이지 말고 이 불쌍한 아낙의 떡이나 팔아주시면 복을 받으실 것인데."

"아직 배가 고프지 않은걸."

"꼭 배가 고파서 먹는 게 떡인가요. 쑥덕쑥덕 얘기하다가 쑥떡 먹고, 재수 없어 개피 보고 개피떡 먹고, 님을 만나면 찰싹 붙으라고 찰떡 먹고, 귀신 쫓으려면 붉은 시루팥떡, 똥통에 빠진 아이는 똥떡을 먹지요……."

아낙의 너스레가 구성지게 늘어진다. 무영이 떡을 사지 않으리란 걸 번연히 알면서도 심심하니까 해보는 수작인 것이다.

미소 짓던 무영의 눈길에 잠시 이채로움이 빛난다. 그가 보고 있는 건 저만치 넓은 관도를 따라 걸어오고 있는 세 사람이다.

두어 걸음 앞선 여자는 백저 상의를 입고, 손에는 청색 비단으로 된 합죽선을 들고 있다. 창백하달 만큼 희고 갸름한 얼굴에 기이한 윤기가 돈다. 또 눈가가 푸르스름하여 한눈에도 색정적인 분위기를 풍기는 여인이다.

하지만 무영의 눈길은 여자가 아닌, 엉뚱하게 뒤에서 따라오는 두 명의 남자에게 가 있다. 호리호리한 몸집에 날카로운 눈매를 가진 사내와, 깡마른 얼굴에 표정이 드러나지 않는 노복처럼 보이는 서른 남짓한 사내다. 두 사내 모두 장사꾼 행색을 하고 있지만 짐은 없었고, 죽장처럼 생긴 네 척 가량의 지팡이를 들고 있다.

두 사내의 눈길도 무영에게 멎는다. 세 사람의 눈빛이 빠르게 부딪친다. 깡마른 사내의 눈빛에 잠깐 차가운 경계의 빛이 떠오른다. 하지만 이내 그 빛은 안으로 갈무리된다.

앞선 여자가 잠시 걸음을 멈춘다. 심녀다. 그녀의 눈길이 나무에 기대서 있는 무영에게 머문다. 보기 드물게 잘생긴 얼굴에 흠잡을 데 없이 균형 잡힌 체격을 가진 청년이라고 내심 감탄하던 그녀는 문득 어디선가 본 듯한 얼굴이라는 데 생각이 미친다.

어디서 보았을까. 심녀는 빠르게 머리를 굴려 찾는다. 이처럼 젊은 청년이 자신과 알고 있을 까닭이 없다. 하지만 여전히 본 듯한 느낌을 지우기 힘들다. 이상한 일이다. 분명 예전에 어디선가 한 번 본 얼굴이다.

"거기 나무 그늘에서 잠깐 쉬도록 하세요."

심녀가 뒤떨어져 오는 두 사람에게 말한다. 이어 그녀 혼자 무영이 앉아 있는 버드나무 그늘 속으로 들어선다.

"무슨 초여름 날씨가 이렇게나 덥담."

심녀가 혼잣소리처럼 말하며 힐끗 무영의 옆얼굴을 살핀다.

"떡 좀 사시오. 아님 시원한 냉수라도 한 그릇 사시든지……."

옳다구나 싶었던지 중년 아낙이 심녀에게 말을 붙인다. 심녀가 고개를 좌우로 흔들자 주근깨가 많은 아낙은 볼이 부은 얼굴이 된다.

"혹 어디 사시는 총각인지 물어도 돼요?"

심녀가 말을 건넨다.

"그건 알아서 무엇하시려오?"

"어디서 본 듯한 얼굴인데 혹 같은 마을에 사는가 해서지요."

"그건 단연코 아닐 것이오."

"그렇다면 왜 그렇게 지나가는 여자 얼굴을 뚫어지게 보고 있나요?"

심녀가 하얀 얼굴에 미소를 지으며 나긋나긋하게 묻는다. 갑자기 순진해 뵈는 청년을 놀려주고 싶은, 약간의 장난기 어린 욕구가 치민 것이다. 장정이나 다름없는 훤칠한 외모와 달리 아직 약관도 채 되지 않은 나이란 것을 알지 못했기 때문이다.

"혹 나와 얘기라도 나누고 싶은 마음이 있어 그런 건 아닌가요?"

약간 억지가 섞인 물음이다. 무영이 어처구니없다는 듯 가볍게 씩 웃는다. 그녀는 부채질을 하는 것처럼 하며 슬쩍 한 손으로 가슴 앞섶을 연다. 옷깃 사이로 풍부한 젖무덤이 눈부시게 골짜기를 드러낸다.

"별소리. 난 댁 같은 나이 든 아낙은 관심 없소."

딴전을 피우며 무심하게 내뱉는 말에 심녀의 미간이 불쾌하게 일그러진다. 서른을 앞두곤 있지만 평소 스스로 젊다고 자부해오던 그녀였다. 주름 없는 희고 고운 얼굴도 그렇지만 터질 듯 팽팽하게 부푼 육체는 뭇 사내들의 눈길을 빼앗고 정신을 어지럽힐 정도는 된다고 자부하던 터였다.

그런데 정작 새파란 청년에게 무시당하고, 그것도 모자라 나이든 아낙이란 말까지 들으니 심사가 적지 않게 비틀어진 것이다.

"총각이 말투가 사납네."

"원래 내 말버릇이 그렇소."

무영의 무정한 대답에 심녀가 날카롭게 도끼눈을 흘긴 다음 재수 없다는 듯 부채를 활활 부치며 나무 그늘을 벗어난다.

"어쩐지 무사 같은데……."

무영이 심녀를 따라 멀어져 가는 사내들을 보며 중얼거린다. 저만치 걸어올 때부터 두 남자의 평범하지 않은 걸음새에서 오랫동안 무술을 연마한 무사라는 걸 알아챘던 것이다. 왠지 느낌이 좋지 않은, 기이한 색정이 흐르는 여자와 평민과 하인으로 위장한 무사는 아무래도 수상쩍기만 하다.

특히 하인으로 보이는 깡마른 체구의 남자는 뭔가 남다른 구석이 있다. 슬쩍슬쩍 내디디는 보폭이 가벼우면서 일정하고, 전혀 빈틈을 보이지 않는 자세가 술법을 배운 자가 분명하다.

무영의 생각을 읽었을까. 저만치 가던 남자 하인이 돌연 고개를 돌린다. 무영은 찰나이긴 하지만 사내의 눈빛에서 탐색과 적의가 스쳐가는 걸 본다. 사내도 무영이 무시하지 못할 상대라는 걸 깨달았던 모양인지 모른다. 그러나 사내는 곧 고개를 돌렸고, 아무 일도 없었던 것처럼 가던 길을 재촉한다.

"흥, 순 색골같이 생겨 갖곤 아무 남자한테 꼬리를 쳐대는 꼴이라니……."

심녀가 멀어지자 그동안 곁에서 지켜보던 떡장수 아낙이 콧방귀를 뀌며 이죽거린다.

"척 봐도 남자 여럿 망쳐먹을 여자네요. 성정도 살무사처럼 독할 거고. 내가 이래 봬도 떡장수 삼십 년에 그만 정도는 알고 남는답니다."

"떡 못 판 것이 심통 난 게 아니고……?"

무영이 슬쩍 눙친다.

"제가 어디 그깟 알량한 떡 때문에 그러는 줄 아십니까. 그년 하는 꼬락서니가 꼴사나워서 그렇지요. 아마 그년 치마를 들치면 적어도 꼬리가 여섯 개는 나올걸요."

아낙의 실없는 소리를 한 귀로 흘려듣고 있던 무영의 눈길에 슬쩍 반가운 빛이 떠오른다. 저만치에서 열여덟쯤 된 댕기머리 총각이 따가운 햇살에 아랑곳없이 터벅거리며 대로를 걸어오고 있는 게 보인다.

볕에 새카맣게 탄 얼굴은 각이 져서 고집스럽게 생겼고, 정강이가 드러나는 잠방이에 가슴에는 거적에 싼 작은 물건을 소중하게 들고 있다.

그는 길가 나무 그늘 아래에 서 있는 무영을 발견하자 눈가에 보일 듯 말 듯 미소를 지어 보인다. 조소 같기도 하고 반가워하는 것 같기도 한 미소다.

"그럼 떡 많이 팔게."

떡장수 아낙에게 인사를 남긴 무영은 어슬렁거리며 총각의 뒤를 따라간다.

"연구하던 건 잘되어 가나?"

예상했는지 뒤를 돌아보지도 않고 총각이 묻는다.

"저를 기다린 겁니까?"

"그냥, 겸사겸사……."

"무척 한가한 모양입니다."

"시간이라면 남아도는 편이지."

무영의 유들유들한 대답에 총각이 픽 코웃음을 친다.

"그럼 서책이나 읽으시지……."

"독서도 좋지만, 좀 궁금한 게 있어서 말이야."

"솔직히 말해서 제가 연구하는 게 보고 싶다는 말 아닙니까?"

"거짓말은 못하겠군. 그래, 오늘은 무얼 할 거야?"

"따라와 보시면 압니다. 사흘 동안 연구해서 새롭게 만든 겁니다."

자신에 찬 대답에 무영이 입에 옅은 미소를 머금는다. 오늘 새롭게 선보일 강력한 화약을 제조해온 게 틀림없으리라.

무영이 최무선이란 댕기머리 총각을 알 게 된 건 황교로 산책 겸 나들이를 하면서부터다. 그 당시 벽란도 방향으로 산보를 나가던 무영이 멀리서 나는 희미한 폭음을 들었던 것이다. 폭죽 소리와 비슷했지만 설날이나 경축일도 아닌 터에 그런 소리가 날 리 만무했다.

관심이 끌린 무영이 찾아간 곳은 주변이 구릉에 싸여 오목한 경사를 이룬 작은 분지였다. 그곳에서 때아닌 시커먼 연기가 솟고 있었다. 그리고 그 옆에는 낭패한 기색을 한 댕기머리 총각이 있었다.

몇 번 만나면서 알게 되었지만 총각은 최무선이란 이름을 가졌고, 좌창을 개칭한 광흥창사(廣興倉使)의 별감인 최동순의 아들이었다. 어릴 때부터 불통박사라고 소문날 정도로 고집이 세고 신지식이나 신문물에 대한 지적 호기심이 유달랐던 그는 부친을 따라 국제무역항이 있는 벽란도 인근에 거처를 얻으면서 여러 외국 문물을 접할 기회를 얻게 되었다.

그중에서 그는 화약에 특별한 관심을 가졌다. 그때부터 벽란도를 오가는 상인 가운데 화약에 대한 지식이 있는 자들을 찾았고, 한 친절한 중국 상인에게서 화약 제조법을 얻어들을 수 있었다. 그때 이미 중국에서는 폭약을 제조, 전쟁에 사용하고 있었다.

두 사람이 예성강이 바라보이는 삼거리 어귀의 한 주막집을 지나치려 할 때다. 주막집 낮은 개바자 울타리 너머로 마당에 돗자리를 깔고 앉아 담소를 나누고 있는 도인풍의 남자와 승려 한 사람이 보인다.

"스승님!"

주막으로 들어가며 무영이 반갑게 소리친다. 고개를 돌리던 풍천도인의 얼굴에 인자한 미소가 떠오른다.

"무영이구나. 궁궐에 있어야 할 네가 여기까지 웬일이냐?"

"그냥 바람이나 쐴까 나왔습니다. 헌데 스승님이야말로 어인 일이신지요?"

무영의 눈길이 풍천과 마주 앉은 승려에게 머문다. 서른 남짓한 승려로 당당한 풍채에 길고 가는 눈매에는 남다른 지략과 야심이 엿보인다. 일견해도 보통 승려는 아닌 듯하다.

"인사 올려라. 무학(無學)스님이시다. 원나라에서 명성을 떨치신 혜근(惠勤)대사님의 상좌(上佐)이기도 하지만, 지난해 백암사서 입적한 복구대사님께 함께 배움을 얻은 사이이니 나와는 동문 사제라 해도 무방할 것이야. 이번에 우연히 만나서 길동무 삼아 오는 길이니라."

"너의 이름이 무영이라고 했느냐? 참으로 좋은 숨은 제목이로다. 말 그대로 천장지비(天藏地秘: 하늘이 감추고 땅이 숨겨둔다는 의미)의 상이구나."

인사를 올리는 무영의 관상을 눈여겨 살펴보던 무학이 놀란 눈빛을 하며 감탄사를 늘어놓는다.

"헌데 저기 있는 총각은 누구냐?"

초면에 인사를 해야 할지 말지 갈피를 잡지 못하고, 주막 입구에서 엉거주춤 서 있는 무선을 바라본 풍천이 묻는다. 무영이 무선을 만나게 된 계기와 함께 간략한 소개를 했고, 풍천이 의미 있는 눈길로 새삼 무선의 행색을 찬찬히 살핀다.

"보아하니 심지가 굳고 손재주가 있는 아이로구나. 나중 한 번은 나라를 위해 크게 쓰일 일이 있겠다. 잘 사귀어 두려무나."

좀체 웃음을 보이지 않던 무선의 얼굴에 부끄러운 듯 쑥스런 미소가 어린다.

"바쁜 일 없거든 게 앉아라. 너도 들어두면 장차 도움 될 얘기가 있을지도 모르니 말이다."

풍천이 말한다. 무영이 무선에게 먼저 가보라는 신호를 보낸 뒤에 풍천의 옆자리에 앉는다. 두 사람은 무영이 오기 전부터 긴요한 얘기를 나누고 있었던지 표정이 몹시 진지하다.

"…조금 전에 사형께서 걱정하시는 바와 같이 지금 고려를 비롯한 원나라와 왜국(일본)에서도 변화의 기운이 거세게 소용돌이치고 있습니다. 어찌 보면 삼국이 모두 비슷한 변화의 폭풍 앞에 있다고 해도 과언이 아닐 것입니다. 원나라에선 홍건적이 발흥하여 혼란스럽고, 왜국에서는 나라를 통합하려는 세력들 간의 남북조(南北朝) 전쟁이 한창입니다. 이런 여러 상황을 종합해 보면 머지않은 장래에 고려에 심각한 변화가 들이닥칠 것이라 여겨집니다. 이러한 시기에 그들 원이나 왜국보다 한발 앞서 나라의 기반을 튼튼히 해놓지 않으면 결국 나라의 존망 자체가 위협받게 될 것으로 사료됩니다. 이런 혼란과 변화의 시기에는 무엇보다 임금의 역량과 지도력이 뛰어나야 하는데……."

신중한 태도로 풍천을 건너본 무학이 약간 저어하는 듯하면서도 계속 말을 잇는다.

"지금 공민왕 전하께선 원래부터 섬세하고 다정다감한 기질이시라…현재 조정 중신들의 면면을 봐도 예전에 원나라에 볼모로 계실 때 호종을 했던 내관, 내시들이 대부분인 줄 압니다. 그들을 과감히 정리하지 못하는 건 전하께서 인정이 많으신 때문이겠지만, 그것이 결과적으로 국정이 문란해진 원인이 된 듯합니다."

"옳은 지적이오. 나 역시 그 점을 몹시 안타깝게 여기던 중이오."

풍천이 미간을 접으며 무겁게 고개를 끄덕인다. 구름이 끼듯 마음에 그늘이 드리워진다. 오랜 원려(遠慮)와 인고 끝에 어렵게 원나라에 가 있던 세자 기를 지금의 왕좌에 앉히고, 이제 겨우 친원세력들을 척결하는 일에 가시적인 성과를 거두고 있는 중이다. 그러나 아직까지 나라는 혼돈의 늪에서 빠져나오지 못하고, 조정의 기강조차 제대로 잡히지 않은 상황을 떠올리자 마음이 적지 않게 무거워진 것이다.

"타고난 천성이야 어쩔 수 없는 것이겠지요. 그게 왕이라고 한들 어찌 다르겠습니까. 허나 이건 한 개인의 문제가 아니라 이 나라의 흥망이 걸린 중대한 문제입니다. 그렇다고 달리 내세울 왕손이 있는 것도 아니고……."

얘기하던 무학이 말꼬리를 흐린다. 무언가 마음속에 할 말이 있는 듯한 표정이다.

"의견이 있으면 개의치 말고 말하시구려."

"하나 묻고 싶습니다. 만일 뿌리까지 병든 나무가 있다면 어떻게 하는 게 옳은지요?"

고요하던 풍천의 눈빛에 잠깐 놀란 기색이 여울져간다. 무학이 던진 질문의 진의가 무엇인지 능히 알고 있는 까닭이다. 일반 사람이라면 가히 입에 담기조차 어려운 이야기였을 것이다. 만에 하나 조정 중신들이 이 말을 듣게 되었다면 역모를 꾸민다며 한바탕 큰 사단이 일어났을 것이다.

풍천은 눈을 가늘게 하고 남다른 기개와 지모가 엿보이는 무학의 얼굴을 주시한다. 무학의 의견이 놀랍다기보다 그의 젊은 패기와 웅지가 새삼스레 돋보였던 것이다.

"지난번 송광사에서 뵈었을 때 사형께서 하신 말씀을 늘 가슴에 담아두고 있습니다. 당시 사형께선 기우는 나라를 구하려면 미리 그럴 만한 재목을 찾아 키워 놓지 않으면 안 된다고 하셨지요."

동의의 뜻으로 풍천이 두어 번 고개를 끄덕인다.

"사형의 말씀을 염두에 두고 소승은 안 가본 데가 없다 할 만큼 두루 인재를 찾아다녔었습니다."

"그래, 있기는 하였소?"

"예. 한 사람 찾기는 하였습니다."

"어디에서 보았소?"

풍천의 하얀 눈썹이 꿈틀거리며 움직인다.

"함길도에 있는 귀주사란 절에 갔다가 그곳에서 우연히 한 청년을 만나게 되었습니다."

무학대사의 이야기를 듣던 중 무영의 뇌리에 한 사내의 얼굴이 떠올랐다.

예전에 공민왕의 밀명을 받고 쌍성으로 천호장 이자춘을 찾아갔을 때였다. 쌍성과 가까운 귀주사(歸州寺)로 이어진 언덕길에서 무영은 스무 살 남짓한 한 사내와 마주쳤다. 청년은 절에서 책을 읽다가 오던 모양으로 손에는 누런 책자가 들려 있었다. 그는 육척이 넘는 큰 키에다 귓불이 어깨까지 늘어지고 호탕하면서 기품이 있게 생긴 인상을 가지고 있어서 첫눈에도 비범하고 뛰어난 인물로 보였다.

무영을 본 이성계가 먼저 어디 사는 사람이냐고 물어왔다. 처음 보는 터인데도 무영과 친하고 싶었던지 짐짓 시비조였다. 낯선 사람이 왜 수상하게 이곳을 어정거리느냐고 따지고 들었다. 내심을 눈치챈 무영이 일부러 퉁명스런 대답을 하자 그는 잘되었다는 듯 싱긋이 웃으며 무영의 실력을 떠보려 들었다. 무영 역시 그의 실력을 알고 싶기는 마찬가지였다.

몇 차례 장난처럼 힘을 겨루어 본 결과 사내는 곰처럼 강한 힘에 범처럼 날렵한 몸을 가지고 있었다. 천성적으로 타고난 무인이었다. 무영이 마음만 먹는다면 그를 이길 수는 있겠지만 결코 만만히 볼 상대는 아니었다. 아마 모르긴 해도 나라를 통틀어 몇 명 찾아내기 힘들 정도로 뛰어난 자질을 가진 사내였다. 또한 말투와 행색이 야인처럼 보이긴 했어도 남다른 기상에 지혜로운 면이 엿보였다.

"그래, 어떠했소?"

"미숙한 소승이 보기로는 분명 나라를 구할 만인지상의 인재였습니다."

"무학이 그렇게 말하니 기대가 되는구려. 하지만 좋은 인재라고 모두 동량이 될 수는 없지 않겠소."

"일은 사람이 꾸미지만 결과는 하늘이 주관한다는 말을 믿고 일단 인재를 키우는 일에 미약한 힘이나마 다해보려고 합니다."

"그래, 앞으로 어떡할 심산이오?"

"이제부터 나라를 구할 한 가지 물건을 찾아다닐까 합니다."

"한 가지 물건이라면?"

"혹, 사형께선 비서에 대해 들으신 바가 있는지요?"

뜻밖의 물음이다. 풍천의 눈에 잠깐 의미 모를 빛이 스쳐 간다.

"무학도 비서에 대한 소문을 들었구려."

"예. 오륙 년 전쯤에 처음 그 소문을 들었을 때만 해도 믿기가 어려웠습니다. 하지만 그 진위를 추적해 보면서 결코 근거 없는 뜬소문이 아니라는 결론을 얻게 되었습니다. 두어 해 전에 제가 원나라에 머물 적에도 소문으로만 떠돌던, 도선국사께서 당시 당나라의 밀교 도승인 일행대사가 가지고 있던 기서를 입수했다는 얘기도 사실이었음을 직접 확인할 수 있었습니다."

"하긴 세상에 이유 없는 소문은 드문 법이오."

풍천이 손을 들어 천천히 흰 수염을 쓰다듬는다.

"앞으로 탁발(托鉢)수행도 겸해서 그 비서를 찾아다녀볼까 합니다."

"뜻은 좋지만 찾기는 그리 쉽지 않을 것이오. 귀한 물건에는 임자가 따로 있다는 말도 있지 않소."

문득 풍천도인의 눈길이 곁에 앉아 있던 무영을 향한다. 무영은 스승인 풍천의 눈길에 남모를 의미가 담겨 있다는 것을 느낀다.

"물론 그렇겠지요. 하지만 일단 노력은 해보려고 합니다. 도탄에 빠진 나라를 구하는 일인데 뭐든 해봐야 되지 않겠습니까."

무학의 표정이 굳은 의지를 담아 결연해진다. 풍천이 가볍게 고개를 끄덕인다. 무학의 충정어린 태도에 감동한 듯도 하고, 나름의 상념에 빠져든 듯도 하다.

곁에서 조용히 두 사람의 대화를 지켜보던 무영은 내심 그 방식에는 얼마간 차이가 있을지 모르겠지만 나라를 위한 충정은 근본적으로 같구나 하는 생각이 들었다.

5

한바탕 차가운 비가 뿌리고, 한층 냉랭해진 가을날 오후 무렵이다.

이마에 닿을 듯 음울하게 내려앉은 하늘 아래로 밤새 불어댄 비바람에 떨어진 낙엽을 밟으며 서른 줄의 여인이 거리를 걸어온다. 병석에서 일어난 사람처럼 얼굴이 초췌한 그녀는 자려다. 짚신을 신은 그녀의 걸음새가 허방을 밟는 듯 위태로워 보인다.

십자로를 끼고 서편인 선의문 방향으로 몸을 돌린 그녀는 곧장 소금 파는 상점들이 늘어선 염점동(塩店洞)을 지난다. 이어 잡화를 파는 난전이 구불구불한 길을 따라 두서없이 이어진다. 난전은 오후 장을 보려는 상인들과 부녀자들로 제법 활기를 띠고 있다. 쌀이며 야채, 과일과 어육, 장작과 짚신, 지물과 면포 따위를 파는 점포들이 좁은 길 양편으로 정답게 처마를 마주하며 오밀조밀 늘어서 있다.

잡화전을 지난 자려는 시장 구석에 자리한 한 옹기 파는 가게로 간다. 제법 널찍한 황토마당에는 물독, 중두리, 자배기, 사발, 호리병 따위의 갖가지 모양과 크기를 가진 옹기가 오밀조밀하게 쌓아올려져 있고, 가게 옆으로 한 사람 겨우 드나들 만한 좁다란 대나무를 엮은 쪽문이 하나 나 있다. 쪽문을 들어가면 안에는 입구(口)자 형의 살림집이 있다.

"어이구, 이제 오는가."

그녀를 기다렸는지 마침 마루에 나와 앉아 있던, 머리가 반백 넘게 센 체수 작은 영감이 자려를 보자 반갑게 몸을 일으킨다. 환갑 가까운 나이에 비해 신체는 정정한 편이다. 그러나 염소수염을 기른 주름진 얼굴에는 까닭 모를 수심이 가득하다.

"다녀왔습니다."

자려가 가볍게 머리를 숙여 인사를 올린다.

"그래, 어찌 되었느냐?"

가까이 다가온 영감이 다급하게 묻는다.

"그게……"

그녀는 불현듯 감정이 북받치는지 눈물까지 글썽인다. 그녀는 나약한 모습을 감추려고 고개를 외로 돌린다.

"그, 그러지 말고 얼른 자세히 얘기를 해보거라. 우, 우리 석기왕자는 어찌 되었느냐?"

성정이 급하고 체신이 가벼워 저잣거리 상인들 사이에 까불이영감이라는 호가 붙은 영감이 말까지 더듬으며 독촉한다. 그는 다름 아닌 은천옹주의 아비인 옹기장수 임신이다.

예전 딸인 은천옹주가 충혜왕의 총비(寵妃)로 있을 때만 해도 개경에서 남들 보란 듯 떵떵거리며 호사를 누렸지만, 지금은 다시 예전에 살던 황성 밖 저잣거리에서 옹기를 파는 것으로 생계를 이어가고 있다. 그나마 아직 저잣거리 사람들이 그를 석기왕자의 외조부로 기억하고 얼마간 경외감을 품고 있는 게 다행이라면 다행이다. 이번 사건의 발단도 거기에 있었다.

"내일 중으로 제주도로 귀양을 보낸다고 했습니다."

겨우 마음의 격정을 억누른 자려가 풀이 죽어 말한다.

"뭐, 뭐야? 내, 내일 중에 제주도로 말이냐?"

놀란 영감의 눈이 휘둥그레진다.

"이, 이걸 어쩐다."

다리에 힘이 빠진 영감이 힘없이 털버덕 땅바닥에 주저앉는다. 거의 울음을 터트릴 듯한 인상이다. 어찌할 바를 모르겠는지 턱밑의 가는 수염이 주책없이 달달 떨린다. 그 모습을 지켜보던 자려가 어떤 결심이 선 듯 단호한 표정으로 입술을 깨문다.

그녀는 아침 일찍부터 성안의 순군옥을 다녀오는 길이다. 군옥에는 왕손 석기가 역모에 연루되어 갇혀 있다.

오전 무렵에 순군옥의 옥졸에게 적지 않은 뇌물을 주고 옥중에 들어갔을 때 석기는 거의 사색이 된 모양새였다. 그녀를 보자 석기는 어깨를 들먹이며 한바탕 눈물부터 쏟아놓았다. 원래 여인처럼 유약한 심성을 가진 데다가 뜻하지 않게 위중한 옥사(獄事)를 당하게 되자 더 이상 감정을 추스를 수가 없었던 모양이었다.

겨우 석기의 마음을 다독인 다음 약간의 먹을 것을 들여 주고 나오던 그녀가 옥사 관리에게 귓등으로 들은 얘기는 내일 석기를 제주도로 귀양 보낸다는 나쁜 소식이었다.

석기가 왕손인 데다가 직접 역모에 가담하였다는 증거가 나오지 않은 게 그나마 불행 중 다행이었다. 국문 결과 함께 역모에 가담한 것으로 드러난 정승 손수경, 감찰대부 손용, 밀직 홍준, 교령 정세공 등 십여 명은 이미 혹독한 고문 끝에 거의 초주검이 되어 순군옥에 갇혀 있다. 아직 왕의 칙명이 떨어지진 않았지만 언제 참형을 당할지 내일을 알 수 없는 형편이었다.

"다 내 잘못이야. 손자를 죽이게 된 내 이 주둥이가 화근이지."

영감이 주먹으로 이가 빠져서 합죽한 자신의 입을 피가 나게 두드려 댄다. 그가 자신을 책망하는 데에는 그럴 만한 이유가 있다.

달포쯤 전, 중양절에 영감은 석기가 머물고 있던 호군 임중보(林中甫)의 집에 초대를 받아 간 적이 있었다. 영감과 팔촌지간인 임중보가 부친의 칠순 잔치를 열면서 석기의 외조부 자격으로 영감을 불렀던 것이다.

옷가지 중에 제일 깔끔한 옷을 찾아 입고 찾아간 임중보의 집에는 마침 초대를 받은 벼슬아치들과 여러 지인들이 열두 칸 저택이 비좁도록 모여 있었다. 임중보의 외척간인 정승 손수경과 밀직 홍준도 그들 중 하나였다.

영감은 처음에는 사랑채 맨 구석자리에 자리를 잡고 앉아서 조심스레 술을 마셨다. 천한 장터 옹기장수 신세인 자기에 비하면 다들 신분 높은 양반들인 데다가 권세 있는 벼슬아치들이었기 때문이다. 하나 문제는 그 망할 놈의 술이었다.

오랜만에 공짜로 얻어먹는 술이라 한 잔 두 잔 거듭하게 되었고 거나하게 취기가 오른 것까지는 좋았는데, 시장 상인들과 놀던 평소의 좋지 못한 술버릇이 터져 나온 것이다. 언제나 자신의 처지를 비관하던 영감은 술김에 호기를 부린답시고, 나중에 자기의 외손자인 석기가 왕이 되기만 하면 크게 한턱낼 것이라고 좌중을 향해 큰소리를 쳐댔던 것이다.

그게 사건의 발단이라면 발단이었다. 어떻게 이야기가 와전되었는지 채 며칠도 지나지 않아 충혜왕의 마지막 남은 아들인 석기를 왕으로 추대하려는 역모 모임이 있었다는 소문이 시중에 떠돌았다. 그리고 결국 그 소문은 조정 대신의 귀에까지 들어갔다.

역도를 잡아들이라는 추상같은 명령을 받고 몰려나온 순군들은 집 주인인 호군 임중보는 물론이고, 그날 연회에 참석했던 사람은 죄다 끌고 갔던 것이다. 죄가 있고 없고 여하를 가리지 않았다. 그나마 외조부인 임신을 끌고 가지 않은 건 늙은이인 데다가 채신머리를 보아 역모에 가담할 만한 작자가 아니라고 여겼던 때문이었다.

"아이고, 어미도 죽고 없는 판에 이 무슨 재앙인고."

외손인 석기를 임중보의 집에 기거하도록 주선한 장본인 역시 영감이다. 충혜왕이 귀양 도중에 독살 당하고 충목왕이 왕위에 오르면서 머리를 깎여 만덕사에 출가했던 불운의 왕자 석기는 한동안 원나라에 볼모로 잡혀가 머물렀다. 그러다가 공민왕이 즉위하면서 겨우 고려로 귀국할 수 있었고 때마침, 거처할 집이 마땅찮은 석기에게 영감이 팔촌지간이던 호군 임중보의 집을 소개해 주었던 것이다.

"그만하세요. 이러고 있을 게 아니라 방도를 찾아야 해요."

하릴없이 땅바닥에 퍼질러 앉아 넋두리를 늘어놓고 있는 임신에게 자려가 말한다.

"방도는 무슨 방도가 있단 말인가?"

"그럼 석기왕자님을 그냥 두실 셈이에요?"

입술을 깨문, 결심이 완연한 얼굴이다. 혹시나 하는 마음에 영감이 슬그머니 고개를 든다.

"그래. 유모는 무슨 궁리라도 있는가?"

석기와 자려의 관계를 알 리 없는 임신은 아직 자려를 석기가 궁전에 있을 때부터 데리고 있던 유모쯤으로 여기고 있다. 예전 은천옹주가 살아 있을 때부터 자주 들락거려 얼굴을 아는 데다 석기를 친자식 이상의 애정을 갖고 대하는 자려의 자상한 태도가 한몫한 바도 있을 것이다.

"우선 은전 좀 융통해주세요."

"은전, 얼마나?"

"그야, 많을수록 좋아요."

"구하는 데까지 구해 보기야 하겠지만 무얼 하게?"

"귀양길을 따라가면서 호송 장교의 환심이라도 사야지요. 게까지 가려면 여비도 필요할 테고……."

"아이고, 알겠어. 이 못난 외조부 때문에……."

영감이 탄식하듯 웅얼거리며 축축한 흙바닥에서 엉덩이를 일으킨다.

닷새 뒤.

옥빛 하늘을 담아 더욱 푸르게 일렁이는 가을 바다 위로 배 한 척이 돛폭에 바람을 잔뜩 받으며 미끄러지듯 남쪽으로 내려가고 있다. 멀리 우측 수평선 위로 흑산도가 거무스름한 자태를 드러내 보인다. 이런 순풍이라면 배는 아마 내일 오전 중으로 진도 부근까지 대어갈 것이다.

"쯧, 저런 지극 정성도 없지."

허리에 검을 찬 채 뒤편 갑판에 서 있던 곱상한 얼굴을 가진 장교가 측은한 듯 말한다. 그는 이안(李顔)이라는 낭장으로 이번에 대역죄인 왕석기의 제주도까지 호송을 책임지고 있다.

"저런 여인의 수발을 받는다면 당장 죽어도 여한이 없겠네."

곁에서 응대하는 주걱턱의 병사는 죄인의 명부를 넘겨주는 일을 맡은 정보(鄭普)라는 녹사다. 어릴 적부터 친구 사이인 그들이 지금 보고 있는 건 갑판 아래쪽의 창고에 갇혀 있는 석기와 자려다.

석기는 난생처음 겪어보는 지독한 옥사에 시달린 터에 배를 타자 멀미까지 겹쳐서 거의 정신을 잃고 있다. 어젯밤에도 밤새 고열에 시달리며 토악질을 해댔다. 그러다가 잠깐 잠이 드는가 싶으면 곧 가위라도 눌렸는지 새된 비명을 내지르며 수시로 깨어나곤 했다.

그럴 때마다 곁에서 자려가 찬 물수건으로 머리를 식혀 주고, 손발을 주무르며 성심껏 병구완을 했다. 아예 잠도 자지 않았다. 벌써 그러길 사흘째였다. 목숨이 필요하다면 목숨까지 내줄 지극히 희생적인 자세였다.

"친부모라도 저렇게 모시지는 못할 거야."

이 낭장이 씁쓸한 감회에 젖어 말한다. 그는 자신의 말이라면 콧방귀부터 뀌고 보는 사납고 억센 아내의 모습을 떠올렸던 것이다. 사내아이를 낳은 뒤로는 아예 집안의 호랑이로 둔갑한 여자였다. 시부모 말은 들은 척도 않고, 남편의 말마저 쇠귀에 경 읽기였다. 게다가 조금만 성에 안 차면 곧장 애어른 안 가리고 패악을 부렸다.

"석기왕자, 아니지. 죄인에게 젖어미가 된다고 했던가."

"그렇게 들은 것 같아. 아마 궁궐서부터 유모로 지냈겠지."

"저 여인을 마누라로 삼았으면 딱 좋으련만. 얼굴도 복스러운 데다가 엉덩이가 펑퍼짐한 게 딱 내 이상형인데 말씀이야."

"예끼. 자네 마누라는 어떡하고?"

주걱턱 정 녹사가 짐짓 커다랗게 눈을 부라린다.

"흥, 그놈의 바가지나 긁는 마누라는 개나 물어가라지. 처성자옥(妻城子獄)이라더니, 그년하고는 살자니 지옥이고, 헤어지자니 철모르는 아이가 마음에 걸리고, 아무튼 그런 고해가 따로 없다네."

"그게 바로 인생 아닌가."

"또 그놈의 아는 체……."

이안이 쓴웃음을 머금는다.

"그나저나 어떡하지. 마냥 이렇게 아래로 내려갈 수도 없고. 내일쯤이면 진도 앞바다인데……."

"그래서 내 진작 나루에서 저 여자를 태우지 말자고 했잖아."

"어허, 누가 이리 될 줄 알았나. 강화도까지만 타고 가면 된다고 하기에 태웠지. 저렇게 죽기 살기, 막무가내로 버틸 줄은 통 짐작도 못했지."

"저 여인네도 함께 수장시켜버릴까?"

"그게 무슨 소리인가? 어떻게 아무 죄도 없는 생사람 목숨까지 그렇게 마음대로 할 수가 있나. 죽으면 초열지옥에 떨어질 일을……."

아무래도 내키지 않는 눈치를 보이는 건 마음 약한 정 녹사다.

"내친김에 제주도까지 가는 건 어떨까?"

턱수염을 쓰다듬으며 정 녹사가 묻는다.

"그럼 이인임 대감의 밀명은 어떡하고……."

"참, 그렇지. 이거 정말 곤란하군."

낭장 이안이 이마를 찌푸리며 머리를 긁적인다.

그들은 지금 배를 몰고 해로를 따라 남쪽으로 내려가고 있는 것이다. 외형상 목적지는 제주도지만 실은 비밀리에 석기를 적당한 곳에서 바다에 빠트려 죽여 버리라는 이인임의 밀명을 받고 떠나온 것이다. 이인임이 아무리 역도를 심문한 추문관이라고 해도 왜 한 나라의 왕손인 석기를 자신의 임의대로 은밀히 없애버리라는, 음모에 가까운 지시를 내렸는지 그들은 알 필요도 없었다. 그들로서는 그저 상부에서 시키는 대로만 하면 그만이었다.

처음엔 석기를 양광도 부근 난바다에 수장시킬 심산이었다. 그런 연후에 인근 섬 마을에서 며칠 잘 마시고 놀다가 올라가 사후보고만 올리면 될 줄 알았던 것이다. 그런데 자려라는 여인이 배에 타게 되면서 일이 엉뚱한 방향으로 틀어지기 시작한 것이다.

"좀 더 궁리해 보자고. 아직 시간은 있으니까."

이 낭장의 말에 정 녹사가 마지못해 고개를 끄덕인다. 그때 석기를 간호하던 자려가 자리에서 일어나더니 목조 계단을 밟고 갑판으로 올라온다. 기진한 석기는 산발한 머리를 짚단에 파묻고 잠들어 있다.

"저, 잠깐 드릴 말씀이 있습니다."

두 사람에게 다가온 자려가 조심스레 말을 꺼낸다. 잠을 못 잔 탓에 수척해진 얼굴에 몇 가닥 머리칼이 미간에 흐트러져 있다. 어쩐지 처연하고, 그래서 더 연민을 불러일으킨다. 정 녹사가 자려의 모습에 동정 어린 표정을 짓는다.

"약을 부탁하려면, 이 배엔 약이 없소."

"아닙니다. 낭장님께 상의드릴 일이……."

말하며 자려가 조금 떨어진 곳에 서 있는 정 녹사를 슬쩍 건너본다. 꺼려 하는 기색으로 보아 뭔가 긴밀한 얘기가 있는가 보았다.

"그는 내 허물없는 친구요. 함께 들어도 상관없소."

이 낭장의 말에 경계하듯 한 번 더 저만치 선수에 모여 앉아 잡담을 나누고 있는 군졸들과 사공들을 쳐다본 자려가 어렵게 운을 뗀다.

"매우 어려운 부탁입니다만, 죄인 석기왕자를 풀어주시기를 간곡히 부탁드리겠습니다."

"그건 애당초 안 될 말이오. 우린 명령을 받고 움직이는 병사요. 명령을 어겼다간 당장에 내 목을 내놓아야 할 판에 어찌 그런 부탁을 들어주겠소. 안 그래도 댁을 이 배에 태워 준 것만도 잘못된 일이라 후회하는 판인데……."

"알고 있습니다. 하지만 두 분이 보시다시피 저 어린 사람은 역모를 꾀할 마음도, 그럴 능력도 없는, 말하자면 왕자라는 신분 하나로 억울하게 죄인이 된 것입니다. 그건 두 분 장교 나리께서도 잘 알고 계실 것입니다. 제발 제 부탁에 귀 기울여 방면해 주신다면 반드시 세세생생(世世生生) 큰 복을 받으실 것입니다. 부처님은 생명 하나를 구하는 건 천 가지 악업을 씻는 일이라고 말씀하셨습니다. 제발 억울한 왕자 아기를 살려주십시오. 만일 그렇게만 해주시면 제가 가진 얼마간의 은전이라도 몽땅 드리겠습니다."

자려가 미리 손에 들고 온 마포 배낭을 풀고 작은 꾸러미를 꺼내 보인다. 비단꾸러미엔 적지 않은 은패와 보옥, 그리고 원나라 은병이 빼곡히 들어 있다. 수군 장교인 두 사람으로선 삼 년을 뼈가 빠지도록 일해도 모으지 못할 큰 재물이다.

"하지만 우리로선……."

"생사여탈권을 쥐신 건 두 분 장교 나리십니다. 제발 하해 같은 자비를 베푸시어 저 어리고 약한 왕자아기를 풀어주시기를 간절히 부탁드립니다."

"아무리 그래도 그건 너무 위험하오. 설령 두 사람이 잡히기라도 하면 우린 당장에……."

이 낭장의 말투엔 이미 재물에 대한 욕심과 자려의 애절한 부탁에 흔들리는 마음이 숨어 있다.

"만일 저 왕자아기를 놓아주시면 그땐 저 먼 심산유곡에서 평생을 조용히 숨어 지낼 것입니다. 맹세할 수 있습니다. 그러니 그런 걱정은 하지 마시고······."

"정말이오?"

칼집에 손을 얹은 채 이 낭장이 자려의 눈을 뚫어지게 바라본다.

"제가 어찌 목숨을 두고 추호라도 헛된 말을 늘어놓겠습니까?"

"음. 잠시 동료와 의논해 보겠소. 기다리시오."

선미에서 한동안 무언가 정 녹사와 귓속말을 나눈 뒤 돌아온 이 낭장이 자려에게 무뚝뚝하게 말한다.

"오늘 밤, 이 배는 물과 양식을 싣기 위해 육지에 도착할 예정이오. 군졸들이 내리고 나면, 그때 정 녹사가 알아서 지시를 해줄 터이니 그대로 따르시오."

"정말 고맙습니다. 두 분 은혜는 평생 잊지 않겠습니다."

"다른 군졸들 눈이 있으니 너무 그렇게 티를 내지 마시오. 그리고 은전은 잘 받아쓰겠소. 부디 뒤탈이나 없도록 조심, 또 조심하시오."

"예. 여부가 있겠습니까."

대답한 자려는 얼른 고개를 숙이며 갑판을 내려간다. 자려의 여성적인 뒷모습을 바라보는 이안의 눈에 설핏 욕정의 그림자가 어른거린다. 그러나 이루어질 수 없다는 사실을 깨닫곤 이내 안타까움으로 바뀐다.

푸른 바다 표면을 가르며 날치가 무리 지어 비상한다. 살갗을 간질이는 미풍에 햇살은 따사롭고 파도는 잔잔하다. 가을 바다는 항해하기에 더없이 적당하다.

6

봄 햇살이 따사로운 오후 거리엔 먼지 품은 바람이 사방을 휩쓸고 다닌다.

닷새마다 한 번씩 새로운 바람이 불어서 절기의 꽃이 차례대로 피게 한다는 이십사번화신풍(二十四番花信風)이다.

코흘리개 아이들이 바람을 가르며 거리를 분주히 돌아다닌다. 아이들 손에는 종이로 만든 깃발이 하나씩 들려 있다. 아이들은 아무 집이나 들러서 대문을 두드린다. 주인이 나와서 수수나 조 따위의 곡식이나 작은 베 조각을 나눠 주길 기다리는 것이다.

사월 초파일날 아이들이 연등을 달 비용을 마련하기 위한, 호기(呼旗)라 불리는 풍습이다. 조금이라도 많은 등을 달기 위해 아이들은 서로 경쟁이나 하듯 부지런히 개경 거리를 쏘다니며 마구잡이로 대문을 두드려댄다.

"좀 전에도 한 아이가 왔다 갔다고 했잖아."

개경의 십자로에서 조금 안쪽에 위치한 이층 목조 가옥의 나무대문. 허리가 굽은 할멈이 인상을 찌푸리며 투덜거린다. 대문을 두드렸던 두 아이가 머쓱해서 돌아선다. 대문이 쾅 소리를 내며 신경질적으로 닫힌다.

조금 뒤 한 중년 사내가 걸어와서 그 대문 앞에 멈추어 선다. 그는 나무대문에 붙여놓은, 봄이 온 것을 경하하는 의미가 담긴 연꽃 그림의 춘첩자(春帖子)를 잠깐 바라본 다음 손을 들어 대문을 두드린다. 안에서 별 기척이 없자 다시 힘주어 두드린다.

"아휴, 귀찮아 죽겠네. 요놈의 꼬맹이 녀석들."

노파가 신경질적으로 대문을 벌컥 열다가 문을 두드린 자가 중년의 사내인 것을 알고 황망한 표정을 짓는다. 노파는 백태 낀 눈을 들어 사내의 아래위 행색을 살핀다. 검은 두건에 멀끔한 복장을 한 걸로 봐선 세도가 집안의 하인이 분명해 보인다.

"무슨 일이우?"

"이대감 댁에서 왔소."

노파는 어머 뜨거라 싶어서 얼른 대문을 열어 사내를 맞아들인다. 노파도 익히 알고 있다. 이 대감이라면 작년에 석기왕자를 추대하려는 임중보, 손수경, 홍준 등을 국문하여 역모 사실을 밝혀낸 공로로 공민왕의 신임을 얻어 좌부승지(左副承旨: 정3품 벼슬)가 된 이인임 대감을 말하는 것이다. 오늘 손님들을 초대해서 한바탕 크게 잔치라도 벌일 모양이다.

"여기서 잠깐만 기다리시우. 내 안방 아씨께 기별을 넣을 터이니……."

하인을 마당에 세워 놓은 뒤 노파는 중문을 지나 안채로 향한다.

방문 가까이 이르자 야릇한 신음이 흘러나온다. 노파는 잠시 걸음을 멈추고 귀를 기울여 방 안의 기척을 살핀다. 이어 서편 하늘에 걸린 해를 바라본 뒤 못마땅하다는 듯 낮게 혀를 찬다. 주인남녀가 유달리 색탐이 있는 건 알고 있었지만 벌건 대낮에 남의 이목에 아랑곳없이 정사를 벌이는 게 적이 상스럽게 여겨졌던 것이다.

사군자가 그려진 병풍과 세간들로 제법 운치 있게 꾸며진 방 안에서는 한참 남녀가 쾌락의 가파른 언덕을 오르는 중이다. 자리에 반듯이 누워 있는 남자 위에 알몸으로 긴 머리채를 풀어 내린 채 걸터앉은 여인은 지심녀. 그녀가 몸을 움직일 때마다 희고 풍만한 가슴이 농염하게 출렁거린다. 서른 가까운 나이임에도 윤기 흐르는 젖빛 살결에 군살 하나 없는 관능적인 몸매를 지니고 있다. 그게 천성적인 것인지 아니면 그녀만의 특별한 방중술(房中術) 덕분인지는 알 수 없다.

"역시, 역시 당신은 대단해."

누운 남자가 몽롱한 눈을 하고 심녀에게 말한다. 팔다리에 검은 털이 무성한 그는 왜구 검객인 이시로다. 낮에는 개경 저잣거리에 나가서 정세도 살필 겸 고려 사람들의 풍속도 익힐 겸 이런저런 구경을 하는 게 평소 그의 일과였지만, 오늘은 바람이 유난해서 일찍 돌아왔던 것이다.

"저, 손님이 오셨수."

바깥에서 노파의 소리가 들렸지만 심녀는 아랑곳 않는다. 이시로가 얼굴을 찡그리며 가쁜 신음을 내뱉는다. 허공 높이 치솟은 파도가 포말을 일으키며 아래로 굽이친다. 강렬한 쾌감이 복부를 거쳐 등줄기를 타고 정수리까지 전해온다. 여인의 몸속에 어떤 강력하고 기묘한 흡입구가 있어 자신의 정기를 맹렬한 기세로 빨아들이는 것 같다. 그는 참으려고 갖은 용을 써보지만 언제나 그런 것처럼 무위한 노력일 따름이다. 한순간에 강한 전율이 척추를 관통한다 싶은 순간에 이시로는 단말마와 같은 신음을 흘리며 마지막 의지를 놓치고 만다.

"무슨 일이냐?"

전력질주한 말처럼 거친 숨을 내쉬는 이시로와 달리 심녀는 언제 그랬냐는 듯 나긋하고 부드럽다. 오히려 그녀의 피부는 남자의 정기를 흡수한 덕택인지 부드럽고 촉촉한 윤기마저 감돈다. 그녀는 이시로의 몸을 내려와 흐트러진 머리칼을 뒤로 쓰다듬어 올린다.

"이인임 대감 댁에서 집사가 찾아왔수."

재차 부르는 노파의 소리가 방으로 흘러든다.

"곧 나갈 터이니 기다리라 일러라."

심녀가 지시를 내린다.

"손님이라……."

정사 뒤의 허탈감에 젖어 침구에 몸을 비스듬히 기댄 이시로가 심녀의 뽀얀 젖가슴을 올려보며 씁쓸하게 혼잣말처럼 중얼거린다. 말속에는 질시와 비난의 감정이 숨겨져 있다.

"모처럼의 손님인데, 내가 장사하는 게 싫어요?"

지심녀가 빗치개로 머리를 다듬으며 묻는다.

"그건 아니지만…그리 좋은 것도 아니지."

언제나처럼 좀 어정쩡하긴 했지만 이시로의 진심이 담긴 대답이다. 그는 지심녀가 기녀를 거느린 주점을 열어놓고 장사를 하는 것에는 별다른 불만을 가지고 있지 않았다. 그녀가 주장한 대로 이 개경을 오가는 나성 길목에서 술장사를 하고 있어야 그녀가 오매불망 찾는 그 원수 사내와 마주칠 기회가 많아질 건 당연지사였다.

하지만 심녀가 기녀들을 거느리고 잔칫집이나 벼슬아치들의 술자리에 불려나가는 것을 보면 마음이 좋지 않았다. 이성적으로야 심녀의 행위를 이해하려고 하지만 남자 특유의 질투심에서 유발된 심층의 불쾌감까지 지울 수는 없었다.

어디까지나 심녀는 그가 돈을 주고 사들인 애첩에 불과했다. 언제든 그녀의 원한만 갚고 나면 함께 일본으로 돌아가기로 약속한 바 있었다. 이시로가 그녀를 따라 고려에까지 온 것도, 그녀가 적지 않은 자본을 들여서 원나라 상인이 살던 이층 목조 가옥을 사들여 주점을 차린 것도 모두 그녀의 원한을 풀기 위한 준비의 일환이었다.

따라서 그녀가 뭇 사내들의 술시중을 들기 위해 외출하는 게 이시로 에겐 영 못마땅하게 여겨졌고, 마치 자신이 기녀의 기둥서방이나 된 듯한 혐오감마저 느껴야 했다. 하지만 그런 말을 꺼내봤자 심녀에게는 쇠귀에 경 읽기가 될 뿐이다. 그녀의 섬뜩하도록 강한, 원수를 향한 집 념을 막을 사람은 이 세상에 아무도 없었다.

"헌데 언제까지 여기서 이런 장사를 해야 하는 거야?"

"당연히 원수를 갚을 때까지지요."

"그놈의 원수가 언제 나타나느냐 이 말이지."

"그걸 전들 어찌 알아요. 하지만 언젠가는 나타나겠지요. 어디서 죽 어 자빠져 썩고 있지 않은 한."

"제장!"

이시로가 미간을 모으며 이빨 사이로 짜증스럽게 불만을 내뱉는다.

"조금만 더 기다려봐요. 꼭 내 눈앞에 모습을 나타날 테니까."

심녀가 이시로를 달랜다. 사실 그건 이시로에게 하기보다 그녀 스스 로에게 하는 당부이자 결의였다. 그녀는 양검이란 원수가 나타나리라 는 믿음을 한순간도 저버리지 않았다. 그건 그녀의 삶의 목적이었다. 농부든, 장사치든, 장군이든, 삶을 영위하는 데에는 그 나름의 의의나 목적, 희망 따위가 존재하는 법이고, 원수를 갚는 일은 이제 그녀의 유 일하며 확고한 삶의 이유가 된 것이다.

몸치장을 끝낸 심녀가 방을 나간 뒤 이시로는 목침을 베고 자리에 벌렁 드러눕는다. 심녀가 잔치를 파하고 이 방으로 돌아오려면 밤이 늦어서나 가능할 것이다. 그동안 그저 빈둥거리며 지낼 수밖에 다른 도리가 없다.

이시로는 천장을 올려다보며 궁리에 잠긴다. 생각하면 자신의 처지 가 딱하게 여겨지기도 했다. 고려 땅을 밟은 지 한참이나 오래된 듯 느 껴진다. 대강 헤아려도 이 년 가까운 세월이 흐르고 있다. 아무튼 개경 에 정착하는 작업에는 성공한 셈이다.

그러나 아직 지심녀의 원수라는 작자의 그림자조차 밟지 못하고 있 다. 앞으로 얼마나 더 이런 세월을 보내야 할지 기약조차 할 수 없는 형 편이다. 지금 본국에선 남북조의 사활을 건 전란이 한창이라는 소식이 들려오고 있다. 그 전쟁엔 성주인 부친과 형도 한몫하고 있을 것이다.

"제길, 될 대로 되라지."

전쟁을 하든, 살육전을 펼치든 그로선 알 바 아니었다. 단지 지금처 럼 한곳에 오래 머물러 있는 게 타고난 방랑벽을 가진 그로선 견디기 힘들고 따분한 노릇이었다. 이제 개경과 그 근방도 둘러볼 만큼 둘러 보아 흥미를 잃은 지 오래다.

마음 같아선 내일이라도 당장 일본으로 돌아가고 싶다. 그렇지만 심 녀를 두고 간다는 건 생각조차 힘들었다. 살아오는 동안 재산이나 권 세, 여자 어느 것에도 마음을 두지 않던 그였지만 유독 심녀를 향한 애 착만은 버리기 힘들었다. 아마 그녀에게 사람을 끌어당기는 어떤 기이 하면서 설명하기 힘든 마력 같은 게 있는 모양이라고 그는 생각한다.

바깥에 가벼운 발자국 소리가 나더니 누군가가 방문 앞에 멈춰 선 다. 귀에 익은 발소리다.

"들어오너라."

미닫이문이 열리면서 노복 차림을 한 사내가 방으로 들어온다. 언제나 속을 알 수 없이 무표정한 얼굴의 사내는 그의 수하이자 닌자인 겐로쿠다. 그는 이 집에서 지심녀의 친척으로 가장하여 듣지도 말 하지도 못하는 청맹과니 행세를 하며 지내고 있다. 겐로쿠가 이시로의 앞에 양손을 바닥에 짚으며 한쪽 무릎을 꿇고 부복한다.

"오다가 돌아왔느냐?"

이시로가 묻는다. 여기 개경에 거점을 마련한 뒤로 오다는 떠돌이 승려로 변장하고 강화도를 비롯하여 전라도와 양광도 부근을 떠돌았다. 서해의 물길과 지형, 양곡창의 위치와 적재량, 함선 숫자와 수군병사들의 경계 상태를 살피는 동시에 나중에 필요할지도 모를 고려 지도로 만들기 위해서였다.

"안녕하십니까? 작은 성주님."

몸을 일으킨 이시로의 눈길이 방문 바깥으로 향한다. 마당에 환하게 비치는 오후 햇살을 등지고 두 명의 사내가 서 있다. 한 명은 승려 차림을 한 오다였고, 다른 한 명은 검은 두건에 작은 괴나리봇짐을 멘 사내다. 털이 많고 원숭이처럼 좁은 얼굴이 인상적이다.

"안녕하셨습니까? 작은 성주님."

"오다, 신빠지로!"

이시로가 반색을 한다. 오다와 함께 나타난 사내는 지난번에 고려에 침입할 때 이시로 일행을 전라도까지 태워 주고 떠나갔던 부하였다.

"그간 잘 계셨습니까?"

신빠지로는 누가 봐도 속을 만큼 전형적인 고려인 장사꾼 복장을 하고 있다. 이시로는 두 부하를 방 안으로 들어오게 한다. 겐로쿠가 방문

밖에서 마당을 쓰는 척하며 주위 경계를 선다.

"네가 오다와 함께 여기까지 어쩐 일이냐?"

두 사내가 방에 들어와 손을 바닥에 짚고 큰절을 올린 다음에 이시로가 묻는다.

"주군께서 찾아뵈라는 당부가 있었습니다."

"용케 서로 잘들 만나서 다니는구나."

"원래 제가 보통 넓은 발은 아니지 않습니까."

오다가 눈가에 교활해 뵈는 미소를 머금는다.

"하긴 고려 땅을 제멋대로 돌아다니는 일본 사람은 너뿐일 게다."

"그렇지도 않습니다. 제가 알기로 저 말고도 몇몇 밀정들이 고려인으로 변장해 돌아다니고 있다는 소문을 들었습니다."

"흠, 그런가. 그건 그렇고 혹 얼마 전에 강화도에 왜인들이 쳐들어와 난장판을 벌였다던데 너희들이냐?"

신빠지로가 잔인함이 깃든 득의의 표정을 떠올린다.

"물론입니다. 고려인 수십 명을 죽이고, 두 척의 배와 수십 석의 양곡을 빼앗았지요."

"흠, 이리저리 잘도 해먹는군. 헌데 이렇게 날 찾아온 걸 보면 무슨 급한 용무가 있는 거겠지?"

"역시 예전처럼 눈치 하나는 빠르시군요. 짐작하시겠지만 지금 본토에는 오랜 전란으로 말미암아 군량미가 턱없이 부족한 실정입니다. 저희들이 산발적으로 침입하여 노획하는 걸로는 그야말로 조족지혈에 불과합니다."

"그러니까 나보고 군량미를 조달해 달라 이 말이렷다?"

"주군의 당부 말씀은 그렇습니다."

"흠, 그런가."

이시로가 얇은 입술을 빨며 턱을 만진다. 별로 마음이 내키지는 않는다. 그러나 그의 부친이 정체가 탄로 날 위험을 무릅쓰고 신빠지로를 고려에 보낸 데에는 그만큼 급박한 사정이 있었을 것이다.

"일을 할 부하들은?"

"조만간 이쪽으로 올 준비를 하고 있다는 소식입니다."

이시로가 고개를 끄덕인다. 그렇지 않아도 한곳에 처박혀 있자니 가슴이 답답하던 차였다. 이참에 부친에게 점수도 딸 겸 한 건 크게 하는 것도 나쁘진 않을 것이다.

"알겠다. 그들이 오는 즉시 일을 시작할 터이니 쉬면서 기다리도록 하라."

해가 구름 사이로 들어갔는지 밝았던 방 안이 졸지에 어둑어둑해졌다.

8부

八月ㅅ 보로믄, 아으 嘉俳나리마른
니믈 뫼셔 녀곤, 오늘낤 嘉俳샷다
아으 動動다리

팔월(八月) 보름은, 아아! 한가윗날이지만

임을 모실 수 있어야, 오늘이 한가위다울 수 있도다

아으 動動다리

1

그저께가 보름이어서인지 밤하늘엔 달빛이 밝다.

누군가 대문을 두드리는 소리에 등이 굽은 노파가 마당으로 나선다. 바깥에는 황색 장삼 차림의 눈매가 날카로운 사내가 환한 달빛을 받으며 어둠 속에 서 있다. 이 집 여주인의 남편 행세를 하는 이시로다.

이시로는 노파를 본체만체 마당에 남겨둔 채 마당을 지나서 중문으로 향한다. 등 뒤편에서 나무대문의 빗장이 걸리는 소리가 들린다.

중문을 지나 안채로 들어섰을 때 그림자처럼 그의 앞에 나타나는 자는 심복인 겐로쿠다. 한눈에 이시로의 기색을 살핀 그가 허리를 굽혀 인사한다.

"이틀이나 늦으셨군요. 소인, 기다렸습니다."

중문 바깥의 노파가 엿들을세라 말소리를 낮춘다.

"허탕만 쳤어."

달빛이 내린 안채 마당을 가로지르며 이시로가 불만스럽게 대답했다.

"신빠지로가 오지 않았습니까?"

"그래."

"그거 이상하군요. 분명 온다고 약속을 했는데⋯⋯."

그는 사흘 전에 벽란도에 갔다가 오늘에야 돌아오는 길이다. 이시로가 벽란도에 간 이유는 부하인 신빠지로를 만나기 위해서다. 물론 그 정도 일은 겐로쿠를 시켜도 될 일이었다. 하지만 그동안 집에만 머물러 있다 보니 갑갑하던 차였고, 바람도 쐴 겸 길을 나섰던 것이다. 또 자신이 직접 신빠지로를 만나서 몇 가지 물건도 건네받고 부친과 형의 근황을 알고 싶었다.

그러나 유월 보름에 만나기로 한 신빠지로는 약속한 날로부터 사흘이 지나도록 벽란도에 모습을 나타내지 않았다. 어쩌면 부친이 있는 하카다 성에 무슨 변고가 생겼거나 아니면 양광도 지역의 해안 경계가 한층 심해지는 바람에 제 날짜에 맞춰 오지 못한 것인지도 모른다. 아무튼 나중이라도 고려에 오게 되면 자신에게 연락을 취해올 것이라고 생각하고 이시로는 발길을 돌렸다.

사실 작년부터 전에 없이 해안지역의 경계가 무척이나 삼엄해진 터였다. 그건 지난해 오월 초 무렵에 강화도 연안에 왜구들의 대규모 약탈 행위가 여러 차례 있고 난 뒤부터 취해진 조치였다. 그 당시 이시로와 부하 신빠지로를 비롯한 수백 명의 왜구들은 그 노략질에서 옹진현(甕津縣)과 교동, 강화도를 돌면서 관민 삼백여 명을 사살하고 고려 선박을 삼백삼십 척이나 태우는 대전과를 올릴 수 있었다. 그뿐 아니라 곡식만 해도 수천 석을 강탈하여 이시로의 부친이 있는 일본의 하카다 성으로 보냈던 것이다.

당시 그처럼 큰 성과를 올릴 수 있었던 것은 고려 승려로 위장한 채 오랜 시간 강화도 인근 수역의 물길과 지형, 고려 병사들의 경계상태를 염탐한 오다의 숨은 노력이 뒷받침되었던 덕분이었다.

하지만 그 노략질이 있은 뒤로 고려 조정에서 양광도 수군을 비롯한 각 관아로 긴급한 공문을 내려보냈다. 주변을 탐찰(探察)하여 혹 거동이 수상하거나 첩자로 보이는 사람을 엄밀히 색출해내라는 엄명이었다. 예성강을 비롯한 강화도와 인근 도서에 침입한 왜구들의 활동 상황으로 판단해선 예성강 인근 해역과 지리에 익숙한 첩자의 협조가 없이는 결코 불가능하다는 결론을 얻은 것이다. 그런 연유로 한층 기찰이 삼엄해진 요즘이었다.

"무슨 사정이 있었겠지요."

"그렇겠지. 그동안 별일 없었나?"

마루에 앉아 발목에 찬 행전을 풀며 이시로가 묻는다.

"물론입니다."

신을 벗은 이시로가 마루를 거쳐 방문을 열고 들어선다. 방 안에는 희미하게 등불이 밝혀져 있다. 두툼한 보료 위에서 팔걸이에 비스듬히 몸을 기대고 누워 있던 지심녀가 이시로를 보자 한마디 툭 던진다.

"혼자 잘도 돌아다니는군요."

심사가 좋지 않은지 약간 빈정대는 투다.

"심심해서 바깥 구경 좀 하고 왔지."

이시로가 입고 있던 장삼을 벗는다. 불빛에 털이 거뭇거뭇한 가슴이 드러난다. 무사답게 근육이 잘 발달되어 있다.

"나라고 심심하지 않은 줄 아세요?"

볼멘소리를 하는 심녀. 심사가 편치 않은 것이다. 몇 년째 양검이란 원수를 찾는 일이 답보 상태인 데다가 하는 일마저 제대로 되지 않았던 것이다.

그녀는 작년 여름 무렵에 이 년 동안 해오던 기루를 접었다. 기녀들을 데리고 세도가를 찾아다니며 술장사를 하는 심녀를 못마땅하게 여긴 이시로가 잦은 불평을 해댔기 때문이었다. 게다가 심녀 역시 돈 많은 세도가를 상대하는 고급 기루보다는 평민을 상대하는 주점이 그녀가 목적한 양검을 찾는 일에 더욱 도움이 될 것이란 판단을 내렸다. 그런 연유로 기루의 문을 닫은 대신에 개경 행인들의 통행이 많은 십자로에 면한 길가의 점포를 하나 얻어 주점을 열었던 것이다.

그러나 장사는 그다지 신통치 않았다. 이 년째 가뭄이 극성을 부리는 데다가 양광도 해역 부근 도서에 수시로 왜구들이 출몰하는 통에 민심은 나날이 흉흉해졌고, 손님이 없는 건 당연한 일이었다. 엎친 데 덮친 격으로 금년 사월에는 굶주린 백성들의 고통을 감안하여 왕명에 의해 금주령(禁酒令)이 내려졌다. 따라서 장사는 벌써 두 달째 개점휴업 상태였던 것이다.

"그래? 그렇담 내가 달래주지."

장삼을 벗어 횃대에 걸쳐놓은 이시로가 심녀 곁으로 다가가 앉는다. 저고리 앞섶으로 풍만한 가슴이 얼비친다. 검정 치마 사이로 뻗어 나온 다리 역시 언제 보아도 희고 육감적이다.

"전번처럼 혼자 끝내기만 해봐."

심녀의 말에 치마 사이에 손을 넣어 허벅지를 쓰다듬던 이시로의 손길이 멎는다.

"그야 네 음기가 너무 강해서 그런 거 아냐?"

멀쑥해져서 말을 우물거리는 이시로다. 나흘 전의 방사가 떠올랐던 때문이다. 한창 심녀가 고갯마루를 넘으려고 요분질을 해대며 기를 쓰고 있는 순간, 그만 치미는 쾌감을 참지 못하고 혼자 물꼬를 터뜨리고 만 것이다.

요즘 들면서 부쩍 그런 일이 잦았다. 그는 자신의 양기가 떨어진 탓에 그런가 여기고 있지만 실은 문제는 심녀에게 있었다. 선천적으로 음탕한 기운을 타고난 데다 뛰어난 방사의 기교까지 갖춘 그녀를 감당하기에는 역부족이었던 것이다. 게다가 그녀는 스스로 남자의 정기를 체내에 흡수하여 자신의 젊음을 유지하는 비결까지 터득하고 있었다. 따라서 이시로가 비록 뛰어난 정력을 가졌다고 해도 당해내기 힘든 건 당연지사였다.

그렇다고 그녀를 향한 욕망이 식어든 것은 아니다. 외려 시간이 지날수록 그녀에 대한 맹목적인 집착은 나날이 강해지고 있다. 단지 남자로서의 성적 능력이 뒷받침되지 않고 있을 뿐이다. 지난번에 양광도 해역 약탈을 마치고 일본으로 돌아가는 신빠지로에게 은밀히 강정제를 구해 오라는 부탁을 한 것도 그 때문이었다.

"오늘은 잘해 봐요."

"알았어."

이시로가 손을 뻗어 심녀의 저고리 앞섶을 젖힌다. 두 개의 풍만한 만월이 떠오른다. 이시로가 가슴 사이에 얼굴을 묻으며 다른 한 손으로 심녀의 치마를 걷는다. 농염한 여체가 등불 아래 적나라한 모습을 드러낸다. 이시로의 손길이 계곡 사이를 미끄러지듯 파고든다. 심녀의 고개가 젖혀지고 붉은 입술이 열리면서 사내의 욕정을 뒤흔드는 신음이 가느다랗게 흘러나온다. 다리 사이의 은밀한 계곡에 축축하니 샘물이 고이기 시작한다.

더 이상 욕정을 참지 못한 이시로가 심녀를 힘껏 껴안으며 달려든다. 그 몸짓은 마치 교미기의 수사마귀처럼 보이기도 한다. 암사마귀에게 잡아먹힐 것을 뻔히 알면서도 덤벼드는 그 처절함. 그리고 숙명 같은……

"작은 주군님."

막 정사의 쾌감이 비등점을 향해 끓어오르려는 순간, 문밖에서 힘이 실린 나직한 소리가 들린다.

"무슨 일이냐?"

이시로가 거친 호흡을 억제하며 짜증스레 묻는다.

"잠깐 나와 보십시오."

앞뒤로 움직이던 이시로의 허리가 굳는다. 겐로쿠의 음성에서 전에 없던 단호함을 감지한 때문이다.

"어서 조금 더……"

치미는 쾌락을 참지 못한 심녀가 양다리로 이시로의 허리를 감아 당긴다. 그러나 이미 이시로의 몸은 차갑게 식어 있다.

"잠깐 기다려."

심녀의 다리를 풀어내고 이시로가 몸을 빼낸다. 그는 알몸인 채로 방문을 열고 나선다. 바깥의 어둠 속에 겐로쿠가 서 있다. 나체인 이시로를 외면하지 않고 바라보는 그의 눈빛이 전에 없이 날카롭다.

"관군들이 집을 포위해오고 있습니다."

겐로쿠가 이시로의 귀에다 속삭이듯 나직하게 말한다.

제길.

미간을 찡그리며 이시로가 낮게 입속으로 씹어뱉는다. 아까 외출에서 돌아오면서 꼬리를 밟힌 게 분명했다. 이제 와 생각하니 해질 무렵 성문을 들어설 때부터 어쩐지 이상한 낌새가 느껴지긴 했었다. 성문을 지키던 수문 병졸들이 검문을 위해 이시로를 막아섰을 때 우두머리인 듯한 장교가 그냥 보내주라는 시늉을 한 것이나 장사치 차림을 한 남자 두 명이 십자로 부근까지 어정거리며 뒤를 따라온 것도 수상쩍은 노릇이었다.

"숫자가 얼마나 되나?"

"담 너머로 잠시 살폈는데 대강 해도 수십 명은 넘을 듯합니다. 이미 골목이란 골목은 모두 그들이 막고 있습니다."

"그런가."

"지금 빨리 이 집을 빠져나가야 됩니다."

"알았어."

고개를 끄덕인 이시로가 몸을 돌려 방으로 들어간다.

"무슨 일이에요?"

이시로의 표정에서 상황이 심상찮음을 느낀 심녀가 묻는다.

"일이 생겼어. 얼른 옷이나 입어."

횃대에 걸린 장삼을 벗겨 내리며 이시로가 말한다.

"하필이면 지금……."

심녀가 투덜거리며 자리에 일어나 앉는다.

장삼에 검은 허리띠를 조여 맨 이시로는 벽장 안 깊숙이 넣어둔 무기를 꺼낸다. 그의 애검인 넉 자 남직한 일본도다. 관병 수십 명이 이 집을 포위하고 있다면 쉽게 빠져나가기는 어려울 것이다. 관병들은 이미 퇴로란 퇴로는 모두 막아두고 마치 토끼몰이를 하듯 자근자근 좁혀 올 것이다. 생사의 기로에 선 셈이다. 하지만 두렵다거나 당황스럽지는 않다. 까짓 안 되면 적을 베고 나도 죽으면 그만이다, 라는 일본 무사의 생사관(生死觀)이 그의 피에 흐르고 있는 까닭이다.

"어떡한다?"

이시로가 저고리를 입고 있는 심녀의 등판을 보며 난처한 듯 중얼거린다. 사지를 벗어날 길은 오직 죽기 살기로 있는 힘껏 포위망을 헤쳐 나가는 수밖에 없다. 겐로쿠와 둘이서 수십 명의 관병들을 헤치고 나가는 게 그리 쉽지는 않겠지만 온 힘을 다하면 결코 빠져나가지 못할 정도는 아닐 것이다.

그러나 심녀가 있다면 얘기는 달라진다. 여자까지 데리고 이곳을 빠져나가기는 힘들 것이다. 조금이라도 지체하다간 세 사람 모두 위험에 빠질 가능성이 높았다. 소란이 커지면 커질수록 관병들의 숫자도 늘어갈 것이고 퇴로는 더욱 좁혀질 것이다.

그렇다고 여기에 그녀를 두고 갈 수도 없는 노릇이다. 심녀를 버리기 싫기도 하지만, 그녀가 관군들에게 잡히는 날엔 틀림없이 정보를 캐내기 위한 갖은 고문을 겪어야 할 것이다. 그것은 인간으로선 참아내기 힘든 고통이 될 터.

그의 미간에 깊은 번뇌가 어린다. 차마 그녀를 자신의 손으로 베긴 싫었다. 그녀는 그가 만난 여자 중에서 최고의 여자였고, 가장 소중한 여자였다. 또한 그런 의미에서 그녀를 관병들의 손에 넘겨주기는 더욱 싫었다. 흔들리던 이시로의 얼굴에 종내 비정한 살의가 떠오른다. 그는 어금니를 물며 오른손을 칼자루에 갖다 댄다. 그건 정인을 향한 무사로서의 마지막 배려인 셈이다.

"주군님."

후다닥 방문이 열리면서 겐로쿠가 들어선다. 이시로의 표정에서 겐로쿠는 곧 그가 무엇을 하리라는 것을 눈치챈다. 겐로쿠는 곧장 이시로의 앞을 막아선다.

"아직 이릅니다. 탈출할 방도가 있습니다."

"탈출할 방도라니?"

이시로가 곁눈으로 겐로쿠를 쳐다본다.

"이럴 때를 대비하여 제가 헛간 아래쪽에 파둔 작은 굴이 있습니다. 거기로 들어가면 뒷집 마당을 거쳐서 헛간으로 연결됩니다. 거기에 한두 시간 숨어 계시다가 포위망이 풀리고 난 뒤에 빠져나가시면 될 겁니다. 저는 관병들의 시선을 끌기 위해 지붕을 타고 빠져나갈 심산입니다. 그전에 우선 관병들이 밀고 들어오지 못하도록 이 집에 불을 지를 터이니 두 분이 먼저 빠져나가십시오."

"혼자서 되겠나?"

이시로의 물음에 겐로쿠가 차갑게 웃는다. 그의 표정에서는 이제껏 허리를 굽실거리며 지내던 청맹과니 하인의 모습은 눈을 닦고 봐도 찾을 수 없다. 대신 단숨에 생명을 끊을 수 있는 한 자루 예리한 칼처럼, 고도의 훈련을 받은 냉혹한 닌자의 모습으로 변해 있다.

"그럼 옷과 재물들은……?"

듣고 있던 심녀가 묻는다. 그녀로선 조금 전 이시로가 품었던 마음속 살의를 알 턱이 없다.

"지금 그걸 걱정할 때인가."

이시로가 꾸짖는다. 심녀의 표정이 곤혹스레 일그러진다.

"자, 두 분은 어서 헛간으로 나가십시오."

말을 마친 겐로쿠가 방 안에 놓아둔 등잔을 손에 들고 마루로 뛰어나간다. 마루에는 언제 준비했는지 기름을 적신 지촉(종이를 비벼 노끈처럼 꼬아 만든 심지)과 불쏘시개로 쓸 커다란 짚단이 놓여 있다.

"빨리 따라와."

한 손에 일본도를 든 이시로가 머뭇거리는 심녀의 손목을 잡아끈다.
두 사람은 어두운 헛간 속으로 뛰어 들어간다. 뒤편에서 붉게 불길이
일기 시작했다.

2

칠월의 날씨는 여자의 마음처럼 변덕스럽다. 구름 한 점 없이 맑은 하늘에 때아닌 여우비가 쏟아지는가 싶더니 언제 그랬냐는 듯 화창한 햇살이 쏟아져 내린다. 절 마당에 심어놓은 관목 잎사귀 끝에 매달린 수많은 물방울들이 햇살을 받자 일제히 구슬을 매달아놓은 것처럼 눈부시게 아롱거린다. 마치 햇살의 조각들을 달아놓은 듯하다.

개경에서 남동쪽으로 뻗어 있는 개울을 따라가다 보면 제법 아담한 절이 나타난다. 묘련사(妙蓮寺)다.

파초가 무성한 화단 옆 선방 널찍한 마루에 한 남자가 앉아 있다. 무언가 회상에 잠긴 듯한 표정을 하고 있는 그는 양검이다. 지금 그의 시선은 절 마당의 조그만 삼층 석탑에 가 있다.

화강암으로 만든 석탑은 조금 전 내린 비에 젖어 거무스레하다. 십여 년 전인가 양검이 아내 홍씨와 함께 정겹게 마루에 앉아 바라보던 석탑이었다. 이제 그 탑을 혼자서 보고 있다. 그가 아내와 함께 마지막으로 이 절을 방문한 날은 아마 사월 초파일이었을 것이다. 절 마당에 달아 놓은 연등의 화려함이 마치 어제 있었던 일처럼 기억에 새롭다.

오늘은 백중이라고도 불리는 칠월하고도 보름, 일 년에 한 번 망혼들을 위한 우란분회가 열리는 날이다. 아침 일찌감치 개경에서 혹은 더 먼 곳에서 적지 않은 남녀노소들이 절간으로 모여들었다. 먼저 이승을 떠난 사람을 애도하고 공양하기 위해서다.

절간 뒤편 반빗간에선 아침나절부터 행자스님들과 공양주, 자원한 보살들이 망자들을 위한 음식을 장만하느라 분주하다. 시주로 들어온 갖가지 꽃이며 향, 과실과 산자(유밀과의 음식)와 떡이 가득 쌓여 있다. 이제 한두 시진만 있으면 법식(法式)의 시작을 알리는 종소리와 함께 회를 주관하는 스님이 나타나고 성대한 우란분회가 열릴 것이다.

시선은 석탑에 두고 있지만 실상 양검이 보고 있는 건 석탑 너머의 텅 빈 허공이다. 그 허공에는 그리움의 실체인 양 떠나간 아내의 옛 모습이 환영이 되어 희미하게 떠 있다. 그녀는 세상을 뜨기 전의 젊고 아리따운 모습을 그대로 간직하고 있다. 죽은 자는 더 이상 나이를 먹지 않는다. 그래서 남은 자에게 더욱 그립고 애달픈 것인지 모른다. 누군가의 죽음은 세월을 거치면서 언젠가는 망각의 길로 접어들게 되지만, 사랑하던 이의 죽음은 시간이 지나가도 언제나 잊혀지지 않는 하나의 의미로 남겨지는 모양이다.

"이거, 업무가 바빠서 소홀한 점을 용서해 주시지요."

손에 든 염주를 돌리며 성큼 마루를 건너온 사람은 이 절의 주지인 법천(法泉)스님이다. 큰 덩치에 배가 불룩 나와서 포대화상(布袋和尙)이라는 별명을 가지고 있다. 조금 전까지 양검과 함께 이런저런 세정에 관한 얘기를 나누던 중에 다른 손님이 찾아왔다는 동자승의 전갈을 받고 잠시 자리를 비운 것이다.

"별말씀을, 공연히 저 때문에 귀한 시간을……."

주지인 법천스님은 양검과 오랜 인연이 있다. 십여 년 전에 양검이 아내와 함께 이 절을 다닐 적에 그는 이 묘련사의 상좌승을 지냈다. 두 사람이 비슷한 연배여서 얘기가 통하고, 마음도 맞아 양검이 이 절에 오면 함께 차를 마시며 담소를 나누곤 했었다. 특히 당시 법천이 불법의 유래와 천축(인도)에 관한 이야기를 할 때면 아내 홍씨는 못내 진지한 눈길이 되어 귀담아 듣곤 했었다.

세월이 무심하다는 말은……

아마 사람에게만 해당되는 말이겠지.

양검은 건너편에 앉은 주지의 이마와 눈가에 난 잔주름을 본다. 이제 그도 중년의 티가 완연하다. 상좌승일 무렵에는 젊고 남다른 열정에 넘쳤었다. 누구도 나이는 속일 수 없는 법. 이제 나도 저만큼 나이가 들어 있을 것이다. 양검은 세월의 무상함을 다시금 깨닫는다.

"아까 서천(인도를 달리 일컫는 말)에 가셨었다는 이야기를 하다가 중단했지요?"

"예. 도를 닦지도 못하고 그저 바람처럼 떠돌다 왔을 따름입니다."

양검이 마음의 무상함을 담아 말한다.

그는 삼 년여 전 한 무역 상인을 따라서 천축으로 건너갔었다. 자신의 내부에서 끝없이 솟아나는 허무감에서 빠져나올 길이 있을까 싶어서였다. 그러나 세상은 어딜 가든 똑같은 모습을 하고 있었다. 구결(九結: 중생을 속박하는 아홉 가지 번뇌)에서 벗어나는 길은 달리 없었다. 그게 양검이 수년간 천축을 떠돌며 얻은 결론이었다.

"소승도 언제 한 번은 꼭 가려고 했습니다만 시주님께서 먼저 다녀오신 셈이 되었군요."

양검을 응시하는 주지의 눈길에 일말의 부러움이 깃들어 있다.

"어쩌다 보니 그리 되었군요."

"말도 마십시오. 주지 자리라고 차고 앉다보니 이런저런 일들이 얼마나 많은지, 앞으로 천축에 갈 기회는 영영 없을 듯합니다. 법을 닦는 사람이 가벼워져야 함이 당연하거늘, 소승보다 시주께서 훨씬 가벼우신 겝니다그려."

주지의 말끝에 은연중 씁쓸한 자괴감이 묻어난다.

"별말씀을······."

저만치 마당에 키가 작은 동자승이 걸어온다. 또 누군가 주지를 찾아온 것이리라.

"허 참, 이거 너무 결례가 많군요. 실로 오랜만에 만나서 담소나 좀 나누려 했더니······."

주지가 민망한 듯 겸연쩍은 미소를 흘리며 커다란 몸을 자리에서 일으킨다.

"바쁘실 텐데 저는 상관치 마십시오. 조금 더 기다리다 우란분회가 열리는 것을 보고 돌아가겠습니다."

양검이 주지에게 합장하며 말한다. 이제 앞으로 이 절을 찾는 일은 아마 없을 것이다. 양검은 내심 그렇게 마음의 결정을 내린다. 사실 그는 이번 우란분회를 마지막으로 죽은 아내를 마음에서 떠나보내리라 결심하고 묘련사를 찾아온 것이다. 아마도 아내 역시 그걸 바랄 것이다. 꿈에서 아내가 당부했듯이.

이틀 전, 죽은 아내가 생시인 듯 그의 꿈속에 나타났다. 언제나 그렇듯 젊고 어여쁜 모습을 한 그녀는 하얀 빛깔의 모시 옷차림에 머리에는 꽃을 둥글게 엮어 만든 화관을 쓰고 있었다. 어쩐지 아내의 표정은 그리 밝지 않았다. 바라보는 눈빛이 어딘지 모르게 거리감이 있어 보이는 그녀가 양검에게 당부하듯 말했다.

저는 편안히 잘 있어요. 이제 당신도 저를 잊으세요.

양검이 그럴 수 없다고 대답하자 아내가 안타까운 눈길로 이윽히 바라보았다. 만감이 교차하는 듯한 서늘한 눈길이었다. 양검이 그녀의 손목을 잡으려 하자 아내가 손을 뺐다.

내생에 다시 만나요.

그 말을 남기고 그녀는 천천히 양검에게서 멀어져 갔다. 정한(情恨)에 북받친 양검이 간절하게 그녀를 불렀지만 멀어지던 아내는 잠깐 얼굴을 돌려 미소를 떠올렸을 뿐이다. 처연한 듯 혹은 연민에 젖은 듯한 미소.

양검이 꿈속의 아내를 떠올리고 있는 동안 때마침 선방 모퉁이를 돌아 나오던 하얀 옷차림의 여인이 있다. 양검을 발견한 그녀는 놀란 듯 걸음을 멈춘다. 믿을 수 없다는 듯한 얼굴이다. 그녀는 한 손으로 얼굴에 드리워진 검은 너울을 들어올린다.

누군가가 자신을 뚫어지게 쳐다보고 있음을 의식한 양검이 상념에서 깨어나 눈길을 돌린다.

황토색 낮은 담을 배경으로 한 여인이 그린 듯이 서 있다. 희고 갸름한 용모에 넋이 나간 듯한 표정이다. 갑자기 그녀의 눈에서 두 줄기 눈물이 솟아나와 볼을 타고 흘러내린다.

그제야 양검은 그녀가 누구인지 알아차린다. 예전보다 약간 나이는 들어 보이지만 석모도에서 자신을 간호해 준 유정이라는 처녀다. 절로 오던 도중에 비를 만났는지 손에 든 너울과 치마 끝자락이 약간 물기에 젖어 있다.

그녀는 오늘 백중일, 얼굴도 모르는 돌아가신 양친에게 공양을 드리기 위해 이 절을 찾았던 것이다. 평소 같으면 큰 사찰인 홍국사나 보제사, 귀법사, 혹은 경천사를 찾았을 것이다. 하지만 나흘 전부터 이유 모를 심한 오한증을 앓았던 그녀는 겨우 몸을 추슬러 집과 가까운 이 묘련사를 찾았다. 어쩌하든 저승에 계신 부모님 영전에 공양이라도 드리고 싶은 효성스런 마음에서였다.

"양검님?"

한참만에야 그녀가 겨우 그의 이름을 입에 올린다.

"정말 오랜만이군."

양검이 미소를 띠며 대답한다.

"제가 얼마나……."

치미는 격정에 더 이상 말을 잇지 못한 그녀가 머리에 손을 짚으면서 비틀거린다. 양검이 재빨리 뛰어나가 잡아주지 않았다면 아마 그대로 땅바닥에 쓰러졌을 것이다. 그녀는 잠시 실신한 것이다.

그녀는 며칠 전부터 앓은 병으로 심하게 쇠약해져 있던 터에 오는 도중에 갑작스레 찬비를 맞았고, 게다가 오랜 시간 애타게 그리던 정인을 만나게 되자 그만 그 충격을 견디기가 힘들었던 모양이었다.

양검은 그녀를 번쩍 안아들고 선방으로 들어간다. 방 한구석에 그녀를 눕힌 양검은 실신한 그녀의 모습을 내려다본다. 예전 석모도에서 보았을 때는 앳된 처녀의 모습이었는데 이제는 제법 성숙한 여인의 모습으로 바뀌어 있다. 예전처럼 그윽하고 예쁜 얼굴이지만 감긴 속눈썹과 눈물이 마른 볼이 어쩐지 비에 젖은 꽃잎처럼 애처로움을 자아낸다.

오늘은 떠나간 망자들을 위한 우란분절.

양검은 순간적으로 유정이란 처녀와의 재회가 왠지 예사롭지 않다는 예감에 빠져든다. 어쩌다 이처럼 우연히 만나게 되었을까. 살고 있던 석모도에선 언제쯤 나온 것일까. 자신을 보고는 왜 그처럼 간절한 표정을 지었을까.

의문에 잠긴 사이 우란분절의 법식을 알리는 종소리가 샘물처럼 맑게 경내에 울려 퍼졌다.

3

서향으로 난 방문으로 하루를 마감하는 주홍빛 황혼이 스며든다. 더위가 기승을 부리는 성하의 계절이지만 낮 즈음해서 한 차례 소나기가 지나간 뒤로 대기는 갓 목욕한 여인의 머릿결처럼 한결 촉촉하고 청량해져 있다.

넓진 않지만 조촐하게 꾸며진 방 안에 앉아서 책을 읽던 편조는 대문간에서 들려오는 소리에 고개를 든다. 조금 전부터 시작된 소란이다. 능우의 굵직한 음성에 처음 듣는 아녀자의 음성이 뒤섞여 있다. 능우가 꾸짖는 듯하고, 아녀자가 무언가 고집을 피우는 듯하다.

편조는 다시 책장 위에 눈길을 보낸다. 그가 지금 읽고 있는 책은 재작년 두류산 청련사에서 동계로 넘어가던 길에 맹산이란 외딴 산골마을의 지관에게서 우연히 얻은 기서인 『풍수지리록』이다.

예상외로 책은 해석하기가 쉽지 않다. 독학만으로 성균관 학자를 능가할 만큼 학식을 갖춘, 총명한 편조였지만 이번 책은 그리 녹록하지 않다. 내용상 대강의 뜻은 짐작이 가는 터이지만 그 숨은 요체를 파악하기가 심히 어려웠다.

우선 음양오행의 변화에다 사십팔 방위를 더하고, 거기다 용(龍)과

혈(穴), 사(砂), 수(水)에서 비롯되는 간룡(看龍)과 정혈(定血), 장풍(藏風)과 득수(得水) 네 가지 비법이 해석이 어려운 짤막한 칠언절구 속에 숨겨져 있는데다가, 그 변화가 너무 신묘불측(神妙不測)하여 마치 매순간 형태가 변하는 구름의 움직임을 쫓는 것처럼 황당무계하기조차 했다.

편조에게 기서를 건네준 지관 노인의 스승인 안방열이란 유명한 술사마저 평생 동안 기서의 칠할밖에 깨우치지 못했다고 탄식했다는 지관 노인의 말은 결코 스스로의 무지를 감추려는 허풍만이 아니었다.

그는 저도 몰래 가볍지 않은 한숨을 내쉰다. 이 년째 틈틈이 기서를 연구하고 있지만 아직 반도 나가지 못한 진도가 적지 않게 부담스럽다. 개경에 입성한 뒤로는 이 절 저 절 옮겨 다니며 불법강론에다 승재(스님을 초청하여 성대히 음식을 차려내는 일)니 추조회니, 천도제(죽은 사람의 명복을 비는 제사)니 하는 이런저런 잡다한 불사에 참석하느라 정신없이 바빴던 것이다. 비록 개경 성내의 유명한 큰 사찰이 아니고 변두리의 이름 없는 절이거나 한갓진 작은 절들이긴 했어도 요즘 들면서 그의 설법을 요청하는 곳이 적지 않게 늘어났던 것이다.

그런 연유로 자연히 공부할 시간이 넉넉하지 않았다. 만일 그가 이런 식으로 공부를 해나간다면 기서의 내용을 제대로 깨치려면 적어도 십 년은 소요될 듯싶었다. 설령 불법강론을 나가지 않고 전력을 다한다손 치더라도 최소한 오륙 년은 공부에만 전념해야 했다. 그때면 편조의 나이 서른을 넘어선다. 원대한 꿈을 펼치기엔 좀 부담스런 나이다.

그가 공부에 집중하지 못하는 데에는 또 다른 문제가 있었다. 그건 기서를 익히기 시작하면서 마음속에 먹구름처럼 일어나기 시작한 회의였다. 분명 그가 읽는 책은 세상에서 보기 힘든 희대의 기서가 분명

했다. 들여다보면 볼수록 신기하고 오묘한 내용들로 채워져 있었다. 아마 기서의 반 정도만 익힐 수 있어도 세상의 이치를 깨달은 도인이거나, 혹은 뛰어난 풍수사로 한세상을 풍미할 수 있을 것이다. 아니면 지형지세와 방위의 길흉화복을 판단하여 많은 백성들을 이롭게 할 수도 있을 것이다.

하지만 그건 편조가 원하는 바가 아니었다. 그렇게 한들 결국은 한 사람의 훌륭한 지관밖에 더 될 것인가. 설령 도선국사처럼 명망 있는 풍수사가 된다고 한들 무엇 하나. 따지고 보면 그건 어디까지나 도선의 술법을 이어받은, 언제나 일인자의 그늘에서 벗어날 수 없는 이인자일 뿐인 것이다.

그런 회의만으로 편조는 벌써 가슴 한구석이 불분명한 중압감으로 무거워짐을 느낀다. 이왕 기연을 얻을 것이라면 차라리 상권 『음양도참록』이었으면 좋겠다는 과욕 섞인 생각이 든 적도 없지 않았다.

"대체 밖에 무슨 일인가?"

다소 신경질적으로 책장을 덮고 일어난 편조가 방문을 열며 소리친다. 가뜩이나 심기가 편치 않은 터에 바깥의 소란에 신경이 쓰여 더 이상 책을 들여다보고 있을 수가 없었던 것이다.

진흙으로 담을 친 직사각형의 좁다란 마당 건너, 검푸르게 이끼가 낀 낡은 일각대문 앞에는 회색 승복을 입은 능우와 집안에서 부리는 열서너 살 된 머슴, 머리에 노란 비단너울을 쓴 젊은 부인과 몸종으로 보이는 젊은 처녀가 모여 서 있다가 편조의 고함에 이편을 향해 고개를 돌린다. 다들 놀란 기색이다.

"어지간히 고집이 센 보살이시군."

얼굴이 붉어진 능우가 여인을 향해 못마땅한 듯 눈을 흘긴 다음 편조를 건너다본다.

"송구스럽네. 공부에 방해가 되도록 해서……."

자신의 잘못인 양 몸 둘 바를 몰라 하는 능우다.

"무엇 때문에 그러나?"

"여기 이 보살님이 지금 법사님께서 공부중이라고 누차 얘기해도 꼭 뵙고 가야겠다고 막무가내로 생고집을 피우시네."

그만하면 알겠다는 듯 편조가 고개를 주억거린다. 항용 있는 일이다.

작년 가을 무렵부터 편조가 여기저기 개경 부근의 크고 작은 절로 설법을 다니게 되면서 그를 신봉하고 따르는 열성신도가 하나둘씩 늘어났고, 나중엔 직접 사처를 찾아오는 신도까지 생겨났다. 평소 이들을 돌려보내는 일은 집안일을 맡은 능우나 선머슴이 알아서 했다. 개인적으로 집을 찾아오는 신도에게 접견을 허락할 만큼 편조 자신이 그다지 한가하지 않았던 것이다.

"스님도 참, 제가 언제 고집을 피웠다고 그러세요. 그냥 법사님을 한 번 뵙게 해달라고 부탁한 게 무어 그리 잘못인가요?"

따지듯 대꾸하는 여인의 얼굴에 편조의 눈길이 머무른다. 꽤나 해사하게 생긴 여인이다. 편조 자신보다 두세 살쯤 많은, 스물 대여섯쯤 되었을까. 동그스름한 얼굴에 살결도 분을 바른 듯 깨끗했고, 살림살이도 넉넉한지 비단으로 된 고급스런 옷차림을 하고 있다. 복스런 관상에 촉촉이 젖은 듯한 검은 눈빛이 은연중 사람의 마음을 끄는 매력이 있어 보인다.

그녀는 편조를 보자 구원을 요청하듯 얼굴에 반가움을 드러내며 한 걸음 앞으로 나선다.

"법사님, 저 기억나지 않으세요?"

여인이 간절한 눈빛으로 동의를 구한다.

"아이 참, 지난 유월에 천마산 은선암(隱仙庵)에서 뵌 적이 있을 터인데요."

분명 여인의 모습은 그의 기억에 남아 있다. 그날 은선암 연등제에 모여든 사십여 명의 신도들 중에서도 그녀의 희고 둥근 얼굴은 단연 눈에 들어왔던 것이다. 하지만 그렇다고 내놓고 덥석 반색을 하기도 그랬다. 편조는 알 듯 모를 듯 신중한 미소를 머금는다.

"아, 그렇군요. 아무튼 예까지 찾아주셔서 고맙다 아니할 수 없군요. 우선 안으로 드시지요."

편조가 거처하는 방 안으로 들어온 여인은 불단(佛壇)에 걸린 탱화에 합장 삼배를 한 다음 꺼내준 좌구(坐具)에 무릎을 꿇고 다소곳이 앉는다.

편조가 준비한 찻잔에 따뜻한 물을 따르는 동안 여자는 고개를 빼고 방 안을 이리저리 둘러본다. 출가한 여인치고는 하는 짓이 어린 소녀인 양 귀염성이 있다.

"생각대로 처소가 좀 협소하네요. 시중드는 사람도 어린 선머슴 하나뿐이고. 귀하신 법사님께서 머무르시기에 너무 옹색하고 불편해 보이는군요."

여인이 은근히 안타까운 눈길을 하고 편조를 건너다본다.

"전혀 그렇지 않습니다. 부처님만 모실 수 있다면 그게 어디든 무슨 상관이 있겠습니까. 오히려 지나친 편안함이 공부에 장애가 되기가 쉽지요."

"하지만 좋은 절을 두고 왜 사처에 나와 계시는지요?"

그 점이 궁금했던지 여인이 내처 묻는다. 편조는 그저 빙그레 웃는다. 물론 여인의 말이 옳았다. 범이 산에 있어야 하듯 중은 절에 있어야 마땅한 것이다.

하지만 사정은 그리 여의치 않았다. 개경 부근의 절이라면 그게 큰 사찰이든 아니면 골짜기의 작은 암자든 간에 모두 조계종이나 천태종, 화엄종이며 임제종, 법상종, 시흥종, 선종 등의 종파와 계파, 계급, 사제 간의 연이 마치 오래된 나무뿌리처럼 줄줄이 얽혀 있다. 그래서 근원도 법통도 분명치 않은 젊은 떠돌이 행각승을 선뜻 받아들일 절은 하나도 없었다.

설령 편조의 설법 실력을 높이 사서 받아들인다 하더라도 제대로 대우를 해줄지 의문이었다. 그저 말석이나 차지하고 앉아서 염불 따위의 불공잡사에 내몰리거나 아래위, 승려들의 눈치나 살펴야 하는 눈치꾼 신세가 되기 십상인 것이다.

그걸 잘 알고 있는 능우가 이곳 개경 성내의 서남쪽 남산리에 자리한 조그만 민가에 사처를 얻어든 건 적절한 선택이었다. 비록 모양새가 그리 좋진 않지만 다른 개경 성내 사찰 승려들의 눈치를 살필 필요도 없고, 어쨌든 성안에 기거하고 있어야 여기저기 안면을 튼 세도가들에게 연줄을 대어볼 수도 있을 것이다.

"자, 차를 드시지요."

편조가 찻잔을 들자 여인도 따라서 두 손으로 찻잔을 든다. 일을 하지 않은 손이어서 그런지 가늘고 맵시 있는 손가락에 손등 역시 비단결처럼 곱다.

"헌데 보살님께선 무슨 일로 저를 뵙자고 하셨는지요?"

그윽한 향기를 풍기는 녹차를 불어 식히며 편조가 묻는다.

"어머, 죄송합니다. 불민하게도 제 소개가 늦었군요. 저는 기현(奇

顯이란 사람의 내자입니다. 실은 지난 유월에 부부 동반하여 은선암에서 열린 연등제에 갔다가 법연(法緣)이 있어서인지 마침 법사님께서 설법하시는 걸 듣게 되었습니다. 그날 법사님의 설법을 듣고 나서야 비로소 그토록 염원하던 개안(開眼)이 된 듯했습니다."

"과찬의 말씀. 빈도가 설법을 잘한 게 아니라 보살님에게 깊은 신심이 있어 자연 불가의 연을 깨우치게 된 것일 겁니다."

"아니에요. 그동안 개경을 비롯하여 인근 산천의 여러 사찰을 두루 순례했습니다만, 법사님처럼 마음에 와 닿는 설법을 하신 스님은 여태껏 듣지도 보지도 못하였습니다. 그날 들은 스님의 설법이야말로 제게 대각(大覺)의 지혜를 깨닫게 하고 법열(法悅: 법을 듣거나 생각하거나 행하면서 얻게 되는 크나큰 기쁨)을 느끼게 한 설법이었습니다. 마치 문수보살님이 현현하신 게 아닌가 싶을 정도였으니까요. 그래서 그 이후로 스님을 한 번 직접 뵈는 게 저의 소원처럼 되었답니다."

여염집 여인답게 말하는 게 조리가 분명하고, 무엇보다 낭랑하면서 물기가 풍부한 음성이 묘하게 사람의 마음을 끄는 구석이 있다. 편조는 조금 전까지 기서를 보며 품었던 답답하던 심사가 여인과 대화를 나누면서 조금씩 연기처럼 풀어지는 것을 느낀다.

"또한 그날 법사님께서 하신 말씀 중에서 암증선사(暗證禪師)에 관한 비판은 너무 정확하고 시의 적절하여 막혔던 제 가슴을 뚫리게 하였습니다. 단언컨대 그건 타락할 대로 타락한 현 불교계에 대한 통렬한 비판이셨습니다."

"흠, 그랬던가요?"

되물으며 편조는 여인이 자신이 허투루 한 얘기까지 다 기억하고 있다는 사실이 약간 놀랍다고 느낀다.

암증선사란 선정(禪定)을 좋아하며 경전이나 법문은 연구하지 않고, 자기의 소견을 과장하여 불교계를 재단하는 선종의 승려들을 빈정거린 것에 다름 아니었다. 하지만 그걸 여인은 현 불교계에 대한 비판적 시각으로 받아들이고 있는 것이다. 그녀의 그런 비판의식을 역설적으로 따져보면 그만큼 기성 불교계의 뿌리 깊은 부정부패로 인한 중생들의 실망이 적지 않다는 분석도 가능할 것이다.

편조가 그 암증선사 얘기를 꺼낸 건 여인의 판단처럼 의도적인 건 아니었다. 설법을 하던 도중 스스로 감정이 격앙되어 꺼낸 하나의 비유일 뿐이었다.

예전에도 종종 그랬다. 설법이나 강론을 하다보면 자신도 모르게 예상치도 못한 말이 입에서 청산유수처럼 쏟아져 나왔다. 또한 설법을 하면서 시중의 속된 시쳇말이나 속담과 비유를 사용하는 것을 꺼리지 않았다.

그런 까닭에 그의 설법을 들은 신도들의 평판 역시 크게 두 갈래로 나뉘었다. 그의 설법이 너무 속되고 경박하여 스님으로서 진중하지 못하다는 측과, 벼슬아치처럼 어깨에 잔뜩 힘이 들어간 귀족적인 승려들과는 달리 소탈하고 평민적인 면이 좋다는 측이 그것이었다.

서로 상반된 신도들의 반응을 편조도 익히 알고 있었다. 하지만 그다지 괘념치 않기로 했다. 말하자면 그건 그의 타고난 성격이었고, 그만의 독특함이었다. 좋게 말하자면 개성적인 것이라 부를 수 있는 점을 굳이 바꿔야 할 필요성을 느끼지 않았다.

그러나 가끔씩은 편조 스스로도 자신의 발언이 아슬아슬하게 경계를 넘나든다는 걸 잘 알고 있었다. 아차 하는 생각에 서둘러 말을 맺는 경우도 적지 않았다. 여북하면 자신을 생불처럼 믿고 따르는 능우마저 언젠가 설교를 마치고 나오는 그에게 언사를 좀 조심했으면 좋겠다는 충고 아닌 충고를 늘어놓았겠는가.

"아무튼 그날 이후로는 자나 깨나 법사님 얼굴과 법언이 떠올라 쉽게 잠도 이루지 못할 지경이라면 믿으시겠어요?"

첫 정인(情人)을 만난 처녀처럼 살짝 볼을 붉혀가며 토로하는 여인의 모습은 왠지 모르게 그의 마음을 설레게 하는 구석이 있다. 편조는 홀린 듯 그 모습을 지켜보다 겨우 흔들리는 정신을 가다듬는다.

"시주의 말씀을 들으니 빈도의 마음이 더 무거워집니다. 앞으로 더욱 정진하도록 하지요."

"아이, 법사님도. 겸허가 너무 지나치십니다."

말하며 배시시 몸을 트는 여인의 모습이 편조의 눈에는 몹시 농염하게 느껴진다. 남자를 잘 아는 여인만의 독특한 교태다.

"한데 법사님께 감히 드릴 청이 있습니다. 들어주시겠지요?"

여인이 얼굴빛을 고치며 말을 건넨다.

"부탁이라면? 일단 들어보고 대답하는 게 옳을 듯합니다만."

"어려운 부탁은 아닙니다. 다름 아니라 거처를 저의 집으로 옮기시는 게 어떠한지 싶습니다만."

예상치도 않았던 제안이다.

"빈도의 거처를 말이오?"

여인이 산수유 열매처럼 붉고 도톰한 입술을 다물며 고개를 끄덕인다.

"예. 오늘 법사님을 직접 뵈옵고 나니 더욱 그런 결심이 굳어집니다. 결례의 말씀이 될지 모르지만, 법사님께서 이런 옹색한 사처에 머무르는 게 저로선 그리 좋아 보이지 않습니다. 비록 저의 집안이 큰 재

산이 있는 것도 아니고, 명문거족 세도가 집안도 아닙니다만 조상 적
부터 약간의 가진 살림이 있어 법사님이 계시기엔 그리 큰 불편함이
없을 것입니다. 저와 저의 남편이 성심성의껏 모시도록 하겠습니다.
그러니 이 미욱한 중생의 작은 소원을 들어주시기를……."

여인의 완곡한 말솜씨는 사람을 거절하기 힘들게 만드는 힘이 있다.
편조는 잠시 자신이 처한 상황을 헤아려본다. 그렇지 않아도 지금의
남산리 초가집은 얼마간 협소하고 옹색한 감이 없지 않다. 또 자신과
능우와 선머슴, 이렇게 남정네들뿐이라 식생활 역시 변변치 않다.

위치 역시 나성 안에 있다고는 하지만 좀 멀고 한적한 곳이다. 불제
자로서 거처의 좋고 나쁨이 중요하지는 않지만 집안 꼴을 보고 돈을 빌
려준다고, 편조 자신의 법력에 얼마간 누가 되는 건 명백한 사실이다.
세도가나 재력이 있는 신도가 찾아온다고 쳐도 이런 빈한한 사처에 있
는 그를 무얼 보고 법력 있는 승려라고 믿을 것인가.

헤아려 보건대 지금 찾아온 여인의 싹싹하고 사려 깊은 태도로 짐작
해 이득이 있으면 있었지 해가 되지는 않을 것이다. 무엇보다 여인의
해사하고 나긋한 자태가 왠지 묘하게 마음을 끈다. 그냥 물리치기엔
너무 아쉬움이 클 듯하다.

"보살님의 호의가 고맙소. 일단 염두에 두기로 하지요."

반쯤의 승낙이 떨어지자 여인의 얼굴이 보름달처럼 환하게 밝아진
다. 생각보다 표정이 다양한 여인이다.

"그럼 수일 내로 다시 찾아뵙도록 하겠어요."

기꺼워하던 여인이 떠난 뒤 반 식경도 채 지나지 않았을 무렵이다.
두 명의 황색 관복을 입은 남자가 노복을 거느린 채 편조를 찾아왔다.
마침 마당가에서 지난 비로 반쯤 무너진 토담을 손보던 능우가 뛸 듯

이 반가운 얼굴을 하고 방문객을 맞는다.

"어서 오시지요. 상장군 나리."

"능우스님, 잘 지냈소?"

대답한 자는 키가 크고 어깨가 벌어진 몸매로 무골의 풍채를 하고 있다. 좌우위 호군을 지내다 상장군이 된 그는 이 년 전 역적 기철 일파를 제거하는 데 일조한 공로로 이등공신의 서훈을 받은 김원명이다. 능우와는 가까운 외척으로 부인을 동반하고 몇 번 이 초옥을 방문한 적이 있었다.

"오늘은 일찍 오셨습니다."

진흙 묻은 손을 털며 능우가 의아스러워한다.

"그렇소. 오늘은 편조법사께 희소식을 전할 게 있어 퇴궐하자 곧바로 이리로 오는 길이오. 참 소개하겠소. 옆에 계신 이분은 내 오랜 친구이자 현재 판추밀원사(判樞密院事)로 있는 이춘부(李春富) 대감이시오. 함께 퇴청하는 길에 법력이 용한 스님이 계시다는 내 얘기를 듣고 기꺼이 어려운 발걸음을 한 것이오."

김원명이 곁에 있는, 작은 체구에 눈이 가늘고 턱에 한 뼘 남짓 수염을 기른 남자를 소개한다. 작은 눈빛에 야심이 있어 뵈는 선비풍의 남자다.

"누추하지만 우선 안으로 드시지요."

"편조법사는 안에 계시오?"

"예. 지금 경전공부 중입니다만, 곧 나오시라 전갈하겠습니다."

능우의 목소리가 한결 힘차다.

한여름 밤은 터무니없이 짧다. 조금 전 성루에서 삼경을 알리는 타종 소리가 들려왔으니 조만간 어둠을 밀어내며 새벽빛이 찾아들 것이다. 뒷산 어디선가 깊은 잠을 못 이룬 여우 울음소리가 나직하게 들려온다.

편조는 자리에 누운 채 이리저리 몸을 뒤척인다. 애를 써보지만 좀체 잠을 이룰 수 없다. 애꿎은 목침만 이리저리 머리맡을 옮겨 다닐 뿐이다.

드디어 공민왕 전하를 알현하게 된다.

초저녁부터 그 한 가지 생각이 줄곧 그의 뇌리에서 떠나지 않는다. 마음이 흥분되어 평상심을 유지하기가 힘들었다. 참선을 통해 마음을 진정시킬 수는 있겠지만 굳이 그렇게 하고 싶지도 않다. 감정을 억제하기엔 자신에게 닥친 행운이 너무 벅차고 감격스러웠다. 오늘 단 하루만이라도 그 희열과 감동을 즐기는 게 더 사람다운 것이라고 그는 믿고 싶었다.

생각해 보면 저 외진 남쪽 지방, 계성현하고도 옥천사라는 조그만 절에서 사노비의 자식으로 태어난 비천한 몸이 아닌가. 사람들로부터 온갖 멸시와 박대를 받으며 무명으로 세상을 떠돌던 행각승이던 자신이 친히 주상을 배알하게 되리라고는 언감생심 꿈도 꾸지 못한 일이 아니던가. 과연 누가 이처럼 되리라고 예상할 수 있었을 것인가. 그런데 보라. 이제 내일이면 이 고려 백성들의 주인이자 지존인 주상전하를 직접 알현하게 되는 것이다.

그는 어제 초저녁 무렵에 찾아온 김원명이 희소식을 가져왔다고 말할 때만 해도 그런 엄청난 길보(吉報)가 기다리고 있을 줄은 상상도 하지 못했다. 그저 개경에서 조금 큰 사찰인 개국사(開國寺)나 보제사(普濟寺), 혹은 숭교원(崇敎院) 정도의 절에서 한두 번 불법강론을 할 수 있는 법석을 허락 받아 왔거니 대수롭잖게 여겼던 것이다.

싱글벙글한 김원명이, 내일 주상전하를 알현하게 되었다고 말을 해도 그저 실없는 농담을 하는 줄만 알았다. 한데 놀랍게도 기적 같은 일이 실제로 벌어진 것이다.

하지만 무턱대고 흔감해 할 일만은 아니지.

편조는 다시 몸을 뒤척여 왼편으로 돌아눕는다. 전하를 만난다는 사실만을 기뻐하고 있을 단순한 계제는 아니었다. 물론 일개 젊은 승려로서 전하를 알현한다는 건 그 자체만으로도 능히 기뻐하고 감격해 마지않을 경사였다.

그러나 전하를 한 번 뵙는다고 해서 그 자체로 운명이 바뀌는 건 아니다. 그저 잠깐의 행운으로 그치고 말지도 모를 일이다. 주상의 입장에서 보면 단지 설법을 잘한다는 이유로 신하가 추천해서 만난 숱한 승려 중의 하나일 수도 있는 것이다.

그래선 안 되지. 안 되고말고.

돌이켜보면 태어나서부터 그동안 얼마나 많은 어려움을 겪어왔던가. 천한 출생으로 갖은 고초와 멸시, 주림과 냉대 속에 끊어질 듯한 생의 끈을 부여안고 근근이 살아오지 않았던가. 죽지 못해 살고, 살지 못해 죽고 싶은 때가 어디 한두 번이었던가.

이제 그 신고(辛苦)의 어려움을 디디고 일어나 겨우 꽃망울을 틔울 시기가 온 것이다. 오랜 기간 비렁뱅이처럼 떠돌기도 하고, 눈물 어린 눈칫밥을 먹으며 이 암자, 저 사찰을 전전하며 해온 수많은 공부며 설법, 강론들이 모두 전하를 배알하는 이런 영광스런 날을 맞이하기 위해서가 아니었을까. 그리하여 자나 깨나 가슴속 깊은 곳에 간직했던 포부를 펼칠 천재일우의 기회를 맞은 것이다.

옛말에 인간에게는 누구나 일생에 세 번의 기회가 찾아온다고 하지 않았던가. 그가 기서를 얻은 게 첫 번째의 기회였다면 이번 전하를 알현하는 일은 두 번째의 소중한 기회가 될 것이다. 어쩌면 이 두 번째의 기회가 그의 인생 전반에 걸쳐서 가장 귀중한 기회일지도 모른다. 옛말에 영웅이란 기회가 왔을 때 이를 잘 낚아챌 수 있는 사람이라는 말도 있지 않은가.

그렇다면 그냥 이렇게 있을 수는 없지.

그는 뒤척임을 포기하고 돗자리에서 일어나 앉는다. 양손바닥을 힘차게 비벼서 얼굴을 두어 번 북북 문지른다. 기실 이런 기회는 평생 통틀어 한두 번 있을까 말까 한 것이다. 이 절호의 기회를 놓친다면 죽어도 눈을 감지 못할 것이다.

그럼 무슨 방안이 있을 것인가. 자신이 아무리 강론이나 설법에 능하다 하더라도 첫눈에 공민왕 전하의 마음에 들기는 쉽지 않은 일이다. 전하의 주변에 내로라하는 승려들이 강가의 돌처럼 지천으로 널려 있는 데다가 조계종과 천태종이 교세를 천하에 떨치고 있다. 그런 터에 일개 보잘것없는 떠돌이 승려에 불과한 자신이 왕의 시선을 끌기는 참으로 기대난망의 일이었다.

거기에 더해 불교계의 촉망을 받고 있는 보우가 삼사 이인복의 추천으로 왕사가 된 뒤로 공민왕 전하의 두터운 신임을 받으며 승직(昇職)에 관한 모든 권한을 행사하고 있다. 그 보우가 누구인가. 옛날 옥천사에서 제자로 받아들여 주기를 사정하는 어린 자신을 내친 바 있는, 바로 그 몰인정한 승려가 아니던가.

무슨 좋은 방안이 없을까.

정좌한 채 전전긍긍하던 편조의 뇌리에 섬광처럼 한 가지 발상이 스쳐 간다. 어둡던 그의 표정이 앓던 이가 빠진 사람처럼 순식간에 환하게 바뀐다.

이럴 때 방술을 써야 한다는 걸 왜 까맣게 잊고 있었을까. 지난 몇 년간을 애써 익혀 두었던 방술이 아니던가. 아니, 어쩌면 이런 때를 대비해 방술을 익혀 두게 되었던 것일지도 모를 일이다.

하지만······.

그는 다시 짙은 눈썹을 모으며 미간을 찌푸린다. 불순한 갈등이 내면에서 어지럽게 회오리친다. 예전 도피안사에서 만났던 김양검이란 무사는 자신이 방술을 쓰고 있다는 사실을 쉽게 간파해내지 않았던가. 아울러 이 년 전쯤 산속에서 만났던 노(老) 도인은 절대 방술이나 환술을 쓰면 안 된다고 못을 박기까지 하지 않았던가.

그런데 감히 지엄한 주상전하께 방술을 사용한다는 게 가당키나 한 일인가. 만에 하나 방술을 쓴 사실이 밝혀지면 자신은 물론 다른 사람의 생명까지 내놓아야 하는 지극히 위험천만한 일이 아닌가.

갈등에 잠긴 사이 마을 어디에선가 새벽닭 우는 소리가 들려왔다. 사위를 덮었던 짙은 어둠이 밀려가면서 방문 밖이 어슴푸레 밝아오고 있다. 곧 푸르게 먼동이 틀 것이고, 아침이면 전하가 계신 내전에 입궐해야 할 것이다. 이제 더 이상 망설이고 말고 할 시간적 여유가 없었다.

마침내 그가 결연한 표정으로 자리를 차고 일어난다. 그는 어스름 달빛에 의지하여 횃대에 걸어둔 먹물들인 낡은 장삼을 벗겨내려 정성스레 입는다. 다시 그 위에 낡은 납의를 걸친다. 능우가 신라 때의 거문고 명수인 백결 선생의 옷 같다는 말을 한 적이 있는, 조각조각 기운 탓에 누더기와 다름없는 지독히 낡은 납가사다.

옷을 다 입은 편조는 방문을 열고 바깥으로 나간다. 정주간으로 간 그는 물독에 담긴 냉수를 사발 한가득 담아들고 방으로 돌아온다. 그는 물그릇을 정북향에 해당하는 자리에 조심스레 가져다놓는다. 거울이든 물이든 얼굴이 비치는 것이면 가능했다.

이어 편조는 벼루를 꺼내어 먹을 간 다음 벽장에서 손바닥만 한 한지를 꺼낸다. 그는 한지에다 '공민왕 전하' 라는 다섯 글자를 쓴다. 글을 쓴 한지를 사발이 놓인 위쪽 벽면에 붙인다. 이어 방문과 창문을 모두 활짝 열어젖힌다. 새벽빛이 방 안으로 비춰들자 사물을 확연히 구분할 수 있을 만큼 실내가 밝아진다.

잠시 동안 채비를 마친 그는 방 중앙에 결가부좌를 틀고 앉는다. 아직 일말의 망설임이 마음 한구석에 깨진 거울 조각처럼 미편하게 남아 있다. 편조는 정신을 집중하며 흔들리는 마음을 애써 달랜다.

무릇 사내대장부가 큰 뜻을 펼치기 위해서라면 소사에 연연할 필요는 없을 것이다. 굳이 따져 보면 방술이나 환술을 쓰는 게 그리 나쁜 일만은 아니지 않는가. 성질이 같은 철이라도 창칼을 만들면 생명을 빼앗는 무기가 되고, 가래를 만들면 생명을 살리는 도구가 된다. 비록 방술의 속성이 일시적으로 사람의 정신을 기만하는 것이긴 하지만 좋은 일에 쓰인다면 어찌 그걸 나쁘다고만 탓할 수 있을 것인가.

편조는 크게 두어 번 심호흡을 한다. 굳게 마음을 다잡은 그는 입으로 작게 주사(呪辭)를 외는 한편 합장한 손을 가슴까지 끌어올린 다음 천천히 내공의 기를 양미간에 집중시킨다.

정히 이번 한 번만이다. 간절히 바라건대 제발 이 술수가 통하여 전하의 마음을 얻을 수 있기를. 천하에 불멸의 명성을 떨칠 수 있기를.

편조의 이마에 조금씩 진한 땀방울이 배어 나오기 시작한다. 굳게 닫힌 눈꺼풀에 단속적으로 경련이 일어난다. 공력을 집중하느라 몹시 힘겨워 보인다. 그가 지금 기력을 쏟아 펼치고 있는 건 타인의 꿈의 경계를 마음대로 넘나들 수 있다는 몽중제경(夢中諸境)이라는 술법이다.

4

십자로에서 남쪽 방향으로 이어지는 길가에는 수십 칸은 될 듯한 큰 절이 하나 있다. 예전에는 당사(唐寺) 혹은 보제사로 불리기도 했던 연복사(演福寺)다. 무신집권 당시에 최충헌의 노비 만적이 반란을 계획하기도 한 유서 깊은 절이다.

그 사찰 일주문 앞에 한 떼의 사람들이 길게 줄을 지어 서 있다. 모두들 거적이나 다름없는 남루한 입성에 피곤하고 꾀죄죄한 모습을 하고 있다. 그들은 대부분 힘을 못 쓰는 늙은이거나 걸인, 신체가 불편한 사람들이다. 절에서 나눠 주는 점심공양을 기다리는 중이다. 점심이랬자 멀건 조를 넣어 끓인 죽에 약간의 소채가 전부다. 하지만 작년 가을부터 계속된 가뭄으로 인심이 흉흉해진 요즈음엔 죽마저 없어서 못 먹는 사람들이 적지 않은 형편이다.

행렬 옆으로 한 여인이 걸어온다. 병색이 남아서 핼쑥한 얼굴을 한 유정이다. 그녀는 잠시 걸음을 멈추고 주변을 둘러보다가 행렬 중간에 서 있는, 아이를 안은 아낙에게 말을 건넨다.

"저, 혹시 이 근처에 송도다점(松都茶店)이 어디 있는지 아세요?"

아낙은 남은 죽도 못 먹은 판에 웬 다점을 찾느냐는 듯 하얗게 눈을 흘긴다. 이어 고개를 좌우로 흔든다. 뒤편에 서 있던 눈에 백태가 낀 노파가 알은척하며 나선다.

"이 절 담장을 끼고 우측으로 돌아가면 길옆에 커다란 팽나무가 한 그루 서 있는 골목이 나오는데, 거기에 다점이 있소."

"고맙습니다."

허리 숙여 인사를 한 그녀는 얼른 절 담장을 따라 걸음을 옮긴다. 아직 몸이 완쾌되지 않아서 걸음을 옮길 때마다 다리가 후들거리지만 한시라도 빨리 양검을 찾아야 했다. 그가 어디로 더 멀리 사라지기 전에. 그녀는 걸음을 옮기면서 묘련사에서 양검과 재회했던 보름 전 일을 머리에 떠올린다.

양검을 만난 충격으로 기절했던 유정이 다시 정신을 차렸을 때는 이미 바깥에 어둠이 내린 다음이었다. 유정은 자신이 등불이 밝혀진 선방에 누워 있는 것을 알았다. 그녀가 깨어나는 기척을 들은 서른 남짓한 공양주보살이 환한 얼굴을 하고 그녀를 내려다보았다.

"아휴, 색시가 이제야 정신을 차렸구먼."

유정은 자신이 양검을 만나는 순간 까마득히 정신을 놓친 것을 기억해냈다. 그녀는 반가워하는 공양주보다 먼저 주변을 살폈다. 그녀가 그토록 애타게 만나길 기다렸던 양검은 보이지 않았다. 유정은 억지로 팔을 짚고 상체를 일으켰다.

"좀 더 누워 있어요. 아직 몸이 완전치 않은 것 같은데……."

"제가 어떻게 여기에 누워 있지요?"

"듣기엔 함께 있던 무사 양반이 정신을 잃은 색시를 방 안에 들였다고 했어요."

"지금 그분은 어디 계시나요?"

"그건 저도 몰라요. 주지스님께 색시를 잘 보살펴달라는 부탁을 남기고 저녁 무렵에 떠났습니다."

양검이 떠났다는 말을 듣는 순간 유정은 아득한 절망감에 사로잡혔다. 그녀는 아랫입술을 깨물며 치미는 비애를 가까스로 억눌렀다. 처음 보는 공양주보살 앞에서 눈물을 보이는 게 부끄럽기도 했지만, 어쩌면 양검이 떠나면서 주지에게 무슨 말인가 남겼을지도 모른다는 한 가닥 실낱같은 기대가 남아 있었기 때문이었다.

"주지스님을 좀 뵐 수 있을까요?"

"안 그래도 낭자가 깨어나면 부르라는 주지스님의 부탁이 있었어요."

공양주보살이 선뜻 자리에서 일어났다.

조금 뒤 마루를 건너오는 발소리가 들리고, 공양주를 앞세운 주지가 방 안으로 들어섰다. 합장을 한 주지가 유정과 약간 떨어진 자리에 앉았다.

"이제야 깨어나셨군요."

"여러모로 폐를 끼쳐 죄송스럽습니다."

"그런 말씀 마십시오. 여긴 주인이 없습니다. 있다면 부처님이시니 당연히 누구든 쉬어 갈 수 있는 곳입니다."

주지가 입가에 부드러운 미소를 머금었다.

"저를 방 안에 들이신 무사님을 잘 아시는지요?"

"김양검 무사님 말입니까? 어느 정도는 알고 있습니다. 하온데 왜 그분을 찾으시는지?"

주지의 물음에 유정은 잠시 망설였다. 양검과 자신의 관계를 어떻게 설명할지 난감했던 것이다.

"…그분은 제가 오랫동안 찾아다녔던 분입니다."

주지가 유정을 물끄러미 건너다보았다. 그녀의 가녀린 얼굴을 본 주지는 두 사람의 관계를 짐작했는지 연민을 담은 눈길을 하고 두어 번 고개를 끄덕였다.

"말하기 어려운 사연이 있으신 모양입니다. 그 무사님은 한때 이 절의 신도였습니다만 오랫동안 발길을 끊었지요. 이번에 찾아오신 건 거의 십여 년 만일 것입니다."

"그분이 혹 무슨 말씀이라도 남기진 않으셨나요?"

"별다른 말씀은 없었습니다. 몸의 기가 너무 쇠약해진 데다가 차가운 비를 맞아 혼절한 것 같다며 소승에게 잘 좀 보살펴달라는 부탁을 남겼습니다. 그리고 참, 누군가와 약속이 있어서 가보아야 한다고 했습니다."

"그분이 어디 사시는지 알고 계시는지요?"

유정은 낭떠러지에 매달리는 듯한 심정으로 주지를 바라보았다. 유정을 마주본 주지가 무겁게 고개를 가로저었다. 유정은 가슴이 가닥가닥 찢겨져 나가는 것 같았다. 천재일우처럼 만난 정인을 이처럼 쉽게 놓치게 되었다는 사실이 믿기지 않았다. 유정은 맥을 잃고 다시 자리에 쓰러졌다. 몸이 완쾌되지도 않은 터에 커다란 상심이 겹쳐지자 견딜 수가 없었던 것이다.

"너무 심려 마시지요. 그 양검이란 무사님을 찾을 방도가 없진 않을 듯하군요."

"어떻게 찾으신단 말씀입니까?"

유정이 두 손으로 눈시울을 타고 흐르는 눈물을 훔치며 물었다.

"소승이 그 무사님과 형제처럼 지냈던 김어진이란 무관을 알고 있습니다. 예전에는 함께 이 절에 다니기도 했었지요. 그 무관에게 물어보면 혹 그 무사님이 어디 거처하는지 알 수 있을지 모릅니다."

"그 김어진이란 무관은 어디에 사시는지요?"

"개경 성내에 산다고 알고 있습니다만, 사람을 시켜 알아보고 알려드리겠습니다. 너무 조바심내지 말고 기다리시지요. 행여 몸이라도 다칠까 걱정스럽습니다."

이야기를 듣는 도중에 유정은 다시 정신을 잃고 말았다. 너무 쇠약해진 몸이 마음의 거친 격동을 이겨내지 못했던 것이다. 그렇게 그녀는 보름 동안을 내처 앓아야 했다. 사람을 시켜 불러온 늙은 한의사는 유정을 진맥해 본 뒤 그녀가 학질에 걸린 탓에 그처럼 몸이 쇠약해진 것 같다고 말했다.

절담을 끼고 돌아가자 노파가 가르쳐준 대로 커다란 팽나무가 그늘을 드리운 길 하나가 나타난다. 그 옆으로 송도다점이란 작고 허름한 가게가 보인다. 가게 옆에는 토담으로 이루어진 길쭉한 골목이 나 있다. 유정은 그리로 걸어 들어간다. 골목 안쪽에는 일각대문이 하나 서 있고, 아담한 여염집이 뜨거운 대낮의 햇살을 받으며 고요 속에 잠겨 있다.

유정이 닫혀 있는 대문을 두드린다. 잠시 뒤 바깥으로 나온 건 유순하게 생긴 여인이다. 몸맵시가 단정하고 눈매에 정감이 있어 보이는 삼심 중반쯤의 여인이다.

"누굴 찾으시는지요?"

"여기가 김어진 무관님 댁입니까?"

"예, 맞아요. 하지만 남편은 멀리 전장으로 출정하신 터라…무슨 일로 남편을 찾으시는지요?"

유정은 다시 마음이 막막해짐을 느낀다.

"저, 혹시 김양검이란 분이 어디에 계시는지 알 수 있을까 싶어서요. 김어진 무관님과 친구라고 해서……."

행여 하는 마지막 기대감에 애써 매달리며 유정이 물었다.

"김양검 낭장님 말씀이세요?"

되물으며 아낙이 유심한 눈길로 유정을 이모저모 살핀다. 그러다가 문득 생각난 듯이 그녀의 손목을 잡는다.

"참, 내 정신 좀 봐. 여기서 이럴 게 아니라 어서 안으로 들어오세요."

여인이 동생을 대하듯 스스럼없이 유정을 대문 안으로 이끈다. 영문을 모른 채 유정은 대문 안으로 들어선다. 집주인의 성품을 반영하듯 정갈하고 운치 있게 꾸며진 화단에는 꽃나무가 한창 꽃을 피워내고 있다. 여인의 안내를 받아 유정은 대청마루에 올라가 앉는다.

"참 예쁘신 분이군요. 그런데 많이 수척해 뵈는군요. 어디 몸이라도 불편하신 건가요?"

여인이 걱정을 담은 시선으로 유정을 말끄러미 바라본다.

"예, 걱정해주셔서 고마워요. 얼마 전에 좀 심하게 앓은 게 후유증이 남아 있어서…하지만 거의 다 나은 셈이에요."

"그래서 이렇게 늦게 찾아오셨군요."

여인이 불쑥 뜻 모를 말을 던진다.

"그게 무슨 말씀이세요?"

"김 낭장님은 열흘쯤 전까지 이 집에서 묵으시다가 제 남편과 함께 전장으로 출장하셨어요."

여인의 말을 듣자 유정은 온몸의 기운이 죄다 빠져나가는 걸 느낀다. 유정은 양손으로 마루를 짚어 쓰러질 듯한 몸을 지탱한다.

"전장으로 가셨다고 하셨나요? 그분은 무관도 아니신데 어째서 전장으로 나가셨을까요?"

"호군이신 남편을 돕겠다며 함께 나서셨어요. 두 분이 오래전부터 무척 친하신 터라……."

유정의 눈에 눈물이 글썽해진다. 곡절 끝에 겨우 찾아왔건만 사랑하는 정인은 전장으로 나가고 없다. 언제 돌아올지, 무사히 돌아올지 아무런 기약도 없다. 남겨진 건 그저 애타는 기다림의 시간뿐이다.

낙심에 빠진 그녀의 얼굴을 말끄러미 바라보던 여인의 얼굴에 연민의 빛이 떠오른다. 한동안 유정을 말끄러미 바라보던 그녀는 문득 잊은 것이라도 있었던지 마루에서 몸을 일으킨다.

한낮의 햇살 아래 황백색 모시나비 한 마리가 화단의 꽃밭에 가벼이 내려앉고 있다.

5

서쪽 하늘에는 붉은 태양이 걸려 있고, 북쪽의 송악산자락이 여름 저녁 햇살을 받아 홍시처럼 붉게 타오르고 있다. 마을과 거리엔 저녁을 준비하는 소리로 부산스럽고, 밥 짓는 푸른 연기가 가가호호 굴뚝마다 피어오른다.

"誰許沒柯斧 我斫支天柱(수허몰가부 아작지천주)."

잿빛 장삼을 펄럭이며 위엄 있게 거리를 걸어가던 편조가 문득 생각난 구절을 혼잣말처럼 중얼거린다.

"법사님, 그게 무슨 뜻입니까?"

뒤를 따라오던 젊고 몸집이 단단해 뵈는 사내종이 묻는다. 기현의 아내가 편조의 신변도 보호할 겸 잔시중을 들라며 붙여준 노복(奴僕)이다. 전하를 알현하신 존귀한 법사께서 혼자 거리를 나다니시면 안 된다는 게 기현 아내 권씨의 주장이었다.

"누가 내게 자루 없는 도끼를 줄 것인가. 내 하늘을 받칠 기둥을 깎으리라, 하는 말이지."

평소 궁금한 게 많은 사내종이 알겠다는 듯 고개를 끄덕인다.

"신라시대 원효대사님이 하신 말씀이군요."

"그렇지."

편조는 당시 원효의 마음을 헤아릴 듯도 한 기분이다. 머리끝에 알근하게 오른 취기 때문인지도 모른다. 축하주라며 이 사람 저 사람이 권하는 약주를 엄벙덤벙 거절 않고 받아 마셨더니 그만 거나하게 취기가 오른 것이다.

조금 전에 그는 판추밀원사 이춘부의 자택에 초대되어 한 상 크게 대접받고 나오는 길이다. 편조의 입신양명을 앙망(仰望)하는 자축의 성격이 담긴 술자리였다. 그렇다고 전도가 그리 밝지만은 않다는 게 술자리에 참석한 김원명의 전망이었다.

그의 전언에 따르면 공민왕 전하의 편조를 향한 성총(聖寵)은 달리 비할 바 없이 크지만, 그에 비례한 권신들의 반대 기류 역시 심상치 않다고 했다.

공민왕이 편전에서 편조를 친견했다는 소문을 듣자 천태종을 비롯한 여타 종파 승도들의 편조에 대한 험담과 배척 여론 역시 날로 비등해지는 중이다. 신분도 모르는 뜨내기 승려를 왕에게 천거한 자신마저 불충한 신하로 몰리고 있다는 게 김원명의 불만 섞인 토로였다. 굳이 그의 말이 아니더라도 편조 자신이 전 불교계의 시기 섞인 지탄을 받으리란 건 충분히 예견된 일이었다.

대체로 승려의 신분으로 왕을 접견하려면 관리들의 과거시험 격인 종선(宗選), 대선(大選)이란 두 번의 승과(僧科)를 거친 뒤 선종이라면 선사(禪師)나 대선사, 교종이라면 수좌(首座)나 승통(僧統) 직위쯤에는 올라야 왕을 알현할 자격이 있었다.

그럼에도 불구하고 변변한 종파도, 승과를 거친 적도 없는 젊은 승려가 어느 날 갑자기 왕을 알현했다는 게 그들로선 납득하기조차 어려운 일인 것이다.

이쯤이면 절반의 성공인가.

편조는 입맛을 다시며 한 달여 전, 난생처음 궁궐에 입시(入侍)하던 날을 떠올린다. 그날, 편전에서 편조를 처음 본 공민왕은 편조를 보자 몹시 놀라워하는 표정을 지어 보였다. 아마 꿈속에서와 다름없는 복장과 얼굴을 한 승려가 목전에 나타났으니 그럴 만도 했을 것이다. 그건 진즉에 편조가 몽중제경 술법을 쓰면서 예측했던 바였다.

입궐을 준비하던 날 아침에 전하를 알현하러 가는 길이니 제발 깨끗한 새 법의를 입으라는 능우와 김원명의 권유를 뿌리치고 낡고 헤진 가사장삼을 걸치고 나간 것도 다 나름의 계산이 있어서였다.

경이에 찬 눈길로 편조를 이리저리 살펴보고 난 공민왕은 고백이나 털어놓듯 얘기를 꺼냈다. 어젯밤 꿈속에 야차처럼 무서운 형상을 한 괴한이 칼을 들고 나타나서 자신을 해하려고 들었다는 것이다. 그 다급한 지경에 때마침 나타난 중이 자신을 구했노라고. 그 중의 모습과 행색이 지금 나타난 편조와 너무 흡사하더라고 했다.

공민왕의 흉몽 덕분인지 첫날부터 편조는 분에 넘치는 성은을 입었다. 공민왕은 친히 편조를 용상 가까이 오라 이르고 이것저것 많은 질문을 던졌다. 능숙하고 막힘없는 그의 답변을 듣자 공민왕은 몹시 흡족한 듯 거듭 신뢰가 담긴 찬사를 아끼지 않았다. 입시내관에게는 편조가 언제든 마음대로 입궐할 수 있도록 채비해 주라는 특명도 잊지 않았다.

지나친 총애에는 항시 시기가 따르는 법이지.

편조의 얼굴에 희미하게 조소가 떠오른다. 항용 기득권자들은 타인의 득세를 무서워하고, 새로운 변화를 두려워하는 법. 그들의 반대야 당연한 것 아닌가.

중요한 것은 편조를 향한 공민왕의 총애였다. 권신들이 아무리 자신을 내치려고 노력해도 공민왕 전하의 신임을 얻고 있는 한 승려는 자신의 것이다. 하나 아직은 되도록 근신하는 게 이로울 것이다. 권문세가들의 힘 역시 무시할 수 없이 깊고 강대한 것이니까. 역사는 하루아침에 이루어지는 건 아니지. 낙숫물이 바위를 뚫는다고 하지 않던가. 이제 조금씩이나마 세상에 내 포부를 펼쳐 나가는 거야.

편조는 다시금 자신의 오랜 결의를 다잡는다.

얼마쯤 걸었을까, 저만치 크고 웅장하진 않아도 화원이 넓고 아담하게 꾸며진 기현의 사택이 시야에 들어왔을 때다.

덩치가 짚가리만큼이나 큰 라마승 하나가 머리를 빼고 담 너머를 이리저리 기웃거리는 게 수상쩍게 보인다. 승려는 낡은 회색 장삼에 주홍 안타회(장삼 겉에 있는 친제의. 낙자)를 걸치고 손에는 무게가 꽤나 나갈 듯한 쇠로 된 석장을 짚고 있다. 승려의 키가 얼마나 큰지 높은 담이 겨우 턱에까지밖에 닿지 않는다.

"웬 라마승이 저렇게 남의 집 안을 기웃거릴까?"

사내종이 의심스럽다는 듯 중얼거린다.

"아서라. 내가 물어보마."

상대가 승려의 행색을 하고 있는 만큼 자신이 나서는 게 옳을 듯하여 편조가 걸음을 빨리해서 승려 앞으로 다가간다.

"나무아미타불."

편조가 합장을 하며 염불을 외자 담 안을 기웃거리던 승려가 웬일인가 싶어 이쪽으로 고개를 돌린다.

"어떻게 찾아오셨는지?"

"어라, 스님이군. 이 집에 사시오?"

편조의 물음에 라마승이 퉁방울 만한 눈을 이리저리 굴리며 되묻는다.

종을 두들기듯 굵직한 음성에 보기만 해도 위압적인 얼굴을 가진 그는 마환대사다. 덕성부원군 기철 일당이 역도로 몰려 몰살당하기 한 달쯤 전에 슬쩍 원나라로 떠나갔다가 달포 전에 다시 고려로 돌아왔던 것이다.

"소승이 주인은 아닙니다만 이 집에 묵는 건 맞습니다…누굴 찾아오셨는지?"

"그렇다면 거두절미하고 물어보겠소. 혹 귀한 책을 소지하고 있지 않소?"

처음부터 거친 태도에다 상대에 대한 예의나 범절은 전혀 안중에도 없다. 참으로 보기 드물게 괴이쩍은 라마승이라고 편조는 생각한다.

"귀한 책이라니요?"

편조가 고개를 젖혀 두 뼘이나 키가 큰 마환을 올려다보며 되묻는다.

"말하자면 오래되고 보기 힘든 기서 같은 것 말이오."

기서란 말에 편조는 갑자기 뒤통수를 맞은 듯한 얼굴이 된다. 이 괴이한 중이 찾는 기서라는 게 있다면 그건 이 년 전 산속에서 우연히 얻게 된 하권『풍수지리록』을 가리키는 게 분명했다. 하지만 이자가 그걸 어떻게 알고 찾아왔는지 통 짐작이 가지 않는다.

"흠, 표정을 보아 하니 젊은 스님이 기서를 알고 계시긴 하는군. 법명이 무엇이오?"

상대의 심사를 읽고 단번에 정곡을 찔러오는 마환이다. 부리부리한 눈빛 역시 강하게 상대를 제압해오는 기이한 힘이 느껴진다. 마치 천근의 무게로 짓눌러오는 듯한 그 기운은 라마승의 덩치가 커서만은 아니었다. 갑자기 몸 전체에서 풍겨 나오는 괴이하고 불가해한 압력은 생명을 가진 존재로서의 본질적인 공포와 위험을 느끼게 하는 위력을 지니고 있다.

편조는 본능적으로 이 라마승에게 대항한다는 건 계란으로 바위를 깨뜨리려 드는 것처럼 무모한 일이란 걸 깨닫는다. 그건 소나 개 따위가 도살을 전문으로 하는 백정을 만났을 때 본능적으로 죽음을 느끼고 옴짝달싹 못하는 것과 비슷하다.

"소승의 법명은 편조입니다만, 그걸 왜 여기서 찾으시는지?"

"혹 보름쯤 전에 저편 산 아래 동네에서 이리로 거처를 옮겨오지 않았소?"

질문이 좀 엉뚱하다. 산 아래 동네라면 얼마 전까지 편조가 머물렀던 남산리를 두고 하는 말이 분명했다.

"그렇습니다만……."

"내 예전에 저쪽 산 아래 동네에 밤이 되면 벽청(碧靑)색 서기가 서리는 것을 보고 찾아다녔소. 그런데 그게 보름쯤 전에 흔적도 없이 사라지더니 닷새 전부터 다시 이곳에 서기가 서리지 않겠소. 그래서 내이렇게 찾아왔소."

"아, 그러시군요."

편조는 느닷없이 가슴이 답답해짐을 느낀다.

"그래, 그 기서는 지금 어디에 있소?"

"빈도는 기서가 무엇인지, 어디에 있는지 모릅니다."

"모른다?"

편조의 거짓 대답에 마환의 양미간에 굵은 주름이 잡힌다.

"그런데 그걸 왜 빈도에게 묻는 것입니까?"

편조의 반문에 마환이 가소롭다는 듯 쿵, 하고 크게 코웃음을 치더니 낡은 가사자락 사이에 손을 넣더니 무언가를 꺼낸다. 금빛으로 된 네 개의 창날이 사방십자형으로 솟아난 금속 기구로 갈마저(羯磨杵) 혹은 갈마금강(羯磨金剛)이라고 불리는 밀교 특유의 법구(法具)였다.

"자, 이걸 보시오."

마환이 입으로 무언가 주문을 외며 갈마금강을 돌린다. 갈마금강이 누런 섬광을 내며 빠르게 회전한다.

갈마금강을 주시하고 있던 편조는 무언가 잘못되고 있다는 의구심을 가졌고, 그 순간 갑작스레 정신이 혼미해지는 걸 느낀다. 마환이 방금 편조에게 펼친 건 일시적으로 사람의 정신을 빼앗는 미혼법(迷魂法)이다.

"어디 자초지종을 말해 보아라."

상대의 얼굴은 보이지 않고 굵직한 음성만이 천상에서 들려오는 것 같았다.

편조는 자신도 모르게 이 년여 전에 산골 마을에서 우연히 책을 한 권 얻은 일이 있다고 얘기했다. 별 쓸모가 없는 듯하여 그저 간직하고만 있었더니, 보름 전에 이리로 거처를 옮기고 난 뒤 궤에 넣어둔 책이 하룻밤 새 감쪽같이 사라지고 없더라고 거짓 없이 털어놓았다.

자신이 그 기서를 공부한 일이나, 기서가 없어지던 날 꿈속에 산중에서 만났던 그 늙은 도인이 진노한 얼굴로 나타나서, '내 그렇게 방술을 쓰지 말라고 일렀거늘, 너는 주인이 아닌 것 같으니 내 기서를 회수해가마' 라고 했다는 말은 빼놓고 하지 않았다.

어쩌면 그건 그의 무의식 속에 잠재된 어떤 강한 의지의 발현일지 몰랐다. 사실 그 기서가 없어진 날, 금강산 용공사의 철봉대사에게서 훔친 방술책을 비롯한 다른 패물도 몇 가지 같이 없어져서 그게 밤도둑의 짓인지 아니면 정말 꿈에 나타난 도인의 짓인지는 편조 역시 알지 못했다. 다만 기서를 잃은 다음 날부터 은밀하게 기서의 행방을 탐색해보았지만 어떠한 단서도 찾을 수 없었다.

"정말이냐?"

편조의 얼굴 앞에 커다란 턱을 바짝 들이민 마환이 마치 죄인을 추궁하듯 묻는다. 편조가 고개를 끄덕이자 잠시 그의 눈동자를 찌르듯 노려본 마환이 말한다.

"흠, 보아하니 거짓말은 아니군."

아무 일도 없었다는 듯 등을 돌려 멀어지던 마환이 안타까움이 밴 탄식을 내뱉는다.

"쯧쯧, 며칠만 더 일찍 왔던들……."

라마승이 멀어지는 것을 홀린 듯 바라보고 있던 편조에게 사내종이 묻는다.

"저 덩치 큰 라마승이 찾는 기서란 게 대체 무엇입니까?"

편조가 아무 말 없이 서 있자 사내종이 재차 크게 소리쳐서 편조를 부른다. 그제야 편조는 퍼뜩 정신을 차린다. 하지만 자신에게 라마승이 무엇을 물었는지, 또 자신이 어떤 대답을 했는지 잘 기억나지 않는다. 그저 모든 게 꿈속의 일처럼 어슴푸레하고 어리둥절할 뿐이다.

"아무것도 아니야. 그저 재미난 옛날 얘기를 적어놓은 책을 찾는 거지."

엉뚱한 말로 얼버무리며 편조는 대문 안으로 발길을 옮긴다.

내색은 하지 않았지만 실상 마음속의 안타까움은 이루 말할 수가 없었다. 만일 라마승의 말대로 상서로운 서기까지 내비칠 정도의 책이었다면 그건 편조가 생각한 것 이상의 매우 진귀한 희대의 기서가 분명할 것이고, 그걸 잃었다는 건 자신으로선 평생 회복하기 힘든 큰 손실이 될 게 분명했다. 대낮에 창졸간에 나타나서 기서를 찾던 괴이쩍은 라마승이 한 말이 터무니없는 거짓은 아닐 것이다. 그렇다면 편조는 세상에 보기 드문 귀하고 소중한 책을 어이없이 잃어버린 셈이다.

편조는 조금 전까지 유쾌하게 오르던 술기운이 싹 가시는 것을 물론 온 몸의 피가 얼음장처럼 싸느랗게 식어 가는 느낌에 사로잡힌다.

6

살갗에 와 닿는 햇살이 아직은 따갑게 느껴지는 초가을의 늦은 오후
무렵이다.

삿갓을 눌러쓴 사내 하나가 언덕길을 오르고 있다. 소나무가 우거진
산길은 가파르다. 하지만 사내의 발걸음은 거칠 것 없다는 듯 산길을
내쳐 오른다.

시야가 트이는 고갯마루에 오르자 사내는 걸음을 멈추고 삿갓을 벗
어든다. 준수한 용모에 눈빛이 깊은 사내는 양검이다. 그는 손을 이마
에 대고 멀리 눈 아래 펼쳐진 정경을 살펴본다. 육지를 치달려온 산맥
들이 마지막 기운을 다한 듯 완만한 둔덕을 이루며 낮게 엎드려 있고
그 사이로 제법 커다란 고을 하나가 보인다. 그가 서경에서 보름 남짓
걸려 찾아온 동래현(東來縣)이다. 고을을 내려다보던 양검의 눈빛에 순
간적으로 살기가 스쳐 간다.

삿갓을 고쳐 쓴 그는 내쳐 언덕길을 걸어 내려간다. 얼마 지나지 않
아 그는 마을 입구에 도착한다.

때마침 장이 열렸는지 마을 초입부터 장사꾼들과 물건을 사러 나온
사람들로 북적거린다. 길을 따라 길게 펼쳐진 장바닥에는 미역과 멸치,

며, 문어, 말린 해삼 따위의 건어물들이 손님을 기다리고 있다. 해산물
이 주종을 이루고 있는 건 이 지역이 바다에 인접한 때문일 것이다.

양검은 저잣거리를 지나서 어느 길모퉁이에 자리한 아담한 객주를
찾아든다. 그리 넓지 않은 마당에는 일찍 장사를 파한 상인들 몇 명이
둘러앉아 술추렴을 하고 있다. 벌써 다들 한잔씩 걸쳤는지 불콰한 낯
빛을 하고 있다. 그들은 주막에 들어서는 낯선 나그네에게 경계하는
시선을 주었다가 지나가는 과객으로 여겼는지 이내 자기들끼리의 잡
담을 이어간다.

"손님, 어서 옵쇼."

머리채를 둘둘 말아 올린 주막집 젊은 아낙이 양검을 맞는다. 그늘
을 찾아 자리를 잡은 양검이 술과 간단한 요깃거리를 주문한다.

"손님, 오늘 이곳에서 주무시고 가실 건가요?"

조금 뒤 술과 안주가 담긴 개다리소반을 들고 온 아낙이 양검에게
묻는다.

"그건 어이해서 묻나?"

"다름 아니라 주무시려면 저희가 미리 관아에 신고를 해야 합지요.
신고를 안 하고 재웠다가 재수 없게 관속들에게 걸리면 저희들이 된통
경을 치게 되는걸요."

"그런 법도 있나?"

"근래 들어 왜구들이 해안에 자주 출몰하자 수령이 그런 영을 내렸
습지요."

동래현은 오래전부터 바다를 끼고 있는 덕에 수산물이 흔했고, 안온
한 기후로 인해 인심이 후하고 살기가 좋았다. 하지만 왕궁이 있는 개
경과 거리가 먼 탓에 관리들이 부임을 꺼렸다. 그러다보니 조정에서

실권을 잃은 늙다리 관리들이나 죄를 지은 조정 대신들이 좌천되어 수령으로 오는 경우가 많았다. 자연 관아의 기강이 흐트러졌고, 이를 알아챈 왜구들의 노략질이 한층 자심해지고 있었던 것이다.

"아직 결정하지 않았네. 저녁이 되면 알려주지."

양검은 잔에 채운 술을 단숨에 들이켠다. 해가 지려면 아직 시간이 남아 있다. 밤이 깊어지면 모든 일을 마치고 밤을 도와 개경으로 올라가면 될 것이다. 양검은 거푸 석 잔을 비운다. 묵은 상처를 건드린 듯 마음 깊은 곳에서 천천히 비애와 함께 고통이 치솟는다.

보름 전, 그는 서경에 있었다.

천축에 갔다가 몇 년 만에 개경에 돌아온 그가 혈육처럼 사귀던 김어진의 집을 찾았을 때 어진이 군사들을 이끌고 서경으로 출정을 준비하고 있다는 걸 알게 되었다. 올해 이월에 요동 방면까지 진출한 홍건적의 침입에 대비하라는 조정의 명을 받았던 것이다. 내친 김에 양검은 어진과 함께 서경으로 향했다. 별로 할 일도 없었던 터인데다가 이참에 친구나 도울까 싶었던 것이다.

군사들과 함께 서경 십여 리 북쪽에 진을 치고 난 이틀 뒤였다. 어진과 함께 군사배치 상황을 살피러 가던 길이었다. 말을 타고 가던 그에게 손을 흔드는 여인이 있었다. 전란이 난다는 소문을 듣고 남쪽으로 밀려 내려오던 피난민 행렬에 섞여 있던 여인이었다.

그녀는 본 순간 양검은 몹시 놀랐다. 비록 꾀죄죄한 행색에 젖먹이 아기를 안은 아낙이 되어 있었지만 그녀는 예전에 그의 아내 홍씨가 데리고 있던 계집종이었다.

죽은 줄 알았던 옛 주인을 만난 반가움에 한바탕 눈물바람부터 하는 계집종을 군막으로 데려온 양검은 그녀로부터 저간의 사정을 들을 수 있었다. 얼마 전까지 서경 북쪽 정주(定州)에 살고 있던 계집종은 홍건적의 침략이 멀지 않았다는 소문을 듣고 남쪽으로 피난을 내려오던 중이라고 했다. 정주에서 화척(禾尺)이었던 남편은 수졸(戍卒: 변경에서 수자리 사는 군졸)로 차출되어 수비군과 함께 정주에 남았다고 했다.

무엇보다 양검은 그녀로부터 십수 년 전에 있었던 그 비극적인 사건에 관한 얘기를 자세히 들을 수 있었다. 그건 양검에게 커다란 충격이었다.

다시는 돌이키지 못할 참상이 벌어진 그날, 불시에 양검의 집에 닥친 무리들 중에는 계집종의 눈에 익은 자도 있었다. 격구시합이 열리던 단옷날에 양검의 아내 홍씨를 겁탈하려 한 그 벼슬아치였다. 양검에게 뺨을 맞았던, 자신의 직함을 밀직부사라고 밝힌 강윤충 바로 그 작자였다. 추측해보면 단옷날 양검에게 수모를 당한 것에 앙심을 품고 충혜왕을 그리로 이끈 것이리라.

충혜왕을 암살하려고 숭교사로 숨어들었던 양검이 학선대사의 설득으로 호위무사들에게 투항한 다음 날, 역도의 가족을 잡아들이라는 엄명을 받은 순군부의 군졸들이 양검의 처가댁에까지 몰려들었다고 했다.

그 전날 양검의 당부로 아기와 함께 양검의 처가댁에 가서 머물던 계집종은 마침 운 좋게도 그 시간에 아기를 안고 동네 나들이를 나갔던 것이다. 그러다 돌아오던 길에 멀리서 양검의 장인장모를 비롯한 전 가족이 군졸들에게 끌려가는 장면을 본 그녀는 틀림없이 군졸들이 자신도 잡아갈 것이라 겁을 먹고 정신없이 도망쳤다.

그녀가 도망쳐 간 곳은 철원 부근이었다. 거기에 그녀의 어릴 적 부모의 집이 있었던 까닭이다. 그녀는 행여 군졸들이 뒤를 추적할까 험한 산길을 따라 도망쳤다. 그러다가 어느 낯선 산중에서 밤을 맞게 되었고, 짐승소리에 놀라 달아나다 벼랑에서 굴러 계곡 물에 빠지는 바람에 아기마저 잃게 되었다고 울먹이며 털어놓았다.

지난 회한에 잠겨 술을 마시던 양검의 귓전에 상인들이 나누는 얘기소리가 들려온다.

"나 원, 내가 이 고을에 사십 년을 넘게 살았지만 지금처럼 못된 수령은 처음일세."

"말 좀 낮추게. 그러다가 지나던 아전들 귀에라도 들어가면 어쩌려고 그래."

머리가 반 넘어 벗겨진 중년 사내가 목을 빼고 담 너머를 불안스레 살피며 말한다.

"까짓 잡혀간들 죽기밖에 더 하겠어? 어차피 이리 살 바엔 죽는 게 낫지. 원, 이거야 살아 있어도 산목숨이 아니니. 이래저래 죽을 지경일 바엔 속이라도 좀 시원하게 말이라도 하고 살아야지. 안 그래? 멀쩡한 입 가지고 말조차 못했다간 지레 복장이 터져 죽을 판인데…안 듣는 데선 나랏님 욕도 한다고 했어."

"글쎄, 최 서방도 자네처럼 그렇게 막말하다가 지금 옥사에 갇혀 죽을 곤욕을 치르는 거 아닌가."

"그게 어디 막말하다가 그랬는가. 돈푼깨나 있다 싶으니까 그걸 털려고 반란죄를 뒤집어씌운 것 아닌가. 그런 식으로 걸고들자면 우리 고을에 왜구들하고 붙어먹지 않은 사람이 어디 있겠어."

얼굴이 새카맣게 그을린 사내가 고개를 끄덕인다.

"그건 마서방 말이 맞네그려. 이거야 원, 사흘돌이로 쳐들어와 노략질을 일삼는 왜구는 못 막으면서 왜구들에게 재물을 빼앗긴 애먼 사람을 잡아다가 적과 내통했다며 개잡듯 두들겨대니……."

"그러니까 작년에도 수령을 몰아내려는 민란이 일어날 뻔하지 않았나."

"그 일이 있는 뒤로 수령이 솜씨 좋은 칼잡이들을 주변에 쫙 깔아놓았다며."

"병졸들과 관속들만 믿고는 발 뻗고 잠자기 어려웠던가 보지."

"하도 지은 죄가 많으니 맘 편하기 쉬운가."

"그 수령인가 뭔가 하는 작자가 개경에서는 꽤 떵떵거리던 세도가로 있었다던데……."

"판삼사사인가 뭔가 하다가 석기왕자를 왕으로 추대하려는 역모를 꾸민 죄로 조정에서 쫓겨났다더군. 그래서 어떡하면 재물을 긁어모아 다시 개경에 올라갈까 오직 그것만 관심이 있는 거야."

"천하에 능지처참을 할 작자로군."

"말도 말게. 어제도 구평리의 황부자가 잡혀 들어갔다고 하네그려. 수령이 한 재물 단단히 후려낼 작심을 한 모양이야."

"그만하게. 관속들 오고 있어."

한 사내가 놀란 표정을 짓곤 손가락으로 입을 막는다. 곧 주막 입구가 시끌벅적하더니 한 떼의 사내들이 밀어닥친다. 모두 여섯 명이었는데, 둘은 순검 복장을 했고, 나머지 네 명은 두건에 황색 장삼 차림이다.

"해도 안 진 터에 술타령들이라, 팔자들 좋구먼."

주막집 마당에 들어선 사내들 중에서 우두머리인 듯한 사내가 거들먹대는 어조로 내뱉는다. 그는 손에 든 두 자가량의 방망이로 자신의 손바닥을 치며 주변을 휘 둘러본다.

"장사가 파한 터라서……."

술자리에 있던 한 상인이 잘못이나 한 양 기어드는 소리로 변명을 늘어놓는다. 다른 상인들도 고개를 끄덕여 동의를 표한다. 괜히 사내들에게 밉보여서 좋을 게 없다는 표정들이다. 자칫 눈 밖에 났다가는 장사는커녕 관아로 끌려가서 애꿎은 곤욕을 치르기 십상이기 때문이다.

거만스런 눈길로 주위를 돌아보던 사내의 눈길이 구석에 앉아 혼자 술잔을 기울이는 양검에게 가 멎는다. 그의 얼굴에 재미있는 노리개를 발견한 사람처럼 짓궂은 미소가 떠오른다.

"이것 보아. 당신은 처음 보는데…어디서 온 거야?"

양검 앞으로 으스대듯 다가간 사내는 대뜸 반말을 지껄인다. 양검은 아무 대답 없이 들고 있던 술잔을 입으로 가져간다.

"이 치가 청맹과니인가? 왜 대답이 없어?"

사내가 버럭 소리를 내지른다. 양검은 묵묵히 다시 자신의 빈 잔에 술을 채운다.

"이거, 아무래도 수상쩍은 녀석일세."

"과객들은 다 수상하오?"

고개를 들지도 않고 양검이 불쑥 반문하자 사내가 놀란 눈을 한다. 이어 기분 잡쳤다는 듯 험악한 인상을 짓는다. 뒤에 몰려서 있던 사내들 역시 심심하던 차에 좋은 건수가 생겼다고 여겼는지 다들 양검의 주변을 에워싼다. 주막을 지나던 사람들도 구경거리가 생겼다고 여기고는 삼삼오오 걸음을 멈추고 담 너머로 사태의 추이를 지켜본다.

"어디서 왔는지 썩 밝히거라."

순검 차림의 얼굴이 작은 사내가 앞에 나서며 양검에게 으르딱딱거린다. 구경꾼들 앞에서 제법 관원의 위세를 보여주겠다는 태도다.

"개경에서 왔소."

"개경에서? 무슨 일로 개경에서 여기까지 왔어?"

"그걸 밝혀야 할 이유라도 있소?"

양검의 대꾸에 사내들이 서로를 쳐다본다. 이걸 어찌 처치할까 묻는 눈빛들이다.

"이 작자가 이거……."

"영 말귀가 어두운 작자일세."

"그럴 게 아니라 이자를 일단 관아로 데려가도록 하지."

의논을 하듯 자기들끼리 얘기를 쑥덕거린다. 사람들 눈이 있어 함부로 하기 힘드니 일단 관아에 데려가자는 속셈들이다.

양검은 곤혹스런 얼굴로 미간을 접었다. 아무리 관속들이라고 해도 이까짓 사내 여섯 명쯤 처리하기는 어렵지 않았다. 하나 여러 가지로 일이 번거롭게 될 것이다. 현 전체에 관원을 해치고 달아난 범인을 찾는다는 방이 나붙을 것이고, 운신이 어려워 질 터였다. 그렇다고 고분고분 관아에까지 따라갈 수도 없다.

"아이고, 이거 형님 아니시오?"

마침 그때 황색 두건을 쓴 사내가 주막 마당에 들어서며 양검을 향해 반색을 한다. 얼굴이 검고 눈빛이 영민해 뵈는 사내로 삼십 중반쯤의 사내다.

"저쪽 삼거리에서 찻집을 하는 이서방 아닌가. 이자를 아는가?"

우두머리 사내가 방금 나타난 사내와 안면이 있는지 약간 떨떠름한 표정을 짓는다.

"그럼입쇼. 개경에 계신 저희 사촌형님이신데 모처럼 저를 찾아오신 길인가 봅니다."

"그래? 난 또 이상한 작자인가 했지. 좀 혼을 내줄까 했더니 자네 얼굴을 봐서라도 놔주겠네."

"고맙습니다. 나중 저의 찻집에 들르면 한잔 대접하겠습니다."

사내들이 거들먹거리며 저잣거리 저편으로 멀어진 다음에야 사내는 양검에게 다가앉는다.

"십여 년 만입니다. 여긴 어쩐 일이십니까?"

어리둥절한 표정을 짓는 양검에게 사내가 미소를 띤다.

"잘 기억이 안 나시나 보군요. 왜 거, 십여 년쯤 전에 저의 주막에 들르셨다가 저의 주막에 와서 행짜를 부리던 주먹패들을 혼겁을 내서 쫓아 보낸 적이 있지 않으십니까."

"아아……."

양검은 그제야 고개를 끄덕인다. 사내가 말한 십여 전의 일이 기억났던 것이다. 그때 당시 양검은 기서를 찾기 위해 떠돌던 중이었다. 그러다 우연히 동래현에 있는 이 사내의 찻집에 들렀고, 때마침 부근에서 악명 높은 주먹패들이 몰려와 행패를 부리는 바람에 찻집 주인이 곤욕을 치르던 참이었다. 보다 못한 양검이 다시는 주먹패들이 근처에 얼씬도 못하도록 크게 혼을 내준 적이 있었다.

"아까 그치들은 여기 수령이 데리고 있는 경호 무사 패거리들입니다. 수령의 힘을 믿고 저렇게 저잣거리의 주점이나 가게, 상인들을 상대로 말도 못할 횡포를 부립니다. 거리의 질서를 잡는답시고 주점이나 가게, 상인들을 대상으로 재물이든 뭐든 닥치는 대로 뜯어냅니다. 더욱이 현청의 관원들까지 한통속이 되어 나대는 판이라 사람들은 입도

뻥긋 못하고 있습니다. 차라리 예전처럼 주먹패들이 있을 때가 한결 나았다는 소리가 나돌 지경입니다."

"여기 현감이라는 자의 작폐가 극심한 모양이군요."

"말도 마십시오. 그자가 부임해 온 뒤로 관아에 잡혀가보지 않은 백성이 없달 정도로 온갖 트집을 잡아 재물을 긁어내기에 혈안이 되어 있습니다. 오직하면 밤에는 왜구들에게 재물을 뺏기고, 낮에는 관아에 뺏긴다는 말이 돌고 있겠습니까."

고개를 끄덕이는 양검의 얼굴이 차갑게 굳어진다.

해가 뉘엿거리는 동헌 주사청에는 이른 시간임에도 유흥이 무르익고 있다. 양쪽에 기생을 끼고 술잔을 기울이고 있는 자는 이곳 수령인 강윤충이다.

환갑을 한 해 앞둔 그는 낮부터 거듭된 술로 툭 튀어나온 관골은 물론이고 이마까지 벌겋게 술기운이 올라 있다.

그가 동래현령으로 부임하면서 동헌에서는 부쩍 자주 술판이 벌어졌다. 그건 다름 아닌 그의 마음에 찬 울화 때문이다. 개경에서 떵떵거리며 세도를 부렸던 게 엊그제 같건만 지금은 남쪽 지방의 자그마한 현청의 수령으로 좌천되고 만 자신의 신세를 떠올리면 못내 울적하고 못마땅하기만 했다. 그는 그 울화와 시름을 잠시나마 잊으려고 종종 대낮부터 술자리를 벌였던 것이다.

"이야기는 그만하고 한 잔 더 드시지요."

왼쪽에 앉아 있던 기생이 술잔을 채워 건넨다. 벌써 술기운이 목구멍까지 올랐지만 그는 망설임 없이 단숨에 잔을 비운다.

"자, 이젠 네가 한 잔 받아라."

입술에 묻은 술 방울을 손등으로 훔친 강윤충이 건너편에 앉은 별장에게 잔을 건넨다.

"그리고 아까 하던 얘기를 마저 하자꾸나. 보자, 내가 어디까지 얘기했더라. 그래, 배전이란 놈이 요령 좋게 덕녕공주를 건드린 이야기를 하던 중이었지. 맞아. 밤에 몰래 덕녕공주의 침소로 찾아간 배전 그놈이 눈물을 찔끔거리며 이렇게 말했지."

그는 술이 한 잔 얼큰해지면 예전 개경에 살던 이야기를 즐겨 떠들었다. 말로만 듣던 호화스런 왕궁의 모습이며 권문세가들의 생활상은 개경에 가보지도 못한 지방 하급 관속들로서는 귀가 솔깃해질 얘기였다. 아울러 강윤충의 입장에서도 고위관직에 있던 자신의 예전 위세를 드러내 보이기에 적당했던 것이다. 그러나 그것도 너무 자주 듣다 보면 물리는 법이다.

"배전이 덕녕공주마마를 건드린 얘기는 전에도 들은 적이 있는 것 같습니다."

반복되는 얘기에 싫증을 느낀 관속 하나가 조심스레 끼어든다.

"그랬던가?"

"예. 그건 소녀도 지난번에 들었던 얘깁니다. 그러니 그건 좀 있다 하시고 술이나 한 잔 더 드세요."

눈초리가 축 처진 기생이 싹싹하게 분위기를 맞춘다.

"그러자꾸나."

강윤충이 기생이 권하는 잔을 받아 입안에 털어 넣는다. 불현듯 술기운이 싹 가시는 기분이다. 그는 취기가 오른 눈을 들어 주위를 휘휘 둘러본다. 못생긴 기생에 고만고만한 관속들의 꼬락서니가 오늘따라 눈에 거슬린다. 생각 같아선 그냥 한 번씩 볼따구니나 쥐어박아야 속이 풀릴 것 같다. 어쩌다가 저런 못난 연놈들을 데리고 설익은 잡설이나 풀어놓는 신세가 되고 말았는지.

이게 다 그놈의 밀직 홍준이란 놈 때문이다. 지난번 역모사건 때 그놈이 고문에 못 이겨 엉뚱하게 석기왕자를 추대하려고 모의한 사람 중에 자신의 이름을 끼워 넣는 바람에 일이 이렇게 꼬인 것이다. 그를 아는 자들은 다들 석기왕자 역모혐의로 사사(賜死)나 유배를 당한 자들과 달리 동래현령으로 좌천된 것만 해도 다행이라고들 하지만 늘그막에 이 무슨 낭패란 말인가. 한창때는 왕의 측근으로 정승의 물망에까지 오르내렸던 자신이 아니던가.

"어제 잡아들인 놈들에게선 아직 아무 통기가 없느냐?"

던지듯 술잔을 내려놓은 강윤충이 버럭 소리친다. 예상치도 못한 행동에 기생들과 관속들이 놀라서 눈이 휘둥그레진다.

"예. 아직 아무런 소리도 하지 않습니다."

어제 강윤충이 명을 내려 잡아들인 자들은 마을에서 제법 밥술이나 뜬다고 하는 자들이었다. 그는 부임해온 뒤 농사 규모에 따라 각자 얼마씩 관청 유지비를 내라는 지시를 내렸다. 그런데 그 작자들은 흉년이 들었느니, 왜구들에게 빼앗겼다니 하며 갖가지 구실을 대며 명을 어겼다. 불량한 놈들이다.

"그놈들이 아직 독한 맛을 못 보았구나. 내일 아침 일찍 내가 직접 책문할 것이니 채비들 해두거라."

내일은 그놈들을 형틀에 묶어 놓고 입에서 비명소리가 낭자하도록 해 줄것이다. 촌무지렁이들은 그렇게 뜨거운 맛을 봐야 비로소 고분고분해지는 법이니까.

그런 생각을 하며 강윤충은 다시 술잔을 털어 넣는다. 눈가가 술기운 때문인지 노을빛 때문인지 벌겋게 달아오른다.

술에 고주망태로 취해 잠이 든 강윤충이 깨어난 건 한밤중이다. 목을 조이는 갈증으로 잠에서 깨어난 그는 바깥에서 나는 희미한 기척을 듣는다. 무언가 빠르게 움직이는 소리와 몽둥이로 솜이불을 두드릴 때 나는 듯한 둔탁한 소리다. 이어 누군가가 숨이 막힐 때 내지르는 짧은 비명소리가 연달아 들려온다.

"중석이, 게 있느냐?"

강윤충이 소리친다. 중석은 그의 경호를 책임진 무사의 우두머리다. 작년, 그의 가렴주구에 불만을 품은 고을 청년 수십 명이 밤중에 현감을 암살하려 현청에 난입한 사건이 있었다. 그다음부터 그는 적지 않는 돈을 주고 무술에 뛰어난 자들을 뽑아 들였던 것이다.

대답이 없다. 분명 바깥에 무슨 변고가 생긴 것이다. 그러지 않고서는 여덟 명이나 되는 무사들이 모두 아무 대답도 없을 리가 없다.

어둠 속에서 몸을 일으킨 그는 벽에 달린 설렁줄을 잡기 위해 벽을 더듬는다. 설렁줄은 관속들의 숙소와 연결이 되어 있다. 설렁 소리가 나면 관병들이 몰려올 것이다. 그가 마악 설렁줄을 잡으려는 순간, 방문이 벌컥 열리면서 복면을 한 사내 하나가 스미듯 방 안으로 들어선다. 그의 손에는 푸른빛의 살기를 내뿜는 장검이 들려 있다.

사내는 천천히 그의 목에 칼을 갖다 댄다. 사내의 몸에 악령처럼 냉랭하고 강한 귀기가 서려 있는 것 같다. 그 무서운 기세에 놀란 강윤충은 설렁줄을 당길 엄두도 못 내고 자신도 모르게 펄썩 주저앉는다. 은연중 사타구니가 축축이 젖는다. 너무 놀라서 오줌을 지린 것이다.

"네, 네놈은 누구냐?"

사시나무 떨 듯 몸을 떨며 강윤충이 묻는다.

"네놈의 명줄을 끊으러 왔다."

복면의 사내가 차가운 음성으로 대답한다. 그때 강윤충은 보았다. 열려진 방문 너머로 달빛이 내리는 마당에 그의 경호를 맡은 무사들이 송장처럼 널브러져 있는 광경을. 그는 자신의 목숨이 경각에 달린 것을 알았다.

7

늦은 가을해가 서산마루에 두 뼘 남짓 하니 걸려 있다. 함경도 마식령에서 발원하여 강원도와 경기도를 거치는 긴 여정을 끝낸 임진강은 넓은 서해를 향해 몸을 풀고 있고, 하루가 다르게 추색(秋色)이 짙어 가는 강변 들판엔 무수한 억새가 바람에 하얀 머리를 백발광부처럼 날리고 있다.

개경으로 향하는 임진나루.

앙상한 가지를 드러낸 버드나무가 몇 그루 쓸쓸하게 서 있는 강변 나루터엔 짐을 멘 사람들이 장사진을 이루고 서 있다. 다들 임진나루를 건너 개경으로 향하는 사람들로, 저 멀리 경상도나 전라도, 양광도나 혹은 남경에서 올라오는 길이다. 그들은 조금 전 승객과 짐을 싣고 강을 건너간 배가 돌아오기를 기다리는 중이다.

달포 전만 해도 나루엔 도보로 강을 건너게끔 나라에서 만든 부량(浮梁: 나무다리)이 놓여 있었지만, 지난 구월 큰 장마에 몽땅 떠내려 가 버린 탓에 다시 예전처럼 사공들이 건네주는 나룻배를 이용할 수밖에 없게 된 것이다.

"이거 이러다가 해 떨어지기 전에 개경에 도착하지 못하는 거 아냐?"

짐을 모래사장에 부려놓은 일단의 짐꾼들이 걱정을 늘어놓는다. 강을 오가는 배는 겨우 삼십여 명을 태울 수 있는 나룻배 두 척 뿐인데 타려는 승객들이 많은 까닭이다. 늦게 도착하면 개경 성문이 닫히게 된다.

"정히 저물면 청교역(靑郊驛)에서 하루 묵고 가는 수밖에 없지 뭐."

옆에 서 있던 덩치 큰 남자가 말을 받는다. 항간에 북쪽에는 금교역, 남쪽에는 청교역이라는 말이 회자되듯이 청교역은 개경의 남쪽 성문인 보정문에서 오 리가량 떨어진 커다란 역참이다.

"거긴 큰 나들목이라 방세가 만만찮을 건데……."

"그렇지만 한데서 자기엔 늦가을이라 제법 춥겠지."

"안 되면 마구간 처마 밑에서라도 들어가 밤을 지새우는 수밖에."

"넨장맞을. 언제 우리 같은 짐꾼들이 한 번이라도 좋은 잠자리에 자 보려나."

짐꾼들이 한숨 반 자조 반을 섞어 지껄이는 말을 들으며 강수는 건너편 강가에 눈길을 준다. 승선이 끝났는지 긴 대나무 장대로 배를 미는 사공의 모습이 강 건너 아스라이 보인다. 한참 기다려야 이편 나루에 도착할 것 같다.

강수는 새삼스레 포승줄에 묶여서 임진나루를 건넌 게 삼 년 전의 일이라는 사실을 깨닫는다. 세 번의 엄동(嚴冬)을 전라도 수군(水軍)들의 노비 노릇을 하다가 이제야 방면되어 개경으로 돌아가는 그로선 감회가 남달랐다. 그건 지난 삼 년여 노역죄수로서의 삶이 그만큼 괴롭고 힘겨웠던 탓이리라.

그가 형부 나졸들에게 잡혀 압송된 것은 순전히 재수가 없었던 탓이다.

삼 년여 전 당시 그는 도박에 빠져 있었다.

개경 상인조합 수장인 송문비에게 부탁하여 백방으로 심녀를 찾고는 있었지만 소식은 종내 감감했다. 권태와 무력감에 빠져 세월을 보내던 그에게 도박은 벗어나기 힘든 유혹으로 다가왔다. 처음엔 소일 삼아 작은 도박을 시작한 게 점차 그 바닥에 빠져들게 되었고, 급기야 전문 노름꾼들이 모여드는 큰 도박판을 찾아 기웃거리게 되었던 것이다.

그런 어느 날이었다. 벽란도 한 술집에서 도박판이 열렸다. 낯모르는 사내들이 보였고, 판돈도 꽤나 많았다, 강수 역시 그 판에 끼이게 되었다. 그날따라 어찌된 일인지 강수는 판을 거의 휩쓸다시피 했다. 판이 끝날 즈음에 판에 끼어 있던 얼굴이 우락부락한 사내 세 명이 강수가 속임수를 썼다며 우격다짐을 하며 달려들었다. 설왕설래 끝에 주먹질이 오갔고, 나중에는 다들 단도와 박달나무 몽둥이 따위의 무기를 꺼내들고 강수를 공격해왔다.

일이 뒤틀리려고 그랬던지 아니면 액운이 끼어서 그런 건지 강수가 집어 들고 휘두른 다듬이 몽둥이에 관자놀이를 정통으로 맞은 사내는 그 자리서 즉사했다. 결국 강수는 신고를 받고 달려온 포졸들에게 붙잡혔다. 도박판에서는 싸움이 잦은 편이라 웬만하면 뇌물을 주고 장형 몇 대면 풀려날 수도 있었다.

하지만 재수 없게도 상대는 공민왕의 총신이자 중서문하시랑평장사인 김용이 수족처럼 부리던 청지기였다. 노기충천한 김용은 강수를 참형으로 다스려 줄 것을 관아에 요청했다. 관아에선 김용의 청을 무시할 수가 없었다. 강수의 목숨은 도살장의 소나 다를 바 없게 되었다. 하는 수 없이 강수는 사람을 통해 이인임 대감에게 전후사정을 알리고 구명운동을 해줄 것을 요청했다.

강수와 이인임 대감과는 전부터 인연이 있었다. 오래전에 강수는 당시 관직에 나서기 전 한량 생활을 하던 이인임의 부탁을 받아 이인임의 눈엣가시 같던 마을 청년 하나를 비밀리에 없애준 적이 있었다. 그 일이 인연이 되어 강수는 그 뒤로도 이인임의 은밀한 부탁이 있으면 이를 처리해 주었고, 이인임 역시 강수가 곤경에 처했을 때 남몰래 도움을 주었던 것이다. 강수의 나이 약관이 채 안 되었을 무렵, 거리에서 칼을 가진 세 명의 남자를 모두 절명시키고 살인죄로 옥사에 갇혔을 때도 이인임이 부친에게 부탁을 넣어 강수를 풀려나게 해주었던 것이다.

조정 중신이자 성산군 이조년의 조카인 이인임 대감의 요청이 있자 김용도 더 이상 청지기의 죽음을 문제 삼을 수만은 없었다. 김용에게 이인임의 선물이 건너갔고, 그 뒤로 죄가 감형된 강수는 전라도로 삼 년간의 유형을 떠나게 되었던 것이다.

"저리들 물렀거라."

갑자기 주위가 소란스러워진다. 병졸로 보이는 서너 명의 사내들이 모여선 짐꾼들 행렬을 헤치고 앞으로 나선다. 뒤에는 붉은 무관복을 차려입은 관리 세 명이 말을 탄 채 나루로 들어서고 있다. 그 뒤로 커다란 짐을 멘 관노들이 따라붙은 걸로 보아 조정의 영을 받아 남쪽에서 올라오는 무관들일 것이다.

"제길, 또 뒤로 밀려나는군."

장사꾼으로 보이는 남정네가 불만스레 투덜거린다. 먼저 무관들과 병졸들이 타고 나면 자신의 차례가 그만큼 뒤로 밀려나기 때문이다.

조금 뒤 강 건너에서 나룻배가 도착했다. 건너편에서 탄 선객들이 배에서 내린 뒤에 제일 먼저 무관들과 병졸 그리고 관노들이 배에 오른다. 이어 줄을 선 차례대로 배에 오르기 시작한다. 앞줄 무리에 섞여 있던 강수도 무난히 배에 탈 수 있었다.

타려는 사람과 짐들이 많다 보니 배는 금방 발 디딜 틈 없이 가득 찬다. 게다가 관리들이 타고 온 커다란 호말이 세 마리나 실려 있어서 배는 그야말로 앉을 자리조차 없는 형편이다.

"저리 좀 비켜서라."

배가 출발하고 얼마 되지 않았을 때다. 병졸 사내가 강수에게 버럭 소리를 지른다. 배가 비좁다보니 자연 관리들이 넓게 자리한 앞자리까지 본의 아니게 밀려나게 된 것이다.

"이 잡놈이 어느 안전이라고 예까지……."

스물을 갓 넘긴 새파란 병졸이 아무나 보고 놈자를 써가며 호령이다. 호가호위(狐假虎威)한다더니 영락없이 그 꼴이다.

"이놈이 그래도……."

강수가 아무런 움직임도 보이지 않자 병사가 눈알을 부라리며 강수가 쓰고 있는 삿갓을 치켜든다. 그러다 갑자기 병사의 표정이 움찔한다. 가뜩이나 강퍅하고 차가워 보이는 인상에 날선 칼처럼 번쩍이는 눈빛을 대하자 그만 놀라서 뜨악해진 것이다.

"아따, 얼굴 한번 무섭게 생겼구먼."

놀라서 꼬리를 내리려던 병사가 자신의 패거리를 의식하고는 끝내 한마디 불퉁스런 말을 내뱉는다.

"뭐야. 그 작자는?"

곁에 서 있던 다른 병사가 무슨 일이냐는 듯 턱을 치켜든다.

"별일 아냐. 아는 사람인가 해서……."

다툴 상대가 아니라고 느낀 병사는 슬그머니 삿갓을 놓고 돌아선다.

강수는 난간으로 몸을 돌려서 누렇게 넘실대는 강을 바라본다. 예전 같으면 새파란 젊은 병사의 건방진 태도를 그냥 넘기지는 못했을 것이다. 하지만 이제 그도 서른 중반을 넘긴 적지 않은 나이다.

강수는 강물에 눈길을 던진 채 다시금 자신의 삶을 돌이켜본다. 자신이 지금 이렇게 오갈 데 없는 부랑자 신세가 된 것은 힘만 믿고 젊은 나이를 무분별하게 보낸 탓일 것이다. 그렇다고 지난 삶이 후회스럽다거나 원망스럽지도 않았다. 어차피 삶 그 자체에 그다지 욕심이나 집착이 있었던 것도 아니었으니까.

다만 하나 그의 마음에 앙금처럼 혹은 집념처럼 자리한 게 있다면 그건 지심녀란 여자였다. 아마 모르긴 해도 그날 주막에서 살인을 청탁하러 온 그녀를 만나지 않았다면 자신이 부초처럼 떠도는 삶을 살지는 않았을 것이다.

그런 면에서 그녀는 그의 운명의 지침을 돌려놓은 평생 잊지 못할 여인이란 사실은 분명했다. 그리고 아직도 그녀는 그의 마음 한구석에 지워지지 않는 화인처럼 뚜렷이 남아 있다.

과연 그녀는 어디에 있는 것일까. 살인자로 잡혀가기 전에 들은 소문으로는 도적들에게 잡혀 남해의 외딴 섬으로 팔려갔다고도 하고, 어떤 돈 많은 상인과 눈이 맞아 원나라로 건너갔다는 소문도 있었다.

어쨌든 손꼽아보면 그녀도 이제 서른 가까운 나이가 되었을 것이다. 어쩌면 지금쯤 어느 남자의 여편네가 되어 살고 있거나 혹은 부잣집 첩실이 되어 있을지도 몰랐다. 아니면 아직도 양검이란 원수를 찾아 세상을 떠돌고 있거나.

"자네 들었는가. 지난겨울 홍적의 난에서 김양검이란 사람이 아주 큰 공을 세웠다는 소문 말이네."

김양검?

강수는 난데없이 들려온 김양검이란 이름 석 자가 왠지 귀에 익숙하다고 느낀다. 그건 예전에 지심녀와 일 년 넘게 뒤를 쫓아다녔던 낭인무사의 이름이다. 강수는 귀를 기울여 얘기를 엿듣는다.

"김양검이 누구였더라? 어디서 들은 이름 같은데."

"벌써 잊었는가? 예전에 우리가 별장을 지낼 때 좌우위 무술교관을 했던 김양검 말이네. 거 왜 혼자서 충혜왕을 시해하려다가 역도로 잡혀갔다는 그 김 낭장 말일세."

배 선수 갑판에 걸터앉은 세 명의 무관이 한참 담소를 나누는 중이다.

"아아, 그라면 잘 알지. 예전에 나도 한때 그에게 무술을 배웠지."

"맞네. 그 김양검이 홍건적의 난에서 큰 활약을 펼쳤다는 소문이더군. 홍건적 수괴인 모거경을 물리친 것도 만호 이방실 장군이나 부만호 김어진이 아니라 실은 김양검의 신기에 가까운 용병술 덕분이라더군."

"그 얘긴 어떻게 들었나?"

"병사들 사이에 벌써 짜하니 소문이 나돌고 있네."

"그 김양검이란 사람은 전에 충혜왕 시절에 역도로 몰려서 참수되었다는 사람 아닌가?"

잠자코 듣고 있던, 얼굴이 잘 익은 대춧빛인 한 무관이 묻는다.

"당시 국사였던 학선대사가 수를 써서 살려주었다지 않았나."

"거참, 사람 팔자 알 수 없군. 주상을 죽이려다 역도로 몰렸던 자가 어떻게 살아서 다시 전란에 참가했을까?"

곁에 앉아 듣고 있던 코끝이 얽은 무관이 의아해한다.

"그가 이번 전란에 나섰던 순전히 친구 때문이라더군. 자네도 알걸

세. 지금 서북면 부만호인 김어진 장군 말이세. 그에게 도움 받은 것을 갚으려고 김양검이 전란에 참가했다더군. 두 사람이 예전부터 형제나 다름없이 절친한 사이였다니까."

"그럼 쉽게 말하자면 백의종군인 셈인가."

"그렇겠지."

"다른 건 몰라도 당시 그 김 낭장이 검술 하나는 뛰어났지. 참 아까운 인물이었어. 아마 그 역모사건만 저지르지 않았다면 지금쯤 상장군은 너끈히 되었을 거야."

"다 팔자 소관인 게지."

"맞네. 그래서 옛 사람들이 사람 팔자는 관머리를 베고 누울 때라야 안다고 하지 않던가."

"아무튼 이번에 개경에 가면 그를 볼 수 있을지도 모르겠구먼."

이야기를 엿듣고 있던 강수는 마음속으로 나직한 신음을 삼킨다. 김양검이란 이름은 아직도 귀에 선연하다. 한때는 자다가도 그 사내 이름을 들으면 잠을 깰 정도였지 않았던가.

만일 지금 무관들이 말한 그 김양검이 심녀와 함께 가죽신이 수십 짝이나 닳아 없어지도록 찾아다니던 그 사람이 맞다면 얼마나 공교로운 일인가. 그의 정체 또한 듣고 보니 놀랍기만 했다. 좌우위의 무술교관을 지냈으며, 더욱이 혼자 충혜왕을 시해하려 한 자라니. 그런 사실도 모른 채 그저 검을 잘 쓰는 낭인무사로만 알고 찾아 다녔으니 짚에 떨어진 바늘 찾기처럼 어려웠던 건 당연지사였다.

하지만 그토록 찾아 헤매던 김양검의 정체는 밝혀졌지만, 정작 심녀라는 여인은 사라지고 없다. 강수는 그 모순에 자신도 모르게 혀를 찼다. 전혀 예상하지 못했던 자리에서 양검에 대한 소식을 얻어들은 것은 반가웠지만 실망감 또한 적지 않았다. 때늦은 감이 들었던 것이다.

하지만 사람 일이란 건 그 누구도 알 수 없는 법이 아닌가. 오늘 뜻하지 않게 양검의 정체를 알게 된 것처럼 어느 날 문득 지심녀가 자신 앞에 모습을 나타낼 수도 있는 것이다.

만일 우연하게 그의 앞에 지심녀가 나타나기만 한다면, 그리고 아직도 양검을 향한 원한을 품고 있다면, 자신의 능력을 보여줄 수 있을 때가 올지도 모른다. 양검이란 사내가 병사나 무관들 사이에서 저처럼 이름이 짜하니 알려진 사람인 이상, 언제 어디서든 그를 찾아내는 건 손바닥 뒤집듯 간단한 일일 터.

강수는 시나브로 꺼져가던 잿불 속에서 다시 한 줄기 희망이 발갛게 타오르기 시작하는 것을 느낀다. 누가 뭐래도 심녀는 그에게 있어 가장 그립고 소중한, 생명의 불꽃과도 같은 존재였다.

9부

九月 九日애, 아으 藥이라 먹논 黃花
고지 안해 드니, 새셔 가만ㅎ 얘라
아으 動動다리

구월구일(九月 九日)에, 아아! 약(藥)이 되라 먹는 국화
꽃이 뜰 안에 피니, 임 없는 세월 더디기만 하여라
아으 動動다리

1

십자로 부근. 관리들이 모여 사는 한 주택가.

미닫이 방문을 활짝 열어둔 사랑채 방에서 한 사내가 저녁 해가 내리는 바깥을 호젓이 내다보고 있다. 용호군 중랑장인 이운목(李云牧)이다.

그는 조금 전 평소보다 일찍 퇴청하여 마당가에 선 벚나무에 함박지게 피어난 벚꽃을 감상하는 중이다. 세상은 홍건적이 재침할 기운이 돈다느니 왜구들이 남도지방을 약탈하며 숱한 사람들을 잡아갔다느니 어쩌니 혼란스럽지만 꽃은 변함없이 계절에 맞추어 피어나는구나 하는 덧없는 감상에 빠져든다.

문득 개가 짖고, 벚꽃나무에 가려진 반쯤 열린 일각대문으로 누가 들어서는 게 보인다. 커다란 대나무 삿갓을 쓴 걸인처럼 뵈는 사내다. 길에서 오랜 시간을 보낸 듯 낡고 누추한 장삼에 발목엔 행전을 치고 등에는 먹물 들인 바랑을 메고 있다.

"뉘시오?"

이운목이 묻자 남자가 한 손으로 삿갓을 벗어든다. 덥수룩한 구레나룻에 산발한 머리를 뒤로 묶은 남자가 입가를 당기며 미소를 띠고 있다. 어쩐지 낯이 익다.

"아니, 이게 누구이신가…편조법사님 아니십니까?"

나타난 사람의 정체를 알아챈 이운목이 반색을 하며 맨발로 엎어질 듯 황망히 마당으로 내려선다. 사랑채의 소란에 저녁밥을 지으려고 아궁이에 불을 때던 머슴과 물을 긷던 노비, 안방에 있던 식솔들까지 누가 왔는가 싶어서 목을 빼고 바깥을 내다본다.

"그간 가내 두루 평안하셨는지요?"

염주를 든 손으로 합장한 편조가 묻는다.

"잘 있다 마다입니까. 헌데 법사님께서 이처럼 불쑥 찾아오시리라는 상상도 못했습니다. 어서 안으로 드시지요."

편조가 마루를 거쳐 사랑방에 들어서자 이운목이 예의 바르게 윗자리를 권한다. 편조가 마지못한 척 안쪽에 자리를 잡고 앉는다. 방은 정갈하고 세간 가구들은 자주 훔치고 닦은 듯 반들반들 빛이 난다. 편조는 이 집에 딸만 넷이라고 들었던 얘기를 잠깐 떠올린다.

"처음엔 누군가 의아했습니다. 머리와 턱수염을 길러 놓으시니 알아보기가 어려웠습니다. 어쩐지 천하를 주유(周遊)하는 도사처럼 보입니다."

햇살에 검게 그을고 약간 수척해 뵈긴 했지만, 그 덕에 예전 스님 복장을 하고 있을 때보다 더욱 강건하고 늠름해 보인다고 이운목은 생각한다.

"도사라니요, 가진 것 없는 두타(頭陀)에 불과할 뿐입니다."

"그런가요. 개경을 떠나신 게 재작년 여름이니까 거의 두 해가 되어서야 뵙는군요."

"빠른 게 세월이라고, 어언간 그렇게 되었군요."

"참, 제가 이러고 있을 게 아니군요."

이운목이 자리에서 몸을 일으킨다.

"무슨 바쁜 일이라도 있는지요?"

"아닙니다. 이처럼 법사님께서 오셨으니 아는 사람들에게 두루 기별을 넣어야지요. 아마 법사님이 오신 걸 알면 모두들 매우 기뻐할 것입니다."

"이만한 일로 기별은 무슨……."

편조가 계면쩍은 미소를 흘리며 가볍게 손사래를 친다.

"아닙니다. 제가 알아서 할 테니 편안히 앉아 여독이나 풀고 계십시오."

서둘러 방을 나온 이운목이 젊은 노비를 시켜 아는 사람들에게 편조 법사가 왔다는 기별을 넣는 한편, 안채 여자들에게 손님 맞을 음식을 장만하도록 이른다.

나른한 봄을 맞아 조용하던 이운목의 집 안은 갑자기 북적대기 시작한다. 손이 달려 이웃 여편네들까지 불러들여 일을 거들게 하면서 곧 마당과 부엌에는 닭을 잡아 삶는다, 지짐이를 부친다, 비웃을 굽는다, 나물을 무친다, 과일을 깎는다 하는 등으로 잔칫집처럼 분주하고 소란스러워지고, 고소하고 맛있는 냄새가 삼이웃까지 퍼져나간다.

어스름 땅거미가 내릴 무렵이 되자 통기를 받은 사람들이 하나둘씩 이운목의 집으로 모여들기 시작한다.

제일 먼저 온 사람은 몸이 통통하고 복스런 얼굴을 한 기현과 그의 아내인 권씨다. 이어서 지평(持平)인 허소유(許少遊), 김난(金蘭)이 웃으면서 들어오고 판추밀원사 이춘부와 전(前) 내승제조(內乘提調)인 임군보(任君輔)가 동시인 듯 나타난다.

뒤를 이어 좌부대언(左副代言)인 박희(朴曦), 좌랑(佐郎) 탁광무(卓光茂) 등이 들어오는 차례대로 편조에게 그간의 안부 인사를 건넨 다음에 제각기 벼슬의 높낮이에 따라 적당한 자리를 잡고 둘러앉는다.

모여든 이들은 기현 부부처럼 절에서 편조의 설법을 듣고 반해 열성 신도를 자처하고 나섰거나, 공민왕의 총애를 얻은 뒤로 새롭게 후원세력을 자원하여 나선 벼슬아치들도 있다. 또 편조가 가진 개혁적인 사상에 공감하여 가담한 측도 있고, 개중에는 새롭게 등장한 편조를 자신의 출세를 향한 디딤돌로 이용하려는 약빠른 자도 없지 않다.

그 동기야 어떻든 그들은 하나같이 편조를 일찍이 득도한 신승(神僧)으로 알고 있거나, 공민왕의 은밀한 총애를 얻긴 했으나 아직 때를 얻지 못해 떠도는 불운한 법승으로 언젠가 명망을 얻을 거라는 사실에 공감하고 있었다.

이들은 여러 차례 만남이 거듭되면서 자연스레 편조를 구심점으로 세력이 형성되었고, 만나면 서로를 조직의 동지처럼 여기는 처지로 발전했다. 여기에는 편조의 탁월한 설법과 해박한 지식, 대중을 이끄는 강한 흡인력과 더불어 공민왕의 총애가 보이지 않는 배경으로 작용했음은 물론이다.

"불민한 소승이 돌아왔다고 이처럼 많이 모여주시니 감격해서 몸 둘 바를 모를 지경입니다. 이렇게 무사히 뵙게 된 건 다 부처님의 자비이자 여러분의 은덕입니다."

기별한 사람들이 다 모인 듯하자 만면에 자비스런 미소를 띤 편조가 낭랑한 음성으로 인사의 말을 건넨다. 사실 그로선 일 년여를 두타가 되어 떠돌던 자신을 잊지 않고 사람들이 이처럼 모여 준 게 적잖이 감격스러웠던 것이다.

원래부터 능변인 그가 약간의 과장에 우스갯소리까지 섞어가며 자신의 고생담과 그동안 떠돌아다닌 곳에 대한 소회를 털어놓자 사람들은 짐짓 귀를 세우고 그의 얘기를 경청한다.

산중에서 길을 잃고 헤매다가 늑대 무리에게 쫓겨 나뭇가지 위에 올라가서 밤을 지새운 일이며, 귀신이 들어 가족들이 비명횡사한 집에 가서 염불로 귀신을 쫓아내고 오직 하나 남은 외아들을 구한 일이며, 끼니나 에울까 어떤 집에 들렀다가 워낙 찢어지게 가난한 집이라 가지고 있던 시주 곡식을 모두 털어놓고 온 일을 이야기할 때 사람들은 자신의 일인 양 가슴 졸이기도 하고 눈까지 붉혀가며 안타까워하기도 했다.

한바탕 이야기가 끝난 다음 편조를 중심으로 몇 차례 술잔이 오갔고, 분위기는 더욱 수다스럽고 화기애애해진다.

"가뜩이나 봄바람 훈훈하고 마음 설레는 상춘(賞春) 아닙니까. 마침 작년에 담아놓은 과실주가 익어서 누굴 초청할까 고민하던 차에 법사님께서 이렇게 기일 맞춰 찾아주시니 너무 생광(生光)스럽습니다."

주인인 이운목이 넌지시 분위기를 맞춘다.

"그렇고말고요. 그게 아니면 이 좋은 봄날에 마음 맞는 동지끼리 모여서 이처럼 감로주를 나눌 기회를 얻을 수 있겠습니까."

"자, 이제 밤도 이슥했으니 한 잔씩 사양 말고 드십시다. 만약 술이 모자라면 집에 있는 술을 독으로 몽땅 가져오라고 시키리다."

선대 적부터 모은 재산이 적지 않다는 소문이 도는 박희가 제법 호기를 부린다.

"헌데 어찌 김원명 대감은 보이지 않으십니다그려?"

"오늘밤에 번(番: 숙직)을 들기 위해 입궐한다 하였소이다."

김원명과 이웃한 집에 사는 이춘부가 대답한다.

"하필이면…이 자리에 함께했으면 좋았을 것을……."

편조가 아쉬운 얼굴을 한다. 지금 이 자리가 있게 한 가장 큰 공신이 상장군 김원명이었기 때문이다. 그가 공민왕과의 알현을 주선하지 않았더라면 아직도 그저 그렇게 설법이나 하러 다니고 있을 것이다.

"그러게 말이외다. 주복(酒福)이 없는 사람인 모양입니다."

"참, 법사님. 소식 들으셨습니까?"

편조의 술잔을 채우던, 덩치가 우람한 탁광무가 말을 건넨다.

"소식이라뇨? 무슨 낭보라도 있습니까?"

"이승경 대감이 보름 전에 세상을 하직하셨다 합니다."

"이승경 대감이라면 문하시랑평장사(門下侍郎平章事: 정2품)인 그 이승경 대감 말씀이오?"

"예. 그렇습니다."

"저런, 어쩌다가요. 아직 마흔 남짓한 나이인 걸로 알고 있는 터인데……."

"그게, 다 사연이 있지요."

편조의 맞은편에 앉아 있던, 삼각형 얼굴에 쥐수염을 기른 김난이 기회나 잡은 양 재빨리 말을 가로채고 나선다.

"지난 엄동에 모거경이 이끄는 홍건적이 서경을 침범했을 때 이승경 대감이 도원수가 되어 전장에 출정했지요. 그래서 격렬한 전투 끝에 간신히 서경을 수복하기는 했지만, 당시 군의 기강도 잘 서지 않았고 또 부하 장수들마저 이승경 대감의 명을 좇지 않았던 모양입니다. 이에 분기가 치민 대감이 식음을 전폐하다시피 했고, 그길로 병을 얻어 세상을 떴다는 겁니다."

"저런."

편조가 가볍게 혀를 찬다. 문관 대신과 무관 장수 간의 불화는 예전부터 종종 있어온 일이었다.

"우리로서야 잘된 일이지요. 그동안 이승경 대감이 얼마나 법사님을 눈엣가시처럼 미워했습니까."

일면 맞는 말이다. 공민왕의 총애를 받으며 궁궐을 출입하던 편조를 미워하던 사람으로 치면 단연 이승경 대감과 상장군 정세운(鄭世雲) 두 권신을 손꼽을 수 있을 것이다.

두 사람 모두 공민왕 전하가 믿고 아끼는 총신(寵臣)이었다. 정당문학(政堂文學)을 지낸 성산군 이조년의 손자인 이승경은 조일신의 난에 공을 세워 어사대부(御史大夫)에 오른, 이인복과는 사촌지간으로 본시 성격이 강직하고 불같았다.

또 한 사람 상장군 정세운은 원나라에서부터 강릉대군이었던 왕을 호종한 무신으로, 충직하고 청백하여 공민왕이 오랫동안 곁에 두고 신임하는 신하였다.

하지만 공민왕이 편조의 총명을 아껴 자주 궁궐로 불러들이게 되자 성정이 급한 정세운은 공공연히 편조를 제거해버리겠다는 막말도 서슴지 않았다. 한번은 공민왕에게 요승 편조를 가까이하지 않는 것이 좋겠다고 대놓고 직언을 올린 적도 있었다.

실제로 정세운은 부하 장수를 시켜 퇴궐하는 길목에서 편조를 죽여버리라는 명령을 내리기까지 했다. 다행히 미리 이런 사실을 알아챈 공민왕이 지밀내관을 동행시켜 편조를 요처에 은신하도록 조치를 했기에 망정이지 그러지 않았다면 큰 화를 당할 뻔하기도 했다.

편조가 머리를 기른 두타승으로 모습을 바꾸고 이 년 가까이 전국을 방랑하게 된 것도 실은 두 대신의 반대가 너무 극렬했기 때문이었다. 오늘 저녁 편조가 예전 처소인 기현의 집을 놔두고 비밀리에 중랑장 이운목의 집을 찾은 것 역시, 행여 편조를 앙숙처럼 미워하는 정세운의 귀에 그의 출현이 알려질까 저어한 때문이었다.

"그렇지만 기개가 곧고 청렴한 신하가 세상을 뜬 걸 기뻐할 수야 없지요. 주상전하로선 믿을 수 있는 충신을 잃은 것이고, 국가로선 훌륭한 인재를 잃은 셈이니 말이오."

"법사님께선 언제나 사려가 깊고 자비가 충만하세요."

편조의 말을 기현의 처가 받들고 나선다. 오늘따라 미안수(美顔水)와 분을 발랐는지 더욱 해사한 얼굴을 한 그녀는 오랜만에 만난 때문인지 편조를 보는 눈빛이 예사롭지 않다.

양 볼에도 발그레하니 홍조가 어려 있다. 그녀의 눈빛 속에는 존경과 아울러 여인으로서의 은밀한 정념 같은 게 숨어 있다. 옆자리에 남편이 있는데도 아랑곳없다. 그녀와 눈길이 마주치자 편조는 무안해져서 슬며시 눈길을 돌린다.

"법사님 말씀이 옳기야 합니다만, 그토록 법사님을 배척하려는 건 도무지 용납하기 힘든 일입니다. 그들이 법사님을 꺼려 하는 건 오직 자신들의 세도를 지키려는 집착이자 터무니없는 모함일 뿐이지요. 생각해 보십시오. 그들이 누구입니까? 최씨 무신정권 이후로 다들 원나라에 개처럼 빌붙어 벼슬자리를 유지한 뻔뻔한 권문세족들이자, 삼국을 통일한 위대한 고려를 현재 요 모양 요 꼴로 만든 일등공신들 아닙니까?

그런 그들이 세상에 대자대비한 불법과 지혜를 펼치시려는 법사님을 시기하고 미워하는 건 바로 그들 자신이 후안무치하고 썩어 빠진 무리라는 반증이 아니고 무엇이겠습니까. 겉으로는 매양 나라를 위하는 체, 백성을 위하는 체 생색을 내지만 실상은 나라의 모든 재물과 권력을 독점하고 앉아서 백성을 마소처럼 부려가며 자신과 일족의 부귀영달만을 천년만년 누리려고 드는 자들이니 이런 자들이야말로 백성과 나라를 좀먹는 추악한 해충들이 아니고 무엇이겠습니까.

그런 부패하고 무능한 조정 대신들을 놔두고 어찌 하루인들 이 세상이, 만백성이 편하기를 바라겠습니까. 공민왕 전하가 배원정책을 실시하여 원나라의 주구들을 쫓아낸 작금에 그동안 원나라에 빌붙어 호의호식(好衣好食)하던 권문세가들을 그냥 놔둔다는 게 이치에 합당한 일입니까. 이 판에 그들의 죄상을 모조리 밝혀 심판하고 한 점 남김없이 청산해야 합니다. 아울러 그들 세신대족(世臣大族)들이 짜놓은 구시대적인 정치판을 갈아 치우는 일이야말로 만백성을 평안케 하고, 천하를 계몽하는 첫걸음이 될 것입니다."

성격이 다혈질인 데다가 불의를 참지 못하는 허소유가 목청을 돋우어 한바탕 현 귀족대신들에 대한 불만과 비판을 일사천리로 늘어놓는다.

"그렇고말고요."

말이 끝나자 김난과 기현이 이구동성으로 찬동한다. 편조 역시 고개를 끄덕여 동의를 표한다. 허소유의 말이 아니더라도 그건 그가 오랫동안 꿈꾸어온 이상이었다.

그러기 위해선 우선 이 나라를 좌지우지 농단(壟斷)해온 썩어빠진 기득권 세력들을 척결하고 뿌리 뽑아야 할 것이다. 그렇지 않다면 누대(累代)로 한과 억압, 착취의 고통에 신음해온 무수한 노비들과 민초들의 고통을 덜어줄 수 없을 것이다. 그걸 푸는 일이야말로 바로 이 땅에 평등과 평화, 나아가 불국정토(佛國淨土)를 구현하는 일이 될 것이다. 공민왕 전하의 은밀한 총애가 식지 않는 한 분명 기회는 있을 것이다.

"이렇게 법사님을 모시고 함께 앉아 있으니 마치 조정 중신회의를 하는 것 같습니다. 그렇다면 제일 말석에 앉은 저는 좌부승지쯤 되는 겁니까?"

잠자코 있던, 반 너머 머리가 벗겨져 털 뽑힌 닭 모양을 한 임군보가 어깨를 으쓱하며 말한다. 그 말에 모두들 와그르르 웃음을 터뜨린다. 자신이 한 말이 좌중을 웃기자 이에 신이 난 임군보는 편조가 고깃점을 집어 드는 걸 보자 다시 한마디 더한다.

"헌데 법사님께서도 담육(啖肉: 고기를 먹는 것)을 하십니까?"

임군보의 자발없는 소리에 소란하던 주위가 조용해진다. 자신도 모르게 미간을 찡그리는 자도 있다.

기실 임군보라는 자는 본시 경솔한 위인이었다. 부모덕에 문음(門蔭)으로 벼슬자리에 나가서는 환관인 김빠앤티므르와 짜고 가짜 왕지(王旨)를 만들어 내승제조에까지 올랐다가 발각되어 제주도로 유배를 간 적도 있었다. 또 몇 년 전에는 기철 일당이 역모혐의로 잡혀갈 때 한 패로 연루될까 두려워 머리를 깎고 삼각산에 숨어 있다가 잡혀서 장형을 맞고 벼슬에서 쫓겨나기도 한 자였다.

"만법(萬法)은 모두 일심(一心)에 있는 것이지요."

무심코 대답한 편조는 불현듯 그게 명종 때의 요승 일엄이 한 말이라는 걸 깨닫고는 내심 머쓱함을 느낀다. 그는 다시 덧붙인다.

"큰 법은 작은 형식에 매이지 않는다는 뜻이외다."

"이제 법사님이야 머리까지 기르셨는데 고깃점쯤 못 드실 게 뭐 있
겠어요."

기현의 처가 재빨리 상황 무마에 나섰다. 이운목이 가세한다.

"그렇소. 그나저나 법사님이 머리를 기르고 계시니 훨씬 더 젊어 보
이시고, 준수해 보이시지 않소, 여러분?"

"그렇소이다."

다들 입을 모아 맞장구친다.

"이 판에 환속하심이 어떨지요?"

은근한 눈길을 던지며 기현의 처가 묻는다.

"승(僧)과 속(俗)의 구분이 어디 있습니까? 그건 외양에 있는 게 아니
라 마음에 있는 것이지요. 겉이 승이라도 마음이 속이면 속이요, 겉이
속이라도 마음이 승이면 승이지요."

편조가 술잔을 들며 짐짓 엄숙하게 말을 받는다.

흥청거리던 술자리가 파한 것은 밤이 꽤 이슥해진 무렵이다. 편조는
걸음이 비틀거리도록 취기가 올랐다. 오랜 방랑 생활로 지친 터에 자
신을 믿고 따르는 신도들과 후원자들을 만나자 모처럼 유쾌하고 흥겹
게 마음껏 떠들고 마신 것이다.

"내실에 침소를 마련해 두었습니다."

마루를 내려서는 편조를 부축하며 이운목이 말한다. 마당에는 보름
을 이틀 앞둔 달빛이 환하다.

"다들 갔습니까?"

약간 혀가 비뚤어진 음성으로 편조가 묻는다.

"예, 모두 기분 좋게 잔뜩 취해서 집으로 돌아들 갔습니다."

"서운하군요. 그렇게 쉬이 돌아들 가버리다니. 이 한량없이 좋은 봄 밤을 놔두고……."

"허나 이제 밤이 깊었습니다. 법사님도 어서 침소로 드셔야지요."

"아직 이른 시간인데…곡차 한 잔 더 하고 싶소이다."

"정히 그러시면 곧 마련토록 하겠습니다."

편조를 방에 들여놓은 뒤 이운목이 밖으로 나간다. 조금 뒤에 기척이 있고, 미닫이문이 열리면서 이운목이 방으로 들어선다.

그리고 그의 뒤를 따라 길게 머리를 땋아 내린 젊은 처녀가 술과 안주를 얹은 소반을 들고 들어온다. 썩 빼어난 미모는 아니지만 갸름한 얼굴에 선이 또렷하고 검은 눈매가 서늘하다.

"거기 내려놓아라."

이운목의 지시에 따라 처녀가 상을 내려놓는다. 바닥에 상을 두고 돌아서 나가려는 딸을 이운목이 불러 세운다.

"제 둘째여식입니다."

"흠. 참하게 생겼소이다."

"애야. 이분이 편조법사님이시니라. 너도 예전에 법사님께서 설법하실 때 두어 번 뵈었으니 전혀 낯설지는 않을 것이다. 나가지 말고 곁에서 법사님 시중이나 들도록 하여라."

편조는 술김에도 퍼뜩 이운목이 딸에게 자신의 시중을 명한 게 평범한 일은 아닐 성 여긴다.

"군이 그럴 필요야 없소이다."

편조가 손사래를 친다.

"아닙니다. 그래야만 소인의 마음이 놓입니다."

강한 어조를 띤 이운목의 말에 딸은 고개를 숙이고 한 팔로 다홍빛

스란치마를 감싸며 다소곳하게 편조의 우측에 자리를 잡고 앉는다.

"그럼 편하게 곡차를 즐기십시오. 행여 불편한 게 있으시면 이 여식에게 시키시면 됩니다. 전 내일 아침 일찍 낭장방 회의가 있는 고로 먼저 침소에 들겠습니다."

조심스레 방문까지 닫아준 이운목이 마당을 건너가는 발소리가 조금씩 옅어진다. 어디선가 밤새 울음소리가 고즈넉한 밤을 더욱 깊게 만든다.

"이 중랑장의 둘째여식이라, 올해 몇 년 생인가?"

펄럭이는 등잔불을 그윽이 쳐다보던 편조가 입을 연다. 취기가 미간까지 올라와 정신이 몽롱하다.

"소녀, 병술생이옵니다."

"그럼 열여덟이군."

"그렇사옵니다."

편조가 술을 따르려고 하자 처녀가 얼른 손을 내밀어 술병을 잡는다. 병목에서 두 사람의 손이 겹쳐진다. 처녀 특유의 매끄러운 감촉과 따스한 체온이 손길을 타고 편조에게 전해진다.

"소녀가 잔을 채워드려야……."

긴장 때문인지 말끝이 하르르 떨린다.

"아니다. 내가 따르마."

"제 소임이옵니다."

처녀의 단정한 말에 편조가 슬며시 손을 거두어들인다. 처녀가 술잔을 채우는 내내 술잔과 술병 주둥이가 부딪치는 달그락거리는 소리가 이어진다. 술김에 은근히 장난기가 치민 편조가 게슴츠레한 눈을 하고 묻는다.

"몹시 떨고 있구나. 나와 있는 게 두려우냐?"

"아니옵니다. 단지⋯⋯."

편조는 단숨에 술잔을 비운다.

"소녀는 아비를 따를 뿐입니다."

대답과 달리 어쩐지 부친을 어려워하는 듯 여겨진다. 잘 모시라며 이운목이 은근히 그녀에게 압력이라도 넣었던 것일까. 후일을 위해 편조에게 미리 주는 선물인지 모른다. 흔들리는 등불 아래, 가르마를 탄 하얀 이마와 긴 속눈썹을 가진 그녀의 모습이 왠지 모를 연민의 정을 불러일으킨다. 절대적이며 엄중한 가장을 둔 나약한 여식의 숙명적 슬픔 같은 것일까. 마치 덫에 걸린 여린 짐승을 보는 듯하다.

그게 편조에게는 이상한 심리적 통증을 불러일으킨다. 아울러 그런 감정에 반발하듯 까닭 모를 오기가 치민다.

편조는 빈 잔을 처녀 앞으로 내민다. 처녀가 다시 조심스레 술잔을 채운다.

"앞으로 나를 섬기겠느냐?"

처녀는 고개를 숙이며 저고리에 달린 붉은 옷고름을 문다. 술잔을 입에 털어 넣은 편조가 처녀의 곁으로 다가앉는다. 그가 손을 뻗어 그녀의 턱을 추켜올린다. 눈물이 글썽한 검은 눈이 애원하듯 그를 올려다보고 있다.

편조는 무언지 모를 색깔의 감정이 울대까지 치미는 걸 느낀다. 그것이, 정처 없이 낯선 산하를 떠도는 동안 느꼈던 외로움의 방죽이 터진 것인지 아니면 태어날 때부터 참고 억눌렸던 세월과 세상에 대한 거친 분노인지, 그저 단순히 취기에 편승한 젊은 욕정의 발로인지 편조는 알지도, 알 필요도 없었다.

그는 손에 든 빈 술잔을 던지고 주체 못할 거친 몸짓으로 처녀를 바닥에 쓰러뜨린다.

달빛이 서럽도록 하얗게 쏟아지는 봄 마당에는 벚꽃이 하염없이 피고, 또 속절없이 지고 있다.

2

웃자란 보리가 바람결에 푸르게 일렁이는 밭둑을 따라 키가 자그마한 승려가 걸어오고 있다. 낡은 회색 장삼에 바랑을 메고 손에는 목탁이 들려 있다. 어디 멀리까지 가서 탁발을 하고 오는 모양인지 무척 지친 걸음새다.

비구니로 보이는 승려는 자려다.

지난번, 역모죄로 잡힌 석기와 함께 제주도로 유배를 가던 도중 자려는 호송관에게 뇌물을 주고 도망쳤다. 그 뒤 자려는 신분을 감추기 위해 머리를 삭발하고 탁발승 노릇을 하며 광주를 우회하여 이곳 청주(淸州) 부근까지 올라온 것이다.

자려의 시야에 저만치 초가집이 십여 호 되는 마을이 들어온다. 산골에서 흔히 볼 수 있는 궁벽한 촌마을이다. 마을 입구에는 커다란 느릅나무가 서 있고, 그 아래 작은 우물이 있다. 길고(돌을 매달아 그 무게로 물을 긷는 두레박 틀)가 그림자를 드리운 우물가에 두 사람의 모습이 보인다.

자려는 그게 누구인지 알고 있다. 느릅나무 둥치에 몸을 기대고 건달처럼 서 있는 자는 석기이고, 그 옆에서 쪼그리고 앉아 빨래를 하고 있는 이는 몇 번 보아 안면이 있는 마을 처녀다. 두 사람은 뭔가 정답게 얘기를 나누는 중이다.

먼저 자려가 오는 것을 알아차린 건 처녀 쪽이다. 처녀가 자려를 향해 가볍게 목례를 보낸다. 석기가 고개를 돌린다. 다가오는 자려를 발견하자 흰 얼굴에 멋쩍은 표정이 떠오른다.

"지금 오는 거야?"

석기가 궁색하게 말을 건넨다. 처녀와 얘기를 나누고 있던 장면을 들킨 게 못내 쑥스러운 눈치다. 자려는 애써 담담해지려 한다. 속마음이야 정인이든 어떻든 간에 남 보기에 석기와 자신은 엄연히 중노릇을 하는 이모와 조카 사이인 것이다.

"그래. 먼저 집으로 가 있을게……."

"아냐. 같이 가."

미련이 남은 석기가 미적거리며 우물가를 벗어난다. 처녀가 고개를 들어 석기를 바라본다. 뭔가 아쉬움이 숨은 눈길이다. 자려를 의식한 석기가 애써 시선을 외면하자 실망스런 기색이 볼에 스쳐 간다. 자려는 그 모습을 놓치지 않는다. 가슴에 원인 모를 아릿한 통증이 인다.

"그 처녀가 마음에 들어요?"

좁은 부엌 아궁이에 불을 때며 자려가 묻는다. 솥에는 그녀가 먼 마을을 돌며 탁발로 얻어온, 겨우 두 홉이나 될까 말까 한 묵은 서숙이 끓고 있다. 두 사람이 오늘 저녁에 먹을 끼닛거리다.

"무슨 소리야?"

왕골기직이 깔린 좁은 방 안에 손깍지를 끼고 누워 있던 석기가 고개를 들며 되묻는다. 짐짓 높인 언성에는 미안함이 숨어 있다.

"아까, 두 사람이 재미있게 얘기를 나누던 걸요."

"재미는 무슨, 손 씻으러 갔다가 그저 이런저런 얘기를 몇 가지 묻기에 대답해 준 것 뿐이야."

대답이 궁해서 하는 변명이다. 자려는 잘 알고 있다. 아마 처녀가 빨래하러 가는 것을 보고 옳다 하고 따라 나섰을 것이다. 하긴 그를 나무랄 일만은 아니다. 벌써 석기의 나이가 스무 살을 넘은 것이다. 남들 같으면 장가를 가서 자식을 두셋은 보고도 남았을 나이다. 그러나 가진 재산도 없는 형편에 이리저리 숨어 다녀야 하는 처지라 장가는 아예 마음도 먹지 못했던 것이다.

그 처녀라면 괜찮겠지.

자려는 아까 우물가에서 본 처녀를 머릿속에 떠올린다. 동그란 얼굴도 그만하면 못생긴 편은 아니고, 우선 눈매가 부드러운 게 심성은 나쁘지 않게 생겼다. 몸집도 그런대로 실해 보이고, 낯빛을 보아 별다른 병이 있는 것 같지도 않다. 적게 봐도 아마 방년은 되었을 것이다. 다른 집 같으면 시집을 보내고도 남았을 나이다.

그러나 처녀의 집안도 보통 가난한 게 아니었다. 농사꾼이던 주인 남자는 몇 년째 병이 들어 골골거리며 누워서 지내고, 얼굴에 주근깨가 잔뜩 박힌 아낙과 열두셋 정도 되어 보이는 머리에 부스럼딱지가 난 어린 두 아들이 마을 사람들의 들일을 도와 겨우 입에 거미줄 치는 신세를 면하고 있다고 했다. 그런 딱한 형편이니 마땅한 혼처를 구하지 못한 채 처녀를 집안일이나 거들게 하며 생으로 늙히고 있는 것이리라.

"설마 왕자라는 얘기는 하시지 않았겠지요?"

"그런 얘기를 왜 하겠어?"

어쩌면 처녀 역시 석기를 좋아하고 있는지도 모른다. 책상머리 서생처럼 희멀건한 피부에 옛날 충혜왕을 닮은 길쭉한 인상은 우선 보기에 제법 기품이 있어 보일 테니까.

"그 처녀와 혼인할 맘은 있으세요?"

집 뒤 텃밭에서 뜯어온 돌나물을 다듬으며 자려가 묻는다.

"혼인이라니…너는 어떡하고?"

되묻는 걸로 보아 혼인할 마음이 없는 것은 아닌 모양이다. 다만 자려가 마음에 걸려 망설이고 있는 것이리라.

"제 생각은 마시고…저야 어차피……."

아기도 못 낳는 몸인데, 라는 말은 차마 입 밖으로 내보내지 못한다. 불현듯 가슴 한구석이 찡 하니 저려온다. 이제 그녀는 내년이면 서른 중반을 넘어서게 된다.

"내 마음 떠보려고 괜히 해보는 소리지?"

석기가 부엌으로 난 작은 쪽문으로 삐죽이 얼굴을 내민다. 묻는 말투에 어딘가 생기가 돈다. 자려는 나물을 다듬는 척 고개를 들지 않는다. 행여 눈물을 보일까 두려워서다.

"아니에요. 왕자님만 괜찮다면 제가 한 번 매파를 넣어 보지요."

"굳이 그렇게까지……."

석기가 허여멀건 얼굴에 쑥스런 미소를 띠며 말을 우물거린다.

석기와 농사꾼 딸의 혼례식은 오전 무렵 자려의 초가집 마당에서 치러졌다. 깨끗하게 비질된 마당에 돗자리 두 장을 마주 깔고 이웃집에서 빌려온 두레상을 하나 놓았다. 상 위에는 팥떡과 쌀, 냉수 두 그릇, 자려가 애써 구해 온 무명 두 필이 전부였다.

마을에서 십시일반(十匙一飯) 내놓은 약간의 곡식으론 하객들에게 잔치 뒤에 먹일 음식을 만들었다. 기실 하객이라 해봤자 신랑 측의 자려 한 명과 신부 측의 아낙과 어린 아들 둘, 그리고 아이들을 포함한 마을 사람 열두어 명 남짓이 고작이었다.

석기와 혼담 얘기가 오간 사흘 뒤에 자려는 큰맘 먹고 처녀가 사는 집을 찾아갔다. 격식을 찾자면 원래 매파를 넣는 게 원칙이지만 그러자면 매파 비용도 들뿐더러 번거롭기도 했고, 무엇보다 자신이 직접 처녀 부모의 의사를 물어보는 게 여러 모로 좋을 성싶어 찾아간 것이다.

처녀의 집은 기어 들어가고 기어 나와야 할 정도로 작은 단칸짜리 초가집이었다. 어둡고 콩이 썩는 듯한 큼큼한 냄새가 풍기는 방 안 한 구석에 병들어 누운 처녀의 부친은 얼굴색이 새카만 게 조만간 세상을 뜰 행색이었다.

해골처럼 말라빠진 영감은 그저 퀭한 눈알만 굴려댔고, 처녀의 어미 되는 아낙이 자려의 청혼에 승낙을 표했다. 오늘내일하는 영감 생전에 딸을 혼인시키자면 하루라도 서둘러야 할 형편이었고, 또한 과년한 딸을 시집보내면 그나마 한 입 덜 수도 있으니 언감생심 거절할 계제가 아니었다. 다만 딸을 혼인시키더라도 당장 내일 아침 끼닛거리도 없는 자신들로서는 아무것도 내놓을 게 없으니, 잔치는 냉수를 떠놓고 하든 풀죽을 끓여놓고 하든 알아서 하라는 식의 당부 아닌 당부를 늘어놓았을 뿐이다.

혼례식 준비가 끝나자 석기가 방에서 나온다. 배코 친 머리에 두건 대신에 흰 무명으로 된 머리띠를 매고 옷은 그냥 집에서 입던 걸 깨끗이 빨아서 입고 있다. 피부가 흰 편인 데다가 얼굴이 길쭉하니 생겨서 그런대로 잘생긴 신랑 소리를 들을 만하다.

다리를 절룩이며 마당 혼례 자리에 나서는 석기를 바라보던 자려의 눈에 울컥 눈물이 솟구친다. 한 나라의 왕자 신분으로 이처럼 찢어지게 옹색한 혼례식을 올린다는 게 너무 마음이 아픈 터에 다리까지 저는 모습을 보자 가슴속에 치미는 격정을 참을 수 없었던 것이다. 다리는 지난겨울에 빙판 길에 미끄러져 다쳤고, 나은 이후에도 약간씩 절게 되었던 것이다.

그녀는 얼른 필요한 게 있기나 한 것처럼 부엌으로 들어간다.

격식을 아는 마을 늙은이 한 사람이 나서서 조상신이 사는 북쪽 하늘에 혼례식이 있음을 고한 다음에 신랑과 신부에게 서로 맞절을 하게 한다.

부엌에 난 문을 통해 바깥에서 벌어지는 혼례식을 내다보는 자려의 마음은 천만가지로 착잡했다. 왕자의 신분으로 걸인만도 못한 삶을 살다가 이제 가난한 평민의 딸을 맞아 혼인을 하는 석기의 불운함이 무엇보다 마음 아팠다. 아울러 자식의 혼례를 보지도 못하고 스스로 세상을 등진 은천옹주의 비극적인 삶도 새삼 기억이 났다. 한편으로는 사랑하는 연인을 다른 여인에게 넘겨야 하는 자신의 처지 역시 참으로 가련하다는 생각도 들었다.

그렇다고 자신의 욕심 하나로 멀쩡한 남자의 대를 끊어놓을 수는 없는 노릇이었다. 하물며 석기는 왕손인 것이다. 그녀로선 다 큰 자식을 떠나보내는 심정과 연인을 다른 여인에게 빼앗기는 심정이 겹쳐진 복잡하고 미묘한 감정이 들었다. 또한 그건 두 사람을 동시에 잃는 이중의 상실감이기도 했다.

"이모란 사람이 여기 부엌에만 있으면 어떡하는감."

부엌에 그릇을 가지러 왔던 사팔뜨기 아낙이 자려를 보자 핀잔부터 준다. 마을 사람들은 모두 석기와 자려를 이모조카 사이로 알고 있다.

북쪽에서 살다가 홍건적의 난리를 만나서 가족들은 다 죽고 오직 조카와 이모만 남아, 이모가 탁발승 노릇을 해서 근근이 먹고사는 줄 알고 있는 것이다.

"스님, 여기 있지 말고 얼른 나가야지. 원, 이모란 사람이 조카 혼인시키는 게 무어 그리 서러울까."

사팔뜨기 아낙이 눈을 흘긴다. 등을 떠밀린 자려는 마지못해 부엌을 나선다. 몇 걸음 옮기지 않아 다시 울컥 설움이 치민다. 아무리 참으려고 해도 자꾸만 눈물이 쏟아진다. 자려는 두 손으로 얼굴을 가린다.

그런 자려를 혼례상 앞의 무명 머리띠를 한 석기가 물끄러미 바라보고 있다. 자려를 두고 결혼하는 자신이 잘못되기라도 한 양 미안한 기색이 역력하다.

"어허, 스님이 질아(姪兒) 장가가는 데 눈물을 보이면 쓰나? 하긴 혼자서 어렵게 키운 조카를 장가보내려니 감정이 북받치기도 하겠구먼."

곁에서 지켜보던 입이 합죽한 마을 늙은이가 한 소리 거들었다.

"후딱 해치우고 얼른 음식이나 먹으면 쓰겠구먼. 배가 등가죽에 붙어 있다고 난리를 치네."

따가운 햇살이 쟁쟁하게 쏟아지고, 어디선가 뻐꾸기가 한가롭게 계절을 노래 하는 초여름 한나절이 작은 시골 마을 위로 고즈넉이 가라앉고 있다.

3

날씨 한번 기막히게 좋군.

집을 나서며 하늘을 일별한 강수가 혼잣말을 중얼댄다. 조금 서쪽으로 기울긴 했지만 구월 해가 넘어가려면 아직 한참이나 있어야 한다. 그는 할 일 없는 사람이 그러하듯 느릿한 걸음으로 십자로에서 서쪽으로 난 길을 따라 선의문으로 향한다.

그가 가는 곳은 개경 성밖 선의문과 벽란도 사이에 위치한 주막이다. 몇 년 전만 해도 채수염을 기른 김노인이 주막집을 운영했지만 그가 지병으로 세상을 뜬 다음부터 그의 아들이 주막집 영업을 이어가고 있다. 강수가 거기를 가는 건 굳이 할 일이 있어서라기보다 달리 마땅히 갈 만한 곳도 없는 터에, 주막에 가면 어떤 새로운 소식이나 있을까 싶어 소일 삼아 가보려는 것이다.

저 멀리 개경의 나성 성벽과 선의문이 시야에 들어올 즈음이다. 밤색 나귀를 탄 남자 하나가 사내종에게 고삐를 잡힌 채 저편에서 건들거리며 오고 있는 게 보인다.

나귀 위에 턱하니 올라앉은 굵은 몸집의 남자 인상이 어쩐지 눈에 익다. 가까이 왔을 때 보니 강수도 잘 알고 있는 이일주란 작자다. 예전에 벽란도를 주름잡는 주먹 건달이었지만, 이제는 꽤나 부유한 무역상이 되어 있다.

일전에 들은 소문에 의하면 오 년 전부터 무역에 발을 들인 이일주는 고려의 호피와 초피(貂皮)를 원나라에 내다 팔고, 그 자금으로 전쟁물자를 사서 고려에 들여와 관부(官府)에 파는 장사로 꽤 쏠쏠한 재미를 보았다고 한다. 돈이 모이면 살집도 불어난다는 말이 있듯 그의 몸집도 눈에 띄게 뚱뚱해져 있다. 꽤 비싸 뵈는 옷차림과 거만스럽게 보일 정도로 살 오른 인상이 떵떵거리며 사는 부유층 집안의 장자 같아 보인다.

문득 나귀에 탄 이일주와 강수의 눈이 마주친다. 이일주가 못 볼 것을 보기나 한 듯 곤혹스런 기색으로 눈을 두어 번 꿈적거린다. 무슨 생각에선지 그는 이내 시선을 허공으로 돌리고 괜히 헛기침을 하며 딴전을 피운다. 예전 같으면 감히 강수를 그렇게 못 본 척하지는 못했을 것이다. 강수가 한참 개경의 야귀로 이름을 떨칠 때는 깍듯이 형님이라고 부른 적도 있지 않았던가.

좀 살 만하니 나 같은 건 상대하기도 싫다 이건가?

강수는 마음속에서 치미는 씁쓰레한 기분을 지우기 어려웠다.

제기랄.

강수가 어정쩡한 심사에 빠져 있는 사이, 이일주는 나귀를 타고 거들먹거리며 그를 지나쳐 갔다.

그 당시 지심녀만 따라가지 않았더라도…….

지금쯤은 아마 이 개경에서 세도가 부럽지 않은 생활을 할 수도 있었을 것이다. 설령 그렇게는 못되더라도 적어도 저런 일개 주먹패 우두머리에게 무시를 당하지 않을 정도는 되었을 것이다. 하지만…….

언제나 그런 것처럼 강수의 상념의 귀결점은 지심녀였다. 그녀가 자신의 인생을 이처럼 엉망진창으로 만들어놓은 것이다. 그렇다고 그녀가 미운 것은 아니다. 외려 그리움이 포함된 아쉬운 회한으로 남아 있을 따름이다.

"형님, 오셨습니까."

때에 절어 꾀죄죄한 포렴을 젖히며 주막 안으로 들어서자 지저분한 차림새로 탁자를 닦고 있던 김 노인의 아들이 허리를 굽혀 인사를 한다. 가벼운 몸놀림과 염소처럼 채수염이 자리 잡기 시작하는 생김새하며 영락없이 죽은 김노인과 판박이다. 남의 밭은 몰래 빌릴 수 있어도 씨 도둑질은 못한다는 옛말이 전혀 헛말은 아니다.

"장사는 잘되나?"

"장사랄 게 뭐 있습니까. 그저 닫지 못해 열어두고 있는 형편이지요."

스물이 갓 넘은 김노인의 아들은 찻잔을 강수 앞에 내어놓으면서 줄곧 엄살이다. 없어도 있는 척하는 작자가 있고, 있어도 없는 척하는 작자가 있다더니 이 주막사내는 아무리 억만 금을 지녀도 곧 굶어 죽을 상만 할 그런 작자라고 강수는 생각한다.

"차는 놔두고 술이나 좀 내와."

"낮부터 술을 드시게요?"

"달리 할 일이 뭐 있나."

주막사내가 술상을 준비하는 동안 강수는 작은 들창을 통해 거리를 오가는 사람들을 바라본다. 소가 끄는 우마차가 지나가고, 보퉁이를 머리에 인 아낙도 있고, 지게를 진 짐꾼도 있다. 다들 먹고살기에 바쁜 모습들이다. 어쩐지 그들 행인들이 이고, 지고, 멘 짐의 무게가 그들이 앞으로 평생 지고 가야 할 삶의 무게가 아닐까 하는 엉뚱한 생각도 든다.

"이게 강화도에서 나온 밴댕이젓갈입니다. 술안주로는 최고지요. 형님 오시면 맛보여 드리려고 아껴 놓았습지요. 한번 드셔 보십시오."

주막사내가 전에 없이 사근사근한 태도로 말했다. 뭔가 부탁이라도 할 게 있는지 모른다. 주막사내는 지난번에도 주변의 주먹패들이 술값을 안 내고 갔다며 어떻게 잘 좀 처리해서 앞으로 그런 일이 없도록 해 달라는 부탁을 했었다.

"그건 그렇고, 저번 이야기한 건수는 어떻게 되었어? 잘 처리했나."

밴댕이젓갈은 짭짤하니 술안주로 먹기에 적당했다. 두어 잔 자작으로 술잔을 비우던 강수는 문득 한 달쯤 전에 주막사내로부터 들었던 얘기가 생각나서 묻는다.

"아, 말도 마십시오. 그 일로 요즘 말도 못하게 곤욕을 치르고 있습니다. 남은 품값도 아직 못 받았다고요."

생쥐처럼 두 손을 비비던 주막사내가 곤혹스러운 얼굴을 한다. 뭔가 일이 잘못된 모양이다.

주막사내는 예전에 김노인이 살아 있을 때처럼 사건 청부가 들어오면 강수에게 연락하여 소개비조로 얼마간의 구전을 받아 챙겼다. 물론 그건 큰 건에 한했다. 강수가 나서지 않아도 될 정도의 작은 일거리는 자신이 직접 처리를 하곤 청부보수금을 챙겼던 것이다. 강수도 그런 사실을 알고 있었지만 눈감아 주고 있는 형편이었다. 지난번 건도 그런 종류의 것이었다.

한 달쯤 전에 주막에 한 삼십대 여자가 찾아들었다. 폭력청부 건이었다. 남편이 젊은 과부와 바람이 나서 집에 잘 들어오지도 않고, 그래서 그녀가 잔소리를 해댔더니 몹시 두들겨 팬 모양이었다. 악에 받친 그녀는 남편을 죽지만 않을 만큼 두들겨 패달라며 청부를 해왔던 것이다. 강수는 그 일을 거절했다. 보수도 작을뿐더러 소소한 부부간의 일에 끼어들기 싫었던 것이다. 그러자 주막사내는 그 정도 일은 자기도 할 수 있다며, 자신이 맡아서 처리해도 되겠냐고 강수의 허락을 구했던 것이다.

"어떻게 했기에 그래?"

"그게 저…들으시고 비웃지나 마십시오."

주막사내가 쑥스러운지 뒤통수를 긁적거린다.

"그래, 말해봐."

"어떤 사내인가 싶어 슬슬 살펴봤더니 그놈 덩치가 보통이 아니더군요. 나 혼자서 어떻게 해보려고 했다간 오히려 두들겨 맞을 판이었지요. 그렇다고 다른 사람을 끌어들이자니 몇 푼 안 되는 보수를 나눠 가져야 하니 그것도 별로 내키질 않고. 그래서 꾀를 냈지요. 밤에 복면을 하고 사내가 잘 다니는 길목에 숨어 있다가 다리를 걸어 쓰러뜨린 다음 쇠공이로 냉큼 무릎을 내려쳤지요. 아무리 힘센 사내라 해도 쇠공이엔 별수 있나요. 그런 다음 내가 소리쳤죠. 이놈, 한 번 더 마누라를 놔두고 과부와 놀아나면 다음엔 머리통을 박살을 내주겠다고 했지요."

"그럼 성공한 거 아닌가."

"아이고, 말도 마십시오. 사흘 전인가, 그 여자가 예까지 찾아와선 글쎄, 남은 보수를 주기는커녕 병신 된 남편이나 고쳐내라고 아우성이지 뭡니까. 아예 사내구실도 못하게 됐다고, 관청에 가자고 악을 바락바락 써대는 걸 억지로 달래 보냈습니다."

"그래서 잔금은 받지도 못했다?"

"받지 못한 게 뭡니까. 외려 관속들에게 잡혀 들어갈 형편입지요."

듣기만 해도 대강 짐작이 간다. 밤에 골목에서 주막사내에게 맞은 남편이 집에 가서 드러누웠을 것이다. 그리곤 온갖 엄살을 떨어대며 아내와의 잠자리까지 거부하고 있겠지. 그러자 청부한 여자도 처음과는 생각이 많이 달라졌을 것이다. 남편을 벌 줄 애초의 목적은 달성한 셈이지만, 남편이 다리병신이 되어 드러눕자 이건 아니라는 생각도 들고 해서 남은 보수를 주기 싫어진 여자가 외려 주막을 찾아와 갖은 공갈을 떨었을 것이다. 어차피 청부받고 사람을 패는 것이 불법이라는 점을 알고 하는 짓거리리라.

"그러게 애초에 보수를 다 받아두지 그랬어?"

어이가 없어진 강수가 혀를 차며 묻는다.

"그년이 그렇게 버선목 뒤집듯 뒤집고 나올 줄 누가 알았나요."

"그래서 청부일이라는 게 그리 녹록지 않은 거야."

"정말 그렇더군요."

강수가 술잔에 술을 따랐다. 술병이 비어 있다.

"여기 술이나 한 병 더 가져와."

강수가 새로 가져온 술을 마시는 사이, 무슨 일인지 안채에선 주막사내가 냅다 고함치는 소리가 나고, 뭔가 부서지는 소리에 이어 주막 여편네가 죽는다고 비명을 내지르는 소리가 들려온다. 에구구, 에구구 골병 드는 소리도 난다. 가뜩이나 짜증이 나는 판에 여편네가 잔소리를 늘어놓자 옳다구나 이때다, 하고 두들기는 모양이다.

"무슨 일인데 그래?"

조금 뒤, 피 묻은 손을 걸레로 닦으며 안채를 나오는 주막사내에게 강수가 묻는다.

"저 망할 년은 저렇게 사흘에 한 번씩 개 잡듯 잡아놓지 않으면 생지랄이지 뭡니까."

주막사내가 안채를 향해 눈을 흘기며 대답한다.

사내 못된 게 계집에겐 염라대왕이라더니…….

술잔을 비운 강수가 자리에서 일어난다. 주막사내의 하는 양을 봐선 더 오래 앉아 있고 싶지도 않았다.

술집을 나서려던 중에 마침 들창 밖을 지나가는 한 여자가 강수의 눈에 들어온다. 붉은색 단삼에 녹색 치마를 입고 허리에는 흰 띠를 졸라맨 뒷모습이 몹시 농염하고 색정적이다. 군살 없이 개미처럼 잘록한 허리에 적당한 탄성을 유지한 엉덩이, 가벼운 걸음새는 분명 잘 아는 여인의 자태다.

심녀?

강수는 흥분으로 얼굴에 피가 몰리는 것을 느낀다. 조금 전까지 느끼던 취기가 한순간에 달아난다. 얼마나 찾아다니던 여인인가. 꿈속에서조차 방방곡곡 찾아다녔던 여인이 아닌가.

주막을 나온 강수는 거리를 두고 조심스레 심녀의 뒤를 밟기 시작한다. 우선 심녀가 어디에 살고 있는지 확인해 둘 심산이다. 자신이 뒤를 밟히는 줄 모르는 심녀는 곧장 벽란도로 난 길을 따라갔다. 조금 지나자 멀리 푸른 서해와 교동도가 보이기 시작한다.

예성강에서 바다로 이어지는 검은 개펄에는 흰 갈매기들이 다음 비상을 준비하며 지친 날개를 쉬고 있다. 배를 대기 좋게 만들어둔 포구에는 원나라며 송나라, 멀리는 천축에서 온 상선들로 붐빈다. 인부들은 배에 실린 물건을 하역하기 바쁘고, 여각의 주인들은 손님들을 부르기에 바쁘다.

그녀가 걸음을 멈춘 곳은 외국 선원들과 상인들을 위한 객줏집과 짐을 부려 놓는 창고들, 그리고 주막과 수십 채의 민가들이 모여 있는 마을이다. 골목을 따라 마을 안으로 들어간 심녀는 어느 목조집 앞에 발을 멈춘다. 제법 마당이 널찍한 집이다.

"여기 사는가 보군."

돌연 들려온 사내의 말에 여인이 고개를 돌린다. 희고 기름진 얼굴에다 눈매가 푸른 여인은 분명, 심녀다. 그녀는 오늘 모처럼 개경 저자에 볼일이 있어 갔다 오는 길이다.

그녀는 나타난 사내가 누군지 바라본다. 그리고 놀란 표정을 짓는다. 남경으로 넘어가는 길마재 주막에 강수를 버려두고 도망친 지 거의 십여 년 만에 이런 곳에서 강수를 만나리라고는 전혀 예상치 못했던 것이다. 당시 오른팔을 쓰지 못하던 병신 사내를 다시 만난 것이다.

그녀는 자신도 모르게 얼굴을 찡그린다. 귀찮게 되었다는 표정이 여실하다.

"정말 오랜만이군!"

강수가 심녀 곁으로 다가가며 말한다.

"여긴 어쩐 일이야?"

곧장 표정을 정리한 심녀가 냉담한 말투로 받는다. 하지만 눈을 굴리는 양을 보아선 어떻게 이 상황을 빠져나갈 것인가 궁리하는 눈치가 역력하다.

"그동안 어떻게 지냈어?"

강수가 되묻는다. 심녀가 대답을 머뭇거린다.

삼 년 전, 관병들의 야간습격을 받고 유곽에 불을 지르고 도망친 심녀와 이시로, 겐로쿠 세 사람은 곧장 남쪽으로 도망쳤다. 전라도 부근에서 배를 훔쳐 탄 그들은 곧장 일본 하카다로 건너갔다. 하지만 남북조의 전란으로 이미 성은 함락되고 성주였던 부친과 형은 가신들과 함께 할복자결하고 말았다. 벽란도에서 만나기로 하고 일본으로 건너간 부하 오다와 신빠지로가 돌아오지 못한 것도 그 때문이었다.

전쟁에 패한 가문의 자식이 갈 곳은 어디에도 없었다. 그들은 부랑자가 되어 일본을 떠돌다가 평소 안면이 있던 쓰시마 섬의 해적들의 도움을 받아 다시 고려로 돌아왔던 것이다. 그리고 검색이 심하지 않은, 외국인들이 많이 모여 사는 벽란도 부근의 민가에서 은밀하게 생활하고 있었다.

"그럭저럭 지냈지."

강수의 눈에 비친 심녀는 십여 년 못 본 사이 한층 요염해진 듯했다. 그녀에게 있어 나이는 별 부담을 주지 않는 듯했다. 오히려 젊었을 때보다 더욱 여성스럽고, 색정적으로 변한 모습이다. 그녀를 본 사내라면 어느 누구라도 육체적 욕망을 느끼지 않고는 배길 수 없을 만큼 농염하게 무르익은 몸매를 지니고 있다. 게다가 푸르스름한 그녀의 눈가엔 사내의 심장이라도 녹일 듯한 정염의 빛이 흐른다.

"남자와 살고 있나?"

"그건 알 필요 없잖아."

심녀의 말끝이 딱딱해진다. 이제 와서 굳이 강수에게 끌려다닐 필요가 없다고 판단한 것이다. 사실을 따져봐도 강수가 그녀의 남편도 아니고, 그저 청부업자와 의뢰인의 관계로 일 년 넘게 함께 다닌 것뿐이다. 그것도 십여 년 저쪽의 일이다. 게다가 그녀의 눈에 비친 강수는 한낱 남의 등이나 치며 놀고먹는 건달일 따름이다.

"별일 없으면 가볼게. 바쁜 일이 있거든."

심녀가 몸을 돌린다. 강수는 심녀를 이대로 그냥 보낼 수는 없다고 생각한다. 얼마나 그리워하며 찾던 여자였던가. 나중에 다시 그녀를 찾아온다고 한들 별다른 수가 있는 것도 아니다. 어쩔까 망설이던 중에 강수는 문득 지난번 임진나루에서 들었던 이야기가 번쩍 떠오른다.

"이제 원수는 찾지 않나?"

두어 걸음 집을 향해 걸음을 옮겨놓던 심녀의 어깨가 움칠한다. 강수는 자신이 던진 미끼에 그녀가 반응을 보인 것을 놓치지 않는다. 되었다. 강수는 다시 더 깊이 미끼를 던져본다.

"그 원수라는 작자의 소재를 알아놓았지."

잠시 멈춰 서 있던 그녀가 몸을 휙 돌린다. 그녀의 눈빛에 원념의 불꽃이 차갑게 타오르고 있다. 강수는 심녀가 자신이 던진 미끼에 여지없이 걸려든 것을 알았다.

"정말이야?"

"물론."

강수가 힘 있게 고개를 끄덕인다.

"그럼 알려줘."

거짓말인지 아닌지 탐색의 눈길을 던지며 심녀가 냉랭하게 말한다. 강수는 이제 천천히 낚싯대를 당겨야 한다고 생각한다. 현재 자신이 가진 유일무이한 미끼. 이 미끼를 확보하고 있는 한 심녀의 발길을 다시 자신의 곁에 묶어둘 수 있으리라. 강수는 냉정하게 마음의 계산을 마친다. 단 한 번밖에 쓸 수 없는 미끼다. 단 한 번에 승부를 내야 한다.

"그걸 공짜로 알려 줄 수야 없지."

"그럼 무얼 원해?"

"몰라서 묻나?"

의중이라도 살피듯 강수를 빤히 쳐다보며 뭔가를 궁리하던 심녀가
고개를 끄덕인다.

"좋아. 여기서 잠깐만 기다려."

말을 마친 심녀는 곧장 집 안으로 들어가더니 차 한 잔 마실 시간이
지난 뒤 다시 모습을 나타낸다.

"따라와."

그녀가 앞장서서 강수를 데려간 곳은 포구 뒤편 으슥한 곳에 있는
객줏집이다. 늙은 주모에게 뭔가 귓속말을 한 심녀가 강수를 안쪽의
구석진 방으로 데려간다. 창이 없는 방 안은 좁고 어둡다. 그녀가 여닫
이문을 닫는다. 이어 걸치고 있던 단삼을 스스럼없이 벗기 시작한다.

"뭐 하는 거야?"

"당신이 바라던 거."

단삼이 바닥에 흘러내리며 그녀의 희고 풍만한 가슴이 적나라하게
드러난다. 강수는 자신도 모르게 마른침을 삼킨다. 오랫동안 그리워하
던 그녀의 몸을 보자 욕정이 치민 것이다. 이어 심녀가 치마끈을 푼다.
그의 눈앞에 희고 매끈한 두 다리가 드러난다.

"좋아."

강수가 서둘러 장삼을 벗고 바지춤을 내린 뒤 막 심녀를 품에 안으
려고 하는 차에 심녀가 손을 들어 그의 가슴을 밀친다.

"먼저 그 원수 놈이 어디 있는지부터 말해."

"나를 못 믿나?"

"이건 거래야. 거래를 하려면 먼저 가진 밑천을 보여주는 게 원칙
이지."

심녀의 닳아빠진 장사꾼 같은 태도에 강수가 차갑게 웃는다. 그에게

도 나름의 궁리가 있었던 것이다.

"좋아. 그 대신 나도 네게 원하는 게 하나 있어."

"그게 뭐야?"

"해주겠다고 약속을 하면 말하지."

"만약 당신이 알고 있는 정보가 정확하다면 약속할게."

"그럼 내 말하지. 앞으로 나하고 평생 같이 살겠다고 약속해."

"그런……."

느닷없는 강수의 요구에 심녀는 어처구니가 없어 피식 쓴웃음을 짓는다. 설마하니 강수가 그런 엉뚱한 약속을 들고 나올지는 몰랐던 것이다.

"어쩔 거야?"

강수를 올려다보며 심녀가 붉은 아랫입술을 지그시 깨문다. 강수는 그녀에게 지키지도 못할 약속을 요구하고 있다. 남자들이란 때때로 어리석기 짝이 없는 존재다. 기껏 요구하는 게 자신과 평생을 살자는 것이다. 하늘에 맹세하고 혼례를 올린 부부도 하룻밤 사이에 등을 돌리는 마당에 이 남자는 무얼 믿고 이런 허무맹랑한 약속을 요구하는 것인가.

하나 지금 사내가 내미는 미끼는 그녀로선 뿌리칠 수 없는 유혹이다. 그녀가 그 모진 역경을 헤쳐 가며 여태껏 모진 목숨을 이어온 것은 오직 하나, 원수를 갚기 위해서였다. 그런데 그 원수에 대한 정보를 저 강수란 사내가 갖고 있는 것이다. 만약 거부한다면 여태껏 오매불망 찾아 헤매던 원수를 언제 어디서 어떻게 다시 찾을지 알 수 없는 노릇이다.

"좋아. 그렇게 하겠어."

"만일 약속을 어기면 네 목숨을 내놓아야 할 거야."

강수가 다시 한 번 다짐을 둔다. 심녀가 마지못해 고개를 끄덕인다.

"지금도 그 사내를 찾으면 원수를 갚겠다는 마음은 여전한가?"

"물론이지."

"만일 네가 원한다면 내가 도와줄 수도 있어."

강수의 제안이 뜻밖이다. 심녀는 젖가슴을 드러낸 채 강수의 벗은 상체와 얼굴을 살핀다. 오른쪽 어깻죽지에 갯바위에 붙은 해삼처럼 커다란 흉터가 보인다.

"지난번에 팔을 다쳐서 쓰지 못했잖아. 이제 다 나은 거야?"

"물론, 검술도 전보다 훨씬 강해졌지."

강수가 득의양양해서 말한다. 강수의 단단한 어깻죽지를 바라보던 심녀의 눈빛이 심상찮게 변한다. 불현듯 그녀의 뇌리에 모종의 계획이 떠올랐던 것이다.

요즘 들어서 그녀는 이시로와 함께 사는 것에 적잖이 싫증을 느끼던 차였다. 행여 일본인 신분이 탄로 날까 조바심치며 사는 것도 지겨웠고, 성적인 능력마저 시원찮아진 터에 자신에게 계속 애착을 보이는 이시로의 기둥서방 같은 행태가 역겨워졌던 것이다.

그러나 그녀가 이시로를 버리고 도망치지 못하는 건 그만한 실력을 가진 무사를 찾기도 어려웠고, 무엇보다 그의 부하인 겐로쿠의 추적이 무서웠던 것이다. 겐로쿠란 사내는 닌자 술법을 익힌 자답게 마치 귀신이나 된 것처럼 보이지 않게 심녀의 주변을 감시했다.

언젠가 그녀는 이시로를 실험해 볼 겸 아무 소리 없이 사흘간 종적을 감춘 적이 있었다. 그때 무슨 술법을 썼는지 겐로쿠와 이시로가 곧장 그녀의 뒤를 추적해왔던 것이다. 그날 이시로는 심녀에게 다시 한

번 자신을 버리고 도망치는 날엔 죽음을 각오하라는 협박까지 늘어놓았던 것이다.

기실, 돌이켜 생각하면 그녀가 주막에 부상을 입은 강수를 팽개치고 도망친 건 싫어서가 아니었다. 부상을 입은 탓에 강수가 쓸모가 없어진 게 그 이유였다. 하지만 엄밀히 따져보면 강수가 기철의 호위무사들과 싸우다가 부상을 입은 것도 모두 심녀를 지키기 위한 일이었다. 따라서 강수의 검술이 예전처럼 강해졌다면 굳이 싫증이 난 이시로에게 묶여 있을 필요는 없었다. 그러려면 우선적으로 이시로와 겐로쿠를 처리해야 했다.

궁리 끝에 그녀에게 이시로와 강수의 실력을 비교해볼 계책이 떠올랐다. 그녀로선 이왕이면 강수가 이기는 게 나을 듯싶지만, 어쨌든 그녀 곁에 복수를 해줄 수 있는 강한 자가 남으면 그걸로 그만인 것이다. 누가 죽고 살든 그건 그녀에게 별 의미가 없었다.

"그거 잘되었네. 그보다 먼저 양검이란 놈이 어디 사는지 그것부터 알려줘."

심녀가 재촉한다.

"알겠어. 김양검이란 작자는 지금 개경 나성 안에 살고 있어."

"그게 다야?"

"무관들 사이에서 꽤 알려진 작자니까 물어보면 금방 찾을 수 있을 거야."

"그래?"

그토록 찾아 헤매던 원수의 행방을 너무 쉽게 알아낸 것이 외려 허탈하게 느껴졌는지 심녀가 되묻는다.

"그럼 뭘 더 알고 싶어?"

"좋아. 그건 그렇고 좀 전에 내가 한 약속 말이야."

"함께 살겠다던 약속?"

"응, 그런데 그게 문제가 좀 있어. 왜냐 하면 지금 나에게 남자가 한 사람 있거든. 헌데 그 남자가 나와 떨어지기를 무지하게 싫어해서 말이야. 내가 이처럼 다른 남자와 노닥거리는 걸 알면 당장 죽이려 들걸."

강수가 미간을 찡그린다.

"남자라…무엇하는 놈이야?"

"무사야. 아주 칼을 잘 쓰지. 조심해야 할걸."

"무사?"

문득 강수의 눈에 차가운 빛이 어린다. 그게 누구든 어차피 심녀를 차지하려면 반드시 해치워야 할 상대였다. 어느 정도 짐작은 하고 있었지만, 상대가 검술까지 능하다는 말이 강수의 무사로서의 자존심을 건드린 것이다.

"어때? 이길 수 있겠어?"

심녀의 물음에 강수가 가소롭다는 듯 코웃음을 친다. 강수는 심녀가 무얼 원하는지 알 것 같았다. 또한 그것을 자신과 함께하고 싶다는 마음의 표현으로 받아들인다.

"그래? 그건 걱정 마. 내가 알아서 할 테니. 그보다 우선……."

말을 중단한 강수가 심녀를 바닥에 쓰러뜨린다. 기다렸다는 듯 심녀의 하얀 다리가 문어발처럼 강수의 허리를 휘감는다.

그믐에 가까워선지 어둠이 내린 바다는 칠흑같이 어둡다. 멀리 벽란도 부근의 객줏집과 유곽 부근만 드문드문 등불이 켜져 있을 뿐, 짐을 싣고 내리는 하역장 부근은 어둠만이 자욱하다. 썰물 때라서 해수면에 반사되는 달빛도 없다. 정박한 배들 사이로 검은 개펄만이 죽음처럼 짙게 펼쳐져 있다. 그 어둠 사이로 검은 장삼을 입은 한 사내가 모습을 드러냈다. 손에 장검을 든 그는 강수다.

결전을 벌이기에 좋은 장소를 골랐군.

어둠에 싸인 주변을 둘러보며 강수가 중얼거린다. 심녀 말로는 유시 경이라고 했다니까 자신이 있다면 분명 모습을 드러낼 것이다.

얼마쯤 지났을까. 저쪽 어둠 속에서 그림자가 솟아나듯 한 사내가 모습을 드러낸다. 사내는 곧장 강수가 있는 곳으로 흔들림 없이 걸어 온다. 첫눈에도 사내는 겁이나 주려고 검을 메고 으스대는 그런 시정 의 하류 무사는 아니다. 소리 없는 걸음걸이나 몸에서 풍겨 나오는 묵 직한 살기로 보아 검에다 생명을 걸고 세상을 살아온 자가 분명하다.

"내 계집을 탐내는 게 네놈이냐?"

너덧 걸음 앞에서 걸음을 멈춘 사내가 비웃듯 어눌한 말투로 묻는 다. 그는 이시로다. 어제 저녁에 심녀로부터 자신을 따라다니며 괴롭 히는 남자가 있으니 좀 처리해달라는 부탁을 받았던 것이다. 강수는 말없이 사내를 응시하며 손에 든 검을 뽑아든다. 이왕 없앨 거라면 빨 리 해치우는 게 낫다는 생각에서다.

"하긴, 긴 말이 필요 없겠지."

이시로 역시 손에 든 장검을 뽑아든다. 스르릉, 칼집을 벗어난 칼날 이 먹물처럼 짙은 어둠 속에서 푸른 이빨을 드러낸다. 강수는 사내가 빼든 검이 일반 검보다 한 뼘가량 긴 것을 발견한다. 이어 사내는 칼을 든 두 손을 천천히 머리 위로 추켜올린다. 그건 일도양단(一刀兩斷)을 노리는 무서운 자세다.

왜검사!

강수는 마음속으로 부르짖는다. 심녀가 말한 칼 잘 쓰는 무사가 왜 검사라는 사실이 놀라웠다. 강수는 전에 없던 긴장으로 마음이 굳어지는 걸 느낀다. 전라도에 유형을 갔을 때 왜구들의 칼솜씨가 놀랍다는 얘기를 들은 적이 있었다. 특히 무서운 건 자신의 목숨을 도외시한 채 오직 적을 향해 신검합일(身劍合一)이 되어 뛰어드는 그 무모한 공격 자세라고 했다. 더욱이 지금 맞이한 상대는 절대 보통 무사가 아니다. 이미 수십 번의 살상을 경험한 자만이 낼 수 있는 어둡고 차가운 살기가 풍겨 나오고 있다.

호흡을 가다듬으며 강수는 어떻게 상대를 맞이할 것인가를 마음속에 그려본다. 분명 상대는 일격필살의 기세로 짓쳐올 것이다. 아마 한 번 공격이 시작되면 두 번 호흡을 할 기회조차 없을지 모른다. 긴 장검을 이용하여 성난 해일처럼 짓쳐올 상대를 이기려면 한 가지 방법밖에 없다. 마음의 결정을 내린 강수는 검을 든 왼팔을 천천히 수평으로 구부린 채 오른발이 왼발과 직각이 되도록 벌린다.

"조심! 보통 무사가 아닌 듯합니다."

어둠 어디에선가 나지막한 말소리가 났다. 수라검법의 마지막 품세인 십팔나한법을 펼치려던 강수는 내심 깜짝 놀란다. 다른 사내가 가까운 곳에 숨어 있었던 낌새를 전혀 못 느꼈을뿐더러, 사내가 강수가 펼칠 나한검법의 무서움을 미리 알아차린 사실이 놀라웠던 것이다. 추측컨대 어둠 속에 숨어 있는 사내 역시 강수와 마주한 왜검사 이상의 무술 실력을 가진 자임이 틀림없다. 강수의 이마에 진땀이 솟는다. 오늘 이 두 사내를 없애든지, 아니면 자신이 주검이 되어 여기 남겨지든지 둘 중의 하나일 것이다.

"그런 것 같아."

이시로가 짤막하게 대답한다.

어둠에 그림자처럼 숨어 있는 사내는 이시로의 수하인 겐로쿠다. 그는 숨어서 이시로가 강수를 처리하는 것을 지켜보기만 하려고 했다. 하지만 강수의 자세에서 여태 보지 못한 잠재된 살기를 느꼈고, 이시로에게 경각심을 주기 위하여 소리쳤던 것이다.

차갑게 밀려오는 살기에 이시로는 크게 심호흡을 하며 단전에 힘을 끌어모은다. 여기로 나올 때만 해도 그저 그런 칼잡이 하나 없애는 것쯤으로 가벼이 여기고 나왔지만 뜻밖으로 상대는 그 기세가 결코 만만치 않다. 아니, 어쩌면 생전 처음 만나는 강적일지도 모른다는 생각이 든다. 마주한 상대의 기이한 자세에서 가공할 살기가 음산히 풍겨 나온다. 마치 성난 아수라가 눈앞에 버티고 서 있는 듯하다.

단칼에 적을 해치워야 한다.

강수는 다시금 마음속으로 결단을 내린다. 긴 장검을 든 상대를 제압하려면 장검의 사거리 안으로 뛰어드는 수밖에 없다. 그러려면 먼저 상대가 내리치는 검을 피한 다음, 자세가 흐트러진 그 찰나간의 공백을 노려 상대를 치는 게 최선의 공격 방법이다. 그것도 단 한 번뿐이다. 두 번씩이나 같은 기회가 주어지지는 않을 것이다.

하역장에는 납덩이처럼 무거운 공기가 흘렀다. 두 사내는 서로 상대의 빈틈이 생기기를 기다리며 호흡을 멈추고 대치한다. 공기의 피막이 찢어져 나갈 듯 팽팽해진다. 강수가 천천히 옆으로 움직인다. 이시로 역시 강수를 따라 옆으로 몸을 이동시킨다. 원을 그리며 반쯤 돌았을 때 두 길 높이로 쌓인 돌 축대를 등지고 서게 된 것은 이시로다. 축대 밑은 바로 개펄이었다. 뒤로 물러설 공간이 없어진 셈이다.

"에잇!"

기력 싸움에서 더는 견딜 수 없게 된 이시로가 단말마처럼 기합을 내뱉으며 힘껏 땅을 차고 도약한다. 강수 역시 상대의 공격에 대비하여 나한법의 첫 자세를 취한다.

그 순간 강수는 돌연 왼쪽 측면 소나무 가지에서 날다람쥐처럼 허공을 날아오는 검은 그림자를 본다. 강수가 무사로서의 뛰어난 감각이 없었다면 미처 그 그림자조차 보지 못하였을 것이다. 그는 겐로쿠다. 그냥 있다간 강수의 검에 이시로가 당하고 만다는 걸 본능으로 감지한 것이다.

강수는 자신이 절체절명의 위기에 봉착한 것을 알았다. 이시로의 검을 피하는 즉시 검은 그림자의 공격에 속수무책 당하고 말 것이다. 설령 운 좋게 피한다고 해도 중상은 감수해야 했다. 무술의 달인다운 동물적 감각으로 강수는 재빨리 임기응변을 취한다. 일단 매서운 기세로 정수리를 향해 내리꽂히는 이시로의 장검을 맞받기로 한다.

츠칵.

쇠 부딪치는 소리와 함께 강수의 검이 중앙부에서 싹둑 잘려나간다. 뜻밖이다. 왜검사의 검세가 생각보다 더욱 강했던 모양이다. 강수는 더 생각할 틈도 없이 잘려진 검을 든 채 곧장 이시로의 품속으로 뛰어든다.

어둠 속에서 이시로는 환영처럼 보았다. 자신이 내리친 장검에 의해 상대의 칼이 동강나는 것과 함께 상대의 얼굴과 가슴이 측면으로 베어져나가는 것을. 또한 상단부가 잘려나간 상대의 검이 믿을 수 없이 빠른 속도로 가슴을 파고드는 것을.

강수 역시 두 눈으로 똑똑히 보았다. 자신의 토막 난 검이 상대의 가슴에 직선으로 박혀드는 것을. 이어서 난데없이 뛰어든 검은 그림자가 휘두른 칼에 검을 잡은 자신의 왼쪽 팔꿈치가 검은 핏줄기를 내뿜으며 잘려져 나가는 것을.

토막난 검이 가슴에 박힌 이시로가 옆으로 몸을 비키자, 도약의 힘을 이기지 못한 강수의 몸뚱이가 그대로 검은 축대 아래로 쏟아지듯 거꾸로 떨어져 내린다. 무너질 듯 비틀거리는 이시로의 몸을 겐로쿠가 달려와 껴안는다. 이시로는 이미 의식을 잃고 있다. 저만치 마을 쪽에서 거리를 순찰하는 순라꾼의 육모방망이 소리가 들려오기 시작했다.

축 늘어진 이시로를 둘러 업은 겐로쿠가 짙은 어둠 속으로 물처럼 스며든다. 차가운 바닥에 남은 것은 반쯤 토막 난 칼날과 팔꿈치 위쪽까지 잘려나간 강수의 왼팔이다.

4

산이라기보다 구릉에 가까운 야트막한 부소산(夫蘇山)에 단풍이 알록달록 곱게 내려앉았다. 산기슭 넓은 개활지에 자리 잡은 경천사(敬天寺) 부근 숲에도 온갖 활엽수들이 저마다의 때깔을 빛내며 가을을 화사하게 물들이고 있다.

경천사는 예전 의종 때 점쟁이로 유명한 영의(榮儀)가 국가의 성하고 망하고는 왕의 기도와 순어(巡御)에 달려 있다며 매일처럼 불사를 연 큰 절이었으나, 나중에 영의가 왕을 기만하고 국고를 빼돌린 것이 발각되어 효수 당한 이후로 신도 수가 줄고, 사찰의 위세도 전만 못해졌다. 그러다가 충목왕 4년에 진주 관노의 자식임에도 최고위 벼슬인 삼중대광(三重大匡)에까지 오른 강융(姜融)이 국가의 태평성대와 백성의 안녕을 비는 대리석 석탑을 건립하면서 다시 유명해졌다.

당시(1348년) 원나라 기술자들을 들여와 세운 13층 대리석 석탑은 기단과 탑신부에 13불회(佛會)와 불(佛), 보살(菩薩), 천부(天部)와 화초와 인물, 용 등을 새겨 넣은 화려한 문양과 자태로 많은 사람들의 사랑을 받았다. 탑의 명성이 널리 퍼지면서 개경에 온 사람이면 누구나 한 번쯤 이 탑을 구경하려는 욕심에 개경에서 도보로 반나절 거리인 이곳 경천사를 찾아오곤 했다.

가을볕이 따사로운 오후 나절.

오늘도 경천사에는 단풍구경을 겸해 절과 경천사탑을 보려고 몰려든 사람들로 붐비고 있다. 늙은 부모를 모시고 온 얌전한 젊은이도 있고, 보란 듯 화려하게 비단옷을 차려입은 개경 한량들도 있고, 여염집 아녀자들도 보였다. 젊은 처녀라도 하나 꼬셔볼까 하고 나온 듯한 낯짝이 희멀끔한 바람둥이 사내도 있다.

경천사 경내에서 활 반 바탕(활을 쏘아 살이 미치는 거리) 떨어진 곳에 여섯 명의 어깨가 떡 벌어진 사내들이 소로를 따라 올라오고 있다. 그들 일행을 안내하는 것은 동글동글하게 생긴 스물 남짓한 젊은 중이다. 제일 앞에 선 사내와는 서로 잘 아는 사이인 듯 얘기를 주고받는 것이 꽤 친밀해 보인다.

"지난번에 보시(布施)하신 것, 방장스님께서 몹시 고마워하시더군요."

"뭘 그만한 것을 가지고……."

거만스럽게 얘기하는 자는 조금씩 몸집이 일기 시작한 서른 가까운 남자다. 그는 개경 제일의 주먹패를 움직이는 무비쌍수란 별칭을 가진 무통이다. 이제 허리도 굵어지고 자세도 의젓하여 제법 주먹패 우두머리의 관록이 엿보인다. 뒤를 따르는 사내들은 주먹질에 능한 그의 수하들로 모두 비단으로 된 백의를 입고 있다.

"방장스님 말씀으론 적지 않는 금액이라 하시던데요."

젊은 중이 약간의 아부를 섞어 말한다. 그는 절의 사무를 맡아보는 방장행자다.

"하하, 방장스님과의 친분을 생각하면 그 정도야 약과인 셈이지요."

은근슬쩍 자신의 면모를 과시하는 무통이다.

"잘 아시다시피 이곳 경천사는 개경과 삼십여 리나 떨어져 있어서 신도 수가 그리 많지 않습니다. 또 오더라도 그저 탑 구경이나 하러 올 뿐이지요. 그래서 보기보다 절 형편이 넉넉지 못합니다."

옳다구나 싶은 중이 슬그머니 보시를 유도한다.

"그렇소? 내 자주 오도록 하지요."

"친분 있는 시주가 계시면 좀 모시고 오는 것도 좋은 일이지요."

"암만, 그렇게 해야지요."

대답하던 무통의 눈길이 한곳에 멎는다. 한 처녀가 절 입구의 거북 문양의 돌물확에서 흘러나오는 물을 마시고 있다. 처녀는 주홍빛 상의에 푸른 치마를 걸쳤는데 그 자태가 단연 눈길을 끈다.

"혹 아시는 분입니까?"

무통의 눈길이 머무르는 곳을 바라본 중이 묻는다.

"조금⋯⋯."

무통은 눈길을 모아 다시 한 번 석조 옆의 처녀를 주시한다. 마치 모란꽃이 피어난 것처럼 화사하면서 은은한 자태다. 개경에서도 보기 힘든 어여쁜 용모를 지니고 있다. 하얀 피부에 길고 흰 목, 크고 검은 눈, 백자처럼 선이 고운 얼굴이 가히 일색이다. 양갓집 처녀인 듯 길게 딴 머리채에 홍라 댕기를 매고 있는데 전체적으로 기품이 있다. 게다가 여린 듯하면서 굴곡진 몸매가 마음을 뒤흔든다.

"그러면 소승이 저 시주를 모시도록 할까요?"

"굳이 스님께서 그러실 필요는 없을 듯합니다. 그전에 저 낭자와 긴히 할 말이 있으니 객방이라도 한 칸 비워 주시면⋯⋯."

"당연한 말씀. 소승이 먼저 통기를 해서 전에 자주 쓰시던 선방을 깨끗하게 비워 놓을 테니 마음 놓고 쓰십시오."

"이거 고맙소."

"그럼 소승 먼저 가보겠습니다."

무통의 마음이 어디에 가 있는가를 알아챈 중이 의미심장한 말과 함께 의뭉스런 미소를 흘리며 몸을 돌린다.

"어떡할까요?"

무통의 눈치를 알아챈 수하가 턱으로 여인을 가리키며 묻는다.

"어떡하긴, 잘 알고 있지 않나."

"알겠습니다. 그럼 먼저 가 계십시오. 곧 함께 가겠습니다."

지시를 받은 수하가 무릎이 닿을 만큼 허리를 굽혀 인사를 했고, 무통은 어깨를 잔뜩 젖힌 거들먹거리는 자세로 절로 향한다.

"이제 시작해볼까."

수하들이 눈짓을 주고받곤 한달음에 돌물확에 있는 여인에게 다가간다.

"어이, 낭자."

몸종이 물을 마시는 걸 지켜보던 처녀가 깜짝 놀라 쳐다본다. 그녀는 물을 마시느라 젖혀 두었던 너울을 쓰며 경계심을 내보인다. 몰려든 백의 차림의 사내들이 결코 평범한 자들이 아니란 것을 눈치챈 것이다.

물을 마시던 몸종이 바가지를 던지고 처녀의 앞을 막아선다.

"낭자. 우리 행수(行首: 무리의 우두머리)께서 좀 보자 하셔."

"저는 할 얘기가 없습니다."

처녀가 단호한 어조로 말한다.

"행수께서 보자고 하시는데 그렇게 박정하게 말하면 안 되지."

수하가 막무가내로 곁으로 다가선다. 놀란 처녀가 한 걸음 뒤로 물러난다.

"거, 거, 대체 뭐 때문에 그러는 겁니까?"

언제 나타났는지 말을 더듬으며 사내종이 무통의 앞을 막아선다. 어릴 적에 수두를 앓아 얼굴이 얽었지만 순진한 눈빛을 지닌 청년이다. 덩치가 칠 척에 가까웠고 팔다리가 홍두깨처럼 굵직하다. 유람을 나선 딸을 보호하기 위해 집에서 딸려 보낸 사내종이다.

"넌 저리 비켜."

지켜보던 한 사내가 달려들어 사내종의 팔을 잡아당긴다. 하지만 사내종이 한 번 가볍게 손을 휘젓자 비틀거리며 물러난다. 보통 힘이 아니다.

"어라, 이 종놈이……."

한 사내가 달려들어 발길질을 한다. 하지만 상대를 얕본 탓에 발목이 잡히고 만다. 사내종이 번쩍 발목을 치켜들자 사내는 꼴사납게 엉덩방아를 찧으며 벌렁 나뒹군다.

"멍청한 놈들. 장난 그만하고 해치워!"

수장인 듯한 사내의 지시가 떨어지자 주먹패 사내들이 한꺼번에 사내종을 에워싼다. 이내 싸움이 벌어지면서 먼지가 자욱하게 일어난다. 사내들이 사내종을 향해 사정없이 주먹질과 발길질을 쏟아붓는다.

사내종은 있는 힘을 써서 막아 보지만 역부족이다. 아무리 크고 힘과 맷집이 좋다고 한들 상대가 여럿인 데다 모두들 주먹질로 잔뼈가 굵은 치들이라 곧 열세에 몰리고 만다. 무수한 사내들의 발길에 걷어차이고 주먹을 맞은 사내종이 쓰러질 듯 비틀거린다. 얼마나 두들겨 맞았는지 얼굴이 피범벅이다.

"남치야."

몸종이 안타깝게 사내종의 이름을 부른다.

"그러게 조용히 가자고 하지 않았습니까."

상황을 지켜보던 한 사내가 다가가 처녀의 손목을 덥석 움켜쥔다.

"손 놓지 못해!"

손을 잡힌 처녀가 손을 빼내려 뿌리쳤지만 역부족이다. 화가 난 처녀의 얼굴이 빨갛게 달아오른다. 그녀로선 난생처음 겪는 수모다. 그녀의 부친은 감찰사사를 지낸 이정이다. 지금은 양광도 도순문사로 가 있다. 개경 구경을 가고 싶다는 딸의 간청을 못 이겨 몸종과 함께 힘께 나 쓰는 노비를 골라 딸려 보냈던 것이다.

"저런, 저걸 어째."

무슨 소란인가 싶어 모여든 사람들이 이 광경을 보고 혀를 찬다. 그중에서 얼굴이 둥근 아낙이 자신의 일처럼 안타까워한다.

"저 처녀, 오늘 낭패 보겠네."

아낙과 함께 놀러온 젊은 여인이 걱정스러운 얼굴로 말한다.

"저런 나쁜 놈들 같으니. 얼른 순검에게 알려야지."

더벅머리 총각 하나가 얼른 구경꾼들 자리에서 빠져나온다. 총각은 곧장 부소산 입구를 향해 줄달음친다. 아마 순검에게 알리려는 모양이다. 절로 들어서는 길 초입에는 가을철 행락객들을 보호하기 위해 파견된 순검들이 머무르는 임시 초소가 있었다.

얼마 뒤.

한 사내가 절 뒤편 요사채를 향해 빠르게 달렸다. 거의 날 듯한 걸음새다. 청색 단복에 검은 허리띠를 졸라맨 준수하게 생긴 젊은 사내는 무영이다. 극락전 마당에 빨래한 승복을 널던 중 하나가 무슨 일인가 싶어 눈길을 준다.

숲으로 둘러싸인 절간 뒤편의 요사채는 조용하다. 그 요사채 옆으로 작은 일각대문이 나 있고, 문 양쪽에서 백의 차림의 사내 네 명이 빈둥거리며 서 있다. 그들은 난데없이 달려오는 젊은 사내를 보자 그 앞을 막아선다. 그러나 무영이 어떻게 했는지 모두들 순식간에 비명소리조차 제대로 지르지 못하고 바닥에 나뒹군다.

일각대문을 지난 무영은 마당으로 들어선다. 마당을 지키고 서 있던 사내가 상황을 알아챈 듯 다짜고짜 손에 몽둥이를 들고 무영을 공격한다. 그러나 사내는 상대가 자신이 내려치는 몽둥이를 피했다는 사실을 깨닫는 순간, 강한 충격에 그만 혼절하고 만다.

곧장 마루로 뛰어오른 무영이 문짝을 잡아당긴다. 와당탕 문짝이 부서지는 소리를 내며 열린다.

방 안에서는 지금 한 사내가 입에 재갈을 물린 한 처녀의 저고리를 벗기는 중이다. 처녀는 반항하다 기진했는지 흑백이 분명한 눈에 눈물만이 글썽하다. 어깨까지 벗겨진 저고리 사이로 드러난 한쪽 젖가슴이 눈부시게 희다.

"네놈은 뭐냐?"

묻는 사내의 눈에 흰자위가 드러난다. 이제 막 재미를 보려는 참에 느닷없이 나타난 놈이 미운 것이다.

"그만두시지."

무영이 손끝으로 나오라는 손짓을 한다. 무통이 처녀를 놓아두고 자리를 차고 일어난다. 주먹패의 우두머리답게 의외로 담담한 태도다. 그는 곁에 놔둔 한 척 길이의 둥근 물건을 집어 든다. 개경 첫째가는 주먹패의 우두머리가 될 때까지 그가 가장 많이 쓰고, 또 잘 쓰는 무기인 쇠로 된 단봉이다.

오늘 무영은 모처럼 단풍구경을 나가자는 유정의 청을 못 이겨 이곳 경천사로 오게 된 것이다. 곱게 물든 단풍을 구경하며 절로 향하던 두 사람은 마침 헐레벌떡 달려온 댕기머리 총각이 초소의 순검들에게 애기하는 걸 우연히 듣게 되었다.

총각은 절간에서 주먹패들이 처녀를 겁탈하려고 행패를 부리고 있으니 얼른 와달라고 사정을 했다. 의외인 건 그다음이었다. 알겠다며 총각을 먼저 돌려보낸 뒤 순검들끼리 나누는 얘기가 가관이었던 것이다.

순검들은 지금 행패를 부리는 사내들이 조금 전 절로 올라간, 개경 제일의 주먹패란 걸 잘 알고 있었다. 그들은 개경의 떵떵거리는 세도가들과 줄이 닿아 있을뿐더러 절에서도 함부로 대하지 못하는 자들이었다. 괜히 그들이 하는 일에 하급 순검이 나서봐야 하등 득이 될 게 없다는 결론을 내린 순검들은, 일단 신고를 받았으니 가보지 않을 수는 없고 뭉기적거리며 시간을 지체하다가 상황을 봐가면서 일이 끝날 때쯤 못 이기는 척 나서자는 의견들을 나누었다.

상황을 알아차린 무영이 유정에게 천천히 올라오라는 말을 남기고 절을 향해 달려갔던 것이다.

그날, 경천사에 파견 나온 순검들이 관아에 올린 보장(報狀)에는 다음과 같은 내용들이 적혀 있었다.

— 경천사 경내에 모인 행락객들 사이에 벌어진 우연한 싸움으로 모두 여섯 명이 뼈가 부러지거나 살이 찢어지는 부상을 입었고, 그중에서 이름이 무통인 한 남자는 양쪽 팔을 쓸 수 없을 정도로 중상을 입었

으며 쌍방 간에 처벌을 원치 않아 훈계 조치하였음.

그 사내들에게 부상을 입힌 사람이 단지 한 사람, 이름 모를 젊은 남자였다는 사실은 기록되지 않았다.

5

"이젠 일어나야 할 때야."

양검이 누운 채 말한다. 아직 창문 밖은 어둑어둑하다. 구름에 가려서 그런 것인지 모른다. 아까 닭 우는 소리가 났으니 곧 아침이 밝을 것이다. 조금 전 귓결에 파루 소리도 들렸던 것 같다.

"그래도……."

유정이 아쉬운 듯 양검의 품속을 파고든다. 그녀는 오늘만큼은 그를 놓아주고 싶지 않다. 유정은 어둠을 건너 정인의 얼굴을 바라본다. 희미하지만 준수한 얼굴 윤곽이 보인다. 단정한 입술과 수염이 자리한 단단한 턱선, 그리고 넓은 이마와 그 아래 자리한, 아직도 그 내심을 알 수 없는 텅 빈 눈빛.

그것이 원래 이 남자의 타고난 성정인지 옛날의 상처에서 비롯되는 심적 공동(空洞)에 연유한 것인지 그녀로선 알 수가 없다. 그래서 남자의 모든 것을 소유하고 싶은 건 사랑을 하는 여인의 헛된 욕망일 뿐이다.

남자는 스쳐 가는 바람과 같다. 잡혔다고 느끼는 순간 손가락 사이로 빠져나가는 존재. 사랑의 애틋함은 거기에서 비롯되는 것이리라.

소유한 것 같지만 영원히 소유할 수 없는 것. 그건 풀잎에 맺힌 아침이 슬처럼 아슬아슬하고 애틋한 그런 무형의 존재다.

유정이 이부자리에서 손을 빼내어 조심스레 양검의 턱을 만진다. 손가락 끝에 만져지는 까칠한 촉감은 그의 존재가 아직은 그녀 곁에 있음을 느끼게 해준다. 사랑의 실체감이라고나 할까. 유정은 운명이란 참으로 묘한 것이라고 생각한다. 인연이란 말 그대로 두 사람 사이에 묶여 있는 어떤 무형의 끈 같은 걸 뜻하는 게 아닐까. 마치 옛말에 이 세상의 남녀들은 모두 월하빙인(月下氷人)의 책 속에서 두 사람씩 붉은 끈으로 묶여 있다는 것처럼. 그게 흔히 말하는 천생연분이란 것일까.

유정은 양검을 만났던 몇 년 전의 일을 새삼 떠올린다. 어째서 하필 그날은 평소 다니던 절을 두고 묘련사까지 가게 되었을까. 하늘에 계시는 부모님께서 애타게 정인을 찾아다니는 자신의 처지를 안타깝게 여겨서 그리로 이끈 것은 아닌지.

그리고 얼마 뒤 양검을 찾아 김어진의 집에 갔을 때 어진의 아내가 말했다. 양검은 혹 그녀가 찾아오면 전해 달라며 증표를 하나 남겼다고. 그것은 작은 은반지였다. 그의 어머니가 생전에 끼고 다니던 것이라고 했던가. 아마 양검은 나중에 유정이 김어진의 집으로 찾아올 것을 예상했고, 그것으로 유정의 마음을 한 번 더 확인하고 싶었던 건지도 몰랐다. 그건 어쩌면 두 사람의 운명이 아니었을까.

나중 들어 알게 되었지만, 양검 역시 십여 년이나 발길을 끊었던 그 절에 우란분절이 되자 공연히 가보고 싶어지더라는 것이다. 하필이면 왜 그날 그 절에 들를 마음을 먹었던 것일까. 그 전날 아내가 나타나 자신을 잊어달라는 당부를 했다니까, 그게 유정을 만날 것을 미리 알고 꿈속에서 계시를 했던 건 아니었을까.

알 수 없지. 사람은 누구나 태어나면서 구생신(俱生神: 함께 태어나 그 사람의 선악을 기록하여 염마왕에게 아뢴다는 신)과 함께하듯 하늘에서 미리 결정한 연분은 따로 있을 거야. 그렇게 만나게 된 사람이 이 사람이고……

유정은 다시금 자신이 사랑하는 정인과 함께하는 이 시간이야말로 삶에서 가장 보석처럼 빛나는 시간이라고 여긴다. 그런데 그 정인이 다시 전쟁에 나가야 하는 것이다. 유정은 눈물이 솟구치려는 것을 억지로 참는다. 전장에 나서는 남자 앞에서 눈물을 보이는 것은 현명한 여자가 할 일이 아니라는 생각에.

"한 번만 더 안아줘요."

아까 새벽에 있었던 정사의 여운이 남은 그녀가 말한다. 옆으로 몸을 돌린 양검이 그녀를 깊게 품에 안는다. 양검의 어깨에 유정의 긴 머리채가 스친다. 살갗에 와 닿는 알몸의 감촉이 무척이나 부드럽고 따스하다.

이제 한동안 이처럼 따뜻하고 부드러운 양감(量感)을 느낄 수는 없을 것이다.

양검은 차가운 칼바람이 몰아치는 겨울 들판을 떠올린다. 앙상한 나뭇가지, 거칠고 마른 풀더미들, 황량한 산야, 그리고 늘어선 군막과 창과 칼, 눈에 핏발이 선 병사들. 거긴 오직 적군과 아군, 승리와 패배, 죽음과 삶을 나누는 이분법적인 세상이며 용기와 힘이 지배하는 남자들만의 세계였다.

이제 그 세계로 떠나야 할 시간이다. 양검은 창문을 흘깃 바라본다. 아까보다 한결 밝아져 있다. 양검은 유정을 안고 있던 팔을 거두어들인다.

"이번 전란은 좀 길어질 것 같아."

간단하게 아침을 마친 뒤다. 추위와 부상을 방지하기 위해 솜을 넣어 누빈 내방의(內防衣)를 입으며 양검이 조심스레 말한다. 출전하는 남자를 바라보는 여자의 심정이 어떠하리라는 것을 아는 그로선 되도록 말을 조심할 수밖에 없다. 무장의 아내란 원래 출전을 앞두면 무장만큼이나 예민해지는 것이다. 출정 때마다 언제 돌아올지 모르는 기약 없는 이별을 해야 하는 처지기 때문이다.

"얼마나 길어질 것 같아요?"

아까부터 유정의 걱정을 담은 눈길이 양검의 얼굴에서 떨어지지 않는다.

"글쎄, 소식 듣기로는 이번에 재침한 홍건적의 수가 꽤나 많다고 들었어. 게다가 반성, 사유, 관선생, 주원수 따위의 홍적 중에서도 만만찮은 장수들이 앞장선 모양이야."

"김 만호(萬戶)도 함께 가나요?"

그녀가 묻는 건 양검과 절친한 김어진이다. 그는 지난번 홍건적 일차 침입 때 서경에 침입한 적을 압록강까지 몰아내는 혁혁한 전과를 인정받아 이제 만호가 되어 있다.

"그래, 이번에도 함께 출병할 거야."

양검은 늘 만날 적마다 친근감이 더해가는 김어진의 큰 덩치와 털북숭이 얼굴을 떠올린다.

"그분과 같이 간다니 좀 마음이 놓여요."

"그래. 그건 그렇고 당신도 이참에 석모도로 가 있으면 어떨까?"

"석모도로 말이에요?"

"그래, 거긴 풍천 백부님도 계시고, 길상천 아저씨도 있으니 안전할 거야."

"그렇지만…당신을 전쟁터에 놔두고 혼자 안전한 곳에 있다고 생각하면 마음이 그리 편치 않을 거 같아서."

"그래, 그건 알아서 하도록 해."

양검이 벽에 걸어둔 갑옷을 내려서 입는다. 유정이 머리맡에 놓아둔 가죽단화를 가져와 내민다.

"앞으로 곧 겨울이라 추울 텐데, 걱정이네요."

"전쟁터에서 한두 해 지내본 것도 아닌데 뭘 그래. 그리고 추운 건 우리 장수들이 아니라 병사들 편이 훨씬 심하지. 그들에겐 마땅한 방한복도 못 내주는 실정이야."

투구까지 눌러쓴 양검이 성큼 바깥으로 나선다. 이제 출병 전 병사들의 점호시간이 다 되어가고 있다. 그전에 병영에 도착해야 할 것이다.

"혹시, 제게 뭐 달리 부탁하실 것은 없나요?"

"부탁할 말이라……."

양검은 문득 지난번 동래현으로 원수를 찾아갔던 일을 떠올린다.

그 관골이 튀어나온 강윤충이란 작자. 칼을 보자 겁에 질려서 오줌까지 지린 벌레만도 못한 작자. 그 작자는 자신의 잘못이 아니라고 극구 발뺌을 했지.

그러면서 그는 모든 걸 순순히 털어놓았다. 그 모든 계략을 꾸민 것은 순전히 배전이란 작자라고 했다. 그가 충혜왕의 환심을 사기 위해 꾸민 일이고 자신은 그냥 들러리로 따라갔을 뿐이라고. 홍해군 배전 그놈은 약삭빠르게도 공민왕의 반원정책이 실시되자 원나라로 도망치고 없다. 들려오는 소문으로는 원나라에서 참지정사(參知政事)란 벼슬을 하고 있다던가.

그 작자를 찾아가 응징을 하려 했지만 그동안 그럴 시간이 없었다. 게다가 그 강윤충이란 작자를 죽이는 순간 마음속에 복수에 대한 회의가 적잖게 들었다. 복수는 끝없는 복수를 낳는다는 학선대사의 말이 뇌리에서 떠나지 않았던 것이다. 그런 약해진 마음이 배전에 대한 복수를 차일피일 늦춘 요인일 것이다.

어쨌든 이번 전란이 끝나면 원나라로 그 작자를 찾아갈 것이다. 그래서 어떤 식으로든 평온한 한 가정을 파괴한 죄의 대가를 따져 묻도록 해야 할 것이다.

"왜 그래요?"

양검의 얼굴이 차게 굳어지는 걸 이상하게 여긴 유정이 묻는다.

"아무것도 아냐. 부탁할 게 한 가지 있긴 하지."

양검이 슬며시 표정을 푼다.

"그게 뭐예요?"

"분명 들어줄 거라고 믿어."

"말해 보세요. 당신 말이라면 뭐든 못 들어주겠어요."

"그래. 말하지. 내가 전장에서 돌아왔을 때도 지금처럼 예쁜 얼굴로 나를 반겨 맞아줄 것."

"아이, 그런 부탁이라면 당연히……."

얼굴을 붉히며 미소를 띠는 유정의 입술에 양검의 입술이 뜨겁게 와 닿는다.

한 가지 잊은 게 있다는 걸 유정이 안 것은 양검이 집을 떠나고 한참 지난 뒤였다.

나중 돌아왔을 때 말해도 늦지 않겠지.

유정은 마음속으로 중얼거렸다. 두 달 전부터 있어야 할 게 없었던 것이다. 그녀의 달거리는 늘 일정했다. 또 이틀 전부터 시작된 헛구역질. 유정은 그게 아이를 잉태한 여인에게 일어나는 현상이란 걸 알고 있었다. 유정은 두 손을 모으고 시월의 검은 구름장이 불안하게 모여드는 북녘 하늘을 향해 경건하게 기도를 올린다.

언제 어디서나 임이 건강하기를. 그리고 반드시 이기고 돌아오기를…….

이틀 뒤다.

차가운 비바람이 한차례 지나고 난 뒤로 추색이 한층 짙어졌다. 담 옆 감나무는 붉게 단풍이 들고, 쌀쌀해진 날씨에 마당에 심어놓은 국화가 제철을 만난 듯 앞다투어 꽃을 피워내고 있다.

마당가에서 화단에 심어진 국화꽃을 감상하고 있던 유정은 삐걱 하는 대문 열리는 소리를 듣고 누군가 싶어 고개를 돌린다. 활짝 미소를 지으며 들어서는 건 홍색 무관복을 입은 무영이다. 스무 살을 넘긴 당당한 청년이 된 그의 옆구리엔 두 척 반 길이의 검이 꽂혀 있다. 그는 지금 비밀 근위 무관이 되어 궁궐에서 머물고 있다.

"여긴 웬일이냐? 지금 궁궐에서 근무하고 있을 시간일 텐데……."

아주 잠깐 무영의 표정에 그늘이 지나간다.

"잠깐 짬을 내서 찾아왔어. 할 말도 있고 해서……."

마당을 둘러보던 무영이 무언가 이상하다는 표정을 짓는다.

"혹시 여기 누가 왔다 갔어?"

"그래, 어떻게 알았어?"

"지독한 분향이군. 이런 특이하고 짙은 분향은 고려에선 없는 것인데……."

무영이 불쾌한 듯 미간을 접으며 손으로 코끝의 공기를 휘젓는다.

"조금 전에 어떤 낯선 여자가 들렀었어. 나성 안에 사는 사람인데, 지나던 길에 화장품이나 팔려고 들렀다고 했어. 마루에 앉아서 이런저런 얘기를 하다가 다음에 오겠다면서 나갔어."

"화장품을 파는 여자?"

무영의 의아한 듯 묻는다.

"응. 눈매가 좀 기이했지만 붙임성 있는 삼십대의 여인네였어. 그래서 이런저런 세상 돌아가는 얘기, 남편 이야기 등을 하다가 갔지."

"그런가."

조금 전에 왔다간 여인은 다름 아닌 지심녀였다. 강수에게서 들어 양검의 거처를 알아낸 그녀가 사정을 염탐하기 위해 화장품 장수를 빙자하고 방문했던 것이다. 그녀는 유정이 양검의 아내라는 것과, 그토록 찾던 양검이 홍건적의 난으로 북쪽의 전쟁터에 출정했다는 사실을 알아내고는 다음 기회를 노리며 발길을 돌렸던 것이다. 유정으로선 꿈에조차 그런 사실을 알 리가 없다.

"할 말이 있다더니……."

"응. 다름 아니라 누님은 오늘내일 안으로 석모도로 가는 게 좋겠어."

무영은 지금 홍건적이 파죽지세로 밀려 내려오는 걸로 보아 며칠 내에 개경이 위험에 처할 거라는 사실을 유정에게 알려 준다. 이편에서 최영, 이성계, 안우, 이방실을 비롯한 장수들이 필사적인 방어전을 펼치고는 있지만 역부족인 모양이어서 조정 내에서도 왕의 이어(移御)를 간하는 중이라는 사실도 밝힌다. 또한 자신도 기거랑 직책을 그만두고 전란에 나가 싸울 작정으로 밀직부사에게 청을 넣어두었다고 털어놓는다.

"이번 전란은 오래 걸릴 거야. 한동안 석모도에 가 있는 게 좋을 듯싶어."

"정말이야?"

유정이 되묻지만 그건 믿지 못해서가 아니다. 여태 무영이 헛말을 한 적이 없다는 걸 유정은 누구보다 잘 알고 있다. 다만 사랑하는 사람과 함께 살던 정든 집을 버리고 떠나야 한다는 현실을 믿고 싶지 않을 뿐이다.

작년 봄날에 양검과 함께 뜰 안에 심어 올해에 이처럼 탐스럽게 피어난 국화를 버려두고 떠나야 한다는 사실이 못내 안타까웠던 것이다.

10부

十月애, 아으 져미연 ᄇ릇 다호라
것거 ᄇ리신 後에, 디니실 ᄒᆞᆫ 부니 업스샷다
아으 動動다리

시월(十月), 아아! 잘린 보리수나무 같구나

꺾어 버리신 다음에, 지니실 한 분이 없구나

아으 動動다리

1

"어이, 거기 스님네."

햇살이 화창한 오후 나절이다. 삼월이라곤 해도 윤달이 들어 있는 탓에 예전 같으면 사월인 셈이다. 낮엔 제법 더위를 느낄 정도다. 어디선가 꾀꼬리가 낭랑한 소리로 울고 있다. 커다란 나무대문 앞에서 목탁을 두드리며 염불을 하고 있던 자려는 누가 부르는 소리에 고개를 돌린다.

저만치 햇살 속을 거만한 걸음새로 다가오는 사람은 잿빛 승복을 입은 승려다. 아랫배가 불룩하고 얼굴의 선이 굵직한 게 머리만 깎지 않았다면 영락없는 불한당 같은 낯짝이다. 가까이 온 걸 보니 짙은 송충이 눈썹에 눈알도 흰자위가 많아 희번덕거린다. 콧구멍도 커서 엄지손가락 두 개쯤은 들락거리고도 남을 듯하다.

"소승을 불렀습니까?"

"음, 목소리가 낭랑한 걸 보니 비구니가 틀림없구먼."

승려가 느물거리는 미소를 지었다. 자신의 추측이 맞은 것이 기꺼웠던 모양이다.

"소승에게 무슨 용무라도 있으신지?"

"용무라? 그럼 용무를 물어보마. 이 동네 탁발은 누구 허락 맡고 하는 거야?"

불상놈처럼 아예 초면부터 반말지거리다. 자려는 내심 오늘 일진이 나빠서 잘못 걸렸다고 생각한다. 이런 무례하고, 중도 속도 아닌 놈들이 어딜 가나 한두 놈씩은 꼭 있다. 겉모양은 비록 머리를 깎고 복장도 얼추 승려 꼴을 하고 다니지만 그건 그냥 공밥을 얻어먹기 위한 위장일 뿐이다. 개고기에 음주는 물론이고 계집질에 도둑질, 욕질에 주먹질, 심지어 살인까지 서슴지 않는, 그야말로 천하의 파락호 같은 놈들이 바로 이런 작자들이다.

오래전부터 이런 작자들의 폐해를 없애기 위해 정식 승려에게 도첩증(圖帖證)을 발급하고, 증명서가 없는 엉터리 중들을 발견하면 관아에 고발할 것을 장려하고 있지만 이들은 요령 좋게 피해 다니며 행패를 계속 부리고 있는 것이다.

"탁발승 노릇을 누구 허락을 맡고……."

하고 말고 하느냐는 말이 자려의 입에서 나오기 전에 작자가 버럭 소리부터 지른다.

"네 마음대로 한다 이 말이야?"

자려는 오금이 저렸다. 이런 자들을 만나면 피하는 게 상책이다. 미친개를 만난 격이다. 그녀는 자리를 뜨기 위해서 몸을 돌린다.

"가긴 어딜 가."

보는 사람이 없는지 사방을 한 바퀴 휘둘러본 작자가 덥석 자려의 손목을 덥석 움켜잡는다. 아귀힘이 세서 뿌리치기는커녕 절로 비명이 터져 나올 지경이다. 마치 쇠갈고리로 조이는 것 같다.

"왜 이러십니까. 소승에게 무슨……."

"나하고 조용한 데 가서 이야기 좀 해."

작자가 사정없이 자려의 손목을 잡아끈다. 건장한 남정네의 힘을 당해낼 도리가 없다. 작자는 자려를 마을 옆에 난 작은 오솔길로 질질 끌고 간다. 마침 마을에는 다들 일들을 나갔는지 나와 보는 사람 하나 없다.

"나무아미타불. 스님, 이러시면 천벌 받습니다."

"천벌은 흥, 천벌 받았을 것 같으면 아직 이렇게 멀쩡하게 살아 있겠나?"

작자는 인정사정도 없다. 오직 발정기에 접어든 짐승처럼 자신의 욕구를 풀려는 데만 정신이 팔려 있다.

작은 나무들이 자라난 으슥한 장소로 자려를 끌고 간 작자는 강제로 그녀를 풀밭에 쓰러뜨린다. 힘껏 발버둥을 쳤지만 소용없다.

그는 한 손으로 자려의 어깨를 누르고, 한 손은 자려의 괴춤을 연다.

"어라, 이게 뭐야!"

자려의 아랫도리에 손을 집어넣던 작자가 놀라서 버럭 소리를 지른다. 전혀 예상치도 못한 물컹한 물건이 잡혔던 것이다.

작자가 놀라는 사이를 노려 누워 있던 자려가 오른쪽 무릎을 있는 힘껏 쳐 올린다. 불시에 사타구니를 맞은 작자가 급소를 움켜쥔 채 비명소리를 내며 풀밭을 데굴데굴 구른다. 그 틈에 몸을 빼낸 자려는 다리야 날 살려라 줄행랑을 놓는다. 다행히 한참을 달려도 사내가 뒤쫓아오는 기색은 보이지 않았다.

피곤에 몰려 잠이 들었던 자려는 귓결에 들리는 이상야릇한 소리에 잠이 깬다. 먼저 눈에 들어온 것은 흙벽에 칸살을 넣은 작은 창이다.

곧 자려는 자신이 헛간에 누워 있다는 걸 깨닫는다. 아울러 석기와 그의 아내, 이렇게 세 사람이 길을 따라서 올라오다가 낯선 마을의 빈 헛간을 얻어들었으며, 어두워질 무렵 자려가 얻어온 식은 밥덩이를 조금씩 나눠 먹고 잠이 들었던 것을 기억해낸다.

그들 세 사람은 지금 무작정 북쪽을 향해 올라가는 중이었다. 석기가 혼례를 올린 마을을 떠나온 건 작년 초가을 무렵이다. 오랫동안 한곳에 정착하면 석기의 정체가 탄로 날 염려가 커지는 데다가, 석기의 장인 되는 농부는 혼례식을 치른 뒤 딱 나흘 뒤에 기다렸다는 듯 저승길로 떠났다. 석기 아내 되는 여자 역시 변변한 땅뙈기 하나 없는 그마을에 빌붙어 있는 것보단 죽든 살든 어디든 가보자고 따라나서는 바람에 함께 길을 나서게 된 것이다.

"아이, 간지러워."

작게 소곤거리는 건 분명 석기 처의 목소리다. 자려는 자신도 모르게 호흡을 누른다.

"뭐가 간지럽다고 그래."

초조한 듯 다급한 소리를 내는 건 석기다. 자려는 두 사람이 무엇을 하려는 것인지 눈치챈다. 떠돌며 걸식을 하든, 하루 한 끼로 주린 배를 채우든 아직 두 사람은 젊은 나이다. 따라서 욕정은 물처럼 자연스러운 것이다.

"아아……."

석기 처의 입에서 억제할 수 없는 신음이 흘러나온다. 짚더미 바스락거리는 소리와 더불어 석기의 거친 숨소리도 귀에 닿을 듯 들린다. 곁눈질에 석기가 아내의 몸을 타고 있는 게 어둠 속에서도 보인다. 자려로선 눈뜨고 못 볼 노릇이다. 자려가 슬쩍 몸을 돌려 그들을 등 쪽에

둔다.

기척을 느낀 두 사람이 동시인 듯 조용해진다. 항상 자려를 의식하는 건 석기 쪽이다. 석기 처는 언제부턴가 조금씩 곁에 있는 자려를 의식하려고 들지 않는다. 의식하더라도 일부러 무시하는 건지도 모른다. 아니면 그녀에게 있어 자려란 존재는 그저 남편의 나이 든 이모일 뿐인지 모를 일이다.

"어서⋯⋯."

작은 소리로 석기 처가 재촉한다. 석기 역시 자려가 잠깐 몸부림을 쳤다고 여겼는지 하던 행위를 계속한다. 장작 땐 가마솥에 물이 끓어오르듯 조금씩 신음이 가빠지고 높아진다.

자려는 모로 누운 채 입술을 잘근잘근 깨문다. 잠자기는 그른 것이다. 자신도 모르게 눈가를 타고 뜨거운 눈물 한 가닥이 흘러내린다. 초가 자신을 태워 촛농을 만드는 것처럼 눈물은 자신의 마음에 뭉친 정한이 녹아내리는 것 같다.

그녀는 그런 자신이 밉다. 연민을 느끼면서 한편으론 밉다. 예전 석기를 결혼시켰을 때, 첫날밤 석기가 신방을 차린, 단칸방에 딸린 부엌 구석에서 혼자 웅크리고 누웠을 때, 이미 그런 욕정과 애정의 마음을 다 던져버리기로 마음속으로 수백 번도 더 다짐을 했건만.

그런데 오늘 또 주책없이 눈물이 흘러내린다. 아직 그녀에게 있어 석기는 자신이 어릴 적부터 키우고 돌봐온 자식이 아니라, 함께 애정과 쾌락을 나눈 연인에 더 가까운 것일까. 아니면 오늘 낮에 불한당 같은 놈에게 당할 뻔한 일이 생각나서 설움이 복받친 것일까. 그 거친 작자를 애써 뿌리치고 와서 밤에 이런 모습을 보게 된 게 억울한 것일까.

석기 처의 신음이 한층 가팔라진다. 자려는 흘러내리는 눈물을 그대로 둔 채 윤삼월의 봄밤은 왜 이다지도 긴지 모르겠다고 마음속으로 길게 한숨을 내쉰다.

2

오늘은 오월이 시작되는 초하룻날이다. 무너진 토담에 반쯤 파묻힌 화단에는 붓꽃이 삐죽이 꽃봉오리를 피어 올리고 있다. 처마 밑의 제비들이 집을 다 지은 걸로 보아 조금만 있으면 알에서 깨어난 새끼가 노란 주둥이를 내밀며 먹이를 찾을 것이다.

"이제 이것만 치우면 대강은 된 거지."

유정이 손을 허리에 짚고 서서 잠시 호흡을 고른다. 그녀는 지금 마당에 흩어져 있는 흙벽돌 조각들을 마당 가장자리로 치우는 중이다. 우선 그거라도 치우고 나면 마당이 한결 정갈해 보일 것이다.

양검은 외출하면서 임산부의 몸으로 무리하다간 큰일 날 수 있으니 그냥 두라고 당부했다. 그렇지만 무너진 담에다가 몇 달씩이나 비워 두었던 어수선한 집 안은 여자의 손길이 필요하지 않은 곳이 하나도 없다.

그나마 유정의 집은 궁성과 약간 떨어진 위치에 있어서 얼마간 온전한 셈이다. 작년에 있었던 홍건적의 개경 침략으로 황성을 비롯하여 나성 안은 무차별 파괴되었다. 궁성이며 사찰이며 불타고 무너지지 않은 게 거의 없었다. 살인과 방화, 약탈과 파괴가 지나간 자리는 그야말로 어리석은 인간이 빚어낸 처참한 폐허 그 자체에 다름 아니었다.

그래도 우공이산(愚公移山)이란 격언처럼 사람의 힘은 가공할 구석이 있었다. 피난길에서 하나씩 돌아온 백성들의 힘이 모이자 제 모습을 찾기가 불가능할 것 같던 개경이 조금씩 복구되고 있었다. 다친 상처가 아물 듯 무너진 축대가 다시 쌓이고, 부서진 민가들이 서서히 제 모습을 찾아갔다. 다만 거대한 궁성은 하루아침에 복구될 수 없는 것이어서 공민왕의 개경 환도는 아직 요원한 실정이었다.

서둘러 피난을 떠났던 유정이 석모도를 나온 것은 아흐레 전이었다. 전쟁터에서 귀환하는 양검을 자신들의 보금자리에서 맞이하고 싶었던 그녀는 길상천의 만류를 무릅쓰고 만삭에 가까운 몸으로 집으로 돌아왔던 것이다.

"개경엔 언제 돌아오셨나요?"

대강 토담을 정리하고 마당을 쓸고 있을 때 한 여자가 담 너머로 말을 건네 온다.

갈잎으로 엮은 삿갓 아래 드러난 얼굴이 눈에 익다. 지난 시월에 지나는 길에 화장품을 팔려고 들렀던 그 여인이다. 살결이 분을 바른 듯 희고 둥근 얼굴에 눈매가 푸르스름하다. 보기 힘든 예쁜 얼굴이지만 어딘가 차가운 기운이 느껴지는 여인이라고 유정은 생각한다.

"한 열흘쯤 되었어요. 그런데 홍건적 난에 개경을 떠나지 않으셨나요?"

"나도 며칠 전에 돌아왔어요. 집 정리가 다 되었네요. 헌데 전쟁터에 나갔다던 낭군은 돌아오셨나요?"

심녀가 묻는다. 그녀 역시 개경 함락 때 난을 피해 아래쪽 지방으로 내려가 있다가 개경 수복 소식을 듣고 사흘 전에 돌아온 것이다.

"볼일이 있어 나갔어요. 저녁이면 돌아올 거예요. 근데 좀 들어와

앉으시지 않고……."

아주 짧은 순간 심녀의 눈빛에 알 수 없는 푸른빛이 스쳐 간다. 마침내 오랫동안 기다리던 기회가 찾아온 것이다.

"다른 일이 있어 이만 가봐야 해요."

여인이 삿갓을 고쳐 쓰고 담 너머로 황급히 모습을 감춘다. 참 특이한 여자라고 생각하며 유정은 하던 비질을 계속한다.

"무리한 일은 하지 말라고 했는데……."

붉은 해가 송악산을 물들이고 있는 저녁 무렵이다. 바깥에서 돌아오던 양검이 혀를 찼다. 깨끗이 정리되고 비질까지 말끔히 해둔 마당을 본 것이다.

"해는 길고, 심심소일로 해봤어요."

부엌에서 저녁 찬거리를 다듬던 유정이 기척을 느끼고 나와 웃으며 말한다.

"하여간 고집하고는……."

양검이 피식 웃는다. 유정을 기껍게 여기는 눈빛이다. 게다가 오랜만에 마신 술로 기분이 좋아진 것이다. 오늘 오후에 이번 전란에 공이 큰 무관들이 모여서 개경 수복을 축하하는 자리가 열렸던 것이다. 양검이 처음엔 자신이 그런 자리에 낄 공적이 없다고 거절했으나 김어진의 간청에 못 이겨 마지못해 참석했던 것이다. 다들 서로 오랜만에 평안한 마음으로 만나는 데다가 전란에서 있었던 여러 얘기까지 더해지면서 자리는 시종 화기애애했고, 누가 전란을 피해 땅속에 묻어둔 술독까지 찾아내는 바람에 한잔 거하게 마셨던 것이다.

하루 동안의 일을 영계(靈界)에 아뢰기 위해 혼이 빠져나간다는, 그래서 사람이 제일 깊이 잠들게 된다는 인(寅)시경이다.

어둠 속에서 솟아나듯 모습을 드러낸 남자 하나가 양검의 집으로 다가간다. 검은 복장을 한 남자는 은신술이라도 익힌 듯 발소리가 전혀 나지 않는다. 바람처럼 가볍게 뒷담을 넘은 남자는 큰방의 들창으로 접근한다. 잠시 서서 방 안의 기척을 확인한 남자는 들창에 작은 구멍을 뚫은 다음 품속에서 한 뼘 길이의 작은 대롱을 꺼낸다. 남자는 막혀 있는 대롱 양끝의 마개를 뽑고 대롱을 창문에 난 구멍으로 밀어 넣는다. 그러고는 극히 조심스럽게 입을 대롱에 대고 분다. 대롱 속에서 흰색 분말이 방 안을 향해 부채꼴로 뿜어져 나간다.

일을 마친 남자는 다시 좀 전에 왔던 대로 소리 없이 담을 넘어 집을 나선다. 집과 이십여 보 떨어진 담 모퉁이에 두 사람이 기다리고 서 있다. 키 작은 사람은 심녀고, 또 한 사람은 이시로다. 그는 지난번 강수와의 대결에서 다행스럽게 검이 심장을 종이 한 창 차이로 비껴간 덕분에 생명을 건질 수 있었던 것이다.

"이제 차 한 잔 마실 시간만 기다리면 됩니다."

검은 옷을 입은 남자가 소리를 낮춰 말한다. 그는 겐로쿠다.

"이제야 진짜 원수를 갚게 되었군."

심녀를 건너보며 이시로가 이죽대듯 말한다. 대답 대신 심녀의 얼굴에 뱀처럼 차가운 미소가 떠오른다.

"하여간 지독한 여자야, 넌."

이시로가 못내 씁쓸한 표정을 짓는다.

"자, 이제 들어가시지."

어림짐작으로 시간을 재던 겐로쿠가 앞장을 선다. 사람을 암살하는 자객일이 주임무인 닌자 겐로쿠로선 잠든 두 사람을 임실하는 긴 그리 어려운 일이 아니었다. 하지만 양검과 그의 아내를 죽이는 일만큼은 자기 손으로 하겠다며 고집을 피우는 심녀 때문에 생명에 지장은 없지만 중독되면 몸을 움직이지 못하는 신경독의 일종인 마비독(麻痺毒)을 쓰게 된 것이다.

세 사람은 조심스레 집 마당으로 들어선다. 집 안은 초하루 어둠에 빠져 죽은 듯 고요하다. 만약을 위해 먼저 방문으로 다가간 겐로쿠가 문을 연다. 어두운 방 안에 잠자리에 누운 두 사람의 모습이 희끄무레하게 보인다. 중독이 되었는지 문이 열려도 기척도 하지 않는다.

심녀가 품속에서 미리 준비한 단검을 꺼낸다. 황색과 적색의 무늬가 얼룩덜룩하게 교차된 뱀가죽으로 싸인 단검은 보기에도 예사스럽지 않다. 심녀는 칼집에서 칼을 뽑는다. 칼날이 시커멓다. 칼집 내부가 반시사(飯匙蛇)라는 뱀의 맹독으로 절여진 탓이다. 반시사는 남만지방이나 일본 남단부 오키나와 부근에 자생하는 맹독을 지닌 독사다. 물리면 일곱 걸음을 옮기지 못한다는 칠보사(七步蛇)보다 독이 강하지는 않지만 반시사의 독은 피를 굳게 하는 작용이 있어 이 독에 중독이 되면천천히 고통스럽게 죽게 된다고 했다.

"그만둬."

갑자기 허공에서 단호한 음성이 들린다. 이어 날카로운 두 개의 무기가 허공을 가르며 날아왔다.

겐로쿠와 이시로가 자세를 낮춰 날아온 무기를 피하는 사이, 단삼을 입은 젊은 남자가 표범처럼 담을 넘어 날아든다. 단아하고 수려한 얼굴을 한 그는 무영이다. 미간에 일말의 노기가 서려 있다.

"밤중에 남의 집에서 무엇 하는 짓들이냐?"

뜻밖의 방해를 만난 이시로와 겐로쿠가 말없이 서로 눈짓을 교환한다. 곧장 이시로가 검을 뽑아서 무영을 향해 몸을 도약한다. 단번에 끝내려는 신속하고 거침없는 공격이다. 겐로쿠 역시 무영을 향해 푸른 검을 휘두른다. 어느새 등에 멘 장검을 뽑아든 것이다.

"왜검사로군!"

무영이 짧게 코웃음을 친다.

몸을 던져 쳐오는 검세가 빠르고 강해서 만만하게 볼 건 아니다. 좀처럼 만나기 힘든, 기술이 숙련된 무사다. 무영이 몸을 돌려 칼을 피하자 이번에는 옆에서 겐로쿠의 칼이 허리를 노리고 찔러 들어온다. 무영은 풀쩍 뛰어 담 위로 올라선다.

"해치워!"

이시로와 겐로쿠가 동시에 양편에서 몸을 솟구치며 칼을 휘둘러 공격한다. 무영이 하는 수없이 담 너머 길로 내려선다. 무영은 방 안에 있는 사람들의 안위가 궁금해진다. 빨리 이들을 처치해야겠다고 마음먹는다.

무영은 단전에 힘을 모으고 활시위를 당기는 것처럼 비스듬한 자세를 취하고 선다. 겐로쿠와 이시로 역시 일차 협공이 실패로 돌아가자 길 양쪽으로 갈라서서 무영의 빈틈을 노린다.

이시로는 무영의 자세에서 뭔가 이상한 것을 느낀다. 한없이 텅 비어 보인다고나 할까. 목숨을 걸고 싸우는 자가 가져야 할 적의나 살의 따위를 전혀 느낄 수가 없는 것이다. 그 알 수 없는 공허감이 자신의 충천한 살기를 기이한 흡인력으로 빨아들이고 있는 것처럼 여겨진다. 또한 한시 빨리 그 속으로 뛰어들어야 할 것 같은 조바심마저 인다. 마치 불빛이 불나방을 부르듯 무언가 강력하게 자신을 빨아들이는 것 같은 충동이 치밀어 오른다. 검을 겨누는 시간이 길어질수록 그 느낌은 더욱 커져간다.

겐로쿠 역시 마찬가지다. 상대가 너무 텅 비어 보여서 대체 어디를 어떻게 공격해야 할지 모를 지경이다. 공격한다고 쳐도 텅 빈 허공에 헛 칼질을 하게 되리라는 이유 모를 불안감만 증폭된다. 불안감은 그 자체로 조바심을 불러일으킨다. 겐로쿠는 그제야 상대가 자신이 여태 만나보지 못한 초절정의 무술 실력을 가진 무사라는 걸 깨닫는다. 하지만 믿기지 않는 일이다. 상대는 아직 스물 전후의 약관의 청년이 아닌가.

아무튼 조심하는 게 좋다.

순간적인 판단을 내린 겐로쿠가 이시로에게 신호를 보내려는 순간, 이미 상대의 흡인력을 견디지 못한 이시로가 땅을 차고 도약하는 중이다. 아차 싶었지만 이미 늦었다. 이시로를 구하는 길은 함께 공세를 취하는 것뿐이다.

이시로는 검에 모든 기를 집중시키고 뛰어든다. 일도필살의 가격이다. 이어지는 공세는 상대의 변화에 따라 이루어질 것이다.

됐다. 이시로는 상대가 뒤로 주춤 물러서는 것을 본다. 이제 자신이 노렸던 사선으로 내려 긋는 두 번째의 공격 기회를 잡은 셈이다. 기다렸다는 듯 두 번째의 도약을 하며 이시로는 회심의 공격을 가한다. 상대가 칼 그림자 속으로 들어왔다고 느끼는 순간, 이시로는 자신의 칼이 허공을 벤 것을 알았다.

무영이 이시로의 예봉을 피해 뒤로 한 발 물러선 것은 이시로를 유인하기 위한 허세였다. 첫 번에 이은 두 번째의 공격은 이미 예상했던 터였다. 무영이 기다리던 바였다.

상대의 칼이 간발의 차이로 허공을 베고 간 것을 기다려 무영이 왼손으로 이시로의 목덜미를 강하게 내려친다. 설마하니 상대가 맨손으로 자신을 쳐 오리라곤 예상 못한 이시로가 자세를 바로하고 칼을 들어 방어하려는 순간 복부에 강한 충격이 왔다.

무영이 수박권 중 물고기가 폭포를 차고 오른다는 어폭출수(魚瀑出水)의 수를 써서 발끝으로 명치를 올려 찼던 것이다. 이시로는 고통스런 표정을 지으며 통나무가 쓰러지듯 곧장 이마를 땅에 처박고 거꾸러진다. 인체의 급소인 명치를 맞고 혼절한 것이다.

"하압!"

겐로쿠가 이시로의 위급을 알고 날카롭게 칼을 내질렀지만 이미 늦었다. 무영을 스쳐 지나 서너 발 저편에 내려선 겐로쿠의 얼굴이 심하게 일그러진다. 검이라면 자신 있는 두 사람이 힘을 합쳐 공격했지만 상대를 쓰러트리기는커녕 이시로가 먼저 당한 것이다. 겐로쿠는 칼로 상대를 이기기는 어렵다는 것을 깨닫는다.

서너 발짝 뒤로 훌쩍 물러선 겐로쿠가 손에 든 검을 검집에 집어넣는다. 이어 두 손바닥을 붙여 이마에 대는 합장 자세를 취한다. 뭔가 빠르게 주문을 왼 겐로쿠가 허공으로 훌쩍 뛰어오르는가 싶더니 돌연 모습을 감춘다. 허공에는 그믐달만 흐릿하다.

"마리지천술!"

무영이 낮게 부르짖는다. 상대가 쓴 술법은 약간의 변형이 있긴 했지만 분명 무영이 배운 은신술법이다.

닌자 출신인 겐로쿠가 쓰는 술법은 신라시대에 왕명으로 일본으로 건너갔던 당시의 최고 술법가인 김암이 고닌천황에 의해 억류되어 있으면서 일인 무사들에게 가르쳐 나중 닌자 무술로 알려지게 되는 은형술의 일종이었다. 따라서 김암의 직계제자인 풍천도인에게서 은형술을 배운 무영이 한눈에 마리지천술임을 알아볼 수 있었던 건 당연한 일이었다.

무영은 사내가 오래전, 벽란도로 가는 관도에서 스쳐 간 적이 있는 그 술법자임을 깨닫는다. 무영은 잠시 정신을 가다듬는다. 마리지천술을 쓰는 사람은 결코 일반적인 시각으로 볼 수 없다. 마리지천술 중에서 수색마니(隨色摩尼: 일명 마니보주. 본질이 투명하며, 물에 던지면 물색을 따르고, 푸른 데 있으면 푸른색이 된다는 뜻. 은둔술의 요체) 술법을 쓰는 사람은 오로지 관법과 심법으로만 찾아낼 수 있다.

바깥에서 싸움이 벌어지는 동안 방 안에는 양검이 눈을 뜨고 누워 있다. 바깥의 소란에 잠이 깨었지만 어찌 된 일인지 손가락 하나 까딱할 힘도 없다. 말도 하기 어려웠지만 이상하게 의식은 또렷하다. 양검은 자신이 무엇인가에 중독되었다는 것을 알았다. 옆에는 모로 누운 유정이 눈을 뜨고 양검을 바라보고 있다. 그녀 역시 의식은 있지만 꼼짝하지 못하는 눈치다.

방문 근처에서 사태의 추이를 살피던 심녀는 마당에서 이시로와 겐로쿠가 느닷없이 나타난 방해꾼과 싸우고 있는 이때가 아니면 다시는 양검을 죽일 기회가 오지 않을 거라고 생각한다. 그야말로 천재일우의 기회다. 만약 자기편이 이긴다면 다행이겠지만 그러지 않을 수도 있다.

마음을 굳힌 심녀는 재빠르게 마루로 올라간다. 어둡긴 하지만 방 안에 누워 있는 양검의 모습이 보인다. 심녀는 오른손에 든 단검을 힘주어 잡는다. 이참에 두 오빠와 남편의 원수를 갚고 말 것이다. 방 안으로 들어간 심녀는 단검을 잡은 손을 높이 쳐든다.

"이 원수야. 죽어라!"

양검은 심녀가 힘껏 찔러오는 단검을 쳐다본다. 이제 끝이구나, 하고 느끼는 순간, 양검은 누가 자신의 몸을 덮는 것을 느낀다. 유정이다. 그녀가 순간적으로 몸을 날려 양검을 찔러오는 단검을 막은 것이다. 양검은 단검이 유정의 등을 뚫고 들어오는 느낌을 분명히 느낄 수 있었다.

믿을 수 없는 일이다. 유정 역시 중독된 몸이다. 그러나 세상에는 불가사의한 일도 종종 일어나는 모양이다. 양검을 위한 유정의 간절한 마음이 초인적인 힘을 발휘하게 한 것인지도 모른다.

"이년이!"

심녀가 유정의 등에 박힌 단검을 다시 뽑아든다. 어차피 둘 다 죽일 셈이다. 이번에는 눈을 뜬 채 꼼짝도 못하고 있는 양검의 목을 정확히 찔러줄 것이다. 다시는 이 세상 공기를 마시지 못하도록.

그런 생각으로 막 단검을 내리찍으려는 순간, 그녀는 돌연 들이닥친 강한 힘에 받혀 무슨 까닭인지도 모른 채 온몸으로 들창을 부수며 바깥으로 튕겨져 나간다.

뒤늦게 방 안에 뛰어든 사람은 풍천도인이다.

오늘 아침, 석모도 보문사에 있던 풍천도인은 육효(六爻)로 괘를 짚어보다가 몹시 놀랐다. 정동향에서 불길한 변고의 조짐이 나타났던 것이다. 사람이 죽거나 상할 기운이었다. 놀란 풍천이 해법을 풀어보자 일각이 여삼추라고 나왔다.

정동향이라면 바로 유정이 있는 개경이었다. 마침 석모도에는 며칠 전에 휴가차 나온 무영이 머물고 있었다. 풍천은 곧장 무영에게 가보라고 일렀고, 그러고도 마음이 놓이지 않아 자신도 곧 뒤따라 길을 나섰던 것이다.

늦게 당도한 풍천은 상황을 살피다가 심녀가 방에서 두 사람을 해치려는 광경을 보았고, 그 즉시 뛰어들어 심녀를 걷어차냈던 것이다. 참으로 간발의 차이였다.

풍천은 얼른 유정을 살핀다. 어깨에 깊은 자상이 나 있다. 방 안에 불을 밝히고 상처를 살펴보던 풍천은 깜짝 놀란다. 상처가 금세 부위를 넓혀가며 시커먼 반점을 만들고 있다. 분명 맹독에 의한 중독현상이다. 그러나 처음 보는 증상으로 무슨 독을 썼는지 알 수가 없다. 풍천은 유정의 생명이 폭풍 앞의 등불이나 다를 바 없음을 알았다.

바깥.

무영이 검을 앞으로 든 채 오감을 거두고 오직 마음의 눈만 뜨고 있다. 심법이다.

생각이 있으면 사물을 보는 자의 마음에 따라 허상이 만들어진다. 사람이 방술이나 환술에 속는 것은 눈이나 마음에서 생기는 변화를 따르고 믿기 때문이다. 어두운 길에서 항용 귀신을 만나는 것도 무서운 마음이 만들어낸 허상인 것이다.

무영의 마음에 무언가 조금씩 가까이 다가오는 것이 보인다. 그건 눈을 뜨고는 보이지 않을 것이다. 아무런 소리도 나지 않는다. 무영은 마음속으로 마리지천법의 구결을 외운다.

불쑥, 무영의 뒤편에서 검은 물체가 솟구친다. 그건 시커먼 짐승의 모습으로 무영의 등을 노리고 곧장 달려든다. 그러나 무영이 재빨리 주먹으로 쳐간 것은 우측 담이다.

"어흑!"

담이라고 생각된 곳이 허물어지면서 겐로쿠의 모습이 연기처럼 드러난다. 그는 왼손으로 복부를 누른 채 땅바닥에 한쪽 무릎을 꿇고 있다. 무영의 공격에 복부를 강하게 맞은 것이다. 천천히 고개를 쳐든 겐로쿠가 무영을 노려본다. 당혹감이 가득 찬 눈빛이다. 아직 그 누구에게도 발각되지 않았던 술법. 그 술법이라면 틀림없이 상대를 이길 수 있으리라 자신했는데, 그것마저 수포로 돌아가자 도저히 믿을 수가 없었던 것이다.

갑자기 겐로쿠의 눈빛이 번쩍 하고 바뀐다. 눈 깜짝할 순간에 겐로쿠가 옆구리에서 짧은 소도(小刀)를 빼어든다. 칼날이 번쩍이고 어느새 그 칼로 자신의 배를 가른다. 그의 무릎이며 땅바닥이 울컥거리며 쏟아진 피로 흠뻑 젖는다. 패배한 것을 알자 분노와 수치심에 자결을 한 것이다. 순식간에 벌어진 일이다.

"어서 길 떠날 차비를 해라."

무영이 방으로 들어가자 풍천이 서둘러 지시한다. 평소 감정을 거의 드러내지 않는 풍천도인이었지만, 지금은 노안에 걱정과 안타까움의 빛이 역력하다.

방 안에는 신경마비에서 얼마간 풀려난 양검이 겨우 몸을 일으켜 앉았고, 누워 있는 유정의 목 언저리에는 알 수 없는 중독에 의한 검은 반점이 얼룩덜룩하게 생겨 있다. 목 언저리까지 반점이 생겼다면 이미 독이 몸 전체에 퍼졌다고 보아야 했다.

무영을 보자 유정이 안심하라는 듯 가까스로 미소를 지어 보인다. 어쩌면 유정을 보는 게 이게 마지막이 아닐까. 무영은 애써 치미는 불길함을 억누른다. 자신이 조금만 더 일찍 당도했어도 이런 불상사는 없었을 거라는 자책감도 없지 않다.

세상에서 절곡구명의로 불리는 신의 운곡에 비할 수는 없지만 의술에도 어느 정도 일가견이 있는 풍천이 서둘러 운곡도인을 찾을 때는 그만큼 유정의 상태가 엄중하다는 걸 뜻한다.

"우선 제독(除毒)은 해두었다만, 어찌 될지 모르겠구나. 내가 먼저 구제감(救濟監)으로 가서 운곡도인을 모시고 올라오마. 그동안 너는 이 아이와 함께 오너라. 중간 관도에서 만나기로 하고…생명을 구하려면 촌각을 아껴야 할 거야."

풍천이 말한 구제감은 남경 아래쪽 수원현에 있다. 병들고 가난한 환자들을 모아놓고 돌봐주는 곳이다. 지난해에 그곳으로 간 운곡도인이 병든 자들을 치료하고 돌보는 중이었다.

장삼자락을 펄럭이며 풍천도인이 먼저 집을 나선다. 뒤이어 유정을 업은 무영이 겨우 정신이 돌아온 양검과 함께 남쪽으로 향한다.

밤길은 길고 어두웠다. 양검의 마비가 어느 정도 풀리면서 두 사람은 교대로 유정을 업고 내처 길을 달린다. 개경에서 수원까지는 이백 리가 넘는 먼 길이다. 게다가 유정을 업고 있다.

두 사람은 땀에 흠뻑 젖은 채로 쉬지 않고 남행을 계속한다. 숲을 지나고 강을 건넜다. 여러 마을을 지나고 숱한 고개를 넘었다. 두 사람이 모두 유정을 살리겠다는 필사적인 집념이 없었다면, 또한 서로 초인적인 힘을 다하지 않았다면 어림도 못 낼 일이었다.

남경을 지났을 때 동편 산등성이에 희뿌옇게 감빛이 비치기 시작했다. 곧 날이 밝아올 징후였다.

3

"차비가 다 되었습니다요."

바깥에서 무노라 불리는 노복이 외출 준비가 끝났음을 알린다. 편조
는 다시 한 번 자신의 차림새를 살펴본다. 하얀 두건에다 황색 비단으
로 된 단삼이 제법 그럴듯하다. 옷이 날개라고 하더니, 다 해진 누더기
승복을 입고 있을 때와는 천양지차다. 품위가 있고 의젓해 뵈는 것이
이쯤 되면 지체 높은 고관대작이 따로 없다.

사람이 외양에 신경을 쓰는 것은 안이 비어 있다는 증거다.

편조는 예전에 절간에서 한 법승이 했던 말을 떠올린다. 맞는 말이
다. 원래 사치란 것은 겉모습으로 상대를 짓누르려는 얄고 교만한 마
음에서 생기는 법이니까.

하지만 오늘은 다르다. 오늘만큼은 번듯하게 차려입을 필요가 있다.
그건 위세를 부리기 위해서도 아니고, 공연한 허영심 때문도 아니다.
사랑하는 여인을 위한 최소한의 배려인 것이다. 마음의 준비를 마친
편조는 방문을 연다. 그의 마음을 아는 듯 햇살도 화창하다. 어젯밤에
잠깐 비가 내린 뒤라 더욱 그럴 것이다. 뜰 가장자리에 새롭게 피어난
난초 꽃들도 오늘따라 더욱 정겹다.

"헌헌장부라더니, 너무 좋아 보이십니다."

방문을 나서자 마당에 서 있던 무노가 편조의 아래위를 훑어보며 치사를 늘어놓는다. 편조는 손에 든 비단으로 된 능선으로 햇살을 가리며 마당을 가로지른다.

먼저 뛰어나간 무노가 얼른 대문 앞에 세워 놓은 말의 고삐를 잡아준다. 기현 처가 자신이 데리고 있는 노복들 중에서 특별히 골라 붙여 준 젊은 사내종이라서 척척 알아서 하는 행동거지가 입에 든 혀처럼 썩 마음에 든다. 지난번 노복은 너무 알려고 드는 게 많아 성가셔서 바꾼 것이다.

"어디로 모실까요?"

"김 장군 댁으로 가자."

"자남산 기슭의 김원명 상장군 말씀이시지요."

몇 번 왕래하는 사이에 무노도 잘 알고 있다. 자남산 기슭엔 예전 친원파 고위관료들이 많이 살고 있었으나 공민왕의 반원정책 실시 후 대부분 원나라로 도망치거나 몰락하고, 그 뒤에 새로 조정에 등용된 관료들이 그 마을로 옮겨가고 있는 중이다.

"날씨 한번 기막히게 좋구나."

말안장 위에서 주변을 둘러보던 편조가 탄성처럼 말한다. 날씨가 이렇게 좋은 걸 보면 오늘 자신이 하고자 하는 일도 무리 없이 잘될 것이다. 그런 생각 끝에 편조는 재차 지난 사월 초파일, 석가탄신일에 있었던 일을 머리에 떠올린다.

사월 초파일.

지지난해 겨울에 있었던 홍건적의 재침략으로 극심한 피해를 입고,

난을 피해 몽진했던 왕조차 아직 환궁하지 않은 개경이었지만, 석가탄
신일이 되자 사람들은 연등을 달거나 축원을 위해 만사 제쳐두고 절을
찾아들었다.

세상이 혼란스러웠던 만큼 평안을 비는 백성의 마음도 절실했던 것
이다. 전란으로 사찰이 불탔거나 무너졌거나 별로 상관없었다. 빈자일
등(貧者一燈)이란 말처럼 등을 다는 일에는 마음이 중요할 뿐 주변 여
건이야 영향을 미치지 못하기 때문이다.

그날 오전, 편조도 기현 부부와 함께 자하동에서도 경관이 빼어나다
는 안화사(安華寺)로 가게 되었다. 법회 구경을 하자는 기현 부부의 요
청도 있고, 또 모처럼 승려가 아닌 입장에서 연등 축제를 구경하고 싶
었던 것이다.

안화사 대웅전으로 가는 일주문 양옆으로는 듬성듬성 소나무가 그
늘을 드리우고 그 사이로 맑은 개울을 품은 풀밭이 널따랗게 펼쳐져
있다. 그곳을 지나가던 편조 일행은 뜻밖으로 잘 아는 사람을 만나게
되었다. 연등제를 겸해서 소풍을 나왔는지 풀밭에 음식을 펼쳐두고 가
족들과 담소를 나누고 있던 사람은 김원명이었다. 일행은 두 명의 노
복을 빼면 부인을 포함하여 네다섯 명쯤 되었다.

우연하게 편조 일행을 만나게 된 김원명은 몹시 기꺼워했다. 이런
곳에서 법사님을 뵐 줄은 몰랐다며 서둘러 자리를 권했고, 부인에게도
소개를 하며 함께 음식을 들자고 부산을 떨었다.

자리에 앉아 이어를 떠난 공민왕 전하의 근황에 관한 얘기를 하고
있을 때 한 젊은 처녀가 자리로 찾아왔다.

그 순간 편조는 마음 깊숙한 속에서 무언가 쿵 하고 내려앉는 소리
를 들었다. 시선을 뗄 수가 없었다. 갸름한 얼굴에 짙고 긴 속눈썹, 곧

은 콧날, 그린 듯 고운 입술, 게다가 몸 전체에서 기이한 매력을 풍기는 처녀였다.

편조의 시선을 의식한 김원명이 약간 망설이는 눈치를 보이더니 새로 나타난 처녀를 소개했다. 김원명의 집안에서 대를 이어 내려오는 노비인 심지라는 자의 딸인데, 오 년 전 심지와 그의 아내가 잇따라 이유 모르게 죽은 뒤로 자신이 수양딸처럼 키우고 있다고 했다. 금년 열일곱 살로, 저 남경의 잘 아는 친척집에 머물게 했다가 얼마 전에 함께 살려고 개경으로 불러 올렸다는 것이다.

처녀는 편조에게 허리 숙여 절을 하며 반야(般若)라는 자신의 이름을 밝혔다. 편조는 다시 한 번 놀라지 않을 수 없었다. 처녀의 목소리 또한 맑고 그윽하기가 인간의 목소리가 아닌, 마치 패비구(일명 묘성존자妙聲尊者: 음성이 아름다워 사람은 물론 짐승까지도 감동했다고 함)의 음성 같았다.

편조는 자신이 평생 처음 보는 이상적인 여인을 만났다고 생각했다. 스물여덟 살이 된 지금까지 그의 마음을 이처럼 움직인 여인은 없었다. 김원명이 왜 노비의 딸에 불과한 처녀를 친자식처럼 애지중지 여기는지 알 만했다.

그녀의 아름다움은 사람의 마음을 움직이게 하는 힘을 가지고 있었다. 사람을 대하는 태도 또한 음전하고 조용해서 여염집 처녀들이 흔히 가지는 은근한 자신감이나 턱없는 오만은 눈 씻고도 찾아볼 수 없었다. 그늘에서 홀로 조용히 자라난 청초한 꽃 같았다. 도를 닦은 도승처럼 세상을 초월한 듯한 무심함이라고 해야 할까. 그건 어쩌면 편조가 평소 추구하던 세상의 모습 중 다른 한 세상과 닮아 있었다. 그런 점들이 더욱 편조의 마음을 끌었던 건지 모른다.

그날 돌아오는 길에 기현의 처가 남편이 잠깐 어디로 간 사이에 잔뜩 토라진 얼굴을 하고서, 하루 종일 그녀 생각만 하냐고 핀잔을 주었을 정도로 그는 반야라는 처녀에 대한 생각을 떨쳐버릴 수 없었다.

김원명이 결코 거절하지는 못할 것이야.

편조는 그렇게 마음을 다잡는다. 아무리 미모가 뛰어나다 한들 일개 노비의 여식에 불과한 것이다. 또 자신이 누구인가. 공민왕 전하의 총애를 받는, 장차 고려를 좌지우지할 자리에 오를지도 모르는 인물 아닌가.

"법사님, 어서 오시지요."

노비의 기척을 듣고 대청마루로 나선 김원명이 편조를 맞는다. 예전 조일신의 측근으로 판밀직을 지내다가 역도의 난에 연루되어 제거된 나영걸의 저택이어서 규모가 제법 크다. 홍건적의 난에 전화를 입긴 했지만 어느 틈에 수리를 멀끔히 해놓았다.

"잘 계셨지요."

인사하며 방으로 드는 편조를 뒤따르는 김원명의 안색이 별로 좋지 않다. 확실하진 않지만 마음에 짚이는 게 있는 탓일 것이다.

"전하께서 환궁하신다는 소식 들었습니까?"

자리에 앉자 김원명이 먼저 말을 꺼낸다.

"그거 다행이군요. 안 그래도 언제까지 왕궁을 비워 둘 수는 없는 일이지요. 전란으로 불안해진 백성들의 마음도 안정을 찾도록 해야 하고."

"그렇지요. 계속 이어를 다니시다간 혹 지난 윤삼월 같은 변고가 다시 있을까 우려됩니다."

김원명이 얘기한 윤삼월의 변고란 흥왕사의 변을 두고 하는 말이다.

공민왕의 행궁(行宮: 왕의 임시 거처)으로 쓰던 흥왕사 금당에 복면을 쓴 백여 명의 무사들이 난입하여 왕을 제거하려고 모의한 끔찍한 변고였다. 이 불의의 침입에 첨의평리 왕자문, 판전교사 김한룡을 비롯한 십여 명이 목숨을 잃었지만 다행히 공민왕은 내시 이강달의 도움과 환관 안도적의 살신성인의 희생으로 가까스로 생명을 구할 수 있었다.

"이제 환궁하시면 정사를 새로이 하시겠지요."

편조의 말 속에는 이번 공민왕의 환궁에 이은 대대적인 물갈이 인사가 있을 것이라는 뜻이 숨어 있다. 전란 중의 공과를 따져 조정 관료들의 직위와 직급을 개편하는 일은 조정의 당연한 조치일 것이다. 하나 그 속에는 공민왕이 이번 기회에 자신을 새롭게 등용시킬 것이란 편조의 낙관적 기대가 적잖이 내포되어 있음을 김원명은 알고 있다. 또한 그건 조정 신료인 김원명에게도 음으로 양으로 적지 않은 영향을 끼치게 된다는 사실도 의미했다.

"때가 때이니만큼 당연 그렇게 하셔야지요."

김원명이 고개를 주억거린다. 공민왕 전하의 편조 등용은 자신들도 오래전부터 고대해온 터였기 때문이다.

"그런데 오늘 한 가지 부탁이 있어 이렇게 오게 되었습니다."

더 이상 얘기를 돌릴 필요 없다고 느낀 편조가 칼을 꺼내드는 심정으로 용건을 꺼낸다.

"무엇입니까, 그 부탁이란 게?"

긴장된 탓에 목이 말라서 침까지 꿀꺽 삼키는 김원명이다. 억제하고는 있지만 얼굴에 드러나지 않게 우려의 빛이 떠돈다.

"다름이 아니라, 반야를 얻고 싶습니다."

김원명의 눈꺼풀이 파르르 경련을 일으킨다. 올 것이 왔다는 인상이다. 어금니를 무는지 턱 뒤편의 힘살이 두어 번 움찔거린다.

"반야를 말씀입니까?"

믿어지지 않는 듯 되묻는 음성이 가을날 낙엽처럼 바싹 말라 있다.

"예. 앞으로 빈도가 보살피고 싶군요."

김원명은 내심 크게 낙담한다. 억울함에 이어 분노마저 치민다. 지난 초파일, 반야를 본 편조의 눈치가 이상하다고 여기긴 했지만 이처럼 빨리, 노골적으로 자신의 욕심을 드러낼 줄은 몰랐던 것이다. 이럴 줄 알았으면 진작 어젯밤에라도 반야를 안지 못한 게 후회될 따름이다.

초파일날부터 묘하게 들기 시작한 불길한 예감. 그래서 며칠 전부터 반야의 동태를 살펴보기는 했지만 웬일인지 사정이 여의치 않았다. 또 여태까지 수년간 공들여 키워온 반야를 촌놈 닭 잡듯이 억지로 자신의 품에 넣고 싶지는 않았다. 그런데 지금, 설마 이렇게까지 빨리 편조가 손을 내밀 줄은 예상조차 못했던 것이다.

속이 상한 김원명은 건너편에 앉은 편조에게 시선을 던진다. 입이 크고 이마가 좁은, 특이하게 생긴 젊은 사내의 얼굴이 눈에 들어온다. 눈빛은 총명해 뵈지만 언제 봐도 그리 잘생긴 얼굴은 아니다.

어릴 적부터 반야는 유달리 그의 눈을 끌었다. 백합처럼 아리따운 용모에 가을 그림자처럼 조용한 자태, 눈에 넣어도 아프지 않을 만큼 사랑스런 계집이었다. 그런 까닭에 반야를 노비임에도 아무 일도 시키지 않고 친딸과 다름없이 공부를 시켰다. 내심으론 친딸보다 더 관심을 가지고 키웠던 것이다. 그렇게 물심양면, 애지중지 키워놓은 반야가 아닌가. 그런 반야를 딱 한 번 본 적밖에 없는 남자가 내놓으라며 은근한 압력을 넣어온다. 기가 막힌다는 건 바로 이럴 때 쓰는 말일 것이다.

사실은 반야가 숨겨둔 자신의 첩이라고 속이기에도 이미 늦었다. 초파일에 만났을 때 김원명과 반야가 어떤 관계라는 걸 영리한 편조가 눈치 채지 못했을 리 없다. 김원명은 모든 게 늦었음을 느낀다. 가부간의 결정만이 남았을 뿐이다.

김원명은 마음속으로 이런저런 계산을 해본다. 현재 전하의 총애를 한 몸에 받고 있는 편조다. 공민왕이 환궁하면 어떻게 중용될지 모르는 중요한 인물이다. 현재 수구 세도가들의 반대가 있긴 하지만 조정의 실권을 맡는 직위에 오를 가능성도 적지 않다. 용호군 중랑장인 이운목이 아무런 이유 없이 자신의 둘째딸을 시켜 편조의 잠자리 시중을 들게 하지는 않았을 것이다.

또 편조가 예전에는 승려 신분이었지만 지금은 머리까지 기른 어엿한 장부다. 거절할 이유도 없고, 거절한다면 분명 후환이 없다고 장담할 수 없을 것이다. 거기에 비하면 자기는 이미 중년을 넘긴 나이. 그동안 키운 반야의 미모가 아깝긴 하지만 얼마 지나지 않아 그녀의 눈치를 살피는 신세가 될지 모른다. 게다가 집안 식구들, 아내와 딸들의 불만도 만만치 않을 것이다.

"그렇게 하시겠습니까?"

김원명이 묻는다. 모든 것을 포기한 듯 착 가라앉은 음성이다.

"잘 데리고 있겠습니다."

환하게 밝아진 얼굴로 편조가 대답한다.

"티 없이 자란 착한 아이입니다."

"좀 불러 주시겠습니까. 온 김에 이야기나 나누고 싶군요."

"그렇게 하시지요."

"내 김 장군의 후대(厚待)를 잘 기억하리다."

"별말씀을……."

편조에게 반야를 넘긴 김원명은 알 수 없었을 것이다. 이날의 선택이 두고두고 편조에 대한 증오심으로 남게 되고, 나중 공민왕에게 편조를 모함하다가 유배되고, 결국엔 편조의 당류인 손연이 휘두르는 곤장에 자신이 타살되는 운명에 처하게 되리란 것을.

편조는 자신을 배웅하던 김원명의 적의에 찬 눈빛을 보지 못했다. 그래서 가장 소중한 것, 그것도 사랑하는 연인을 빼앗긴 남자의 참담한 심정을 알 길이 없었다. 그저 앞으로 반야를 자신이 소유할 수 있을 거라는 생각에 한없이 들떠 있을 뿐이다.

"나비들이 꽃을 찾아 날아들고, 꽃들이 피어나서 나비를 기다리니 이게 바로 춘정(春情)이로구나."

들판을 걸어가며 편조가 말한다.

"퍽 즐거워 보이세요."

반야가 편조를 바라본다.

"즐겁다마다. 이런 봄날을 즐거워하지 않는다면 어찌 세상의 기쁨을 안다고 할 수 있을까."

특히 반야, 너를 얻은 기분이야말로 그지없이 기쁘다. 편조는 뒷말은 하지 않는다. 그는 반야의 얼굴을 본다. 풍경을 바라보는 그녀의 옆모습이 정물처럼 고요하다. 마치 텅 빈 듯하다. 백치미(白痴美)라는 게 있다면 이런 것이리라고 편조는 생각한다. 마치 하얀 비단과 같은 순백의 모습. 모든 주장과 고집, 욕망이나 애증 따위는 전혀 모르는 얼굴. 순수한 평화가 있다면 바로 이런 모습일 것이다.

그 티 없는 고요함을 보며 편조는 불현듯 자신이 그녀를 몹시 사랑할 거라는 확신과도 같은 예감을 가진다. 그 가라앉은 정적과도 같은 고요함이 남자의 애욕을 불러일으키는 것인지도 모른다. 편조는 그녀의 텅 빈 내부를 자신의 것으로 채우고 싶다. 그녀를 마음껏 만지고, 희롱하고, 웃게 하고, 쾌락으로 비명을 지르게도, 흐느끼게도 하고 싶다. 남자의 애정에서 비롯된 희노애락을 최대한 느끼도록 만들고 싶다. 그건 백지를 보면 그림을 그려 넣고 싶어하는 화공(畵工)의 마음과 닮아 있다.

"즉상즉심."

"그게 무슨 말이세요?"

편조가 혼잣말처럼 내뱉는 말에 반야가 되묻는다. 햇볕이 내리쬐는 그녀의 얼굴이 분을 바른 것처럼 뽀얗다. 귀밑에 난 솜털까지 어린애처럼 보송보송하다.

"자기를 떠나서 정토도 없고, 아미타불도 없다는 말이지."

결국 산다는 건 자신의 마음에서 비롯되는 것이다. 반야를 얻은 건 곧 깨달음을 하나 얻은 것과 같다고 편조는 생각한다. 왜 그녀에게 반야라는 이름을 붙여 주었는지 알 것 같은 기분도 든다. 불법에선 반야를 얻어야 성불하며 반야를 얻은 이는 곧 부처님이므로, 반야는 모든 부처님의 스승 또는 어머니라고 일컫는다지 않는가.

"너무 멀리 왔군요. 집으로 돌아가야 할 터인데……."

반야가 문득 걸음을 멈춘다. 한낮의 햇살이 그녀의 그림자를 조그맣게 만들어 놓았다. 둑길에 나와 있던 개구리가 인기척에 놀라 개울로 뛰어든다.

"이제 너는 김 장군 댁으로 돌아가지 않아도 된다. 오늘부터는 너는 나와 함께 살 것이야. 내 김 장군에게도 이미 이야기를 해놓았다."

반야가 잠시 맑은 눈길로 편조를 바라본다. 심사를 알 수 없는 갈색의 투명한 눈빛이다.

"그래도 저를 여태껏 키워주신 분인데……."

"걱정 마라. 그건 내가 차차로 보답할 것이야."

반야가 가만히 걸음을 옮긴다.

"저기 누가 오는구나."

편조의 말에 반야가 시선을 모으고 저편에서 걸어오는 사람을 바라본다. 승려다.

"능우?"

땀에 젖은 후줄근한 승복 차림에 터벅거리는 걸음새는 예나 지금이나 하나도 변함이 없다. 영락없는 야반승(野盤僧: 바쁘게 사방으로 돌아다니는 시골 스님을 일컫는 말) 모양이다. 인간은 매일 변화를 구하지만 변하지 않아 좋은 것도 많지. 편조는 다가오는 능우를 보며 그런 생각을 해본다.

"이거 편조법사님 아니신가? 너무 차림새가 훤해서 웬 고관댁 귀공자인가 싶었네. 몰라볼 뻔했네."

"그러게 정말 오랜만이네. 그런데 어딜 그렇게 바쁘게 다니나?"

다가온 능우가 이마에 흐른 땀을 손등으로 훔친다.

"집을 구하러 다녔다네. 촌에 홀로 계신 늙으신 어머님을 그냥 두고 볼 수 없어서 개경에서 내가 직접 모시려고 하네."

그는 변한 편조의 모습이 이상한지 자꾸 곁눈을 흘끔거리며 살핀다. 백결 선생처럼 누덕누덕 기운 승복을 입던 편조가 흰 두건에 비단 단삼을 입었으니 너무 달라진 모습에 자못 어리둥절했던 것이다.

"오늘 그럴 일이 있어 좀 차려입었네."

편조의 말에 능우는 이리저리 살피는 자신의 태도가 지나치다 여겼는지 멋쩍은 표정을 한다.

"그래, 집은 구했는가?"

"그러네. 남산리 근처에 아담한 초가집을 한 채 구했다네."

"또 남산리인가?"

예전에 편조가 남산리에 거처한 것을 두고 한 말이다. 그건 벌써 몇 년 전이다. 그때 기현 아내의 권유로 남산리 초옥에서 기현의 저택으로 거처를 옮긴 뒤로 능우와는 사이가 적조해졌던 것이다. 그렇다고 두 사람의 마음까지 멀어진 것은 아니었다. 그동안 서로 바빴을 뿐이다. 편조가 기현 일파와 어울리기 시작하고, 또 그 뒤로 그를 미워하는 이승경과 정세운을 피해 두타로 떠도느라 좀체 만날 여유가 없었던 것이다.

그러나 능우는 아직 편조의 열성적인 지지자였다. 그는 현재 남경과 개경을 오가면서 포교에 여념이 없었다. 아울러 편조를 향한 그의 존경심도 여전해서, 법회에서 신도들과 만남이 있을 때면 그는 필히 편조에 대한 칭찬과 자신이 보고 겪은 여러 기행들을 약간의 과장까지 보태어 그럴듯하게 늘어놓곤 했다. 사람들을 모으고 엮는데 제법 재주가 있어서 편조를 지지하는 신도들의 모임도 따로 만들었다. 말하자면 편조를 위한 보이지 않는 후원자이자, 일종의 든든한 지원 세력인 셈이었다.

"그곳이 왠지 마음에 든다네. 집도 널찍하고 동네도 조용한 게…근데 이분은?"

그제야 뒤편에 서 있는 반야가 눈에 띄었는지 능우가 의아한 눈으로 묻는다.

"반야, 인사해. 능우라는 내 도반이지."

편조의 말이 있자 반야가 능우에게 다소곳이 인사를 올린다. 능우는 계속해서 어안이 벙벙한 얼굴이다. 이젠 고개까지 갸우뚱거린다. 편조의 달라진 모습도 이상하거니와 거기에다 예쁘장한 처녀까지 대동하고 있으니 자신이 알고 있던 편조가 맞는지 못내 의아심이 드는 모양이다.

"바람도 쐴 겸해서 자네가 얻었다는 남산리 집 구경이나 가볼까."

이참에 능우와 밀린 이야기나 할 심산이었다. 또 기현의 집에서 반야를 받아들일 채비를 갖출 동안 우선 반야를 그 집에 맡겨둘까 하는 생각도 든다.

그들 세 사람 뒤에는 무노가 두어 발 떨어져서 말을 끌고 터덜거리며 따라온다.

들판에는 모심기를 하는 농부들이 구슬땀을 흘리며 한 해 농사를 짓기에 열심이고, 제비들은 어린 새끼들에게 먹일 벌레를 잡느라 창공을 바쁘게 누비고 다녔다.

4

여름 오전의 햇살은 짐승이나 사람을 지치게 할 만큼 따갑다. 한 사내가 햇살을 받으며 무거운 걸음새로 관도를 따라 걸어온다. 삼십대의 그는 저만치 높다란 현청이 보이는 곳에 이르자 발걸음을 머뭇거린다. 눈이 작고 검고 넙데데한 얼굴에는 걱정과 후회, 내키지 않는 표정이 역력하다. 밤새 잠을 설쳤는지 눈알마저 퀭하다.

땅이 꺼져라 한숨을 내쉰 그는 도살장에 끌려가는 황소처럼 터덜거리며 커다란 삼문(三門)을 지나 옆에 난 작은 쪽문을 향해 다가간다. 보통 관속, 사령들이 드나드는 문이다. 적갈색 칠을 한 문 앞에는 당파창을 든 병사가 보초를 서고 있다.

"무슨 일이오?"

보초를 서던 병사가 사내에게 가까이 오라는 손짓을 한다. 보기에 촌무지렁이 같은 작자가 주변을 어슬렁거리는 게 수상쩍었던 것이다.

"다름 아니라 누굴 좀 만날까 해서……."

사내가 비굴할 정도로 굽실거린다.

"그럼 거기 비켜서서 기다리시오. 조금 있으면 사령이나 관속이 나올 테니 그때 부탁을 하든지 하고……."

"제가 만나야 할 분은……."

"기다리라고 하지 않나."

퉁명스럽게 반말을 내뱉는 병사다. 하는 꼬락서니를 보니 막 대해도 괜찮다고 여긴 것이다. 사내는 하는 수 없다는 듯 대문과 서너 발짝 떨어진 담 옆에 붙어 서서 기다린다. 주변에는 따가운 햇살을 피할 그늘 하나 없다.

"저 작자는 뭐야?"

한 식경이나 지날 즈음 문을 나서던 초로의 사령이 보초에게 묻는다. 따가운 햇살 아래 허수아비처럼 우두커니 서 있는 사내를 본 것이다.

"아까부터 누굴 만나겠다고 저러고 있습니다."

"누굴 만나려는 거야?"

"그건 나도 모릅니다."

힐끗 사내를 바라본 사령이 은근슬쩍 곁으로 다가간다. 뭔가 그럴듯한 건수나 생길까 해서다. 관청 주변에는 송사나 다툼에 얽혀 이런저런 궁색한 부탁을 하러 오는 사람들이 적지 않았다. 적당히 그들의 부탁을 들어주거나 요로(要路)에 있는 벼슬아치에게 연결만 해주어도 적잖은 구전을 얻어먹는 수가 생겼다.

"대체 무슨 일이오?"

처음부터 막말을 지껄이기엔 뭐해서 사령이 약간 높임말을 쓰며 묻는다.

"누굴 좀 만나려고 합니다."

사령이 눈알을 굴려 사내의 아래위를 살핀다. 차려입은 행색을 보아서는 고작 논 몇 마지기 뒤져 파서 목구멍에 풀칠이나 하는 농사꾼이 분명하다. 벼슬아치라곤 생전 아전 구경조차 못해본 처지인 듯하다. 그런데 관청에 있는 누구를 만나려고 왔다니 의외인 것이다.

"대체 누굴 만나겠다는 게요?"

"최지경이라고……."

"최지경이라면, 최 직장(直長)나리 말이오?"

"예, 소인의 사촌형 됩니다."

사내가 사촌형이라는 말에 힘을 넣는다. 사령의 낯빛이 시들해진다. 기대했던 구전이 생기기는 그른 것이다.

"알았소. 내 바깥 볼일 보고 들어가면 직장나리에게 사촌이 찾아왔다고 얘기해 주겠소."

마지못해 응낙하고 나선 사령이 다시 청으로 돌아온 것은 다들 점심을 먹고 한잠 자고 있을 한낮이다. 터덜거리며 돌아오던 사령은 담 옆에서 인사를 하는 사내를 보자 그제서야 생각났는지 고개를 끄덕이곤 쪽문을 통해 청사 안으로 들어간다.

다시 한 식경이나 지난 뒤에 쪽문을 나선 사람은 배가 조금 나오고, 턱에 반 뼘 수염을 기른 사십대의 관복 입은 남자다. 점심을 제법 거하게 먹었는지 슬슬 배를 만지며 쪽문을 나와 이리저리 둘러보던 그는 바깥에 서 있는 사내를 보자 자신의 직위를 떠올렸는지 위엄을 찾으며 거드름을 피운다.

"장식이 아닌가? 무슨 일이 있어 이 먼 길을 왔나."

장식이라 불린 사내가 꾸벅 허리 굽혀 절을 한다. 비록 사촌형이긴 하지만 나이 차이가 열 살 가량 나는 데다가 상대는 관직에 있는 신분이기에 공손할 수밖에 없다. 게다가 부탁을 하러온 처지다.

"그간 안녕하셨지요?"

"별일이 있을 거라도 있나. 헌데 숙부님은 안녕하시고?"

마지못해 응대하며 칠십여 리 밖의 사촌동생이 무슨 일로 찾아왔는지, 혹 곤란한 부탁이나 들고 온 건 아닌지, 기색을 살피는 최 직장이다. 부탁을 받으면 엔간하면 들어주지 않을 수 없는 형편이다. 어릴 적 일찍 부친을 잃은 그는 삼촌 집에서 자라났고, 그럭저럭 직장 자리에 오를 수 있었던 것도 물심양면 삼촌이 도움을 준 덕분이다. 냉정하게 거절하기는 곤란스런 형편이어서 자연 탐색하는 눈빛이 된 것이다.

"아직 자리보전을 하고 있습니다. 약을 지어드렸지만, 워낙 연세가 있어서……."

"그렇겠지. 조카들은 잘 크고 있나?"

최 직장은 숙부의 일 때문에 온 것은 아닐 거라고 나름대로 추측을 한다.

"예. 여섯 명 모두 그럭저럭 잘 자라고 있습니다."

"그래, 예까지 온 이유가 뭔가?"

"제가 온 것은 다름이 아니라……."

말을 꺼내기가 어려운지 우물쭈물 좀체 말꼬리를 잇지 못한다. 눈에는 근심이 가득하고 잔뜩 사색이 된 표정이다. 무슨 큰 잘못을 저질러 놓고 도망질을 다니는 죄인 몰골이다.

"여기 땡볕 아래에 서서 이럴 게 아니라 저기 찻집이라도 가지. 거기서 이야기를 듣기로 하고……."

찻집에 들어와서도 좀처럼 입을 열지 않는 사촌동생을 보다 못한 최 직장이 먼저 얘기를 재촉한다.

"어서 말을 해보아. 그래야 이 형이 무얼 어떻게 도울 수 있을지 알 거 아닌가."

"제가 못나서 큰일을 저질렀습니다. 형님, 정말 어찌하면 좋을지 모르겠습니다."

사내가 어쩐지 눈물까지 글썽거린다.

"어허, 무슨 큰 잘못을 저질렀는지 자초지종을 얘기해봐야 알 것 아닌가. 참 답답하네."

"그게 어찌 된 건고 하니 말입니다."

사색이 다 된 사내가 털어놓은 이야기의 전말은 이랬다.

연일 무더위가 기승을 부리던 어제 낮 무렵이었다.

사내가 거름으로 쓸 풀지게를 지고 나지막한 야산 등성이에 있는 밭에 가던 중이었다. 작은 개울이 흐르고 곰솔이 우거진 그늘에 두 남녀가 보였다. 마침 지나가는 길이어서 어쩔 수 없이 보게 된 것이었지만 노는 꼴이 그야말로 가관이었다. 그들은 몇 번 마을 앞을 지나다녀서 안면이 있었다. 남자는 살빛이 희고 말상으로 생긴 젊은이였고 그 옆에는 아내인지 첩인지 모를 젊은 여자가 같이 있었는데, 서로 껴안고 시시덕거리는 폼이 유곽의 여자들이나 할 음탕한 짓거리들을 벌이고 있었다.

젊은 놈은 여자를 껴안고 희희낙락이고, 여자는 무엇이 그리 좋은지 옷고름이 풀어져 속살이 내비치는 것도 모르고 있었다. 마을 사람들에게 주워듣기론 귀속이란 법명을 가진 나이 든 여승과 그의 조카, 그리고 젊은 아낙 이렇게 세 사람이 함께 다녔는데, 탁발로 근근이 살아가는 뜨내기들이라고 했다.

가뜩이나 머리가죽이 벗겨질 정도로 더운 여름철인 데다가, 무거운 풀지게까지 지고 가자니 안 그래도 짜증이 치미는 판에, 두 젊은 연놈이 대낮에 길옆 숲에서 지나다니는 사람들은 안중에도 없는 듯 서로 희롱하며 노는 꼴을 보려니 그만 부아통이 터졌던 것이다.

'젊은 것들이 수치를 알아야지. 짐승들보다 더러운 것들.'

사내가 지나치며 내뱉은 말이 어떻게 젊은 사내의 귀에까지 들렸는지 젊은 사내가 흰자위를 드러내며 당신이 뭔데 상관이냐고 대들었다. 잘못했다고 수긋해져도 모자랄 판에 나이 든 사람에게 얼굴을 빳빳이 쳐들고 대드는 모양을 보니 어처구니가 없었다.

'이런 막돼먹은 놈이 있나. 네놈 집에는 늙은 개도 안 키우나.'

그가 거름지게를 벗어놓고 젊은 사내의 뺨을 한 대 갈겼더니 여자 앞이라 그런지 더 악을 쓰며 달려들었다. 힘으로 하면 사내도 남에게 지지 않는 편이었다. 씨름에서 배운 호미걸이로 젊은 사내를 쓰러트린 다음 배에 올라타고 뺨을 대여섯 대 내리치는 참에 옆에 있던 여자가 악을 바락바락 써댔다.

'이런 천하고 무식한 농투성이가 감히 나라의 왕자님을 두들겨 패다니.'

그 말에 깜짝 놀란 그가 패던 짓을 멈추고 여자를 보았더니 여자가 눈에 잔뜩 독기를 실어 가지고 감히 석기왕자님을 그렇게 오뉴월 개 잡듯 했으니 이제 사돈팔촌까지 몽땅 씨를 말릴 각오를 하라고 저주를 퍼부었다.

일은 그렇게 끝난 성싶었지만 돌아와 생각하니 아무래도 여자의 말이 마음에 걸렸다. 여자가 굳이 석기왕자를 들먹이는 것도 예사롭지 않았고, 악을 바락바락 써대는 폼이 전혀 거짓 같지는 않아서 밤새 전전긍긍하다가 관청에 있는 사촌형을 찾아온 것이라고 했다.

"그것 큰일 났구나."

이야기를 들은 최 직장 역시 사색이 된다. 한동안 몸이 떨리고, 입이 떨어지지 않는다. 설마하니 사촌동생이 일을 저질렀다고 했을 때만 해도 무슨 큰일을 저질러서 이리 호들갑을 떨까, 위인이 가벼워서 큰일이야 하며 내심 꾸짖는 마음도 없지 않았다. 하지만 이야기를 듣고 보니 이건 정말 큰일도 보통 큰일이 아니다.

어떻게 해야 할지 앞이 캄캄했다. 관직에 있는 그로서는 그게 얼마나 큰 중죄인지 아는 까닭이다. 감히 백주에 왕자에게 욕을 한 건 고사하고 용안에 주먹질까지 해댔다니, 대역죄인도 그런 대역죄인이 따로 없을 것이다. 이 사실을 조정에서 아는 날에는 삼족(三族)의 씨를 깡그리 말려버리려 들 것이다.

최 직장도 들은 바가 있었다. 충혜왕이 원나라로 잡혀가서 독살 당하고, 충목왕이 등극한 뒤 석기왕자는 머리를 깎아서 만덕사로 출가시켰다고 했다. 나이로 따져보면 사촌동생이 때렸다는 그 젊은이가 석기왕자일 가능성이 매우 높다.

그게 아니라면 일개 아녀자가 설령 자기 남자가 두들겨 맞는다고 해서 왕자 신분을 들먹이는 건 상상조차 하기 힘들었다. 왕의 혈족을 사칭하는 건 일가족이 능지처참 당할 무서운 죄이기 때문이다. 아무리 석기왕자가 조정 중신들의 입김에 따라 여기저기 떠도는 신세라고는 해도 아직 신분은 엄연한 왕세자였다.

"어, 어찌하면 좋습니까?"

최 직장의 태도로 자신의 잘못이 더욱 크다는 사실을 알게 된 사내는 거의 죽을상이 되어 말까지 더듬거린다. 자신은 물론이고 아내와 생떼 같은 여섯 자식 모두 비명횡사할 처지에 놓인 것이다. 그뿐이랴. 앞에 앉은 사촌형과 주위 친척들 모두 무사하지 못할 것이다. 마른하늘에 날벼락이란 이런 경우를 두고 하는 말일 것이다.

"이걸 어쩐다."

최 직장이 낮게 신음한다. 그러나 정작 최 직장도 하나 모르는 게 있었다. 칠 년 전인 병신년에 임중보가 석기왕자를 왕으로 세우려 했다는 역모사건이 있었을 때, 사건에 연루된 석기왕자를 제주도에 유배하던 도중 죽이라는 이인임 대감의 밀명이 있었다는 점이다. 사실 지방 관청에서도 직장에 불과한 그로서는 조정 고위층에서 은밀하게 이루어진 내정행위를 알지 못하는 게 당연한 일이기도 했다.

"일단 집으로 돌아가 있게. 여기 있다고 해결되는 건 아니니까."

겨우 정신을 수습한 최 직장이 자리에서 일어서며 말한다.

그나마 최 직장이 의논하고 기댈 수 있는 건 자신의 직속상관인 원외랑(員外郞: 정5품 벼슬) 김부다. 지금은 상관이지만 예전에 함께 관직에 나온 데다 집까지 이웃하여 살고 있는 덕에 가까운 사이로 지냈다. 사촌동생을 보낸 다음 이참에 가족들을 데리고 어디 멀리로 도망이라도 치나 어쩌나 고민하다가 청으로 들어온 그는 마침 한가한 시간을 보내던 김 원외랑을 만나 자세한 이야기를 털어놓았다. 김 원외랑 역시 얘기를 듣고 깜짝 놀라기는 마찬가지였지만 자신의 일이 아니라서 좀 더 냉정하게 사정을 돌아볼 수 있었다.

"마침 오늘 저녁에 도순문사 영감과 술자리가 있네. 거기서 이야기를 꺼내봄세."

"일이 안 되면?"

"그야 식솔들을 이끌고 멀리 도망치는 수밖에. 일단 명 보전이나 하고 봐야지."

김 원외랑이 위로나 하듯 최 직장의 어깨를 두드렸다.

술자리는 서경 현청 별채인 예악청(禮樂廳)에서 제법 성대하게 벌어졌다. 서해도 도순문사 김유(金留)가 관할권에 관한 토의차 찾아온다는 기별을 받고 서북면 도순문사인 전녹생(典錄生)이 일부러 자리를 마련했던 것이다. 지역적으로 인접해 있는 데다가 김유가 현재 동지밀직인 안극인(安克仁)과 친분이 각별한 사이라는 것을 아는 그로선 대접을 소홀히 할 수 없었다.

언제 얘기할 기회가 날까 애를 끓이던 김 원외랑에게 의외로 기회는 찾아왔다. 전녹생이 먼저 말을 건네 왔던 것이다.

"눈치를 보아하니 아까부터 김 원외랑이 내게 뭔가 할 말이 있는 듯한데……."

한차례 떠들썩하니 술이 돌고 난 뒤 자리가 약간 소원해진 다음이었다.

"예, 그렇지 않아도 한 가지 아뢸 말씀이 있습니다."

"그게 뭔가?"

김 원외랑은 낮에 최 직장에게 들은 얘기를 그대로 전녹생에게 들려준다. 전녹생이 눈을 크게 뜨며 놀란 얼굴을 한다.

"석기왕자라면 병신년의 역모죄로 제주도로 귀양 보냈다는 얘기를 들었는데, 여기 평양부에 살고 있다니 그게 어찌된 일인가?"

"그것 참 놀라운 일이구려."

곁에 있은 덕에 두 사람의 얘기를 듣고 있던 김유가 귀가 솔깃한지 주름살 많은 눈을 가늘게 뜬다.

"그렇다고 그 최 직장이란 작자가 거짓말을 주워들었을 리는 없고……."

때마침 전녹생과 김유의 눈이 허공에서 마주친다. 관직에 있는 그들로서는 대충 일이 어떻게 전개되었는지 짐작 가는 바가 있었다. 역모를 꾸민 죄로 제주도에 유배를 보냈다는 죄인이 버젓이 평양부에 모습을 나타냈다면 그건 중간에서 어떤 야로가 있었다는 얘기가 된다. 게다가 석기왕자에 관한 일이라면 조정을 뒤흔들 만한 대사다. 일을 잘 해결하기만 해도 영전은 보장받은 거나 다름없다. 예기치 않았던 큰 건수가 걸려든 것이다.

"이런 일이라면 얼른 조정에 장계(狀啓)를 올려야 하지 않겠소?"

김유가 전녹생에게 묻는다.

"그야 당연한 말씀이지요."

"나도 따로 장계를 올려야 하지 않겠소? 어쨌든 듣기는 함께 들었으니……."

그 말은 이번 공을 세우는 일에 자신도 끼워달라는 얘기라는 걸 눈치 빠른 전녹생이 모를 리 없다. 김유가 이렇게 노골적으로 나오는 한 이를 무시할 수도 없다. 과(過)는 남에게 미뤄도 공(功)은 자신이 차지하려는 게 관료들의 오랜 습성이다. 몰랐으면 모를까, 이 사실을 알고 난 이상 그에게 한자리 끼워주지 않을 수 없다. 선심은 기쁜 마음으로 쓰는 게 덕이 된다고 했다.

"무어 그렇게까지 할 거 뭐 있겠소. 장계에 함께 이름을 올리면 간단한 일을 가지고……."

"그렇게 한다면 더욱 수월하겠소. 아무튼 기쁘오. 이처럼 전 영감을 방문한 날 그런 보고를 받게 되다니……."

"다 김 영감의 복이라 할 수 있겠지요."

"당장 장계를 올리도록 합시다. 이런 일은 지체할수록 마가 끼어드는 법이오."

이제 전녹생보다 더 흥분하여 서두르는 건 김유다. 엉뚱하게 끼어든 술자리에서 벼슬길을 높일 절호의 기회를 잡은 것이다.

"장계는 어떤 식으로 올리는 게 좋겠소? 그냥 평양부에 석기왕자를 칭하는 자가 나타났다고 하면 좀 사소해 보일 것이고……."

"전 영감 말이 백번 맞소. 그렇게 무른 장계를 올려서야 상부에서 그저 잡아들여 문초를 해보라는 어정쩡한 지시를 내릴 게 분명한 일이오."

"그럼 이러는 게 어떻겠소? 평양부에 석기라는 자가 나타나서 반란을 꾀한다는 정보를 받았으니 조속히 화답 내려달라는 걸로 말이오."

"그것 좋소. 이거 전 영감이 갈수록 마음에 드는구려."

김유가 반색을 지으며 무릎을 친다. 그렇게 두 사람의 합의 하에 꾸며진 장계는 다음 날 아침 일찍 파발마를 통해 개경에 보내졌다. 동시에 도순무사 전녹생의 명을 받은 낭장 한 명이 몸이 날랜 여섯 명의 병사들을 차출해서 석기 주변을 감시하기 위하여 파견되었다.

사흘 뒤, 조정에서 조속히 석기라는 인물과 그 역도들을 잡아들이라는 이인임의 수결이 적힌 답서가 도순무사인 전녹생에게 내려졌다. 평양부에서 올린 장계를 처음 접한 건 판전교사인 이구수(李求洙)다. 장계의 내용을 읽던 그는 예전 석기왕자가 연루된 역모사건을 맡았던 추문관이 지금 판삼사사인 이인임이라는 것을 알았고, 전부터 친분이 있던 터여서 은밀히 찾아가서 장계의 내용을 알려줬던 것이다.

소식을 들은 이인임은 깜짝 놀랐다. 당시 분명 호송책임자였던 낭장 이안에게 밀명을 내려 제주도로 압송 도중에 바다에 빠뜨려 죽이라고 했었다. 그럼에도 석기왕자가 살아 있다면 낭장 이안뿐만이 아니라 명을 내린 자신의 실책 또한 적지 않다.

게다가 지난 윤삼월에 홍왕사의 변고를 겪고 난 공민왕에게 다시 석기왕자의 역모사건을 아뢴다면 필시 임중보와 손수경이 연루된 지난 역모사건의 전모까지 샅샅이 밝혀내라는 칙명을 내릴 것이다. 그럼 국문 당시 정(正) 추관이었던 자신에게 문책이 떨어질 건 자명한 일이다.

고민 끝에 이인임은 전하께 보고 올리는 것을 뒤로 미루고, 먼저 전녹생에게 석기를 잡아들이라는 회서(回書)를 보내는 것과 함께 수족이나 다름없는 호군 경부흥, 중랑장 임견미를 파견하여 전녹생이 석기를 체포하는 대로 압송해오라는 임무를 주어 평양부로 내려보냈던 것이다.

저녁 무렵이다.

부엌 바닥에 퍼질러 앉아서 반찬거리로 쓸 푸성귀를 다듬던 자려는 방 안에서 석기와 그 처가 속살거리며 나누는 얘기에 귀를 기울인다. 평소 같으면 그냥 들어 넘겼을 말이지만, 그놈이 어쩌고 하는 소리가 왠지 귀에 거슬렸던 것이다.

"그놈이라니 그게 무슨 막말이에요?"

부엌과 통하는 작은 문으로 머리를 들이민 자려가 다그치자 석기는 그저 우물쭈물하고, 대신 나선 건 그놈이라는 말을 내뱉은 석기 처였다. 아직 그 일에 앙심을 품고 있었던지 석기 처는 사흘 전에 있었던 일을 짤막하게 털어놓는다. 듣고 난 자려의 언성이 높아진다.

"아무리 홧김에라도 그렇지. 어찌 그리 쉽게 왕자라는 신분을 들먹였다는 겁니까?"

나무라긴 했지만 자신의 잘못도 없지 않아 후회막급이다. 석기가 혼례를 올린 뒤 세 사람이 북으로 올라오면서 석기 아내 된 여자가 너무 석기에게 스스럼없이 구는 모습이 보기에 언짢고, 또 한 몸이나 다름없는 부부가 되었으니 알 건 알아야 된다는 생각에 자려가 그예 석기의 신분을 밝혔던 것이다. 또한 자신이 은천옹주의 시녀였으며 석기에겐 유모나 다름없다는 사실까지 털어놓았다. 덧붙여 어떠한 일이 생겨도 석기의 신분을 밝혀서는 안 된다는 다짐 역시 누차 해두었던 것이다.

"저라고 그러고 싶어 그랬겠어요. 석기왕자님이 맞는 모습을 보니 눈에 뵈는 게 없어서 그만……."

자신도 억울하다고 여겼던지 석기 처가 눈에 눈물까지 글썽거린다.

"그나마 여기서는 조금 맘 편하게 사는가 했더니……."

또 떠돌아야 하는가 싶어 한숨을 내쉬던 자려의 얼굴에 순식간에 핏기가 가신다. 그러고 보니 짐작 가는 게 있다. 이틀 전부터 사내들 몇이 주변을 맴돌고 있던 게 자려의 눈에 띄었던 것이다. 처음 보는 젊은 사내들로 자려의 시선이 가 닿으면 딴전을 피우곤 하는 꼴이 어쩐지 마음에 께름칙했던 것이다.

"이 일을 어쩐다."

그들은 분명 관에서 정탐을 내보낸 병사들이 틀림없다. 자려의 기색을 살핀 석기가 영문을 몰라 하며 묻는다.

"신분이 밝혀졌다고 해서 당장 무슨 일이 난 것도 아닌데, 왜 그렇게 간 떨어진 사람 얼굴을 하느냐?"

"그럴 일이 있습니다. 이제부터 내 말을 잘 들으세요. 그렇지 않다간 우리 모두 여기서 관병들에게 잡혀 목숨이 위태롭게 될 것입니다."

"관병들이라니……?"

"몰래 바깥을 살펴보시면 멀찍한 곳에서 누가 이쪽을 감시하고 있는 게 보일 거예요."

"어디, 어디?"

석기가 들창에 난 구멍에 눈을 갖다 댄다.

"농부 차림을 하고 있지만 그들은 아마 우리의 신분을 알아챈 관청에서 조정에 장계를 올려두고 답신이 내려올 때까지 우리를 감시하라는 명을 받은 관병일 것입니다."

"그, 그렇구나. 머, 멀리 두어 명이 풀숲에 숨어 있는 게 보인다."

예전에 역모사건에 연루되어 군옥에 갇혀 있었던 게 기억나는지 석기가 겁에 질려 말까지 더듬거린다.

"그 두 명뿐이 아닐 겁니다. 이제 도망칠 길은 하나입니다. 그러니 이제부터 제 말대로 하세요."

"그, 그렇게 하지."

석기와 석기 처가 동시에 고개를 끄덕인다.

"우선 평소 하던 대로 자연스럽게 아무 티도 내지 말고 행동하세요. 그러다가 오늘 해가 져서 어둠이 깔리는 시각이 되면 두 사람이 먼저 이 집을 빠져나가세요. 어디든 좋지만 관병들의 추격이 있을 걸 고려하면 동계 방향으로 가는 게 가장 안전할 겁니다."

"그럼 유모는 어떡하려고……?"

"아무래도 두 사람이 집을 빠져나간 뒤에야 저도 몸을 빼낼 수 있을 거예요. 갑자기 사람 기척이 없으면 분명 수상히 여기고 확인하기 위해 집으로 닥칠 테니까요."

자려가 침착하게 말한다. 그녀는 잘 알고 있다. 두 사람을 보내고 난 뒤 자신까지 빠져나가기는 불가능하다는 것을. 명을 받고 감시하러 온 관병들이 그리 호락호락 속아줄 리 없는 것이다. 또한 어차피 석기왕자가 관병들의 추격을 피할 수 있는 먼 거리까지 도망가는 시간을 벌기 위해선 자신이 이 집에 남아 있어야 했다.

그녀는 내색을 하지 않도록 자제심을 발휘한다.

"그럼 우리는 어디서 만나지?"

영영 못 만날지도 모릅니다. 내심으로 말하며 자려는 석기의 얼굴을 물끄러미 바라본다. 언제 보아도 애틋하고, 언제 보아도 잘생긴 얼굴이라고 자려는 생각한다. 젖먹이 적부터 스물한 살이 넘은 지금까지 보아온 사람인데 아직 눈에 넣어도 아프지 않을 듯하다. 아울러 그와 함께 지낸 이십여 년의 세월이 너무 빠른 것도 같고 느린 것도 같다.

"무사히 도망치면 중추절에 묘향산 보현사(普賢寺)에서 만나기로 해요. 제가 먼저 가서 기다리기 쉬울 거예요."

두 사람을 안심시키기 위해 헛된 약속까지 해놓는 자려다.

저녁이 되자 자려는 머리에 수건을 쓴 채 방과 부엌을 들락거리며 밥 짓는 시늉을 한다. 아궁이에 불을 때서 굴뚝에 연기가 나도록 하고, 가끔씩은 안에다 대고 무슨 얘긴가를 건네기도 한다. 곧 어둠이 내리면서 방에는 불을 켜고, 부엌에도 수시로 들락거리며 아궁이 불을 보살핀다.

이윽고 어둠이 내리기 시작하자 자려는 물동이를 이고 나와 우물가에서 물을 긷는다. 두어 번 물을 길어다 놓은 다음에는 다시 석기의 옷으로 갈아입고 마당으로 나와서 서성거린다.

석기 내외가 멀리 도망칠 시간을 벌기 위해 집 안을 들락거리는 그녀의 뇌리를 지배한 생각은 딱 두 가지였다. 하나는 석기왕자가 무사히 도망쳤으면 하는 것이고, 다른 하나는 만약 자신이 죽어서 환생한다면 온전한 여자의 몸으로 태어나 남자의 진실한 사랑을 받아 보고 싶다는 것이었다.

감시하던 관병들이 석기 일행의 이상함을 알아챈 것은 석기가 달아난 이튿날 오전이다.

밤을 새워 감시한 병사와 교대한 병사 중에 눈썰미가 있는 자가 있었다. 그 병사가 바깥을 드나드는 사람을 보더니 아무래도 석기라는 자가 어제보다 체구가 작아 보인다는 말을 했다. 안 그래도 석기 외에 다른 사람의 기척이 없는 터여서 수상쩍게 여긴 낭장이 물이라도 얻어먹는 척하며 집 안 사정을 살피라고 병사 한 명을 내보냈다.

집으로 갔던 병사의 다급한 손짓에 우르르 달려가 보니, 집 안에 있던 사람은 단 한 사람뿐이었고, 그나마 대들보에 목을 매어 이미 숨이 끊어진 다음이었다.

도순무사 전녹생이 조정으로부터 석기를 잡아 올리라는 회신을 받은 것과, 낭장으로부터 석기가 자결했다는 보고를 받은 건 거의 동일한 시간이다. 낭장의 보고로 판단해서는 함께 살던 세 명 중 두 명은 흔적이 묘연하고 석기로 보이는 자만 죽었다는 게 이상한 노릇이었다.

전녹생은 아무래도 일이 잘못되었음을 직감했다. 가슴이 철렁했다. 그렇지만 지금 와서 석기를 놓쳐버렸다고 장계를 올렸다가는 파직은 물론이고 형벌까지 당할 판이다. 어떡하든 이 곤경을 잘 넘겨야 살아남을 수 있다고 그는 마음을 다잡았다.

"죽은 놈이 남자인가 확인하고, 남자가 맞든 안 맞든 일단 목을 잘라서 가져오너라."

명을 받든 낭장이 말을 달려서 병사들이 지키고 있던 석기의 집으로 갔다. 낭장의 명령에 한 젊은 관졸이 죽어서 방바닥에 뉘어 놓은 자려의 아랫도리를 벗겼다.

드러난 건 여자처럼 희고 가는 다리였다. 그러나 치골엔 시커멓게 거웃이 나 있고, 그 아래 달려 있는 건 약간 묘하긴 했지만 분명 남자의 생식기였다.

"마을 사람들 얘기로는 두 여자와 한 남자가 함께 살았다니, 남자인 걸로 봐서 이 작자가 석기임이 분명한 게야."

이상한 듯 고개를 갸웃거리던 낭장이 스스로를 설득시키듯 한 말이다.

잘려진 머리는 이인임에게로 보내졌고, 머리칼이 없는 탓에 끈으로 묶여서 개경 성내 저잣거리에 내다 걸렸다. 다행히 지난 병신년에 있었던 역모사건의 전모를 새로 밝히자는 추가 여론은 없어서 사건은 그걸로 일단락되었다.

하지만 이인임의 엄명에 의해 당시 석기의 호송을 책임졌던 낭장 이안과 녹사 정보를 비롯한 관계자들은 모두 효수를 당했다. 또 석기가 도망가도록 뇌물을 준비한 은천옹주의 아비 임신 역시 그 죄를 물어 효수시켰다.

5

시월 중순 들면서 연일 날씨가 흐리더니 어제부터 모처럼 날씨가 화창하다. 들에는 억새며 속새가 희게 나부끼고 숲에는 단풍이 한창이다. 당단풍이며 졸참나무, 백양나무, 은행나무가 노랗고 붉고 푸른 색깔로 계절의 마지막을 화려하게 장식하고 있다.

황해도 황주 인근의 한 길가 주막.

마당에 내놓은 평상에는 대낮부터 술추렴이 벌어지고 있다. 추수한 곡식을 팔아 술 마시러 온 남정네들이 얼굴이 통통한 주모를 상대로 음담잡설을 주고받던 중이다. 빈 잔에 술을 따르던 주모가 주막에 들어서는 승려를 보고 서둘러 엉덩이를 일으킨다. 낮부터 마신 술기운에 눈가가 불그스레해진 남정네들의 시선이 방금 들어선 승려에게 모여든다.

"어허, 거 참⋯⋯."

"아니, 왜?"

"지금 들어선 비구니 말일세."

"비구니가 어때서?"

"피부도 유난히 희지만 몸매 좀 보아. 육덕 한번 끝내주게 생겼지 않나?"

"예끼, 이 사람, 불제자를 두고 죄받을 소리 그만하게. 아무튼 자네는 너무 밝혀서 탈이야. 그저 치마만 둘렀다 하면 절구통을 보고도 침을 좍좍 쏟아내는 판이니……."

"보이는 대로 말하는 게 무어 그리 잘못이야?"

"대체 보이긴 무어가 보인다는 거야?"

"이 사람이 눈은 가죽이 모자라서 찢어놓은 구멍인 줄 아나. 하긴 자네야 워낙 반소경이나 다름없으니…자넨 저 승복자락 앞으로 불룩하니 솟은 가슴도 안 보이는가?"

술 취한 사내들이 귓속말로 질탕한 소리를 지껄이는 걸 아는지 모르는지 승려는 아랑곳하지 않고 곧장 객방 지붕 처마 아래 조그맣게 달아낸 쪽마루로 향한다.

"지나던 길에 잠시 요기나 좀 하고 갈까 해서요."

주모가 다가가자 쪽마루에 앉은 승려가 삿갓을 벗어든다. 푸르게 깎은 머리 아래 희고 갸름한 얼굴이 드러난다. 지심녀다. 그녀도 서른 중반을 넘긴 나이는 어쩔 수 없는지 눈가에 잔주름이 생겨나 있다.

"아유, 그러세요? 그럼 마루에 앉아서 좀 기다리세요."

탁발승으로 음식을 얻어먹으러 온 건지, 손님으로 온 건지 가늠하던 주모는 심녀가 요기를 청하자 반가움에 서둘러 마당을 돌아 부엌으로 들어간다. 짚신을 벗고 마루에 올라선 심녀는 바람벽에 등을 기대고 앉는다. 하루 종일 걸어 다니느라 다리가 아프고 삭신이 노곤하다.

언제까지 이렇게 떠돌아야 하나.

심녀가 처마 밖으로 보이는 감나무에 시선을 던진다. 가지마다 주렁주렁 매달린 감이 서리를 맞아 발갛게 익어 있다. 세월은 유수처럼 빠르다. 얼마 지나지 않아 매서운 바람과 함께 엄동이 찾아들 것이다. 그 때가 되면 추위 때문에 바깥에 나다닐 엄두도 내지 못할 것이다. 어떡 하든 그전에 겨울을 날 수 있는 곳으로 찾아들어야 할 터였다.

이게 무슨 꼴이람. 원수도 옳게 갚지 못하고…….

심녀는 자신의 신세가 한심하게 되었다고 생각한다. 그 생각 끝에는 꼭 재작년 일이 떠오르고, 그건 아직도 마음에 커다란 아쉬움으로 남 아 있다. 그 난데없는 방해꾼들만 나타나지 않았어도 쉽사리 원수를 처치하고 지금쯤 어디서 조용히 숨어 살고 있었을 것이 아닌가.

재작년 봄에 원수를 갚기 위해 양검의 집에 침입했던 심녀 일행은 예기치 않았던 방해자들로 인해 치명적인 결과를 빚었다. 뒤늦게 나타 난 무영에게 패한 겐로쿠는 그 자리에서 자결했고, 무영에게 급소를 맞아 혼절했던 이시로는 관아에 넘겨져서 심문을 당한 다음 효수형을 당했다. 풍천의 발길질에 차여 뒷문을 뚫고 뒤란으로 굴러 떨어진 심 녀 혼자 요행히 목숨을 부지할 수 있었다.

상황이 불리함을 깨달은 심녀는 그길로 벽란도를 떠나 무작정 도망 쳤다. 그녀는 한동안 복수를 하기 힘든 것을 알았다. 재정적 후원자이 자 뛰어난 칼잡이였던 이시로와 겐로쿠가 죽은 데다, 자신의 얼굴이 알려진 까닭에 앞으로는 양검에게 접근하는 것조차 어려워진 것이다. 게다가 양검의 주변에는 그를 따르는 무관과 병사들이며 젊은 검술의 달인까지 있었다. 근처를 얼씬거리다가 행여 그들의 눈에라도 띄게 되 면 그땐 목숨을 부지하기조차 힘들 것이다.

그나마 원수의 여자를 해친 것만도 얼마간의 복수는 한 셈이다. 심 녀는 복수는 일단 뒤로 미뤄 두기로 마음먹었다. 청산이 푸른 한 땔나 무 걱정은 없다는 말이 있지 않은가. 기다리다 보면 어떡하든 다시 복

수의 기회는 찾아올 것이다. 그러려면 우선 자신의 목숨부터 도모해야
할 것 같았다.

개경을 빠져나온 그녀는 북쪽을 향해 길을 잡았다. 다행히 벽란도에
서 가져온 얼마간의 패물과 은자가 있어서 그럭저럭 일 년여 동안은
무사히 지낼 수 있었다. 그러나 올봄 들면서 가지고 있던 여비가 서서
히 바닥을 드러냈다. 생각지도 않게 빌어먹는 처지까지 된 것이다.

세상이 어지러우니 인심 또한 사나웠다. 탁발승도 아닌 터에 거저
밥을 주는 집은 없었다. 가끔씩 주막집의 술병도 나르고, 으슥한 곳에
서 만난 낯선 사내에게 치맛자락을 걷어주고 한 끼 밥을 얻어먹기도
했지만 너무 구차스러운 삶이었다.

처음엔 예전처럼 장사 잘되는 주막집에 빌붙어 적당히 지낼 생각도
없지 않았다. 하나 그것도 한창 젊을 적 얘기였다. 나이가 들면서 그녀
를 대하는 사내들의 대접도 시원찮아졌다. 그녀 역시 퀴퀴한 수컷 냄
새가 진동하는 주막집 뒷방에 퍼질러 살면서 온갖 천하고 더럽고 막되
먹은 사내들의 성적 노리개가 되는 일은 이제 지겨움을 넘어 신물이
넘어올 지경이었다.

별다른 대책도 없이 걸인이나 진배없는 궁상스런 나날을 이어가던
그녀에게 첩살이를 해보면 어떻겠느냐고 제안해온 노파가 있었다.

두 달 전이었다. 목이 말라서 멈춘 샘물가에서 우연히 만난 노파였
다. 이 마을 저 마을을 광주리를 이고 다니며 빗이나 실, 반지, 노리개
따위를 파는 방물장수 노파였다. 곁에 앉아 심녀의 행색을 이리저리
살피던 노파가 살결이 뽀얘서 사내들의 사랑을 받게 생겼다는 말을 하
더니, 불쑥 그런 제안을 해온 것이다.

노파가 말하는 집은 서경 위쪽 숙주에서 제법 밥술깨나 뜨는 집으

로, 노파가 자주 물건을 팔러 다녀 집안 사정을 잘 안다고 했다. 솔직히 말하면 부인과 첩실까지 거느린 오십 넘은 중늙은이인데, 부인과 첩 모두 몸이 부실해서 밤일에 쓸모가 없다며 노파에게 괜찮은 여인이 있으면 데려오라는 부탁을 했다는 것이다.

늙은 남정네가 그거 하나는 매우 밝히는 모양이야.

얘기 끝에 노파가 심녀에게 중지 손가락을 들어 보이곤 합죽한 입을 오물거리며 웃었다.

노파를 따라가 만난 부잣집 주인사내는 노파가 귀띔한 대로 밤일을 무척 밝히게 생겨먹긴 했었다. 우선 코가 가지처럼 굵고 길쭉한 터에 개기름이 흐르는 얼굴을 하고 있었다.

첫눈에 심녀가 마음에 들었는지 사내는 그녀의 손목을 잡으며 좋아했다. 적지 않은 대가를 받은 노파가 흐뭇한 표정으로 돌아간 뒤 사내는 노비를 시켜 안방을 치우라고 명했다. 원래 안방은 첩실이 차지하고 있었지만, 나이도 적지 않은 터에 주인사내의 기세가 드세어서 그런지 아무 항의도 못하고 방을 내주는 눈치였다.

심녀를 안게 된 사내는 마치 유월 가뭄에 물 만난 고기처럼 설쳐댔다. 침식을 잊을 판이었다. 오십 줄의 늙은이가 웬 정력이 그렇게 남아 있었는지 밤이고 낮이고 가리지 않고 달려들었다. 심녀에게 간이라도 빼줄 듯했던 것은 물론이다.

그렇게 열흘쯤 지났을까. 아침에 심녀가 잠자리에서 깨어나 보니 사내는 이미 싸늘한 송장이 돼 있었다. 나이에 비해 너무 색을 밝힌 탓도 있지만 심녀를 만난 게 제 명을 못 채운 원인일 터였다.

주인사내가 죽었다는 사실을 알게 된 본부인과 첩실이 심녀를 철천지원수처럼 여기고 달라붙었다. 심지어 몸종에 하녀까지 몰려나와 그녀에게 갖은 욕을 퍼부었다. 첩실은 밤낮 없이 요분질을 쳐대어서 주인사내를 잡아먹은 구미호 같은 년이라며 심녀의 머리채를 잡아채고 고래고래 악을 써댔다. 또 부인은 부인대로 그동안 정을 받지 못한 주인사내에게 맺힌 한을 풀려는 심사인지 심녀를 반쯤 죽도록 두들겨 팼다. 그녀가 입던 단벌옷이나마 가지고 나올 수 있던 것만도 다행한 일이었다.

그 뒤로 심녀가 첩살이를 생각해보지 않은 건 아니었다. 하나 그것 역시 여의치 않았다. 우선 그녀의 나이가 문제였다. 잘사는 집이라면 굳이 젊고 예쁜 처녀애를 두고 서른 중반을 넘긴 여자를 들일 리 만무했다. 여기에다 잦은 전란으로 먹고살기도 급급한 판에 첩실을 들이려는 부자가 얼마나 있을 것인가. 설령 있다손 치더라도 부인이 있으면 쉽게 첩실을 들일 까닭이 없었다.

생각다 못해 그녀가 궁여지책으로 택한 게 머리를 깎는 일이었다. 승려 차림을 하면 어디서든 구걸이 용이할뿐더러 여자의 몸으로 혼자 다니기에도 편할 거라는 계산이 섰기 때문이다. 절 근처에만 가지 않는다면 자신이 가짜 승려라는 걸 누가 따지고 들 리도 없었다.

마음의 결정을 내린 그녀는 방앗간 집 귀머거리 노파에게 머리를 깎아줄 것을 부탁했고, 그때부터 그녀는 비구니가 되었다. 그전보다 살아가기가 한결 수월해졌다. 목에 염주를 걸고 몇 마디 귓등으로 주워들은 염불을 외기 시작하면 누구든 그녀를 비구니로 여겨서 약간씩 시주를 해주었던 것이다.

문제는 다가오는 한겨울이었다. 지금까지야 어찌어찌 넘긴 셈이지만 추운 겨울이 닥치면 얘기가 전혀 달라진다. 살을 에는 바람이 몰아치는 한겨울에 거리를 떠돌며 시주를 다니기는 여간 어려운 일이 아닐 것이다. 또 추운 날씨에 밖으로 나와 대문을 열어줄 집이 몇 군데나 있을 것인가.

겨울이 오기 전에 무슨 수를 쓰긴 써야 할 텐데……

묵은 걱정을 하던 중에 주모가 밥상을 들고 왔다. 시장기를 느낀 심녀가 막 숟가락을 들려는데 한 거대한 몸집의 사내가 성큼 주막 마당으로 들어선다.

사내는 구리로 된 알이 굵은 염주를 목에 걸고 손에는 쇠로 된 무거운 석장을 짚고 있다. 부리부리한 눈매에 호박처럼 울룩불룩한 얼굴, 텁석부리 수염이 무성하게 돋아 있는 그는 마환이다. 홍건적의 난이 있던 해에 스승인 유타대사를 만나기 위해 떠났다가 여섯 해 만에 다시 고려로 돌아오는 중이다.

"이봐, 주모. 여기 음식 좀 가져와."

마루에 엉덩이를 내려놓은 마환은 부엌을 향해 징이 깨지는 소리를 지른다.

"무엇을 드시렵니까?"

부엌에서 달려 나온 주모가 묻는다.

"닭이나 두어 마리 삶아와."

주모의 눈이 휘둥그레진다.

"스님이 어떻게 고기를……"

"왜, 스님은 고기를 먹지 말라는 법이라도 있어?"

마환이 마루에 척 걸터앉아서 신고 있던 가죽신을 벗어 턴다.

"척 보아하니 라마승이구만."

"스님은 무슨…내가 보기엔 파계승 같은데?"

"설마? 그런데 저 팔뚝 좀 봐. 웬만한 사람 허리통만 하구먼."

"그러게 말이야."

술을 마시고 있던 사내들이 마환을 흘끔거리며 수군거린다. 마환이 슬며시 눈길을 보낸다. 그러자 제풀에 놀란 사내들이 서둘러 자리를 털고 일어난다. 괜히 어정거리다가 봉변을 당할까 두려워하는 눈치다.

"저, 닭을 잡으려면 미리 돈을 좀…마침 우리 집에 닭이 없어 옆집에 사러 갔더니 주인이 선불을 달라고 해서……."

다시 나타난 주모가 마환의 눈치를 살피며 조심스럽게 말한다.

"그래?"

마환이 두말 않고 어깨에 걸치고 있던 커다란 바랑을 풀어 뒤적인다. 바랑 안에는 꽤 많은 소은병과 금붙이가 들어 있다. 그는 그중에서 조그마한 것을 하나 꺼내 주모에게 내민다.

"자, 이거면 되겠어?"

"예, 물론입니다. 되고말고요."

주모는 대번에 입이 벌어진다.

"그럼, 술도 좀 푸짐하게 가져와."

"알았습니다. 닭을 잡으려면 시간이 좀 걸리니 객방에 들어가서 기다리세요."

주모는 연신 고개를 숙인 뒤 종종걸음으로 닭을 사러 나간다. 그 모습을 유심히 지켜보던 심녀의 눈에 모종의 결심의 빛이 스친다.

잠시 뒤, 부엌과 면한 마당 구석에서는 닭 잡는 소리가 요란하다. 이어 부엌에서 끓는 물을 퍼온 주모가 닭털을 뽑는다.

쪽마루에 앉아 있던 지심녀는 슬쩍 옆방의 동정을 살핀다. 코 고는 소리가 요란한 걸로 보아 음식을 기다리다가 잠이 든 모양이다. 잠시 앉아서 때를 기다리던 심녀가 마루에서 내려와 부엌으로 간다.

"많이 드셨어요?"

털 뽑은 닭을 삶기 위해 가마솥에 불을 때고 있던 주모가 고개를 들며 묻는다.

"잘 먹었습니다. 얼마를 드리면 될까요?"

"스님이 적당히 알아서 주세요."

바랑 속에 담겨 있던 쌀로 값을 치른 심녀가 부엌을 떠나지 않고 머뭇거린다.

"고맙습니다. 한데, 측간이……."

"측간이라면 들어오는 문 바로 옆에 있는데."

"거긴 사람들이 많이 들락거려서……."

심녀가 주저하는 기색을 보이자 주모는 그녀의 뜻을 알았다는 듯 웃음을 머금는다.

"그래요. 그럼 저 뒤꼍으로 가세요."

주모는 잡초가 우거진 부엌 뒤꼍을 가리킨다.

"참, 식사를 다 하셨다니 그릇을 치워야겠네."

심녀가 볼일을 보는 척 어정대면서 뒤꼍에 있자니 주모가 잠시 부엌을 나간다. 그 틈을 노린 심녀가 재빨리 부엌에 들어가서 솥뚜껑을 열고 미리 준비한 푸른 가루를 넣는다. 파두(巴豆)라는 식물의 열매를 말려 가루로 만든 것으로, 독성이 매우 강해 먹으면 설사를 하게 되고 심한 경우 목숨까지 잃게 되는 독물이다. 눈치채지 못하게 솥뚜껑까지 덮은 심녀가 얼른 부엌을 나온다.

"이 근처에 가까운 절이 있습니까?"

심녀가 시치미를 떼고 빈 그릇을 들고 오는 주모에게 묻는다.

"마을을 벗어나 동쪽으로 한 이십여 리 정도 가면 봉우리에 바위가 많은 산이 하나 나오는데, 그 산 중턱에 작은 절이 있지요."

"그렇군요. 한데 거기까지 가려면 꽤 다리품을 팔아야 할 것 같네요. 피곤해서 그러는데 여기서 좀 쉬었다 가면 어떨까요?"

"그래요. 지금은 손님도 뜸한 시간이니 마음 놓고 쉬었다 가세요."

주모는 부엌에서 조금 떨어진 안채를 가리킨다. 여승더러 오가는 사람들이 다 보이는 쪽마루에서 쉬다가라고 하긴 힘들었던 것이다. 심녀는 고맙다는 인사를 하고 부엌을 나온다. 안방으로 들어간 심녀는 작은 문틈으로 옆방의 동정을 살핀다.

이제 주막에 손님이라고는 마환밖에 없다. 주모가 삶은 닭과 술을 가져다 놓자 허기가 졌는지 마환은 게걸스럽게 먹기 시작한다. 한참 음식에 열중하던 마환의 안색이 땡감을 씹은 것처럼 변한다.

"뭐야, 이거. 음식에 무얼 넣은 거 아냐?"

마환이 미간을 찌푸리며 투덜거린다. 술이며 음식에 코를 대고 냄새를 맡던 마환은 참기 힘든 듯 배를 움켜쥐고 측간으로 향한다. 그 틈을 노린 심녀가 슬그머니 안방을 나와 솜씨 좋게 객방에 놓아둔 마환의 바랑을 챙겨들고 밖으로 사라진다.

얼마 뒤 측간에서 나와 자리에 앉던 마환은 다시 미간을 접으며 큰소리로 주모를 부른다. 부엌에 있던 주모가 치맛자락에 손을 닦으며 화급히 뛰어나온다.

"무슨 일로 부르셨습니까, 스님."

"여기 놓아두었던 내 바랑 못 봤나?"

"글쎄요……."

주모를 다그치던 마환은 문득 짐작이 가는 듯 빙긋 웃음을 머금는다.

"그 망할 중년의 짓이군."

"중년이라뇨? 설마 그 스님이⋯⋯."

주모의 눈이 휘둥그레졌다. 그리고 보니 분명 안방에 쉬고 있어야 할 비구니가 보이지 않는다.

"스님은 무슨 스님."

퉁명스레 내뱉은 마환은 벽에 기대어 둔 석장을 집어 들고 주막을 나선다. 문밖 갈림길에서 잠시 눈을 감고 주문을 외듯이 중얼거리던 그는 짚이는 데가 있는지 동쪽으로 난 길을 택해 걸음을 옮기기 시작한다. 얼른 보기에는 그저 걸어가는 것 같지만 속도는 뛰어가는 것보다도 빠르다. 바람이 없는데도 장삼자락이 세차게 휘날린다.

한참을 달려온 심녀는 소나무 그루터기에 걸터앉으며 가쁜 숨을 몰아쉰다. 가지만 남은 커다란 나무들이 그녀의 몸에 그물 같은 그림자를 만든다. 그녀는 일부러 큰길을 버려두고 구불구불한 소로를 따라 이곳까지 온 것이다.

주위를 둘러보았지만 아무도 따라오는 기척이 없다. 그녀는 호흡을 고른 다음 조심스레 바랑을 열어젖힌다. 적지 않은 금붙이에다 패옥이며 소은병이 바랑에 그득하다. 무슨 망할 중놈이 이렇게 가진 돈이 많아. 심녀는 만족한 미소를 머금는다.

"고작 예까지밖에 못 왔느냐?"

돌연 등 뒤에서 벽력같은 고함소리가 들린다. 놀란 심녀가 고개를 돌린다. 언제 나타났는지 마환이 히죽 웃으며 서 있다. 심녀는 내심 놀랐으나 겉으로는 태연한 표정을 짓는다.

"네년이 어디로 도망가든 소용이 없을 거다. 내 미보법(尾步法)에 걸린 한."

"미보법?"

처음 볼 때부터 외양이 특이하다고 예상은 했지만 역시 보통 중은 아니다. 심녀는 이런 중에게 어떻게 대처해야 할지 궁리하느라 머리가 바쁘게 돌아간다.

"그래, 누가 어디로 도망을 가더라도 쫓아갈 수 있는 술법이지. 의심스럽거든 어디 한 번 달아나보거라."

여유만만한 마환이다. 심녀는 일단 배짱을 부려보기로 한다.

"누가 도망 간댔어요? 그까짓 보따리 돌려주면 그만인데."

심녀가 안고 있던 바랑을 던지듯 내려놓는다.

"보따리만 돌려주면 다인 줄 아는가? 아니지. 그것만으로는 안 되겠다."

"그건 왜요?"

"바쁘신 이 몸을 귀찮게 여기까지 걸음하도록 했지 않나."

"그럼 어쩔까요. 내 몸이라도 한번 시주를 해드릴까요?"

지심녀가 색정적인 미소를 흘리며 마환의 얼굴을 빤히 올려다본다. 까짓 안 되면 육보시 한 번 한 셈 치면 된다는 게 심녀의 속셈이다. 지켜보던 마환이 껄껄거리며 웃는다.

"관상을 보아하니 네년은 결코 중이 될 수 없는 상이다. 지금 승복을 입고 있기는 하지만 중이 아니란 말이다. 보아하니 눈빛에 아주 깊은 원념이 서려 있는 것으로 보이는데 대체 무엇을 하는 년이냐?"

마환의 예리한 안목에 심녀는 가슴이 뜨끔했다. 그러나 그녀는 지지 않고 대거리한다.

"제가 무엇을 하는 사람인지는 알 것 없고. 보따리를 돌려줄 테니 그만 가세요."

"그렇게 못하겠다면 어쩔 테냐?"

"몸보시를 하겠다고 해도 싫다 하고, 그럼 대체 무얼 하자는 거예요?"

"네년이 사는 곳이 어디냐?"

"걸승이 되어 떠도는 사람이 거처가 어디 있겠어요. 그저 동가식서
가숙하는 판이지."

"가짜 비구니라, 천하에 갈 곳 없는 불쌍한 년이구나."

마환이 냉소를 머금는다.

"그래요. 불쌍한 년이에요. 그러니 좀 데리고 다니며 먹여주기라도
할 거예요?"

"으음."

심녀의 말에 마환이 눈썹을 찡긋거리며 낮은 신음을 흘린다. 참으로
보기 드문 이상한 여자다. 다른 사람 같으면 자신의 우락부락한 인상
만 봐도 오금이 저려서 도망칠 판인데 이 여자는 전혀 그런 기색이 없
다. 오히려 이쪽을 이용하려고 든다. 마환은 왠지 모를 호기심이 생기
는 걸 느낀다. 전에 없던 일이다.

"먹여주고 재워주면 나를 따라다니겠다?"

"그러면 시키는 대로 하지요."

심녀가 고분하게 말을 받는다.

"말하자면 상좌승 노릇을 하겠다, 이건가?"

"그래요."

지심녀의 대답에 마환은 잠시 생각에 잠긴다. 심녀의 관상을 보아
보통 여자는 아니다. 첫눈에도 남자들의 마음을 끌어당기는 기이한 성
적 매력을 지닌 여인이다. 눈가에 강한 사기(邪氣)가 느껴지지만 자신
에게 별문제를 일으키지는 않을 것이다. 무엇보다 앞으로 추운 겨울이
닥쳐오면 어딘가 정착을 해야 할 것이고, 그러자면 잔시중을 들어줄

사람 하나쯤은 필요할 것이다. 그런 터에 여자 스스로 잔시중을 들겠다고 나서니 과히 나쁘지 않은 제안이다.

"좋다. 오늘부터 날 따르도록 해라."

승낙을 한 마환은 성큼성큼 걸음을 옮긴다. 심녀가 잰걸음으로 그의 뒤를 따른다.

그녀 역시 마땅히 겨울을 날 방도가 없던 차다. 좀 괴이하게 생긴 라마승이긴 하지만 남자라면 다 같은 통속이란 걸 잘 아는 심녀로선 별로 걱정도 되지 않았다. 그 흉악하다는 왜구들에게 끌려가서도 살아남은 그녀가 아닌가. 남자들이란 모름지기 여자하기 나름인 것이다. 외려 가진 것 없는 행자에겐 인간보다 자연이 더 무서운 법이다.

골짜기를 타고 소슬한 바람이 불어왔다. 길가에 자욱하게 떨어져 있던 낙엽들이 썰물이 빠져나가듯 우수수 날려갔다.

11부

十一月ㅅ 봉당 자리예, 아으 汗衫 두퍼 누워
슬홀ᄉ라온뎌, 고우닐 스싀옴 녈셔
아으 動動다리

십일월(十一月) 마루 자리에, 아아! 한삼(汗衫) 덮고 누워

슬퍼하는구나, 고운 이 잃고 홀로 살다니

아으 動動다리

1

거칠고 황량한 대지 위로 늙은이의 머리카락 같은 희끗희끗한 눈발
이 흩날리기 시작하고 있다. 앙상하게 가지만 남은 나무들이 일찍 찾
아온 추위에 몸을 떨었다. 뿌옇게 흐려진 하늘 때문에 시간을 가늠하
기가 어렵다. 그저 오후 무렵쯤 되었을 거라는 어림짐작이 갈 뿐이다.

마환은 가끔씩 주위의 산세를 둘러보며 느긋하게 걸음을 옮긴다. 눈
발이 휘날리건만 전혀 추위엔 아랑곳하지 않는다. 하지만 옆에서 종종
걸음을 걷는 심녀는 옷깃 사이로 파고드는 찬바람 때문에 연신 목을
움츠린다.

며칠 전 서경으로 들어선 마환은 이렇다 하게 하는 일도 없이 거리
를 쏘다녔다. 장터나 잔칫집 등 사람이 많이 모인 곳을 찾아 기웃거리
기도 하고, 더러는 성내 사찰을 둘러보기도 했다. 어찌 보면 누군가를
찾아다니는 것 같기도 했고, 또 어찌 보면 시간이 남아 그저 유람 삼아
이곳저곳 돌아다니는 것 같기도 했다. 그러나 통 말이 없을 뿐 아니라
물어도 시원스레 대답을 해주지 않으니 그 속셈을 알 길이 없다.

사흘을 그렇게 한가롭게 보낸 마환이 무슨 생각에선지 오전 나절쯤
에 서경을 뒤로하고 동쪽으로 방향을 잡아 길을 나섰다.

반나절쯤 걸었을까. 넓은 들판을 끼고 제법 준험한 산줄기가 나타난다. 마환은 성큼 그 산자락 사이로 난 희미한 오솔길로 걸음을 옮긴다.

"어디로 가는 거예요?"

이 쌀쌀한 날에 산으로 들어가는 걸 이상하게 여긴 심녀가 묻는다.

"잠자코 따라와 보면 알아."

계곡을 따라 이어진 산길을 십여 리쯤 걸었을까. 시야를 가렸던 산자락이 열리면서 그 사이로 푸르게 물이 고인 호수가 있고, 그 위에 경치 좋은 야트막한 둔덕이 펼쳐져 있는 게 보인다. 그 둔덕 중앙부에 사찰이 하나 자리 잡고 있다. 꽤 오래된 절로 보였는데, 법당과 요사채를 갖춘, 암자보단 약간 규모가 큰 절이다. 절 마당에는 그럴듯하게 돌탑과 석등도 세워져 있다.

"음, 저만하면 됐어."

마환이 혼잣소리처럼 낮게 중얼거린다.

"뭐가 말이에요?"

"곧 겨울이 닥칠 터인데 거처도 없이 마냥 떠돌아다닐 수는 없잖아."

짤막하게 대답한 마환은 절을 향해 성큼 걸어간다.

평평한 절 아래쪽 공터에서는 두꺼운 겹옷을 입은 젊은 승려 두 명이 땔감을 만들고 있다. 한 명은 바싹 마른 체구에 이마가 툭 불거진 짱구머리였고, 다른 한 명은 어깨가 딱 벌어진 작달막한 체구에 얼굴이 동그랗고 코가 주먹처럼 뭉툭하다. 주먹코 중이 도끼로 나무를 쪼개놓으면 옆에 있던 짱구 중이 가져가서 부엌 처마 아래에다 차곡차곡 쌓고 있다.

마환과 심녀가 다가오는 것을 보자 그들은 일손을 멈춘다. 두 젊은 승려는 느닷없이 나타난 거한 승려와 얼굴 갸름한 여승이 이상스러웠는지 하던 일도 잊고 의아한 눈길로 두 사람을 쳐다본다.

"스님께서는 어떻게 오셨습니까?"

먼저 정신을 차린 주먹코 중이 합장을 하며 묻는다.

"주지를 좀 만나야겠다."

마환이 대뜸 반말로 내뱉는다.

"헌데 어떻게 찾아오셨는지요?"

"그건 너희 어린 중들은 알 필요 없다."

마환의 거침없는 언사에 두 승려가 놀란 듯 서로 얼굴을 마주 본다. 참 괴이한 중이라는 무언의 대화다.

"누구시라고 여쭈면 되겠는지요?"

"그냥 빨리 나오라고 전하면 되지, 무슨 말들이 그리 많으냐?"

"지금 법당에서 좌선 중이시라……."

"어허, 말이 많으면 그만큼 업도 많아진다는 것도 모르느냐? 어서 나오라고 전하여라."

마환이 굵직한 음성으로 두 중을 싸잡아 나무란다. 주먹코 중이 미간을 찡그린다. 마환의 안하무인격의 말투에 비위가 상한 것이다. 그렇지만 주지와 어떤 사이인지 모르는 데다 마환의 기세에 눌린 듯 섣부른 대거리는 하지 않는다.

"조금 기다리시면……."

"허, 이놈들이 정말 말귀가 어둡구나."

마환이 선장으로 바닥을 쿵 짚으며 눈을 부라린다. 곧 두들겨 팰 듯한 기세에 질린 중들이 주춤거리며 뒤로 물러선다. 그때다.

"웬 소란들이야?"

법당 쪽에서 남자 목소리가 들렸다. 오십 중반의 승려가 법당 문을 반쯤 열고 밖을 내다보고 있다. 첫눈에도 낮잠을 자다가 깨어난 것처럼 부스스한 얼굴이다. 어딘가 병약해 뵈는 낯빛에 광대뼈가 불거지고 볼이 홀쭉하다. 다만 눈초리가 처져 있어서 전체적으로 풍기는 인상은 착하고 유순해 보인다.

"당신이 이 절의 주지요?"

마환이 나이 든 승려를 향해 묻는다.

"그렇습니다. 어디서 오신 스님이신지?"

문고리를 잡은 채 주지가 반문한다.

"잠시 의논할 게 있소만……."

"그럼 말씀하시지요."

"긴한 이야기라 바깥에서 하기가 좀……."

주지가 잠깐 의아스러운 눈길로 마환과 그 뒤에 서 있는 심녀를 바라본다. 마환의 행색도 이상하려니와 여승까지 데리고 나타나서는 자신과 의논할 게 있다는 것도 왠지 괴이쩍다. 아무튼 보통 중은 아닌 듯하여 어쨌든 안으로 불러들이기로 한다.

"그럼 법당 안으로 들어오시지요."

"예서 잠시만 기다려라."

심녀에게 당부한 마환이 돌계단을 올라가서 법당 안으로 큰 덩치를 감춘다.

무슨 얘기를 나누는지 들어간 지 한참 만에야 주지와 마환이 어깨를 나란히 하고 법당을 나온다. 그러나 자세히 보면 마환 곁에 선 주지의 눈빛이 약간 이상하다. 술을 마신 것 같기도 하고, 심한 열병을 앓다 일어난 사람처럼 반쯤 얼이 빠진 듯도 하다.

"거기 두 어린 중들, 여기 주지스님께서 너희들에게 할 말이 있다고 하시는구나."

마환이 장작을 패면서 조금 떨어진 곳에 서 있던 심녀의 자태를 힐
끔거리던 두 승려를 부른다. 두 승려가 주춤거리며 계단 아래로 모이
자 마환이 주지에게 어서 말하라는 시늉을 보낸다. 그러자 무표정한
얼굴로 서 있던 주지가 경문을 읽어 내리듯 단조로운 투로 말한다.

"내가 볼일이 생겨서 이 스님에게 주지 자리를 맡기고 어디로 좀 출
타해야겠다. 그러니 너희 청원과 수운은 오늘부터 이 스님을 주지로
받들고 절을 잘 지키도록 하여라."

주지의 난데없는 말에 두 젊은 승려는 이해할 수 없다는 표정을 짓
는다. 점심공양을 할 때까지만 해도 자신들에게 아무런 언급도 없던 주
지가 느닷없이 볼일이 생겼다는 것 자체가 이상하다. 또 출타를 한다고
쳐도 처음 보는 낯선 라마승에게 주지 자리까지 넘기려 드는 것 역시
괴이쩍은 노릇이다. 오랫동안 주지와 함께 생활해 온 탓에 주지에 대해
잘 알고 있다고 믿었던 젊은 중들로선 이해하기 힘든 처사였다.

"명원스님, 갑자기 그 무슨 말씀이십니까?"

수운이란 법명을 가진 짱구머리 중이 어이없어 하며 캐묻는다.

"너희들은 금방 주지스님이 하시는 말씀을 잘 듣지 않았느냐? 급한
볼일이 있어 떠난다고 하시지 않느냐. 이제부터 본인이 이 절을 맡았
으니 두 어린 중은 그렇게 알고 있어라."

"아무리 그래도 이처럼 급하게 떠나실 줄은……."

청원이란 법명의 주먹코 중 역시 주지의 갑작스런 출타가 영 이해가
가지 않는다는 표정이다.

"주지스님이 바쁘시다 하니 그렇게들 알고…자, 이제 떠날 준비를
하셔야지."

두 젊은 중에게 명령하듯 말한 마환이 주지의 어깨를 부축하듯 하고 자리를 뜬다.

주지를 데리고 주지 거처인 심검당으로 갔던 마환이 주지와 함께 절 마당에 나온 것은 조금 후다. 주지의 손에는 안에 물건이 든 것 같지도 않은 홀쭉한 걸망 하나만 달랑 들려 있다.

"내가 주지스님을 저 산 아래까지 배웅해주고 오마."

"소승들도 주지스님을 배웅하러 산 아래까지 갔다 오겠습니다."

오랫동안 정들었던 주지와 헤어짐이 아쉬웠던지 두 젊은 승려가 고집을 피운다.

"어허, 그만두고 패던 장작이나 마저 패 두어라."

마환의 호통에 두 승려도 더 이상 고집을 피우지 못한다. 마환이 주지를 데리고 절 아래로 난 길을 따라 걸음을 옮긴다. 주지는 뒤도 한 번 돌아보지 않고 건들거리는 걸음으로 산길을 내려간다.

두 사람이 멀어지는 것을 한참이나 지켜보던 짱구머리 중이 알지 못할 한숨을 내쉬며 머리를 좌우로 갸웃거린다. 주먹코 중 역시 이해하기 힘들기는 마찬가지여서 황소처럼 두 눈만 끔벅거린다.

"도대체 무슨 얘기를 하였기에 주지가 그토록 쉽게 절을 넘기고 간 거예요?"

산그늘이 절 마당에 내려올 무렵, 주지의 거처인 심검당에 마환과 마주 자리를 잡고 앉았을 때 심녀가 묻는다. 주지를 배웅한다며 떠났던 마환은 한 식경가량 지나서 절로 돌아왔고, 두 사람은 곧장 주지실인 심검당을 주인인 양 턱하니 차지하고 들어앉았던 것이다.

"얘기는 무슨……."

"혹 무슨 수를 쓴 거 아니에요?"

"그건 네가 알 거 없다."

아무리 보아도 주지에게 무슨 꿍꿍이수작을 부린 것 같았지만 마환의 퉁명스런 대답에 더 이상 물어볼 수도 없다.

"이제 여기서 겨울을 날 셈이에요?"

"그래. 나도 여기서 도법을 한 가지 닦아야 하고……."

"도법이라니요? 득도라도 하시게요?"

"밀교 술법 중에서 새롭게 터득해야 할 게 있다. 더 자세한 건 얘기해도 모를 것이야."

새로운 술법을 터득하건 어쨌건 심녀는 잘되었다고 생각한다. 오늘부터 겨울내기를 걱정할 필요가 없어진 것이다. 아까 마환이 주지를 배웅하러 나간 사이 심녀는 잠시 절간을 둘러보았다. 그런대로 절 형편이 괜찮았던지 부엌 안쪽의 창고에 곡식도 적지 않았고, 겨우내 먹기 위해 말려둔 소채들도 적지 않았다. 게다가 두 명의 일 잘하는 젊은 승려까지 있으니 더 바랄 게 없다. 산중에 있는 절이라 지내기가 좀 따분하겠지만 그 정도야 도를 닦는 셈치고 참으면 될 것이다.

"술법을 닦기 전에 먼저 너랑 해봐야 할 게 있다."

"그게 뭐지요?"

얼추 짐작이 가면서도 심녀가 모른 척 묻는다.

"너와 남녀 운우지락을 나눠 보려고 한다."

"호호, 제 몸을 안으시겠다?"

"네년의 몸에서 풍겨 나오는 색정이 특이한 듯해서 좀 알아보려는 것이지."

"잘라 말하면 제 몸에 욕심이 생겼다는 말 아니에요."

"잔소리 말고 목욕재계나 깨끗하게 해두어라. 합환의 운우지락을 얻으려면 먼저 몸이 정갈해야 하는 법."

초겨울의 낮은 노루꼬리만큼 짧다. 하늘빛이 보라색으로 좀 짙어지는가 싶더니 이내 캄캄한 어둠이 밀려왔다. 성글게 내리던 눈발도 이젠 제법 풍성해지고 있다. 밤새 꽤나 내릴 모양이다.

부엌과 면한 헛간은 겨우 두어 사람 들어갈 만큼 작지만 외려 오붓하다. 통나무를 깎아 만든 목간통에서는 하얀 김이 모락모락 피어오른다. 마환이 수운이란 중에게 미리 몸 씻을 뜨거운 물을 준비하라고 일러둔 것이다.

헛간에 들어간 심녀는 옷을 벗어 벽에 걸어두고 천천히 목간통에 몸을 담근다. 더운 온기가 전신에 퍼지면서 몸 곳곳에 쌓여 있던 피로가 눈처럼 녹아내리는 것 같다.

오랜만에 목욕을 끝낸 심녀는 겉옷만 대강 걸친 채 주지실로 들어선다.

마침 마환은 가부좌를 틀고 앉아 좌선을 하고 있다. 얼굴이 피처럼 벌겋게 달아오르더니 잠시 뒤 푸른빛으로 변했다가 다시 서서히 본래의 색으로 돌아온다. 힘줄이 불끈 솟아난 이마에는 굵은 땀방울이 맺히고 머리 위로는 보라색을 띤 김이 피어오른다. 좌선이라기보다는 무슨 괴이한 기공을 연마하는 것 같다.

심녀가 수건으로 젖은 머리를 말리고 있자니 마환이 번쩍 눈을 뜬다. 눈에서 불길이 일듯 강한 기운이 쏟아져 나온다. 마치 화등잔을 켜놓은 듯하다. 하나 차차로 기운이 눈 속으로 갈무리되면서 부드러운 눈빛이 된다.

"준비가 되었느냐?"

"준비랄 게 뭐 있나요. 밑천이라곤 몸밖에 없는 여자가……."

"이리 가까이 오니라."

마환이 손을 뻗어 심녀의 속옷을 벗긴다. 옷이 흘러내리면서 어깨와 팽팽한 젖가슴, 이어 둥그런 둔부가 드러난다. 옷을 다 벗긴 마환이 눈을 가늘게 하고 감상이나 하듯 심녀의 나체를 눈여겨 살펴본다.

"하얀 살결과 잘 잡힌 골상을 보아하니 천성적인 음녀 체질이로군. 어디 한 번……."

가부좌를 튼 자세로 마환이 심녀의 어깨 사이에 양손을 넣고 가벼운 물건이나 들 듯 달랑 들어 자신의 무릎 위에 앉힌다. 웅대한 마환의 물건을 받아들인 심녀가 고통 때문인지 작은 비명을 내지르며 미간을 찡그린다.

"어디 음녀의 기운이 어떤지 알아보자."

두 팔로 심녀를 껴안은 마환이 천천히 하체를 움직이기 시작한다. 시간이 흐르면서 고통으로 찡그리고 있던 심녀의 얼굴에 점차 붉은 기운이 돈다. 곧 심녀의 붉은 입술 사이로 쾌락에 빠져드는 나직한 신음이 흘러나오기 시작한다.

"아주 제법이구나."

만족한 듯 마환이 탄성을 내뱉는다. 심녀가 고개를 뒤로 젖히며 경련을 하듯 서서히 허리를 비틀기 시작한다. 이어 시간이 흐르면서 더욱 격렬한 요동으로 바뀐다. 마치 거세게 내리꽂히는 폭포수를 타고 오르는 연어의 야성적이고 힘찬 퍼덕거림 같다. 어디선가 철벅거리는 물소리가 들리는 것 같기도 했다.

두 사람의 성합이 어느 순간에 이르자 돌연 마환의 얼굴빛이 붉은색으로 달아오른다. 마환은 느낀다. 자신의 의지로도 제어하기 힘든 강렬한 쾌감을 뚫고 그 사이로 기이한 흡인력이 아래쪽 회음혈에서 시작되어 단전 부근으로 스멀대며 올라오는 것을. 그는 얼른 입속으로 주문을 외며 밀교에서 비전되는 음양반환법(陰陽返還法)을 써서 단전으로 치밀어 오르는 기운을 억누른다. 조금 지나자 붉어졌던 얼굴이 다시 원상태로 돌아온다.

"넌 쾌락불(快樂佛)의 몸을 타고난 년이로구나."

신기한 물건이라도 보는 듯한 눈길이 된 마환이 감탄처럼 내뱉는다.

"쾌락불의 몸?"

심녀가 어깨로 가쁜 숨을 내쉬며 묻는다.

"만 명에 하나 날까 말까 한 특이한 체질을 가진 여자를 말하지. 그런 여자와 한 번 관계를 가지면 남자는 평생 잊지 못하게 된다고 하지."

"제가 그렇다는 거예요?"

"그렇다. 게다가 네년이 어디서 배운 건지는 모르겠지만 남자의 정기를 빨아들이는 흡정(吸精)비법 같은 것을 배운 듯하군. 너 같은 여자와 관계를 가지는 건 마치 밑 빠진 독에 물을 붓는 것과 같아서 남자는 끝없는 미혹의 세계에 빠져들다가 나중엔 정기가 완전히 말라서 죽게 되지."

"그, 그럴까요?"

드디어 쾌감의 절정에 오른 심녀의 얼굴이 고통에 겨운 사람처럼 일그러진다. 그녀는 몸을 활처럼 뒤로 젖히며 연달아 너덧 번 비명을 내질렀고, 몸 전체로 심하게 경련을 하는가 싶더니 이내 축 늘어지면서 마환의 가슴에 체중을 싣는다.

한밤중이다.

창문을 넘어 들려오는 부엉이 소리에 눈을 뜬 심녀는 누군가 움직이는 기척을 느낀다. 어둠 속에서 부스럭거리며 옷을 입는 사람은 마환이다. 옷을 다 주워 입은 마환은 소리를 내지 않고 방문을 나선다. 해우소(解憂所: 측간)에라도 가는가 싶어 기다렸지만 한참이 지나도 돌아오는 기색이 없다.

이 깊은 밤중에 어디로 간 거야. 게다가 이 산중에서.

마침 갈증으로 목이 마른 심녀는 물을 마시려고 옷을 주워 입고 방을 나선다.

초겨울이라 밖은 춥고 어둡다. 짙은 어둠 속에서 낮에 내린 눈이 달빛을 받아 희게 빛나고 있다. 더듬거리며 낮에 봐두었던 부엌을 찾아가던 심녀는 부엌 문틈으로 발갛게 불빛이 새나오는 걸 발견한다. 불빛 사이로 그림자가 어른대는 걸로 보아 누군가가 아궁이에 불을 때고 있는 듯 보인다.

이런 오밤중에 절간 부엌에서 누가 무엇을 하고 있담.

발소리를 죽이고 다가간 심녀는 약간 열려진 문틈으로 안을 들여다본다. 아궁이에 불을 때고 있는 사람은 아까 슬그머니 방을 빠져나간 마환이다. 부엌 아궁이엔 장작불이 활활 타고 있고, 가마솥에서 허옇게 김이 오르는 것으로 보아 지금 무언가를 삶고 있는 듯하다.

"이 밤에 무얼 하고 있어요?"

심녀가 부엌문으로 들어서자 마환이 고개를 돌린다. 불빛 때문인지 얼굴이 벌겋게 보인다.

"여긴 왜 왔어?"

난데없는 심녀의 출현이 성가시다는 듯한 말투다.

"목이 말라서 물 마시러 온 것도 잘못인가요?"

"그럼 얼른 물이나 마시고 가도록 해."

바가지로 부엌 구석에 있는 물독의 물을 떠서 목을 축인 심녀가 문는다.

"헌데 거기 국솥에 끓이는 건 뭐예요? 어쩐지 맛있는 고기 냄새가 나는데……."

"어허, 말이 많구나. 어서 돌아가래도……."

마환이 울룩불룩한 인상을 찡그린다. 말을 안 들으면 한 대 쥐어박기라도 할 분위기다. 심녀는 치미는 궁금증을 누르며 부엌을 나와 주지실로 돌아간다.

심녀가 사라진 뒤 마환은 솥뚜껑을 열고 안을 들여다본다. 흰 김을 내며 삶아지고 있는 건 다름 아닌 사람 머리통이다. 이미 익을 만큼 익어서 살점은 떨어져 나가고 기름진 국물 사이로 허연 해골이 드러난다. 그가 끓이는 건 낮에 절을 떠났던 주지의 머리통이다.

실상은 이랬다.

낮에 마환이 심녀와 함께 절을 찾아들었을 때는 이미 절을 차지할 계획을 꾸며놓고 있었다. 그는 할 얘기가 있다는 구실로 법당에 들어갔을 때 몰래 주지에게 미혼대법을 펼쳤다. 결국 술법에 걸려 정신을 빼앗긴 주지는 꼭두각시처럼 되어 마환이 조종하는 대로 절을 떠나겠다고 말한 것이다.

마환이 지주를 배웅하겠다며 뒤를 따라간 것도 다 이유가 있었다. 만일 마을로 내려간 주지가 미혼대법에서 풀려나 다시 절을 찾아오면 필경 성가신 일이 될 터였다. 게다가 겨울 동안 새로 익혀 두고자 하는 특이한 밀교 술법에는 마침 사람의 해골이 하나 필요했다.

작심한 대로 주지를 배웅한답시고 따라간 마환은 산길 으슥한 곳에 이르렀을 때 한주먹에 주지를 때려눕혔다. 이어 그는 힘을 써서 머리통을 떼어냈고, 쓸모가 없어진 몸통은 인적이 없는 은밀한 곳에 땅을 파고 묻어버렸다.

"이만하면 다 익었구먼."

작대기로 해골을 꺼내 아궁이 불빛에 비춰본 마환이 혼잣말을 중얼거린다.

다음 날 아침이다.

조식공양을 준비하기 위해 부엌에 들어온 청원이란 법명의 주먹코 중은 누릿하면서 역겨운 냄새를 맡는다. 고기 냄새 같기도 하고 짐승 노린내 같기도 하다. 그는 뚜껑을 열고 솥 안을 들여다본다. 기름기 있는 국물이 좀 남아 있긴 하지만 고기는 보이지 않는다.

"누가 밤중에 몰래 노루고기라도 삶아 먹었나?"

몇 번씩이나 고개를 갸웃거린다.

"짐승을 삶았으면 털이라도 남을 텐데 터럭도 보이지 않고……."

아무래도 새로 주지랍시고 나타난 마환이란 라마승이 몹시 의심스럽지만 물어볼 엄두는 나지 않는다. 작자의 우락부락한 인상만 떠올려도 밥맛이 싹 가셔질 지경이다. 따라온 여승은 피부가 희고 색정적인 느낌을 주는 게 꽤나 마음에 끌리긴 하지만.

이마를 찌푸린 청원은 물독에서 물을 퍼내어 솥에다 가득 붓는다. 솥에 남은 기름기와 냄새를 없애려면 한참이나 물을 끓인 다음 잘 닦아내야 할 것이다.

2

해송 사이로 스쳐 지나가는 바람소리가 누군가의 한 서린 흐느낌 같
다. 입춘을 지나면서 볕이 약간 두꺼워지긴 했지만 아직도 바닷바람은
차고 푸른 냉기를 담고 있다.

고요한 석모도 보문사 마당에 서서 넓게 펼쳐진 서해를 감상에 젖어
바라보는 건 풍천도인이다.

참으로 덧없는 세월이로다.

풍천은 덧없다는 말이 참으로 잘 어울린다는 생각을 한다. 물결에
비친 햇살이 어른대며 만들어낸 빛의 무늿결처럼, 잠시 자신이 삶의
그림자를 쫓는 사이 어느덧 세월은 일흔 해를 훨씬 넘어서고 있다. 그
건 한을 쌓은 긴 세월인가, 아니면 남가일몽이란 말처럼 덧없이 짧은
세월인가.

그의 흰 수염이 불어온 바람에 깃발처럼 날린다. 비록 나이보다 정
정해 보이긴 하지만 세월은 그의 이마와 볼에 지워지지 않는 시간의
결을 만들어놓았다.

이제 정녕 모든 것을 잊고 훌훌 떠날 때가 된 것인가.

풍천은 왠지 허허로운 심정으로 혼잣말을 중얼거린다.

결국 모든 것을 태우는 것은 화(火)지요. 이 마음의 화를 꺼야만 비로소 적멸(寂滅)에 들 수 있소이다. 화를 일으키는 것은 집착과 원한과 증오지요.

언젠가 운곡도인이 풍천에게 했던 말이다. 이미 입적한 복구대사도 생시에 그에게 당부하지 않았던가. 먼저 자신 속에 있는 마음의 화를 풀지 않고선 세상의 평안은 없을 것이며, 모든 지옥은 자신의 마음에서 비롯되는 것이라고.

복구대사의 그 말은 모든 세상 만물이 마음의 미혹과 오욕칠정에서 발단되는 것을 의미하는 것이다. 자신을 잊고 모든 걸 비우지 않고, 자신의 탈은 덮어두고 타인의 허물을 찾아 책하는 일은, 자신의 아이를 귀여워하며 만 명의 자식을 두고도 남의 아이를 잡아먹은 귀자모신(鬼子母神)의 짓이나 다를 바가 무엇인가를 묻고 있다.

그럴 것이다. 모든 건 마음먹기에 달려 있는 법이다. 수성(獸性: 짐승의 성질)과 선성(善性)을 한 몸에 지닌 인간은 원래부터 선할 수도, 악할 수도 있는 존재이다. 그리고 그건 오직 마음의 욕망에 따른 변화에 기인한 것일 뿐이다. 그러나 그 오욕칠정에서 비롯된 그릇된 마음이 인간 세상을 고통스럽게 하고 있다. 원한과 애착, 증오와 욕심, 시기와 미움이 이 세상을 깊은 혼돈의 어둠으로 몰아가고 있다.

저 무명(無明)의 어둠을 밝힐 수 있는 건 오직 하나, 인간의 자비심이지요.

문득 이 년 전 운곡이 자신의 과거를 털어놓으며 하던 말이 풍천의 뇌리에 떠오른다. 유정이 독상을 입어 생사의 기로에 처했을 무렵이었다. 아마 그때 그 사단이 없었다면 항상 온화한 미소를 짓던 운곡에게 그처럼 뼈아픈 과거가 있었는지 풍천은 영영 모르고 지났을 것이다.

이 년 전, 독검을 맞은 유정을 무영에게 맡기고 먼저 길을 떠난 풍천은 밤을 새워서 수원현으로 내려갔다. 뒤따라온 무영 일행과 만날 수 있었던 건 관악산이 보이는 강 남쪽의 낙성대(落星垈) 부근의 관도였다. 운곡도인은 유정의 얼굴색을 보는 것만으로도 단번에 그녀가 위급 지경에 놓인 것을 알았다.

이건 반시사의 독이야.

풍천과 양검, 운곡과 무영은 유정을 데리고 급한 대로 가까운 민가의 방을 얻어들었다. 심각한 얼굴로 유정의 맥을 짚어본 운곡도인의 안색이 밝아졌다. 운곡에게도 유정은 친손녀나 다름없었던 것이다.

조금만 늦었어도 큰일 날 뻔했어. 더구나 뱃속의 태아도 무사하고… 천운이 따랐다고 할까.

운곡이 손수 가져온 보따리를 뒤져 꺼낸 것은 아주 작은 자기병이었다.

세상에 반시사의 해독제는 하나밖에 없어. 중국 운남 지역에서 나는 백화사(白花蛇)의 독인데, 다행히 지난해에 중국에 약제를 구하러 갔을 때 약간 가져온 게 있어 다행이야.

유정을 낫게 할 수 있다는 말에 가장 안도한 건 양검이었다. 그는 유정의 희생으로 자신의 생명을 구한 터에다 예전 아내 홍씨를 잃었던 기억이 되살아나서 심적으로 무척 괴로웠던 것이다.

겁운(劫運)이로다.

유정을 치료한 뒤에 양검에게서 어떻게 원한을 사게 되었는지 자초지종을 듣게 된 운곡이 가엾다는 듯 말했다. 그리고 그동안 일절 얘기를 하지 않았던 자신의 과거를 털어놓았다.

운곡은 원래 동북면 함주(咸州)에서 살았다. 평범한 산촌에서 사냥이나 약초 따위를 캐다가 파는 산쟁이로 가업을 이어갔었다.

그러던 어느 날, 대여섯 가구의 두메고을에 화적떼들이 들이닥쳤다. 다들 잠이 든 늦은 밤이었다. 창과 칼로 무장한 화적들은 마을을 에워싸고 약탈을 시작했다. 그들은 야차처럼 알아듣지 못할 말을 떠들며 집 안을 뒤졌고, 잠이 든 사람들을 내몰아 한곳에 모았다. 마침 소변이 마려워서 바깥에 나왔던 소년은 얼른 뒤란의 큰 느티나무에 올라가 몸을 숨겼다. 그러지 않았다면 소년도 여지없이 그들 손에 끌려 나갔을 것이다.

사람들을 한곳으로 끌어다 모은 화적들은 모닥불을 피웠다. 그 붉은 화광 아래 참혹한 장면이 펼쳐졌다. 동북계를 떠도는 거란족들로 보이는 그들은 흉포하고 잔악하기 그지없었다. 그들은 살인과 강간을 재미로 하는 자들이었다.

나무 위에서 소년은 공포에 심장이 짓눌린 채 그 모든 것을 보았다. 고을의 남정네들이 하나씩 잔혹한 방법으로 처형되는 것을 보았고, 모친과 여동생, 잘 아는 옆집 소녀가 겁탈 당하는 것을 두 눈을 뜨고 보아야 했다. 처절한 살육과 약탈의 광경을 보면서 소년은 세상과 인간의 잔인함에 치를 떨어야 했다.

너무 큰 충격에 반쯤 정신이 나간 채 산을 떠돌던 소년을 구한 건 한 노인이었다. 나중 알게 되었지만 노인의 이름은 설경성으로 편조나 화타에 버금간다고 할 만큼 뛰어난 명의였다. 약초를 구하기 위해 산천을 돌아다니다가 소년을 발견했던 것이다. 노인은 지난 기억에 괴로워하는 소년에게 이렇게 말했다.

짐승들은 서로를 해치거나 잡아먹을 뿐이지만, 사람은 남의 병을 고치거나 다친 곳을 치료하기도 한다. 의술이야말로 인간만이 할 수 있는 유일한 일이요, 세상에서 가장 가치 있고 소중한 일이다.

그 말에 소년은 새롭게 눈을 떴고, 새로운 세상을 보았다. 소년은 비로소 인간이 어떤 존재인지를 알게 되었다. 그 뒤로 소년은 몸을 태우던 증오와 원한을 잊고, 오직 인간을 치료하는 일에 일생을 바치기로 했던 것이다. 노인은 크게 깨달음을 얻은 소년을 두말없이 자신의 제자로 받아들였다.

그래, 자신을 해한 사람을 용서하는 것이야말로 가장 큰 복수인지도 모르지.

풍천도인은 푸른 꿈으로 뒤척이고 있는 먼 바다에 시선을 던진다. 가끔 풍랑이 일긴 하지만 바다는 언제나 한결같다. 넓은 품 안에 온갖 만물을 담고, 그리고 키워낸다. 그래서 용자(勇者)는 산을 닮고, 지자(知者)는 바다를 닮는다고 했던가. 어떤 면에서 자신이 작은 용자라면 운곡이야말로 거대한 지자인지 모른다는 생각이 든다.

"스승님, 바람도 차가운데 왜 나와 계십니까?"

돌아보니 무영이 곁에 와 있다. 그의 가슴에 안긴 건 두 살배기 어린아이다. 무엇이 즐거운지 보조개를 드러내며 환하게 웃고 있다.

"괜찮다. 그래, 젖은 잘 먹더냐?"

손자를 바라보는 자상한 눈길이 되어 풍천이 묻는다.

"너무 잘 먹어서 이제 나올 젖이 없다는 말을 했습니다."

부끄러운지 무영이 볼에 옅은 미소를 띠며 말한다. 아이는 유정이 낳은 자식이다. 심녀의 독검을 맞은 유정은 체내에 남은 독이 없어질 때까지 젖을 먹일 수 없었다. 그래서 길상천이 절 아랫마을 젊은 아낙에게서 동냥젖을 먹여가며 키웠다. 요 며칠 동안은 길상천을 대신해서 무영이 하루 너덧 번, 아랫마을로 아이를 데려가서 젖을 먹여오곤 했다. 무영은 얼마 전에 조정에 사직서를 낸 뒤에 석모도로 돌아왔다.

"어디 이리로, 한 번 안아보자꾸나."

풍천이 무영에게서 아기를 받아든다. 풍천에겐 유정 이외의 유일한 혈육이다. 그는 아기의 검은 눈동자와 해맑은 웃음을 본다. 그것은 미래를 보는 것과 같다.

이 아이는 어떤 운명을 타고났을까. 구성(九星: 음양가에서 사람의 길흉을 판단하는 아홉 가지 별자리) 중에서 문곡성(文曲星)의 기운을 타고났으니 글재주가 있겠지. 운곡도인이 지어준 김자지(金自知)란 이름도 썩 어울린다. 제발 무진등(無盡燈: 한 개의 등불로 수많은 등불을 켤 수 있는 등. 한 사람의 법으로 수만 사람을 교화시킬 수 있는 스승이나 꺼지지 않는 등을 의미) 같은 존재가 되어야 할 터인데…….

"스승님, 아기를 내려놓아 보세요. 벌써 걸음마가 보통이 아닙니다."

풍천이 아기를 땅에 내려놓자 아기는 넘어질 듯하면서도 마당을 뒤뚱대며 돌아다닌다. 걸음마를 떼기 시작한 지 채 사나흘밖에 지나지 않았음에도 걸음새가 제법이다. 자신이 운곡도인과 함께 석모도를 떠날 즈음이면 제 마음대로 봄볕 따스한 마당을 쏘다니게 되겠지.

머무르고자 하는 것도 집착일 터. 보름 뒤에 운곡이 자신을 데리러 석모도로 오기로 약속했으니 그때 함께 떠나서 구름처럼 세상을 떠도는 것도 좋으리라.

마당을 뒤뚱거리며 걷는 아이를 지켜보던 풍천이 무슨 생각이 떠올랐는지 길상천을 찾는다.

"어서 가서 그를 데려오너라."

석모도를 떠나기 전에 매듭을 지어야 할 일이 있었던 것이다

조금 뒤, 해안으로 나갔던 무영이 길상천을 데리고 왔다. 오십 줄에 들어선 길상천도 이제 중년의 티가 역력하다. 그러나 크고 건장한 체격과 털에 뒤덮인 호탕해 보이는 얼굴은 여전히 아이처럼 천진하고 밝다. 얼굴은 마음을 따르는 법이다.

"지난번에 내가 가르쳐준 술법은 다 익혔느냐?"

"예, 거의 다 익혔습니다."

자신 없어 하며 뒷머리를 긁적이는 길상천을 바라보는 무영의 얼굴에 웃음이 감돈다.

요즘 풍천이 길상천에게 가르치고 있는 것은 밀교의 술법을 파괴할 수 있는 무심술(無心術)이란 술법이다.

얼마 전에 밤하늘을 보며 태을성(太乙星: 음양가들이 귀하게 여기는 별. 사람의 생사나 길흉, 전란 등을 알게 됨)을 살피던 풍천은 몇 달 내에 석모도에 변괴가 찾아들 것을 알게 되었다. 그 변괴를 몰고 올 자가 누구인지 짚어본 결과, 지난번에 석모도에 찾아와 길상천에게 중상을 입혔던 그 라마승일 거라는 짐작이 갔다. 그래서 그 라마승의 술법을 깰 방안으로 한 달 전부터 길상천에게 무심술을 가르치기 시작했던 것이다.

"자, 어디까지 익혔는지 한 번 보기로 할까? 무영이 넌 부엌으로 가서 짚 몇 단을 가져오너라."

무영이 부엌에서 불쏘시개로 쓰던 짚 한 무더기를 가져오자 받아든 풍천이 무엇인가를 만들기 시작한다.

"저도 만들까요?"

곁에서 지켜보던 무영이 묻는다. 풍천이 고개를 끄덕이자 무영도 옆

에서 거든다. 두 사람이 만드는 건 팔과 다리, 머리가 달린 사람 모양을 한 작은 제웅이다.

"자, 다 됐으면 늘어놓아야지."

여덟 개의 제웅이 만들어지자 풍천도인이 그걸 절 마당에 여기저기 넓게 늘어놓는다. 보기에는 아무렇게나 놓는 것 같지만 일정한 법식을 따른 것이다. 다 늘어놓은 풍천이 제웅들 중심에 서더니 눈을 감은 채 손가락을 세우고 뭔가 주문을 늘어놓는다.

"자, 이제 안으로 들어와보거라."

풍천의 명령에 따라 길상천이 성큼 풍천이 선 곳으로 들어선다. 그러자 금방 길상천의 안색이 붉게 변한다. 그는 주먹을 움켜쥐더니 춤을 추듯 사방을 후려치고 팔을 들어 막는 동작을 취한다. 얼마나 힘이 들었던지 곧장 이마와 목덜미에 땀까지 내비친다. 바깥에 서서 그 모습을 지켜보던 무영이 싱긋이 웃는다. 길상천이 왜 혼자서 야단법석을 하는지 잘 알고 있는 까닭이다.

한동안 이를 지켜보던 풍천이 짤막한 주문을 외우자 길상천이 헉헉대며 동작을 멈춘다.

"어떠냐? 무엇이 보이더냐?"

"염라대왕처럼 험한 낯짝을 한 여덟 명의 나한(羅漢)이 저를 공격해 왔습니다."

숨을 식식거리며 길상천이 대답한다.

"그래, 이것들이 너를 공격했다 이거지?"

풍천의 말에 주변에 띄엄띄엄 늘어선 작은 제웅들을 바라보던 길상천이 히죽 멋쩍은 웃음을 머금는다. 술법인 줄 번연히 알면서도 판에 뛰어드는 순간 자신도 모르게 싸웠던 게 적잖이 부끄러웠던 것이다.

"자, 무영이 네가 들어와 보렴."

풍천이 아까와 똑같은 주문을 외자 무명이 제웅들 사이로 들어선다. 그러나 무영은 아무 동작도 하지 않는다. 그저 미소를 띠고 가만히 서 있을 뿐이다.

"보았느냐? 이제 저 아기를 진 중앙으로 불러보마."

무영이 술법이 펼쳐진 진에서 나오자 풍천이 이번에는 아기의 이름을 부른다. 아기는 아장거리며 제웅들 사이를 걸어가서 곧장 풍천의 다리를 껴안는다.

"보거라. 무영이나 아기가 내가 펼쳐놓은 술법에 넘어가지 않는 것은 마음의 결이 맑고 순수하기 때문이다. 그건 나이가 들고, 마음의 때가 낀 사람들에게나 술법이 통한다는 얘기와 같다. 즉, 이러한 술법들은 음양오행의 원리를 약간씩 변형하여 인간의 오감(五感)을 이용해 마음결이 순수하지 않은 사람들을 미혹케 하는 것이 대부분이니라. 따라서 내가 가르쳐준 무심법을 다 익히게 되면 절대 이러한 술법에 걸리는 일이 없을 터이니 부지런히 연마토록 하여라. 시간이 얼마 없느니라."

"예, 알겠습니다."

길상천이 대답하며 허리를 숙여 제자의 예를 차린다. 자리를 떠나 법당으로 걸음을 옮기던 풍천이 문득 몸을 돌린다.

"참, 만에 하나를 위해서이다만 이걸 항시 목에 걸고 있어라."

미리 준비한 듯 풍천이 허리춤에서 꺼내 길상천에게 내민 물건은 자주색 벽조목(霹棗木: 벼락맞은 대추나무)에 마두관음(馬頭觀音: 주로 축생을 교화하여 이롭게 하는 무량수의 분노신)상이 조각된 작은 목걸이다.

"어째 스승님의 심사가 편치 않은 듯 보이는데……."

법당으로 들어가는 풍천도인의 뒷모습을 지켜보던 길상천이 눈을 끔벅이며 말한다. 뒤편 숲 어디에선가 두견새가 낮게 운다.

"아무래도 여길 떠나시려고 하니 마음에 걸리는 게 많으시겠지."

"그렇군. 마음이 아프신 게지. 헌데 너는 앞으로 어떡할 셈이야?"

아기를 안고 가며 길상천이 묻는다.

"무얼?"

"뭘 하며 살 거냐는 거지. 나야 네가 여기에 머물면서 함께 살면 제일 좋지. 나중에 윤호 사제도 오기로 했으니 그땐 더욱 오순도순 재미있을 거야."

양광도 도순문사인 윤호는 바다에 출몰하는 왜구를 물리치는 토왜사로 나날이 명성을 떨쳤다. 왜구들도 감히 겁이 나서 그 해역에는 발을 들이지 않았다. 재작년에는 그의 부친인 윤해가 홍건적의 난에 공민왕을 복주(福州)에까지 호종(扈從)한 공으로 호성공신(扈聖功臣) 2등에 올랐으며, 그것을 축하하는 잔치에 참석하라는 서신을 받고 개경으로 올라왔다.

잔치가 끝난 뒤 그는 석모도에 들러서 한동안 지내다가 돌아갔다. 다음에 올 때는 필시 아내 될 여자를 데려오라는 길상천의 말에 그러겠다며 환한 미소를 남기고 떠났다.

"좀 생각을 해봐야지."

"참, 지난겨울에 만났다던 처녀는 보고 싶지 않아? 이름이 이진이라고 했던가?"

이진은 몇 년 전 부소산 경천사에서 개경 주먹패 우두머리인 무통에게 능욕 당할 뻔한 것을 구해 준 처녀의 이름이다. 무영은 지난해 겨울 공민왕의 밀명으로 서경에 진을 치고 있던 이성계를 만나기 위해 올라가던 중 잠시 주막에 들렀다가 우연히 재회하게 되었다.

그녀는 그동안 계속 무영을 마음에 두고 애태웠는지 감정을 이기지 못하고 무영의 어깨에 매달려 눈물까지 흘렸다. 그때 경천사에서 헤어진 다음부터 무영을 만나기 위해 얼마나 찾아다녔는지 모르겠다며 눈물 섞인 하소를 했다.

그 모습은 유정 누님을 연상시키는 바가 있었다. 유정이 사랑하는 양검을 찾아다닐 때 슬픔과 애처로움에 젖어 있던 모습이 투영되어 떠올랐던 것이다.

"그래서 어쩌기로 했어?"

궁금함을 참지 못한 길상천이 내처 묻자 무영이 알쏭달쏭한 미소를 머금는다. 길상천을 알아보고 날아온 새매가 친근감을 표시하듯 세 사람의 머리 위에서 낮게 맴돈다. 봄이 오는 하늘은 몹시도 멀다.

3

음습한 산골짜기엔 아직 겨울 추위가 남아 있다. 양지쪽엔 진달래가 꽃망울을 터트릴 준비를 하고 있지만 응달에는 겨우내 내린 눈이 낙엽과 뒤엉켜 거무칙칙한 얼음으로 남아 있다.

"산중에서 산다는 건 정말 따분한 노릇이네."

네모난 동창을 넘어온 초봄의 햇살을 바라보며 심녀가 중얼거린다. 밤새 군불을 땐 방 안은 아직 따스함이 남아 있어 미련을 버리기가 쉽지 않다. 바깥은 아직 바람이 차가울 것이다.

"평생을 산중에서 보내는 중들은 얼마나 따분할까. 하긴 득도인가 무엇인가에 매달려 아등바등하느라 지겨울 시간도 없겠지."

심녀는 지금쯤 절 뒤편 작은 동굴에서 술법인지 도술인지를 연마하고 있을 마환을 떠올린다. 달포 전인가 몰래 마환의 뒤를 밟아간 적이 있었다. 산 중턱에서 마환의 종적을 잃어 헤매고 있을 때 어디선가 낮게 짐승소리 같은 게 들렸다. 살펴보니 나무 사이로 눈에 잘 띄지 않는 동굴이 하나 있었다.

짐승 굴인가 싶어 조심스레 살펴보니 안에 있는 건 마환이었다. 굴 안쪽을 향해 가부좌를 틀고 앉아 술법인지를 연마하는 중이었다. 입에서 신음소리 같은 중얼거림이 흘러나왔다. 그런데 그의 머리 위에 얹혀 있는 걸 본 심녀는 놀라 비명을 지를 뻔했다. 그건 분명 사람의 해골이었던 것이다.

"그게 무슨 해괴한 술법이람. 해골은 어디서 났고……."

보면 볼수록 기괴한 중이라고 심녀는 생각했다.

"저, 유나(維那: 절의 사물을 맡고, 일을 지휘하는 소임)님."

밖에서 인기척이 난다. 목소리를 들어서는 주먹코 청원이다.

"무슨 일이에요? 문을 열어보세요."

방문을 열던 청원이 눈부시다는 얼굴을 한다. 방 안에서 심녀가 입고 있던 건 시중 아녀자들이 입는 치마였고, 비스듬히 누워 있자니 치맛단이 말려 올라가서 상아처럼 하얀 허벅지가 드러나 있었던 것이다.

"얘기하세요."

심녀가 천천히 치맛단을 끌어내린다. 입가에는 음탕하고 짓궂은 미소가 떠올라 있다.

"다름이 아니라, 겨울을 지내느라 절 양식이 다 떨어져 가는데, 어찌하려는지……."

지난 초겨울에 주지가 바뀐 뒤로 찾아오는 신도들이 점차 줄어들었다. 새로 온 주지인 마환의 얼굴이 너무 험상궂은데다가 여승과 함께 지내는 걸 본 마을 신도들이 스님들이 타락했다며 발길을 끊었던 것이다. 자연 봄 곡식이 나오기도 전에 양식이 바닥을 드러냈다.

"그걸 저한테 물으면 어떡해요. 마을로 가서 탁발을 해오던지, 아님……."

짜증스레 말하던 심녀가 표정을 부드럽게 고친다. 두 승려 모두 탁발을 내보내면 여러모로 자신이 불편해질 것을 염려한 까닭이다.

"알았어요. 일단 주지스님께 말씀드려 볼게요."

며칠 뒤 동굴에서 내려온 마환에게 청원의 얘기를 전했더니 마환의 볼이 실룩거린다.

"뭐야? 밥버러지 같은 중놈들. 저들 목구멍 하나 제 스스로 해결하지 못하고, 술법을 닦는 나에게 그런 부탁을 하다니⋯⋯."

술법을 닦는 일이 진도가 느려서인지, 아니면 그 술법을 연마할수록 사람의 성격이 변화하는 것인지 시일이 지날수록 점차 괴팍함을 드러내는 마환이다. 한 달쯤 전에는 옛 주지스님과 잘 아는 사이라며 찾아온 늙은 승려를 멱살을 쥐고 욕을 퍼부어서 내쫓은 적도 있다.

"그래도 명색이 주지스님이잖아요. 데리고 있는 승려들은 책임져야 하지 않아요?"

심녀가 애교 섞인 말투로 마환의 심기를 달랜다.

"에잇, 알았어."

투덜대며 뒷산으로 들어간 마환이 절에 모습을 나타낸 것은 반나절이 지난 뒤다. 놀랍게도 그가 어깨에 메고 있는 건 무게가 족히 장정 세 배는 나감직한 커다란 멧돼지다. 무엇으로 두들겨 팼는지 머리통이 수박처럼 으스러져 있다.

"이걸 장에 내다 팔든지, 아니면 여기서 잡아먹든지 마음대로 하라고 그래."

멧돼지를 땅바닥이 꺼지도록 절 마당에 내동댕이치며 마환이 소리를 꽥 지른다.

"오늘 목욕할 것이니 물 좀 데워 놓으세요."

마환이 멧돼지를 가져온 지 닷새 뒤다. 심녀가 수운이란 중을 불러 부탁을 했다. 심녀의 부탁이라면 밉거나 곱거나 안 들어줄 방도가 없다. 심녀의 뒤에는 꿈에 볼까 무서운 마환이 버티고 있는 것이다. 커다란 멧돼지까지 때려 잡아오는 것을 본 다음부터는 아예 눈도 못 마주칠 형편이다. 그렇다고 절을 버리고 도망치자니 그것도 여의치 않다. 다른 절에 가봐야 대접도 못 받을 건 뻔하고, 여태까지 정이 든 절을 버리고 떠나기도 쉽지 않다.

부엌으로 돌아간 수운은 물지게로 지고 온 개울물을 가마솥에 가득 채웠다. 점심공양을 준비하느라 쌀에 섞인 돌을 고르고 있던 청원이 수운에게 묻는다.

"또 목욕할 거래?"

"그런가 보아."

"웬 목욕을 그리 자주 하는지⋯⋯."

수운이 흥하고 콧방귀를 뀐다.

"그때마다 재미 보는 게 누군데 그래."

"넌 어떻고?"

둘은 서로의 얼굴을 마주보며 헛웃음을 짓는다. 심녀가 헛간에서 목욕할 때면 두 승려가 함께 숨어서 심녀의 나신을 훔쳐보았던 것이다.

"얼굴은 약간 나이가 들었지만 몸매 하나는 정말 놀라워. 마치 환희불 같아."

청원의 말에 수운이 자신도 모르게 꿀떡 침을 삼킨다.

"그래. 어찌 그렇게 살결이 뽀얄 수가 있는지, 나는 눈이 머는 줄 알았어."

"여 시주들의 알몸을 본 적은 몇 번 안 되지만 그처럼 희고 탐스런 몸은 처음 보았어. 그 풍만한 가슴 좀 보아."

"그나저나 저 여승은 어떻게 그 마환인가 하는 짐승같이 큰 라마승의 몸을 받아들일 수 있을까?"

"그게 다 만물의 조화가 아닐까. 옛말에 짚신은 발에 맞지 않으면 신을 수가 없지만, 남녀 간에는 아무리 물건이 큰 사람도 다 맞게 되어 있다 하지 않아."

되는 대로 말하며 청원은 나흘 전 늦은 밤에 보았던 일을 떠올린다.

축시나 되었을까. 소피를 보러 나왔던 그는 주지실에 불이 켜진 것을 보고 발소리를 죽이고 다가갔다. 방 안에서 쾌락에 달뜬 여자의 감탕질 소리와 남자의 거친 숨소리가 흘러나왔다. 그는 문틈에 눈을 갖다 대고 살며시 안을 들여다보았다. 주지실 안에는 거대한 체구의 마환과 상대적으로 자그마하고 피부가 뽀얀 심녀가 마치 뱀처럼 얽혀 방사의 무아지경에 빠져 있었다. 자꾸 목구멍에 마른침이 고였다. 침을 삼키려는데 마환의 큰 눈길이 문득 문 쪽으로 향했다. 그는 제풀에 놀라 허겁지겁 요사로 돌아왔다. 겁이 나서 더 구경하지 못한 게 못내 아쉬웠다.

"중이 돼서 별걸 다 아는군."

"나보다 수운 네가 더 잘 알고 있으면서……."

둘 다 스물너덧의 한창 젊은 나이인 데다 주지가 바뀐 뒤로 간섭하는 사람이 없어지자 태도가 나날이 방만해진 터였다. 여기에 색정이 뚝뚝 흐르는 여승을 늘 곁에서 지켜보자니 자연 관심은 불공보다 잿밥에 쏠려 있다.

"물이 다 데워진 것 같아."

커다란 가마솥 뚜껑 사이로 뜨거운 김이 모락모락 오르고 있다.

"내가 가서 얘기하고 올게. 목간통에 물이나 갖다 채워 둬."

수운보다 잔꾀가 많은 청원이 얼른 깔고 앉았던 낙엽을 털며 일어난다.

잠시 뒤, 심녀가 헛간으로 들어가자 두 사람은 약속이나 한 듯이 살금살금 헛간 뒤로 돌아가 자리를 잡고 앉는다. 목판을 잇대어 사방을 막아 만든 헛간 뒤편에는 옹이를 파내 만든 구멍이 두 개 뚫려 있다. 심녀가 절에 들어와서 헛간에 목간통을 들여놓은 뒤 그들이 뚫어놓은 것이었다.

심녀는 옷을 벗어 횃대에 걸어놓고 김이 나는 목간통 물에 손을 넣어 온도를 가늠하더니 천천히 몸을 담근다. 옹이 구멍으로 들여다보던 중들은 꿀꺽 침을 삼킨다.

예전부터 이를 눈치채고 있던 심녀는 일부러 그들 쪽으로 몸을 돌려 앉는다. 그녀는 수밀도처럼 풍만한 가슴에 물을 끼얹으며 남몰래 회심의 미소를 짓는다. 안 그래도 적요한 산중 생활이 너무 심심하던 차였다. 오늘 문득 중들을 데리고 놀 심사가 생겼던 것이다.

요즘 들면서 마환은 심녀를 잘 안으려 들지 않았다. 쾌락불의 몸을 타고난 음녀와 자주 관계를 가지면 법력이 손상된다는 게 그 이유였다. 그런 연유로 심녀는 치미는 욕정을 억누르고 지내는 중이다.

"그만 들여다보고 들어와 등이나 좀 씻어 줘요."

때가 되었다고 생각한 심녀가 아무렇지도 않게 말한다. 화들짝 놀란 중들은 구멍에서 눈을 떼고 서로 얼굴을 쳐다본다. 예상치도 못했던 상황에 어찌할 바를 몰라 하는 인상들이다.

잠시 눈길을 주고받던 그들은 누가 먼저랄 것도 없이 용기를 내기로 한다. 주지로 있는 마환이란 괴승이 마음에 걸리긴 했지만 이미 욕정이 이성을 눌러 타고 있다. 또한 먼저 심녀가 자신들을 불러들였지 않는가. 마음의 준비를 갖춘 그들은 주춤거리며 목욕간 문을 밀고 들어선다. 이미 반은 제정신이 아닌 듯했다. 넋이 나간 멍한 표정으로 심녀의 풍만한 젖가슴만 뚫어지게 바라본다.

"뭐 하고 있어요? 어서 이리 가까이 오지 않고."

그녀의 나무라는 말투를 듣고야 두 승려는 양옆으로 나누어 서서 조심스레 그녀의 등을 씻어주기 시작한다. 그들은 습관처럼 나무아미타불을 외면서 심녀의 어깨와 등판에 물을 끼얹어 씻는다. 그런 그들의 모습은 왕이나 왕비를 모시는 천한 노예나 다를 바 없다.

"나무아미타불은 법당에서 찾으시고, 좀 제대로 씻어보세요."

"나무아미타불."

버릇처럼 염불을 외는 두 승려의 얼굴이 이미 흥분으로 벌겋게 달아 있다. 수운은 애처롭게 손까지 덜덜 떨고 있다.

"자, 좀 닦아줘요."

대충 목욕이 끝나자 심녀가 몸을 일으키며 말한다. 물기에 젖은 풍만하게 부푼 아랫배와 잘록한 허리, 그 아래로 검게 숲이 우거진 계곡이 적나라하게 드러난다.

"수건은 저기에……."

숨을 멈추었던 두 승려는 그제야 벽에 걸린 수건을 벗겨 보물단지를 다루듯이 정성스럽게 심녀의 몸을 닦는다. 흥분으로 인해 그들의 아랫도리는 고의춤을 뚫고 나올 듯이 탱탱하게 부풀어 있다. 심녀의 입가에 음탕한 미소가 떠오른다.

"내 몸이 그렇게 탐이 나나요?"

두 승려의 달아오른 얼굴을 바라보며 심녀가 장난스레 묻는다.

두 젊은 중은 마른 입술을 축이며 고개를 끄덕인다.

"정 그렇다면 내가 스님들의 딱한 사정을 봐드릴 테니 함께 따라
와요."

심녀가 치마를 걸치고 나가자 두 사람은 고삐 매인 짐승처럼 그녀의
뒤를 따른다.

주지실 방 안에는 아직도 어젯밤 이부자리가 그대로 깔려 있다. 심
녀는 방으로 들어서자마자 걸친 옷을 훌훌 벗어 던진다. 두 사람은 눈
을 휘둥그레 뜬 채 그녀를 쳐다본다.

"자, 이리 와요."

심녀가 알몸으로 요 위에 벌렁 드러눕는다. 두 사람은 서로 눈치를
살피며 우물쭈물한다. 그녀의 자세가 너무 노골적인 데다가 불제자로
서의 경계심이 아직 남아 있었기 때문이다.

"뭘 그렇게 망설이고 있어요? 순서를 정하지 못해 그러는 모양인데,
그럴 것 없어요. 어차피 함께할 것인데, 그럼 청원스님이 먼저 와요."

심녀의 말에 에라 모르겠다 싶었던지 청원이 먼저 황급히 옷을 벗고
그녀에게 다가간다. 그녀를 껴안는가 싶더니 너무 흥분했던지 제풀에
끝나고 만다.

"에게, 이것밖에 못해요?"

지켜보던 심녀가 깔깔거리며 웃는다. 청원이 멋쩍은 얼굴로 물러난
다. 다음 차례는 수인이다.

"아미타불."

어쩔 줄 몰라 합장하며 다가간 수인 역시 얼마 버티지 못한다. 쾌락
인지 고통인지 찌푸린 얼굴로 입으로는 계속 염불을 중얼거린다. 미련
이 남았던지 청원이 다시 수운을 옆으로 밀쳐내고 심녀에게 달려든다.
합장을 한 수운이 두 사람이 하는 짓을 지켜본다. 세 사람이 뒤엉켜서

나누는 성적 탐닉으로 주지실이 온통 시끄러워진다.

마환이 술법을 연마하던 동굴에서 나온 것은 그로부터 이틀이 지난 뒤다. 봄치고는 날씨가 을씨년스럽다. 바람까지 세차게 분다.

오후 무렵에 주지실에 들어온 그는 무엇 때문인지 불만이 가득한 얼굴이다. 그는 보료 위에 비스듬히 누워 있던 심녀를 관찰이나 하듯 살핀다. 어쩐지 바라보는 눈길이 심상찮다.

"왜 그래요? 사흘 굶은 사람처럼 사나운 얼굴이 돼 가지고……."

"그동안 별일 없었어?"

"이 산중에 별일 있을 게 뭐가 있나요?"

"그럼 됐어."

마환이 쓰러지듯 털썩 바닥에 눕더니 곧장 잠이 든다. 이틀을 꼬박 동면하듯 잠만 자던 마환이 석장을 짚고 다시 동굴로 떠난 건 아침 무렵이다.

"유나님, 뭐 하세요? 목욕물 데워 놓을까요?"

점심공양을 얼마 앞둔 오전이다. 주지실 밖에서 심녀에게 묻는 건 청원이란 중이다. 비스듬히 누워 있던 심녀가 미소를 머금는다. 목욕물을 데워 놓을까 묻는 건 그저 핑계일 따름이고, 치미는 욕정을 어찌 해볼까 싶어 그녀를 찾아온 것이다.

지난번에 심녀와 처음 관계를 갖게 된 다음부터 두 승려는 마치 중독이라도 된 사람처럼 빠져들었다. 승려의 체면도 잊고 밤낮을 가리지 않고 심녀를 찾아왔다. 심녀가 느끼게 해준 희열과 쾌감을 도저히 인간의 의지로는 뿌리칠 수가 없었던 것이다. 그나마 마환이 주지실에 머물 때는 생명의 위협 때문에 어쩔 도리가 없었지만 마환이 동굴로 돌아간 것을 알자 참을 수가 없었던 것이다.

"생각이 있으면 들어와요."

"주지스님은?"

방문을 열어 안을 살핀 청원이 아무래도 좀 겁이 나는 듯 주위를 두리번거린다.

"아침에 동굴로 올라갔어. 닷새 뒤에나 내려올걸."

"그럼……."

신을 벗고 주지실로 들어서는 판에 뒤에서 수운이 청원을 부르는 소리가 난다. 멀찍이 숨어서 청원이 하는 수작을 눈여겨보던 수운이 청원이 주지실로 들어가자 내심 잘됐구나 하고 따라붙은 것이다.

"이 젊은 스님들이 그예 살맛을 들였네."

심녀가 색정적인 웃음을 웃으며 두 사람을 받아들인다. 이내 방 안에서는 남녀의 가쁜 숨소리와 야릇한 신음소리가 뒤섞여 흘러나온다.

세 사람이 한참 욕정의 도가니에 빠져 있을 때 소리 없이 주지실 앞에 나타난 것은 마환이다. 숨어서 이때를 기다렸던 건 아니었다.

동굴에서 술법을 연마하던 그는 해골을 얹어놓은 천문(天門) 어딘가가 강한 기운에 의해 뻥 뚫어지는 느낌을 받았다. 그건 연마하던 술법이 팔성에 이르게 되면 생기는 현상이었다. 원래는 십성까지 연마해야 하지만 그러려면 앞으로 또 몇 년이 더 걸릴지 알 수 없는 노릇이다. 그래서 이쯤이면 되었다는 생각에 동굴을 등지고 내려온 것이다.

대낮에 방 안에서 새어나오는 남녀의 신음과 댓돌 위에 놓인 세 사람의 신발을 본 마환이 거침없이 문을 연다. 한창 심녀와 뒤엉켜 쾌락에 빠져 있던 수운과 청원이 공포에 질린 눈으로 마환을 쳐다본다.

"이 육욕에 미친 중놈들이……."

마환이 이를 부드득 갈며 무섭게 눈을 부라린다. 기겁을 한 두 승려가 벗어 놓은 옷을 집어 아랫도리만 가린 채 뒷문을 박차고 튀어나간다. 문짝이 와지끈 부서진다. 마환은 석장을 내던지고 그들을 뒤쫓는다.

두 승려는 사력을 다해 뛰지만 얼마 도망가지 못한다. 먼저 발이 느린 수운이 잡힌다. 그의 등덜미를 낚아챈 마환은 한 손으로 그의 어깨를, 다른 한 손으로는 머리통을 싸쥐고 그대로 비튼다. 뚝, 삭정이가 부러지는 소리가 나고 수운은 비명도 지르지 못한 채 즉사한다.

빈 자루처럼 된 수운을 땅바닥에 내팽개친 마환은 이번에는 청원을 쫓아간다. 청원은 마환이 동료를 죽이고 계속 자신을 쫓아오자 사색이 되어 달아나다가 앞에 보이는 호수로 무작정 뛰어든다. 호수는 꽤 넓다. 청원은 호수를 가로질러 헤엄쳐간다. 호수 건너 숲으로 들어가면 어찌 달아날 방안이 생길 듯도 하다.

"네놈이 감히…어서 이리 나오지 못할까."

마환이 호숫가에 서서 고함을 지른다. 그러나 그는 거칠게 씨근덕거리면서도 섣불리 물에 뛰어들지는 못한다. 라마승이라 헤엄을 칠 줄 몰랐던 것이다.

마환은 곧 주위를 두리번거리더니 주먹만 한 돌을 주워들고 힘껏 던진다. 마환의 내공이 실려 화살처럼 빠르게 날아간 돌은 청원의 뒷머리를 정통으로 때린다. 피가 튀면서 삽시간에 주위가 벌겋게 물든다. 청원의 몸이 잠시 물속으로 가라앉는가 싶더니 곧 아랫도리를 드러낸 고약한 모습으로 다시 물 위에 떠오른다. 마환은 침을 칵 뱉고는 절로 향한다.

"죄 없는 중들에게 무슨 짓을 한 거예요?"

옷을 입고 앉아 있던 심녀가 씩씩거리며 들어서는 마환을 향해 묻는다.

"무슨 짓은, 모두 저세상으로 보내줬지."

"그렇게 죽일 필요가 뭐가 있어요. 다들 욕정의 기운을 참지 못해서 그랬을 뿐인데……."

심녀가 미간을 찌푸리며 말한다. 중들이 죽어 애석하기보다 앞으로 불편할 일이 신경이 쓰여서다.

"네년도 마찬가지야. 시간만 나면 그저 아무 놈하고나 붙을 생각만 하니……."

"욕정에 굶주린 사람에게 육보시를 좀 해준 걸 가지고 뭘 그래요. 그것도 다 적선이지. 그렇다고 라마승이든 밀교승이든 명색이 스님이란 사람이 절간의 중들을 복날 개 잡듯이 해서야, 원……."

"이런 음탕한 여자 같으니. 이게 다 사내놈들이 파리 떼 꾀듯 하는 제 년 때문인지도 모르고……."

"그게 제 잘못인가요. 제 몸이 그렇게 타고난 걸 난들 어쩌겠어요?"

"어쨌든 네년이 나와 함께 있는 한 다른 놈들과 붙어먹는 건 눈뜨고 봐줄 수 없어."

"덩치에 어울리지 않게 질투는…그나저나 중들을 다 죽이고 이제 어떻게 할 거예요? 당신이 물도 긷고, 밥도 짓고, 불목하니 노릇을 할 거예요?"

"닥쳐. 엉뚱한 소리 그만하고 여길 떠날 준비나 해."

"떠나다니요? 어디로 간다는 거예요?"

"이제 여기에 머물 필요가 없어졌어."

"그건 또 무슨 말이에요?"

"괘를 짚어보니 남서쪽으로 가면 일을 만난다고 나왔어."

"이 절은 어떡하고?"

"얼른 짐이나 챙겨서 나와."

조금 뒤 심녀가 간단한 여장을 꾸려나왔을 때 이미 법당 전체에 불이 옮겨 붙고 있다. 그녀가 나오길 기다렸던 마환은 손에 들린 불붙은 장작을 주지실 방 안으로 던져 넣는다. 화창한 봄날에 지은 지 백여 년이 넘는 유서 깊은 사찰이 시뻘건 불길 속에 활활 잘도 타올랐다.

4

얼굴에 와 닿는 바람은 여인의 손길처럼 부드럽고 따스하다. 들판을 가로지르는 바람 사이로 희미하게 쾅쾅거리는 망치질 소리와 인부들이 힘쓰는 영차 소리가 섞여 들린다. 전란으로 무너진 궁궐과 성안의 사찰들을 재건하는 소리다.

강변의 버드나무는 이제 연녹색에서 진한 녹색으로 잎을 바꾸어 달고 있다. 외곽 성벽이 허물어진 곳에서는 한 무리의 재가화상(在家和尚: 형이 남은 죄수들로 삭발한 채 처자와 함께 살며 도로 소제, 성벽의 수축 등 공역을 맡아 하는 자)들이 관리의 감독 아래 성벽 보수를 하고 있다. 또 넓게 펼쳐진 논과 밭에는 한 해의 결실을 얻기 위해 농부들이 곳곳에 허리를 굽히고 이마에 흐른 땀을 닦을 겨를도 없이 일을 하고 있다.

"편조법사, 이제 조금씩 모든 게 제자리를 찾나 보오."

걸음을 옮기며 공민왕이 두어 걸음 측면에서 따라오는 남자에게 말한다. 수수하게 흰 두건에 황색의 장삼을 입은 그는 편조다. 궁 바깥에서 만나뵙자는 일직내관의 연락을 받고 왕이 행차할 장소에 미리 기다리다가 만난 것이다.

작년 늦봄에 환궁한 공민왕이 조정 관료들의 대한 공과를 따져서 새로운 보직을 내리는 한편, 새로이 편조를 조정에 등용하고자 했지만 조정 신료들의 반대가 심한 탓에 얼마간 보류할 수밖에 없었다.

그 대신 궁궐 밖으로 미행(微行)을 나올 때면 미리 내관에게 지시를 내려 외부에서 편조를 만나 함께 민정을 살피면서 얘기 나누기를 좋아했다. 특히 요즘은 지난 전란 때 불타고 무너진 궁궐을 새로 짓느라 궁궐 안이 몹시 소란스러워 자주 미행을 나오는 편이다.

"그렇습니다. 비 내린 뒤에 땅이 굳어진다는 말이 있지 않습니까. 고통에는 양면성이 있는 줄 압니다. 비록 전란이 참담한 결과를 가져오긴 했지만, 그만큼 백성들의 내성력(耐性力)이 강해진 것도 사실입니다."

전란 후의 폐허를 둘러보는 왕의 참담한 마음을 위로하려는 말이다. 몰래 개경을 시찰하기 위해 미복 차림으로 나선 공민왕은 가볍게 고개를 끄덕거린다. 한때 맑고 고귀해 보이던 그의 얼굴도 이젠 약간 초췌하다. 서른다섯이라는 적지 않은 나이도 있지만 조정 내부의 반란과 왜구들의 끊임없는 노략질, 또 두 차례나 거듭된 홍건적의 침입에다 역도 최유의 난 등으로 인해 지친 기색이 역력하다.

"이제 더 이상 백성들의 고통이 없었으면 하오."

뒷짐을 지며 공민왕이 한숨처럼 말한다. 그의 수심 어린 눈길은 날개를 팔랑거리며 날아가는 호랑나비에 가 있다. 예측을 불허하는 그 자유분방한 날갯짓이 눈을 현혹시킨다.

"소승, 늘 부처님께 기도하고 있습니다."

"모두 과인이 부덕한 탓인가 하오."

"무신정권 이래로 오랜 기간 누적된 반민족적 적폐가 쌓인 것이라 사료됩니다."

"어허, 전하께 어찌 그런 말씀을……."

곁에 서 있던 일직내관이 우려의 빛을 띠며 편조의 태도를 제지하고 나선다. 과거에 대한 의견은, 특히 전하 앞에선 전왕들의 치적에 관해서는 결코 입에 올리지 않는 게 조정 대신들 간에 불문율처럼 지켜지는 사항이다.

"괜찮소. 다 그런 곧은 말 듣자고 편조법사를 만나는 것 아니겠소."

"황공하옵니다."

자신의 잘못인 양 일직내관이 머리를 조아린다.

"앞으로도 솔직한 충언을 해주시오."

"소승, 미력하나마 보탬이 되도록 하겠습니다."

"그거야 과인이 편조법사에게 바라는 거 아니겠소."

"어긋나지 않도록 하겠습니다."

"조정 중신들의 반대만 없으면 과인 당장이라도 편조법사를 내 곁에 불러들이련만……."

공민왕의 말에는 자신의 뜻대로 되지 않는 조정 대신들에 대한 우울한 탄식이 섞여 있다.

"모든 건 때가 있다 하오니 전하께선 그 일에 너무 괘념치 마소서."

대화가 너무 공적인 것에 머물러 있다고 여겼는지 공민왕이 화제를 돌린다.

"헌데 편조법사는 가족이 몇이나 있소?"

편조가 잠깐 망설인다. 이런 질문은 왕왕 그를 곤혹스럽게 만든다. 일반 사람들이야 그저 인사치레로 물을 수 있는 말이지만, 출신을 밝히기 어려운 편조로선 여간 난처한 게 아니다. 그렇다고 왕에게 거짓을 아뢸 수도 없는 노릇이다.

"유복자인 데다가 모친마저 일찍 돌아가시는 통에 혈혈단신이 되었습니다."

"저런, 괜한 질문을 한 것 같구려. 어려서 혼자가 되었으니 얼마나 외로웠겠소. 과인도 그 마음을 잘 알고 있소."

열두 살 때 원나라 순제의 요구로 연경에 끌려가서 가족의 따스함도 맛보지 못한 채 홀로 외롭게 자라난 공민왕이기에 편조의 불우한 성장 환경을 충분히 이해할 것 같다. 외로움은 벌레와 같다. 벌레 먹은 과일에 흠이 생기듯 어릴 적의 외로움은 사람의 성정을 비뚤어지게 만들기도 한다.

"외롭게 자라서 이토록 훌륭한 인재가 되었다니 가히 놀라울 따름이오."

"외로움은 사람을 외곬으로 만들기도 하지만, 때로는 강하고 현명하게 만들기도 한다고 알고 있습니다."

"그것도 맞는 말이오."

공민왕의 얼굴에 은연중 미소가 떠오른다. 그가 편조를 총애하고 아끼는 이유는 여러 가지다. 그중 하나는 이런 격식 없는 대화다. 조정 대신들과 나누는 대화는 모두 격식과 예법에 매여 있다. 따라서 상명하복, 군주와 신하의 관계만 있을 뿐이다.

그러나 편조는 그렇지 않다. 가끔 너무 소탈하고 격의 없는 말을 던져서 공민왕이 놀랄 정도다. 그건 아무래도 그가 살아온 환경과 관련이 있는 듯하다. 말하자면 천민 출신이라고 할 수 있다. 예의나 격식이 몸에 익지 않은. 그게 어려서부터 왕실의 법도에 매여 자란 공민왕에겐 파격과 신선함으로 비친다.

두 번째로 공민왕이 편조를 좋아하는 건 그의 다양한 경험에 있다.

왕과 접견할 자의 신분을 조사해서 보고하는 조정 신료에게 듣기로는 그는 어릴 적부터 탁발승으로 세상을 떠돌았다고 한다. 여기저기 많은 이야기를 듣고, 다양한 경험을 한 것이다. 여기에다 사람들을 솔깃하게 하는 뛰어난 화술까지 가지고 있다. 그래서 언제 어느 때든 재미있는 애기를 건져 올리는 것이다. 그게 공민왕이 보기엔 편조의 기특하고 재미있는 점이다.

세 번째를 든다면 그건 편조가 현재 조정의 기강을 뒤흔드는 기득권 세력들과 무관하다는 점이다. 오래된 권문세가들은 저마다 파벌과 세력을 만들어 기득권을 지키기에 여념이 없다. 그런 면에서 편조는 아무 치우침이 없는, 말 그대로 불편부당(不偏不黨)하여 주위의 영향력에서 초연할 수 있는 인재라는 게 공민왕으로선 가장 믿음직한 부분이다.

"그래, 그럼 그 뛰어난 학문은 어떻게 배웠소?"

편조의 머릿속에 많은 책들이 주마등처럼 스쳐 지나간다. 코흘리개 적 옥천사에서 어깨너머로 배운 천자문과 『통감강목』을 비롯한 각종 한학 서적들, 여기저기 사찰을 떠돌며 보게 된 많은 역서와 학서, 불교 경전들, 그중에는 용공사의 철봉대사에게서 훔친 환술과 방술이 적힌 기서며 맹산이란 고을에서 우연히 얻은 『풍수지리록』이란 비서도 포함되어 있다.

"일천한 저의 학문을 그렇게 칭찬하시니 몸 둘 바를 모르겠습니다."

일단 말을 돌리는 편조다.

"겸양이 지나치오."

"스승 없이 독학으로 한 셈입니다."

"참 대단하구려."

공민왕은 편조의 대답이 매우 흡족하다고 느낀다. 학문을 배울 때

스승을 가지게 되면 자연적으로 하나의 계보를 형성하기 쉽다. 또 같은 스승에게서 배운 제자들끼리 학연으로 얽혀서 서로 파당을 짓고, 서로 허물을 감추어주고, 서로를 출세를 위한 발판으로 삼으려 든다. 물론 뛰어난 학자 아래 뛰어난 제자가 배출되는 건 좋은 일이지만 결국 나중에 그것 역시 파당정치로 흐르는 요인이 되는 것이다.

그런 점에서 편조는 여러모로 자유롭다. 우선 사부(師父) 간의 정리(情理)에 얽매일 필요가 없고, 사고 역시 구시대적인 규율이나 원칙에 얽매이지 않았을 것이다. 학문과 사고는 시일이 지나면서 점차적으로 경직되는 법이다. 내용을 지키기 위해 형식을 만들고, 나중에는 거꾸로 형식이 그 내용을 규정하게 된다. 그럼으로써 이미 내용은 자유로움을 잃고 오직 단단한 형식만 갖춘 고지식한 학문으로 전락하게 되는 것이다.

"지금 편조법사가 거처하는 곳이 어디요?"

오월의 햇살이 더웠는지 비단수건을 꺼내 이마에 비친 땀을 닦으며 공민왕이 묻는다.

"기현이라고, 예전부터 조금 알고 지내던 사람 집입니다."

"여기서 먼 곳이오?"

"그다지 멀지는 않습니다. 저기 보이는 마을 모퉁이를 돌아가면 그곳입니다."

"가보고 싶소. 가서 다리도 쉴 겸, 거사가 어떻게 생활하는지 볼 겸 해서……."

"전하, 피곤하시면 궁궐로 돌아가시는 게……."

일직내관이 저어하는 얼굴로 막는다.

"약간 덥긴 하지만 괜찮소."

"다음에 가시기로 하고 오늘은……."

아무래도 마음이 내키지 않는 일직내관이다. 만약 전하의 주변에 무슨 변고라도 생기면 자신이 모든 책임을 떠맡아야 하기 때문이다.

"갑시다. 더 이상 말 마시오."

편조가 망설이지만 이미 전하의 말이 떨어진 다음이다.

"그럼 그렇게 하시지요. 제가 앞장을 서겠습니다."

마을길로 접어들자 논에서 모를 심고 있던 잠방이 차림의 농사꾼 네 명이 곁눈을 힐끔거린다. 느닷없이 마을에 나타난 깨끗한 옷차림의 선비풍의 얼굴을 한 세 사람이 누구인지 궁금했던 것이다.

"이 집이 거사가 묵는 집이오? 아담하고 정갈하게 꾸며 놓았구려."

궁궐을 나올 때부터 계속 사주를 경계하며 왕을 지키던 미복 차림의 호위무사 네 명이 집 안으로 들어가 안전을 확인하는 동안 대문 앞에 멈춰 선 공민왕이 담 너머로 보이는 집과 수목을 보며 말한다.

"이 집 아낙이 워낙 정갈스럽습니다."

"그런 것 같구려."

아무 기별도 없는 왕의 행차에 놀란 기현 아낙이 신발도 신지 않은 채 황급히 대문을 나온다. 그녀는 왕을 보자 땅바닥에 무릎을 꿇고 머리를 조아려 인사를 올린다. 자신의 집에 왕이 행차할 것이라고는 상상도 못한 것이다.

"이런 누추한 곳에 찾아오셔서 황공하기 이를 바 없습니다."

"자, 듭시지요."

편조의 안내를 받으며 내관을 앞세운 공민왕이 마당으로 들어선다. 집 안에서 일하던 노복과 하인들이 전부 마당가에 몸을 엎드려 왕의 행차를 맞는다. 뜰 중앙에 둥글게 만들어놓은 화단에는 봄부터 일찍 피어났던 매화와 개나리꽃이 한풀 시들어가고 소담스레 피어난 난초가 새로운 계절을 단장하고 있다.

"내실은 두고, 법사가 거처하는 방으로 갑시다."

기현 내외가 거주하는 넓은 본채로 모시려고 하자 공민왕이 고집을 부린다. 하는 수 없이 편조는 몇 그루의 향나무가 운치 있게 그늘을 드리우고 서 있는 저택 측면의 세 칸짜리 사랑채로 공민왕을 모셔간다.

"여기가 훨씬 조용하고 좋구려."

방 안에 정좌한 공민왕이 실내의 문방사우며 가구들과 벽에 차곡차곡 쌓여 있는 서책들을 둘러보며 말한다. 사실 대문을 드나드는 사람이 보이지 않고 한적하게 지내기는 사랑채가 나았다. 그 때문에 기현 부부가 이 사랑채를 군이 편조에게 내주었던 것이다.

"예, 번다하지 않고, 서책을 보며 지내기에 좋은 방입니다."

잠시 자리에 앉아 있자니 차가 나왔다. 차를 내온 사람은 다름 아닌 반야다. 다소곳이 차를 들고 오는 반야를 바라본 공민왕의 눈빛이 흥미를 나타낸다. 편조가 내심 아차 싶었지만 이미 엎질러진 물이다. 왕이 이리로 행차할 줄 어찌 알았으며, 주의를 줄 시간 또한 없지 않았는가.

"이 처녀는 누구인가?"

반야가 차를 내오게 된 것은 순전히 기현 처의 결정이다. 느닷없는 왕의 행차에 정신이 없는 중에 차를 내갈 사람이 마땅치 않았던 것이다. 부리던 노복이나 하인을 시키자니 격에 맞지도 않을뿐더러 자신이 내가자니 실수나 하지 않을까 두렵기도 했다. 또 남의 처가 된 여인이 함부로 편조의 거처를 들락거리는 모습을 내보이는 것 같아 마뜩치가 않았다.

고민 끝에 문득 생각난 것이 반야였다. 젊고 용모도 예쁜 데다가 천박하지 않아서 차를 내가기는 딱 적임자였다. 거기에는 지난해 가을부터 편조의 사랑을 독차지하고 이 집에 들어앉은 반야를 은근히 시기하는 기현 처의 영악한 속내도 없진 않았다.

"예, 이 집의 먼 친척 자녀인데, 이 집에 머물며 이런저런 가사를 돕고 있습니다."

공민왕에게 반야를 김원명이 데리고 있던 노비의 딸이며, 자신의 정인으로 함께 지내고 있다는 말은 차마 할 수가 없다. 만약 남의 노비를 가로채 데리고 산다는 사실을 공민왕이 알게 되면 보통 큰일이 아니다. 가진 것 없이 소박한 승려로 알려진 편조 자신에게 치명적인 결함으로 작용할 수 있다. 아울러 자신이 사랑하는 반야를 노비 출신이라고 밝히고 싶지도 않다.

"참 특이한 분위기를 가진 처녀로고. 세상사 무심한 듯하기도 하고……."

찻잔을 들여놓고 일어서려는 반야에게서 시선을 떼지 않은 채 공민왕이 묻는다.

"이름은? 나이는 몇인고?"

허리를 숙인 반야를 바라보는 편조의 마음은 백척간두에 선 듯 아슬아슬하다. 그냥 반야가 나갔으면 하는 바람이었으나 일이 여의치 않다. 그는 가시방석에 앉은 느낌으로 반야의 가녀린 허리에 시선을 준다. 어젯밤에도 안았던 허리다. 허리가 가늘어 한 손에도 안겨 드는구나, 라고 말했을 때 반야는 수줍은 듯 허리를 비틀었지.

"이름은 반야이옵고, 정해생(丁亥生)이옵니다."

"정해생이라면, 열여덟이로구나. 참으로 좋은 나이로다. 목소리 또

한 꾀꼬리 같고……."

아아, 이제 제발 끝났으면. 편조가 마음속으로 간절히 바라지만 일은 뜻대로 되지 않는다.

"고개를 들라. 한번 자세히 보자꾸나."

어명을 받은 반야가 천천히 고개를 든다. 백합처럼 갸름하고 예쁜 용모가 드러난다. 긴 속눈썹 아래 그늘을 드리운 갈색의, 저 먼 세상을 향한 듯한 텅 빈 눈빛도 보인다.

지켜보던 편조의 시선이 달리듯 공민왕의 옆얼굴로 향한다. 그는 정인을 지키려는 남자의 본능으로 공민왕의 눈빛이 예사롭지 않음을 본다. 그건 분명 마음에 드는 여인을 향한 남자의 눈빛이다.

이제 어떡한다?

자신의 처소인 사랑채 방 안에서 편조는 깊이 침음(沈吟)한다. 이제 되돌리기는 불가능한 일이다. 순순히 받아들이는 일만 남은 것이다. 이제 갓 전하의 총애를 받아 양지로 나서려는 젊은 법사가 지엄한 전하에게 사적인 이유를 들어 불가하옵니다, 하고 아뢰기는 이제 너무 때가 늦었다. 또한 그건 전하를 능멸하는 못된 처사로 비칠 수도 있다.

궁궐을 향한 길을 따라나서는 편조를 만류한 공민왕은 은근한 미소를 띠었다.

"오늘밤에 다시 이 집을 찾을 터이니 준비를 부탁하오."

그것은 반야를 보러 오겠다는 뜻의 완곡한 표현인 줄 편조는 알고 남았다.

닫아둔 방문 바깥에는 해가 지는지 격자문살에 불그스레하게 봄 노을이 번지고 있다. 해가 넘어가면 곧 땅거미가 깔리면서 어둠이 찾아

올 것이다. 그리고 오늘처럼 어둠이 찾아드는 게 지긋지긋하게 느껴진
날도 없으리라.

불쑥 편조는 몇 년 전 이와 비슷한 일로 밤새 고민했던 기억을 떠올
린다. 공민왕과 첫 알현을 앞둔 그 밤에도 수많은 번뇌가 있었다. 오래
도록 무명으로 떠돌던 자신에게 왕이 알현을 허락했다는 사실에 몹시
감격하면서 동시에 그 기회를 잡기 위하여 밤새워 궁리를 했었다.

하지만 지금은 그때와 다르다. 그때는 오직 전하의 신임을 얻기 위
한 노력이었다면, 지금은 하나를 위해 하나를 버려야 하는 선택의 기
로에 서 있는 것이다. 또한 그 선택의 대상은 둘 다 놓치기 힘든 것이
다. 수십 년을 절치부심, 노력 정진하여 얻은 지금의 영광된 자리, 하
나는 난생처음으로 마음을 흔들어놓은 이상적인 여인.

그녀와 처음 잠자리를 한 날, 세상을 얻은 것 같지 않았던가. 그녀를
안는 것은 작은 열락(悅樂)에 빠지는 것과도 같다. 첫날 밤, 그는 그녀
의 작고 순수한 몸, 또 다른 작은 세상, 자신이 처음 열게 된 그녀의 마
음과 몸을 평생 동안 지켜 주리라고 마음속에 맹세하지 않았던가. 그
러나 고작 일 년도 채우지 못하고 그 맹세는 물거품이 될 지경에 놓여
있다.

삶은 왜 가끔씩 이처럼 잔인한 선택을 만들어 놓고 있는지 모를 일
이다.

편조는 깊고 길게 한숨을 내쉰다. 아무리 후회해도 소용없는 일이다.
이미 어느 정도 마음의 결정은 되어 있다. 아무리 사랑하는 여인이 중
요하다고 한들, 그게 생살을 떼어내는 것처럼 고통스럽다고 한들, 평생
을 절치부심하며 살아온 자신을 반야를 위해 모두 버릴 수는 없는 것이
다. 편조는 처음 반야를 만났을 때 했던 말을 다시금 중얼거려본다.

즉상즉심.

내가 없으면 정토도 없고 아미타불도 없는 것. 편조는 일단 반야를 부르기로 마음먹는다.

"반야, 오늘밤 전하께서 너를 보러 오실 것이야."

방 안에 들어와 앉은 반야에게 편조가 담담하게 말한다. 참으로 꺼내기 어렵다고 생각했지만 막상 그녀의 얼굴을 보자 쉽게 말이 나온다. 이상한 마음의 변화다.

"그 뜻은……?"

"전하께서 너에게 성은(聖恩)을 내리려는 것이지."

무릎을 꿇고 앉은 반야가 편조의 입을 뚫어지게 바라본다. 예의 감정을 짐작할 수 없는 텅 빈 눈빛이다. 어쩌면 남자가 시키면 시키는 대로 하겠다는 지극히 순종적인 눈빛 같기도 하다.

"법사님께선 저를 사랑한다고 하시지 않으셨나요?"

의외의 질문이다. 모든 것을 있는 그대로 받아들이기만 할 뿐 좀체 질문을 하지 않던 그녀였다.

"흠, 그야 이를 말인가."

편조가 약간 더듬거리며 대답한다. 반야가 가만히 그의 얼굴을 바라본다. 길고 짙은 속눈썹 아래 갈색의 눈동자는 그의 얼굴을 비추고 있을 뿐, 아무것도 담겨 있지 않다. 한참 만에 반야가 입을 연다.

"그렇다면 어째서……?"

"세상일이란 게 뜻대로 되지 않는 법도 있지 않더냐."

편조가 무겁게 대답한다.

"알겠습니다. 그럼 오늘밤 전하를 맞을 준비를 할 수 있도록 법사님께서 소녀를 대신해 이 집 주인마님께 부탁을 드려주시면 좋겠습니다."

"그전에 한 가지 당부할 게 있다. 너와 나 사이에 있었던 일은 어떤 일이 있어도 절대 입 밖에 내어서는 안 된다는 것을 명심해라."

만약 그리하면 너나 나나 목숨이 위태롭게 될 것이야, 라는 말은 차마 목구멍에서 나오지 않는다. 스스로 생각해도 구차스럽지만 은근히 위협을 가하는 자신의 모습이 고요한 반야에게 너무 속되고 야박하게 보일까 우려한 때문이다.

"그럼 소녀, 이만 물러가겠습니다."

머리 숙여 인사를 마치고 마루를 지나 향나무가 푸른 마당을 건너가는 반야의 모습을 보면서 편조는 마음속으로 한 가지 말을 되뇌어 본다.

즉상즉심(卽相卽心).

5

"거사님, 여기 좀 보세요."

햇살이 풀잎에 내린 이슬을 말리기 시작하는 늦은 아침이다. 오늘은 입궐을 하지 않는 날인 데다 어제 밤늦게까지 잠을 설친 탓에 늦잠을 자고 일어난 편조다. 간단하게 소세를 하고 나서 사랑채 마루에 걸터앉아 뜰에 있는 향나무의 운치를 보고 있으려니 그를 부르는 소리가 들린다. 시선을 들어보니 기현의 처다.

"늦게 일어나셨네요."

편조가 어슬렁거리며 다가가자 화단 곁에 서 있던 기현 처가 반갑게 인사를 건넨다. 언제 봐도 귀엽고 생기가 넘치는 여자다. 남자의 마음을 잘 읽어주는, 총명하면서 정감 어린 여인이다. 특히 늘 촉촉하게 젖은 듯한 검은 눈동자는 기이하게 사람의 마음을 끈다.

편조는 만약 자신이 결혼을 한다면 이런 여인을 골랐을 거라는 생각을 해본다. 어떤 면에서 사랑과 결혼은 질적으로 다르다. 사랑이 감정에 의해 이루어진 약속이라면, 결혼은 미래를 위한 이성적인 결합이다. 물론 두 요소가 함께한다면 더할 나위가 없지만 그런 경우는 드물다. 사랑의 대상과 결혼의 대상이 달라질 수밖에 없는 요인이다.

"어젯밤에 좀 설쳤더니……."

"당연하지요. 어제처럼 기쁜 날이 또 언제 있겠어요."

"그런가요."

얼버무리지만 편조 자신도 알고 남는다. 어제야말로 자신이 세상을 향해 크나큰 날개를 펼친 날이란 것을. 그건 편조 자신에게뿐만이 아니라 고려 정사(正史)를 통해서도 역사적인 날이라고 할 수 있을 것이다.

어제 있었던, 한 달에 네 번 있는 조참(朝參) 예식에서 공민왕은 편조에게 청한거사란 칭호를 내리고 조정 백관들이 보는 앞에서 크고 잘생긴 백마와 모자를 하사했다.

공민왕이 편조에게 청한거사란 칭호를 내린 데는 그 이유가 있다. 원래 편조가 처음 공민왕을 알현할 때에는 승려의 신분이었다. 그러나 승려 신분으로 조정 정사에 참여하기는 힘들었다. 현재 승려 보우가 국사의 직책을 맡고 있는 데다가 조계종과 천태종, 유가종과 선종을 비롯한 기존 불교계의 편조에 대한 시기와 반발, 자격에 대한 논의가 분분해질 것이기 때문이다.

불교계가 편조의 입궐을 두고 자격 운운하며 이의를 제기하는 건 어떤 면에서 지극히 당연했다. 편조 스스로가 자신은 화엄종에 속한다는 주장을 하고 있지만 이를 입증할 스승이나 계파도 내세우지 못하는 판이다. 또 승과도 통과하지 않고, 아무런 승직을 가진 적이 없는 떠돌이 승려를 전하 곁에 둘 수는 없었다. 따라서 불교계가 자격 시비를 논하는 의도 이면에는 편조의 입궐이 불교계 자체의 위상과 관계된 일일 뿐 아니라 앞으로 편조가 승직 전반에 관해 막대한 영향력을 행사하게 될 것을 염려했기 때문이다.

그런 저간의 사정을 두루 고려한 공민왕은 편조를 승려의 신분으로

서가 아닌 청한거사라는 직명으로 조정에 발을 들이게 한 것이다. 그런 변칙적인 방안을 내면서까지 편조를 등용하는 것에 대해 조정 중신들은 반대할 마땅한 명분을 세우지 못했다. 경우야 어떻든, 거사든 법사든 이제부터 편조는 누가 뭐래도 왕의 측근에서 국정을 논하는 무관(無冠)의 재상자리에 올랐다.

"이제 모든 일이 거사님의 뜻대로 되어가는군요. 전 언제고 이런 날이 올 줄 알았어요."

그녀의 말에는 편조의 출세를 진심으로 기뻐하는 마음이 어려 있다.

"그래, 무얼 보라고 불렀습니까?"

약간 겸연쩍어진 편조가 묻는다.

"이것 좀 보세요. 얼마나 예쁜지……."

기현 처가 가리키는 건 화단 가장자리 돌 틈에 심어진 목단꽃이다. 지난달만 해도 그저 꽃봉오리가 맺혀 있나 싶더니 어느새 진홍색 꽃으로 붉게 자신의 몸을 열고 있다. 그 꽃술에는 투명한 이슬이 맺혀 있다. 그러나 편조에겐 목단꽃보다 기현 처의 그 처녀와 같은 귀여움이 더욱 마음을 끈다.

문득 두 사람의 눈길이 호흡이 닿을 듯 가까이서 마주친다. 시선을 피하지 않고 뚫어지게 편조의 눈을 바라보는 그녀의 눈망울엔 한 남정네를 사모하는 여인으로서 비밀스럽고 애틋한 정념이 숨어 있다. 손만 닿으면 툭 터질 듯한 그 꽃의 정염(情炎)에 편조는 퍼뜩 정신을 차린다.

"바깥주인은 어딜 가셨습니까?"

"이른 아침부터 볼일이 있다고 나갔습니다."

기현 처가 능숙하게 거짓말을 둘러댄다. 실은 기현 처가 일을 만들어서 좀 멀리 내보냈던 것이다. 집 안에서 편조와 오붓한 시간을 보냈으면 하는 바람에서다.

"그렇소? 참 부지런도 하군요."

"저랑 차 한 잔 하시겠어요? 새로 연경에서 들어온 향이 기막힌 차가 있습니다만……."

"그럴까요. 안 그래도 뭘 할까 하던 중이었습니다."

"그럼 저를 따라오시지요."

기현 처가 앞장을 서고, 편조가 그 뒤를 따라 안채 중에서 제일 조용한 밀실로 간다. 밀실은 저택 제일 안쪽에 위치하고 있어 바깥의 소란이 잘 들리지 않는다. 뒤편으로 난 창문의 미색 한지를 여과해 들어오는 봄 햇살은 부드럽다 못해 은은하다. 정갈한 방 안에 나지막한 다탁(茶卓)과 보료가 깔려 있어 차를 마시기엔 더없이 적당하다.

"여긴 너무 호젓해서 마치 딴 세상 같군요."

주변을 둘러보던 편조가 말한다. 편조의 찻잔에 뜨거운 물을 따르는 기현 처의 손이 웬일로 살며시 떨리고 있다. 적요한 방 안에 찻잔과 사기주전자가 부딪치는 소리가 달그락거린다. 고개를 쳐들어 편조를 보는 기현 처의 볼이 발그레하게 달아 있다. 검은 눈동자엔 부끄러움과 갈망이 교차되어 떠오른다.

"이렇게 조용한 방에서 훌륭한 거사님과 단둘이 차를 마시려니 마음뿐이 아니라 손까지 떨리네요."

그 말엔 은근히 암시하는 바가 있다. 종종 암시는 행동을 유발시키는 요인이 되기도 한다.

조용하던 방 안으로 갑자기 바깥의 소란이 밀려든다. 소리로 판단해서 한두 사람은 아닌 듯하다. 노복이 대답하는 소리가 들린다. 누군가를 찾는 것 같고, 그건 다름 아닌 편조다.

"이만 나가봐야겠소. 객들이 온 것 같아서……."

편조가 옷깃을 여미며 자리에서 일어난다. 기현 처의 눈빛에 아쉬움의 빛이 떠오른다.

"그럼 다음에 차를 마시기로 해요."

편조를 찾아온 건 이춘부를 비롯한 허소유, 좌랑 탁광무와 머리 벗겨진 임군보, 박희 일행이다. 여기에 새로 끼어든 최사원과 기중수란 자도 있다. 그들은 편조의 입궐을 축하하려고 이운목의 집에서 함께 모여 이리로 몰려온 것이다. 그들의 뒤편에는 지게에 짐을 잔뜩 얹은 젊은 노비가 하나 서 있다. 이춘부 일행이 편조의 입궐을 축하하기 위해 각자 얼마씩 추렴하여 술과 먹을 음식을 준비하여 노비에게 짐 지워서 온 것이다.

그들은 기현의 집 노복의 안내로 편조가 거처하는 사랑채로 들어와 자리를 잡는다.

"오늘 같은 날 축배를 들지 않는다면 세상 사는 일에 누가 낙이 있다고 할 것이오."

널찍한 방 안에 편조를 중심으로 둥글게 자리를 잡고 앉자, 먼저 입을 뗀 건 역시 분위기를 잘 맞추는 이운목이다. 그는 중랑장이었으나 홍건적의 난에 공을 세워 지금은 호군이 돼 있다.

"맞는 말씀이오. 그래서 다들 이렇게 청한거사님을 찾아뵙기로 하고 온 것입니다."

"청한거사님, 경축 드리옵니다."

빠른 게 염량세태라, 어제 왕에게서 직접 청한거사라는 직명을 받은 것을 아는 터라 다들 거사님이라고 부른다.

"다들 여전하시군요. 술상이 준비되었습니다."

사랑채로 찾아온 기현의 처가 방 안에 대고 인사를 건네며 말한다. 잠깐 편조에게 의미 있는 눈길을 던지더니 주위를 의식한 듯 이내 거두어들인다.

"바깥주인은 어디 갔습니까?"

탁광무가 묻는다.

"일이 있어 아침에 출타를 했습니다."

기현 처가 대답한다.

"그렇군요. 자리를 함께하면 더욱 좋았을 것을……."

"조금 있으면 돌아올 거예요. 걱정 마시고 마음껏 드시고 노시다 가시길 바랍니다."

이어 노복과 하인들이 맞잡은 술상이 들어온다. 음식이 꽤 푸짐하다.

"제가 듣기론 이번 청한거사님의 등용을 두고 저쪽의 반발이 여간 아니라고 합니다. 어제는 자기들끼리 회합도 가졌는데, 힘을 합쳐서 연합세력을 만들기로 결정했다는 말도 있습니다."

한참 술잔이 돌고, 조정 전반에 관한 정책 이야기며 이런저런 시국담을 나누던 중에 박희가 얘기를 꺼낸다. 저쪽이란 편조를 등용하는 것에 반발하는 많은 조정 중신들을 두고 하는 말이다. 그중에는 승상 이인복, 도순무사 최영, 판전교사 이구수도 포함되어 있다.

"그것 참, 큰일이군요. 그렇게 그들이 조직적으로 반대를 일삼으면 거사님의 조정 참정에 커다란 방해가 될 터인데……."

"거사님께서도 그걸 모르실 리야 있겠소. 다만 그들의 뿌리가 너무 깊어서 좀체 어찌해 볼 도리가 없다는 게 문제가 아니겠소."

"본인이 따로 생각해놓은 바가 있습니다."

간결한 한마디에 다들 편조의 입에 시선을 집중한다.

"어떤 복안이라도 있으신지?"

"그건 나중에 밝힐 날이 올 것입니다. 지금 당장 할 수 있는 말은 그들이 어떤 식으로 어떻게 반대를 하든 본인이 그 근본부터 싹 바꾸어 놓을 작정이라는 것입니다. 이건 본인의 명운을 걸고 장담할 수 있습니다."

차갑고 결의 어린 편조의 말에 좌중이 찬물을 끼얹은 듯 조용해진다. 편조가 공민왕의 신임을 받아 등용된 이상 앞으로 조정에 불어닥칠 폭풍이 만만치 않을 것을 예감한 때문이다.

"저 벗님네들, 요즘 항간에 떠도는 소문을 들었습니까?"

술에 취해 양 볼이 발그스름해진 임군보가 엄숙한 분위기를 깨고 나선다.

"소문이라니요?"

"이태 전부터 항간에 들리는 참설(讖說)에 의하면 진사(辰巳)년에 성인이 나타난다고 합디다. 그럼 그 진사년이 언제겠습니까. 올해가 갑진년이고 내년이 을사년 아닙니까. 그러니까 금년과 내년 사이라는 이야긴데, 그게 과연 누구겠습니까. 당연히 올해 전하의 총애를 입고 입궐하신 청한거사를 칭하는 것 아니겠습니까."

평소 자발없이 굴던 임군보가 모처럼 때를 맞춰 분위기를 바꿔놓은 바람에 잠시 가라앉았던 자리는 다시 흥겨운 기분을 되찾는다. 다들 술잔을 가득 채워 들고 새롭게 나타난 성인인 청한거사의 앞날을 이구동성으로 앙축한 것은 물론이다.

그들이 헤어진 것은 해가 뉘엿뉘엿하는 저녁 무렵이다.

후원자들이 떠나간 뒤 잠시 마음이 허전해진 편조는 아무 생각 없이 집을 나섰다. 달랑 무노라는 노복만 데리고서다. 그의 발길이 능우의 어머니가 거처하는 남산리로 향한다.

숨이 가쁘지 않을 정도의 경사진 언덕을 얼마쯤 올라가자 주위가 소나무로 둘러싸인 아담한 네 칸 초옥이 나타난다. 능우 모친의 거처이지만 현재 이곳에서 반야가 더부살이를 하고 있다. 그녀가 공민왕의 성은을 입은 다음부터 세간 사람들의 이목을 꺼려 여기에 머물도록 조치를 한 것이다.

저녁 햇살이 비낀 마당에선 한가하게 닭들이 모이를 찾아 땅을 헤집고 다니고 있다. 유월 중순의 늦은 오후가 만들어낸 고요가 마당에 가득하다.

싸리문을 들어서자 인기척에 방문이 열리고, 밖을 내다보는 사람은 능우의 모친이 아니라 반야다.

"여긴 어쩐 일이세요?"

언제 보아도 반야의 얼굴은 변함없다. 텅 빈 듯한 시선에 고요한 표정이다. 그녀를 향한 편조의 번다한 마음 따위는 아랑곳없다.

"능우 모친은 어디 가셨소?"

"찬거리를 구하러 간다고 조금 전에 나갔어요."

목소리는 여전히 천상의 소리처럼 아름답다. 하지만 편조를 향한 어떠한 애정의 기미도 느껴지지 않는다. 편조는 그게 섭섭하고 못마땅하다. 일이야 어찌 되었건 그녀는 한때 자신이 사랑하던 여인이 아닌가.

"다리도 아픈데 잠시 쉬었다 갈까?"

서먹함을 덜기 위해 편조가 성큼 방을 향해 다가간다.

"몸조심하라는 전하의 말씀이 계셨습니다."

반야의 말 한마디에 편조의 걸음이 얼어붙듯 그 자리에 멈춘다. 반야의 그 말 속에는 이미 전하의 성은을 입은 몸인 자신을 가까이하다 간 좋지 않은 일이 생길 거라는 엄중한 경고의 의미가 들어 있다. 그건 옳은 말이다. 지금도 공민왕이 밀파한 누군가가 은밀한 장소에서 두 사람을 지켜보고 있을지도 모를 일이다. 만약 두 사람의 이상스런 관계가 공민왕의 귀에 들어가는 날에는 둘 다 온전하지 못할 것이다.

"그럼 건강 유념하시지요."

몸을 돌린 편조가 마당을 빠져나온다. 발밑이 허전하고 심사가 심히 울적하다. 왠지 모를 서글픔이 가슴을 억누르고 있다. 편조는 애써 심기를 돌려보기로 한다. 자신은 이제 공민왕의 총애를 받는 몸이 아니던가. 사소한 일에 마음을 쓸 필요는 없는 것이다. 그렇게 마음의 고삐를 다잡지만 마음 한구석에 생긴 감정의 얼룩을 지워내긴 힘들다.

"어이쿠, 청한거사님께서 이 저녁에 어딜 다녀오십니까?"

기현의 집에서 가까운 네거리 모퉁이에서 마주친 사람은 편조의 열성 지지자인 지평 김난이다. 그는 이렇게 개인적으로 편조를 만나게 된 게 몹시 기껍고 반가운 얼굴이다. 아까 낮에 모임이 있을 때 안 보이더니 어디를 다녀오는 모양이다. 오른손에는 천으로 된 작은 보퉁이가 들려 있다.

"그러는 김 지평이야말로 어디를 갔다 오는 길입니까?"

"외가에 혼사가 있어서 다녀오는 길입니다. 거기서 이렇게 싱싱한 고깃점도 좀 얻었고요."

"그렇군요."

"저, 바쁘시지 않으면 저희 집에 들러 한잔하시는 건 어떨지요? 이렇게 고기 안주도 얻은 차에 오늘이 유월하고도 십삼일이지 않습니까. 내일 모레면 유두절이고, 이맘 때 마시는 술은 다들 약술이라고 하지 않습니까."

듣고 보니 괜찮은 제안이다. 가뜩이나 심기가 편치 않던 차에 조용하게 술이나 마시면서 마음을 푸는 것도 나쁘지 않을 것이다.

"그럴까요?"

"하이고. 이거 정말 영광스럽습니다. 위대한 거사님을 초라한 저희 집으로 초대케 되어서……."

김난이 말은 그렇게 했지만 결코 못사는 집은 아니다. 여덟 칸 기와집에 마당도 널찍하고 노비도 셋이나 데리고 있다. 증조부 적부터 작은 벼슬아치를 하며 끌어모은 토지며 재산이 적지 않은 덕이다.

"어서 안에다 술상을 준비하라 일러라."

대문을 열어주는 하인에게 소리친 뒤 김난은 편조를 사랑채 큰방으로 안내한다. 편조에게 잠시 쉬시라고 한 그는 안채로 간다. 귀한 손님인 만치 준비시킬 일들이 많았던 것이다.

"헌데 언제까지 혼자 계실 겁니까?"

잔뜩 차려진 술상이 들어오고, 김난과 한담과 잡담을 섞어가며 얘기를 나누는 사이에 술이 얼큰하게 오른 편조가 일어설까 마음을 먹고 있을 때다. 김난이 난데없는 질문을 해온다. 이건 또 무슨 말인가 싶어 취한 눈을 들어 보자니 김난이 얼른 뒷말을 잇는다.

"법사님으로 계실 적에는 행여 누되는 말이 될까 여쭙지 못했습니다만, 지금은 전하께서도 인정한 거사님이 아닙니까? 스님이 아니시니 곁에서 수발을 들 여인이라도 하나 두었으면 좋겠다는 소견에서 드리는 말씀입니다. 취중 진담이라고 하지 않습니까."

"허허, 그렇군요."

"무방하시면 제게 생각이 있습니다. 잠시 기다려보십시오."

무슨 영문인지 몰라서 눈만 끔쩍거리고 있자니 김난이 방을 나선다. 조금 뒤에 김난의 뒤를 따라 나타난 것은 비단옷으로 곱게 차려입은 두 명의 고만고만한 처녀. 김난의 책상물림 같은 생김새로 봐서는 남의 씨를 빌렸나 싶을 정도로 두 딸의 용모는 곱고 예쁘장하다.

"제 여식들입니다. 어서 큰절 드려라. 전에 얘기한 청한거사님이시니라."

두 딸이 편조에게 나부죽이 절을 올린다.

"큰여식은 작년에 출가를 시켰고, 애들은 둘째와 셋째여식입니다."

"참으로 예쁜 여식들을 두었군요."

"과찬의 말씀이십니다. 뭐 하느냐? 어서 곁에서 거사님 술시중을 들지 않고……."

김난이 독촉한다. 편조는 퍼뜩 언젠가 이운목의 딸이 자신의 밤 시중을 들었던 봄날을 떠올린다. 그녀는 용모가 괜찮긴 했지만 성격이 너무 새침해서 그 뒤로 서너 번 들렀을 뿐이다. 거기에 비하면 김난의 두 여식은 술김에 봐서 그런지 몰라도 꽤나 예쁘고 여자다워 보인다.

"거사님 곁에서 모시게 되어 소녀 너무 영광스럽습니다."

시샘 많은 셋째딸이 언니 먼저 얼른 흰 손을 들어 편조의 빈 잔에 술을 따른다. 난초꽃처럼 화사한 두 처녀를 지켜보자니 점차 기분이 유쾌해진다. 초저녁에 반야와 있었던 불쾌한 일들은 잊어도 좋았다. 술에 취하기에 딱 좋은 늦은 봄, 초여름 밤인 것이다.

6

유월의 따가운 햇볕이 내리쬐는 해송 사이로 두 명의 승려가 모습을 나타냈다. 거대한 덩치에 석장을 짚은 건 마환이고 작은 바랑을 메고 뒤를 따르는 건 심녀다.

승려 차림의 두 사람은 어제 아침에 벽란도에서 배를 타고 강화도로 건너와 백련사에서 하룻밤을 묵은 다음 석모도를 찾아 해안으로 나선 것이다. 저만치 누에처럼 길게 누워 있는 석모도가 눈에 들어오자 심녀가 묻는다.

"저 크지도 않은 섬에 뭐가 있다고 가자는 거예요?"

"모르면 잠자코 있어."

마환이 무뚝뚝하게 대답한다. 그로선 석모도를 두 번째 찾는 셈이다. 십여 년 전에 기서를 찾기 위해 사제인 복산의 안내를 받아 여길 왔었지만 허탕을 치고 말았다. 그가 찾고자 하던 비서가 섬에 없었던 것이다. 그러나 그건 약간의 착오에서 비롯됐을 뿐이다.

어제 늦은 밤 마환이 마니산 위에서 석모도 쪽을 꼼꼼히 살펴보았더니 분명히 섬 중심에 벽청색 서기가 서려 있는 걸 발견할 수 있었다. 추측해보면 예전에 석모도에서 비서를 찾지 못한 것은 풍천인가 하는 도인이 비서를 몸에 지니고 섬을 나갔거나 했기 때문일 것이다. 당시에는 그것까지 감안하지 않고, 이 섬에 비서가 없다고 단정하고, 수색의 대상에서 빼버리는 우를 범했던 것이다.

"이번에는 틀림없어. 분명히 저 섬에 비서가 있어."

마환이 어금니를 사리문다. 드디어 그토록 오랜 시간을 찾아다닌 비서를 손에 넣을 순간을 맞은 것이다. 올 사월까지 지냈던 절간을 불태우고 떠나온 건 마환이 지닌 오고령(五鼓鈴: 밀교에서 쓰는 법구로 금강저를 요령의 자루로 하되 한 끝을 오고로 한 것)이 자신이 찾아다니는 물건이 서남향에 있음을 나타냈던 것이다. 그렇게 계속적으로 서남향을 향해 온 결과 다시 여기 석모도에 도달하게 된 것이다.

마환이 아직도 비서 찾는 일을 단념하지 않고 계속해서 집념을 보이는 데는 큰 이유가 있었다. 처음에는 고려에 비서가 나타났다는 소문을 들은 스승 유타대사의 명을 받들어 비서를 찾아다녔다. 하지만 지금은 달랐다. 그에겐 비서를 필히 찾아야 할 이유가 두 가지나 생겼던 것이다.

하나는 유타대사의 유언이었다. 유타대사는 입적하기 전에 수석제자인 그를 몰래 불러들였다. 지금 원나라 전체가 흥망의 기로에 서 있다고 말한 유타대사는 기우는 원나라와 라마교를 부흥시키기 위해선 어떤 수를 쓰든 비서를 찾아야 한다고 당부했다. 또한 그러면서 그가 찾는 비서에는 필시 이를 지키는 놀라운 능력을 가진 수호자가 있을 터이므로 그를 상대할 수 있는 비술을 익혀 두라고 했다.

또 하나는 순제의 밀명이었다.

유타대사가 입적한 지 얼마 지나지 않아서 뜻밖에도 궁중사자가 그를 찾아왔다. 순제의 내밀한 부름이었다. 황궁의 은밀한 장소에서 만

난 순제는 마환이 비서를 찾아 고려에 두 번씩이나 다녀온 사실까지
잘 알고 있었다. 아마 전 승상 탈탈이나 유타대사의 언급이 있었을 것
으로 짐작되었다.

　순제는 비서의 내용과 그 중요성을 익히 알고 있었다. 그는 원나라
가 세상을 지배할 천년왕국으로 거듭 태어나게 하기 위해서는 비서가
꼭 필요하다는 당부를 잊지 않았다.

　그렇지 않아도 가뜩이나 순제 때부터 승상 탈탈과 연계하여 세력을
펼쳤던 그의 홍교(라마교의 일파)가 쇠퇴하고, 새롭게 부상한 황교가 조
정에서 절대적 영향력을 행사하고 있었다. 예전의 홍교 세력들은 모두
권력 주변으로 밀려난 상태였다. 입적한 유타대사의 수석제자인 마환
자신의 설 자리가 없어진 건 물론이었다.

　그래서 유타대사의 명대로 라마교(홍교)를 다시 부흥시키고, 나아가
순제의 왕사가 되려면 반드시 비서를 찾아야 했다. 결국 그는 다시 고
려에 돌아왔고, 여기에다 유타대사의 유언을 좇아 비서를 지키는 수호
자를 이길 수 있는 비술까지 연마했던 것이다.

　"저기 배가 보이는군."

　해안을 따라 걸어가던 두 사람 앞에 빈 거룻배가 한 척 보인다. 배는
매여 있었지만 사공은 보이지 않는다.

　"저 배를 타고 가요."

　"노를 저을 줄 아나?"

　"제가 어떻게 노를 저어요."

　"에잇, 도대체 밤일 말고는 쓸데가 없는 여자로군."

　"흥, 누가 할 소리. 옛날 중국의 어떤 대사는 갈대 한 줄기를 타고서
바다를 건넜다던데, 요 좁은 해협 하나 못 건너서 쩔쩔매기는……."

"입 닥치고 가만있지 못해! 네년과 있으면 이상하게 점점 악성(惡性)이 강해지는 것 같아."

윽박지르듯 꾸짖은 마환이 손을 이마에 대고 주변을 이리저리 살핀다. 저만치 멀리 어민이 사는 작은 집이 그의 시야에 들어온다.

"여기 기다려. 곧 돌아올게."

심녀가 해송 그늘에 앉아서 쉬고 있자니 마환이 머리가 허옇게 센 늙은 어부를 데리고 해안을 따라 걸어온다. 어부는 넋이 빠진 사람처럼 마환이 시키는 대로 군다. 세 사람은 거룻배를 타고 바다로 나갔다.

"도술인가 뭔가를 써서 또 멀쩡한 사람 혼을 빼앗았나 보네요."

맹한 표정으로 노를 젓는 사공을 지켜보던 심녀는 작년 초겨울에 절에서 얼이 빠진 듯 산을 내려가던 주지의 모습을 떠올리곤 한마디 한다.

"저 죽일 놈의 매가……."

배 중간에 서 있던 마환이 하늘을 쳐다보며 투덜거린다. 새매 한 마리가 그들이 탄 배 상공을 맴돌며 날카로운 울음을 울어댄다. 마환에겐 그 소리가 신경에 거슬렸던 것이다.

"늙은 사공은 여기서 기다리고 있어라."

배가 석모도 동쪽의 섬돌모루 해안에 닿는다. 배에서 뛰어내린 마환이 늙은 어부의 미간에 손가락을 갖다대고 말한다. 노어부가 넋이 나간 눈길로 고개를 끄덕인다. 마환과 심녀는 산을 끼고 곧장 보문사로 향하는 숲길로 접어든다.

"어서 오너라, 라마승아. 너를 기다리고 있었다."

보문사가 보이는 넓은 공터에 이르렀을 때 굵직한 음성이 들린다. 먼저 모습을 드러낸 것은 무쇠로 된 철봉을 든 길상천이다. 그의 뒤에 팔짱을 낀 채 천천히 걸음을 옮기는 청년은 무영이다. 이미 길상천에게 훈련받는 새매의 울음소리로 침입자가 오는 것을 알고 절을 내려오는 중이었다.

"흥, 저놈이 아직도 용케도 살아 있었군. 그리고 뒤의 젊은 놈은 오래전에 내 손에서 도망친 첩자 놈이고…너희들이 이렇게 함께 있을 줄은 몰랐는걸. 오늘 잘 만났다."

코웃음을 친 마환이 입고 있던 직철을 벗어 던지며 말한다.

"네놈은!"

마환 뒤에 서 있던 심녀가 무영을 보자 깜짝 놀라며 소리를 지른다.

"왜? 저 젊은 놈과 아는 사이야?"

어리둥절한 마환이 묻는다.

"제 원수 놈과 너무 닮았어요. 저 이마 하며 턱하고……."

그녀는 아직도 생생하게 기억하고 있다. 산중 주막에서 자신의 오빠와 정인을 해치던 양검이란 그 젊은 무사의 싸늘한 모습을. 그런데 지금 젊은이의 모습이 그때의 양검과 너무 흡사하게 닮은 것이다. 좀 더 부드럽고 기품 있어 보이는 것만 빼면.

심녀의 말에 무영이 알 듯 모를 듯 빙긋 미소를 머금는다.

"그러고 보니 당신은 왜인 무사들과 함께 다니던 그 여자로군. 오늘 이처럼 여승 복장을 하고 게다가 살찐 라마승까지 끌고 이 섬을 찾아오리라곤 상상도 못했는데……."

"그래. 네가 바로 원수 갚는 일을 방해한 그놈이로구나."

심녀가 이를 부드득 갈아붙인다.

"당신의 원수가 김양검이란 분인가? 하긴 그건 내가 알 바 아니지. 그보다 오늘 모처럼 여기 온 김에 유정 누님을 해치려 한 벌을 받아야

겠군. 어쩌면 이 섬에 제 발로 찾아온 것도 다 인연이 닿아서일 테지."

무영의 말에 심녀가 마환 등 뒤에서 독기를 올리며 소리친다.

"어서 저 젊은 놈을 죽여요!"

"조용히 있어. 우선 저 덩치 큰놈부터 처지하고 나서 없애든지 말든지 할 것이니까."

"무영, 넌 좀 기다려. 어차피 이 라마승은 나와 숙적이니 내가 먼저 한판 붙어볼게."

소매를 걷으며 나서는 길상천의 말에 무영은 관전이나 하려는 듯 뒤편 바위에 걸터앉는다.

"좋아. 길게 끌 것 없지."

땅바닥에 선장을 던져놓은 마환이 두 손으로 허공에 원을 그리며 기력을 모아들인다. 그는 전번처럼 선장을 들고 싸워봤자 지국천왕의 기운을 타고난 길상천과 승부가 잘 나지 않을 것을 알고 처음부터 밀교 술법인 대력천수장을 펼칠 셈이다. 차차로 장심에 기가 모아지면서 마환의 손이 무쇠가 달아오른 것처럼 크고 붉게 부푼다. 얼굴의 태양혈 역시 나무뿌리처럼 울퉁불퉁 솟아오른다.

마환이 대력천수장을 펼치자 길상천은 예전에 대적할 때와 달리 철봉을 잡지 않은 왼손을 가슴에 모로 세우고 무언가 주문을 외기 시작한다.

더 이상 짙어질 수 없을 만큼 붉게 변한 마환의 손이 허공에 수십 개로 늘어나며 천천히 회전을 하기 시작한다. 하지만 길상천은 아무 반응도 보이지 않고 계속해서 뭔가 주문을 욀 뿐이다.

"하 - 얏!"

기를 실은 수십 개의 손이 길상천에게 밀어닥친다 싶었을 때 그가

한 소리 길게 외치며 힘차게 철장을 내리친다. 뚝, 하고 나무가 통째로
부러지는 소리가 났다.

"우흠."

어금니를 갈아붙이는 듯한 나직한 신음을 내며 인상을 찌푸린 건 마
환이다. 어찌 된 건지 붉게 달아올랐던 마환의 오른쪽 손목이 부러져
있다. 덜렁거리는 손목 부근에는 손목뼈가 살갗을 뚫고 튀어나와 있
다. 마환은 얼른 부러진 손목을 잡고 힘주어 맞춘다. 고통으로 찌푸린
얼굴엔 낭패의 기색이 역력하다.

"놀랍군. 네놈이 감히 대력천수장을 파훼하다니……."

"두 번 같은 실패를 하면 사람이라 할 수 있나."

길상천이 말은 여유 있게 하지만 내심 안도의 한숨을 내쉰다. 풍천
도인이 그에게 가르쳐준 무심법을 배워 두지 않았더라면 지난번처럼
꼼짝없이 대력천수장에 크게 당했을 것이다. 조금 전 그의 가슴을 노
리고 수십 개의 붉은 손 그림자가 밀어닥쳤을 때 그는 무심법을 운용
하며 사물의 본질을 보려고 노력했고, 그중에서 변화가 가장 느린 한
개의 손을 노리고 철봉을 내리친 것이 정확히 맞아떨어진 것이다.

"크음. 더 이상 참고 볼 수가 없군."

마환의 눈자위가 붉게 변한다. 볼까지 씰룩거린다. 노기가 정수리
끝까지 치민 것이다. 기서를 지키는 자들의 무술이 뛰어난 건 짐작했
지만 자신의 대력천수장이 일초에 참패하자 견디기 힘든 분노가 끓어
오른 것이다.

"이놈들을 모조리 지옥으로 쓸어 넣어야겠어."

마환이 저주에 찬 소리를 내며 어깨에 빗각으로 걸치고 있던 바랑을
풀어 내린다. 그동안 비밀리에 연마해두었던 비전술법을 펼치기 위함

이다. 바랑을 뒤지던 그의 손에 들려 나온 건 무슨 까닭인지 옻칠을 한
듯 검게 변한 사람의 해골이다.

"아저씨, 조심해. 살계(殺戒)를 범한 승려야. 무서운 술법을 쓰려는
모양이야."

뒤에서 지켜보던 무영이 몸을 일으키며 길상천에게 당부한다.

가부좌를 틀고 앉은 마환이 왼손으로 머리 위에 해골을 얹는다. 산
사람 머리 위에 죽은 자의 해골이 얹힌 괴이한 몰골이다. 합장한 마환
은 알지 못할 주문을 중얼거린다. 그의 얼굴이 푸르게 변하면서 주위
에 겨울이 닥친 것처럼 음산한 기운이 서리기 시작한다. 그것은 너무
냉랭하고 섬뜩해서 저절로 등골이 오싹해지는 그런 기운이다. 전혀 처
음 보는 괴이한 변화에 본능적으로 심각한 공포를 느낀 심녀는 슬며시
길 아래쪽으로 몸을 옮긴다.

"가라자구라!"

무영이 탄식처럼 뱉는다.

가라자구라는 전설로만 전해지는 밀교의 술법 중 하나로 반은 부처,
반은 악마의 전혀 상반되는 성질이 결합된 술법이었다. 일설에는 파괴
와 창조의 신이 원래 한 몸에서 비롯된 것을 따서 만든 극한의 술법이
라고 했다. 따라서 일반 사람들은 이런 술법을 연마하려 들기만 해도
곧장 머리가 터져서 죽거나 미치게 되는 까닭에 술법은 전수되지 않았
고, 그저 전설로만 전해질 따름이었다. 오늘 실제로 그 술법을 익힌 자
가 나타난 것이다.

"아저씨, 조심해."

주변에 몰려드는 살을 에는 듯한 차가운 냉기로 사태의 심각함을 깨
달은 무영이 길상천에게 당부의 말을 던진다. 하나 이미 길상천이 몸

을 빼낼 수 있는 상황은 아니다. 그렇다고 무영이 두 사람 사이에 끼어들 수도 없다. 그 역시 마환의 괴이한 술법을 제압할 아무런 방도가 없기 때문이다.

시간이 흐르면서 마환의 얼굴이 점차 푸르게 변해 간다. 머리 위에 해골을 얹은 그의 모습은 마치 절의 탱화 속에나 나오는 청면금강(靑面金剛: 제석천의 사자. 그 몸이 푸른빛이며 눈은 셋, 손은 넷이고, 머리에 해골을 이고 머리카락은 곤두선 노한 모양의 신)이 세상에 재현된 듯하다.

"나무아미타불!"

마환의 변화를 바라보던 길상천이 문득 무슨 깨달음이 있었던지 무언가 큰 소리로 외친다. 그러면서 그는 돌연 한 손으로 철봉을 움켜쥐고 다른 한 손은 앞쪽을 가리키는 이상한 자세를 취한다. 그 자세는 대일여래가 일체 악마의 항복을 받기 위하여 분노한 형상을 나타내며 취했던 부동명왕(不動明王)의 자세였다.

길상천이 스스로 만든 자세인지 아니면 우연히 그런 자세가 만들어졌는지는 알 수 없다. 또 한 가지 놀라운 것은 언제부턴가 길상천의 목에 걸린 마두관음의 조상이 갑자기 낮고 기이한 소리를 내기 시작한 것이다. 풍천도인이 떠나기 전에 잘 간직하고 있으라며 준 벽조목으로 된 자주색 목걸이다.

"우아핫!"

드디어 마환의 입을 통해 저 깊은 무저갱에서 솟아나오는 듯한 웅장한 음성이 터져 나온다. 주위를 휩싸고 몰려들던 냉기가 홀연 희뿌연 기체로 바뀌더니 일단의 형상을 갖추기 시작한다. 두 개의 머리에 팔이 네 개인 그 커다란 형상은 반은 아수라이고 반은 부처의 모습을 하고 있다. 보고도 믿을 수 없는 일이 일어나고 있는 것이다.

가라자구라 술법이 불러일으킨 흰 기체가 아수라의 형체를 갖추는가 싶을 때, 길상천의 철봉이 번개처럼 허공을 가르며 날았다. 갑자기 천둥이 치는 듯한 소리가 나고, 주변이 온통 흙먼지로 구름을 이루어 뭐가 무엇인지 분간할 수도 없다. 커다란 소나무가 뿌리째 뽑혀 날아가고 지축이 흔들렸다. 산허리에 위태롭게 걸려 있던 바위들이 느닷없는 진동을 못 이겨 산 아래쪽으로 굴러 내렸다. 참으로 놀라지 않을 수 없는 광경이다.

차차 먼지가 가라앉으면서 먼저 눈에 띄는 것은 길상천이다. 그는 털이 거뭇하게 드러난 벌거숭이가 된 채 철봉을 짚고 서 있다. 옷이 갈가리 찢겨져 날아간 것이다. 그는 자신이 한 일이 믿어지지 않는 듯 어리둥절한 얼굴이다.

그와 대여섯 걸음 떨어진 곳에 비스듬히 쓰러져 누워 있는 건 마환이다. 그의 머리에 얹혀 있던 검은 해골은 박살이 나서 사방으로 흩어졌고, 그는 눈을 감은 채 가쁜 호흡을 식식거리고 있다. 강한 충격에 혼절했지만 부러진 손목 외에 다친 곳은 없는 듯하다. 시퍼렇던 얼굴은 본래의 색으로 돌아가 있다.

"정말 지독한 술법이군."

혼절한 마환을 내려다보며 무영이 중얼거린다. 왜 사부인 풍천도인이 무영을 놔두고 굳이 길상천에게 마환을 상대하라는 당부를 했는지 이해가 되었다. 조금 전 길상천이 펼친 무공은 지국천왕의 역사 기운을 타고나지 않으면 발휘할 수 없는 가공할 술법이었다. 거기다가 길상천의 목에 걸린 마두관음상이 적시에 무슨 기이한 조화를 부렸음이 틀림없다.

"하마터면 당할 뻔했어."

찢어진 옷으로 대강 중요 부위를 가린 길상천이 다가오며 말한다. 쓰러져 있던 마환이 눈을 뜬다. 어리둥절한 표정이다. 어이없게도 길상천을 보자 히죽 웃는다. 어찌 보면 서너 살 먹은 아이처럼 천진해 뵈고 어찌 보면 얼이 빠진 바보처럼 보인다. 마환을 유심히 살펴보던 무영이 혀를 찬다.

"무리한 술법을 쓰다가 머리의 혈맥이 터지는 바람에 정신이 이상해진 모양이야. 이제 영원히 어린애로 살아야 할 것 같군."

"허면 이 라마승을 어떡하지?"

"전등사에 맡겨 두면 어떨까. 주지스님이 일손이 필요하다던데……."

"그것 좋은 생각이야. 근데 아까 함께 왔던 그 여승은?"

길상천이 주위를 둘러보지만 이미 심녀는 어디론가 줄행랑을 치고 없다. 무영이 씩 웃는다.

"아저씨는 그 라마승이나 데리고 섬돌모루로 와. 이 섬에서 그 여승이 갈 곳이 어디 있겠어."

조금 전 길상천에게 마환이 패한 것을 본 심녀는 낙심하여 그 길로 얼른 해안 쪽으로 달리듯 내려왔다. 괜히 더 보고 있다가 무영이란 젊은 사내에게 걸리면 좋을 게 없다는 판단에서다.

아까 타고 온 거룻배는 그대로 있다. 날아오르듯 배에 탄 심녀는 가까운 바위에 걸터앉아 넋 나간 듯 멀거니 바다를 바라보고 있는 사공을 부른다.

"이봐요 사공, 얼른 배를 띄워요."

사공은 들은 척도 않고 그저 무심히 바다만 바라보고 있다. 그렇다고 자신은 노를 저을 재주가 없다. 속이 탄 심녀가 바락바락 소리를 지른다.

"이 늙어빠진 멍청한 어부야, 얼른 배를 띄우라니깐!"

마음이 다급해진 심녀가 배에서 뛰어내려 바다를 향해 힘껏 배를 떠민다. 하지만 선수가 모래땅에 얹힌 배는 요지부동이다.

"어디로 가시려고?"

활기찬 말소리에 돌아보니 언제 왔는지 무영이란 젊은이가 해안 가까이에 서 있다. 심녀는 오늘 정말 재수가 사납다고 생각한다. 멧돼지도 때려잡는 마환이란 작자가 그처럼 쉬이 패하리라고는 상상도 못한 터에 이섬에 원수의 패거리까지 있을 줄은 정녕 몰랐던 것이다.

"이 원수 놈의 자식아! 날 죽이려고 나타난 모양인데, 그래 어서 죽여라."

외려 그녀는 무영에게 서너 발짝 앞으로 다가가서 가슴을 벌리고 선다.

"옛날에는 양검이란 원수 놈이 나타나서 두 오빠와 남편까지 죽이더니 이제 그 자식 놈에게 내 한목숨 내주게 생겼구나. 그래, 어서 죽여라. 어차피 이 세상은 처음부터 나에게 지옥이었고, 모든 사람들이 나에게는 지옥의 아귀나 다름없었다. 그런 내가 죽는 게 뭐가 그리 겁나겠느냐?"

심녀가 바락바락 악을 쓰며 대드는 모습을 무영이 물끄러미 바라본다.

"어서 죽이라는데 뭘 하느냐? 내가 화가 나서 펄펄 뛰는 꼴을 좀 더즐기다가 죽이려는 거냐?"

무영이 문득 측은한 눈길이 된다.

"옛말에 지옥에 갈 사람이 따로 있는 게 아니라, 지옥은 자기 스스로 마음속에 만들어가지고 있다더니 그 말이 맞는 것 같군. 당신은 이미 마음이 지옥에 속해 있으니 살아 있는 게 오히려 벌을 받는 셈이야."

"잔말 말고 어서 날 죽여라. 나를 죽이지 않으면 언제고 다시 네놈들에게 복수를 하고 말 테니까."

소리치는 심녀의 눈에서 강한 살기가 푸르게 솟아나온다.

"저런 무서운 여자는 첨 보는군. 눈빛만으로도 사람을 해치겠어."

언제 왔는지 길상천이 말한다. 그의 곁에는 부러진 팔뚝을 천으로 동여맨 마환이 어리벙벙한 모습을 하고 서 있다. 어린아이 같다. 입가에 천진한 미소를 띠고 있고, 두 눈동자의 정기는 흐려져 있다. 그는 입가에 흘러내린 침을 손등으로 쓱 닦는다.

"선천적으로 악성을 타고난 여인이야."

"무슨 귀신 씨나락 까먹는 소리들이냐. 어서 죽이라는데."

"어떡하지? 살생을 범할 수도 없고, 더구나 여승이 아닌가."

"이런 경우를 생각해서 운곡 스승께서 전수해주신 게 있어."

무영이 슬쩍 움직였다 싶은 순간, 무슨 수를 썼는지 심녀가 정신을 잃고 모랫바닥에 쓰러진다. 무영이 품속에서 검은 담비가죽으로 된 작은 주머니를 꺼낸다. 주머니 끈을 풀어 꺼낸 것은 침집이다. 크기에 따라 각기 다른 침들이 들어 있다. 무영이 그중에서 솔잎 굵기의 은침을 꺼낸다.

"무얼 하려고?"

지켜보던 길상천이 묻는다.

"머릿속에 깃든 악성을 제압해 두는 침술이야. 이 여자를 그냥 두면 악성 때문에 언젠가 사람들을 해하게 될 테니까."

무영은 세 치나 되는 침을 심녀의 정수리 한곳에 깊숙이 찔러 넣는다. 침은 머리에 흔적도 남기지 않고 들어간다.

"조금 있으면 정신을 차릴 거야. 앞으로 다시는 남을 해치려는 마음이 생기지 않을걸."

다시 침 주머니를 품에 갈무리하며 무영이 말한다.

"자, 그럼 왔던 곳으로 돌려보내야지."

길상천이 정신을 잃은 심녀를 번쩍 안아 배로 옮긴다. 이어 마환을 배에 오르게 한다. 마환은 길상천이 이끄는 대로 고분고분하게 뱃전에 올라가 앉는다. 마치 서너 살 먹은 어린아이 같다. 뭐가 그리 좋은지 가끔 빙긋이 의미 모를 웃음을 머금기도 한다.

"죄 없는 사공에게 미혼대법을 써놓았군."

바위 위에 멍하니 앉아 있는 사공을 발견한 무영이 다가가서 뭐라고 주문을 왼 다음 가볍게 손뼉을 치자 사공이 정신을 차린다. 술법에서 깨어난 노인은 어리둥절한 표정이다.

"아니, 석모도 작은 도련님 아닙니까? 헌데 소인이 왜 여기 와 있습니까?"

"연세가 많으면 잠시 정신이 깜박할 때도 있는 법이지요. 걱정 말고 이 두 사람을 건너편으로 태워 주시지요."

"그야 그렇게 하겠지만……."

세 사람을 태운 거룻배가 강화도를 향해 점점이 멀어지는 걸 지켜보던 길상천이 입을 연다.

"왜 저 여자가 너를 두고 원수의 아들이라는 건지 모를 일이야."

무영이 입가에 엷은 미소를 떠올린다. 많은 의미가 담긴 미소다.

"그나저나 저 여승은 무슨 원념이 그리 많은지, 아까 보니까 눈에 불이 줄줄 흐르는 것 같았어."

"전생에 업이 많았던가 보지."

"어찌 생각하면 불쌍한 여인이로군."

"어쩌면……."

무영이 작게 고개를 끄덕인다.

이 사바세계의 사람들은 평생에 걸쳐 온갖 업을 스스로 짓고 스스로 허문다. 마치 어린아이들이 한낮에 백사장에서 장난처럼 모래성을 짓고 허물 듯이. 어떤 이는 짓고, 또 어떤 이는 허물기도 한다. 그건 서로 꼬리를 물고 끝없이 돌아가는 뱀의 모양과 닮아 있다. 파괴와 창조가 서로 이어지는 한 가지의 행위이고, 삶과 죽음도 결국 종이의 양면처럼 맞물려 있는 것인데 단지 우매한 인간들이 그것을 구분하려 들 뿐.

불가해한 상념 때문인지 무영의 얼굴에 어두운 그늘이 드리운다. 마침 해가 먹구름에 가리면서 사위가 어두워진 탓인지도 모르지만.

7

하루 종일 햇살을 받았던 대지에는 거뭇거뭇하게 땅거미가 덮여오고 북쪽 송악산 자락은 칠월의 석양이 흰 바위의 살결을 붉게 물들이고 있다. 낮 동안 창공에 곡선을 그으며 부지런히 먹이를 물어 나르던 제비도 제 둥지로 돌아갔는지 보이지 않는다.

광화문 앞 넓은 십자로를 한 남여(藍輿: 뚜껑이 없는 의자 비슷한 작은 승교, 앞뒤 각각 두 사람이 매도록 되어 있음)가 지나고 있다. 남여 앞에는 네 명의 푸른 복장한 건장한 장정들이 손에 육모방망이를 들고 소리쳐 길을 열고, 뒤편에는 다시 두 명의 하인배가 따르고 있다. 제법 거창한 벼슬아치의 행차로 보인다. 길을 가던 행인들이 행차 소리를 듣고 서둘러 길 가장자리로 비켜서서 허리를 굽힌다.

남여에 타고 있는 사람은 청한거사로 불리는 편조다. 그는 지금 퇴궐하여 기현의 집으로 가는 길이다. 높은 의자에 앉아 흔들리며 전방을 바라보던 편조는 문득 이틀 전 아침에 입궐했을 때의 일을 떠올린다.

오전 무렵에 주상께서 찾는다는 내관의 전갈을 받고 편전으로 갔을 때였다.

"어째 피곤해 보이는 듯하오?"

그를 본 공민왕이 대뜸 물어오는 말이었다. 건너보는 눈빛에서 약간 의중을 떠보는 듯한 기미가 숨어 있는 것을 편조는 놓치지 않았다.

"엊저녁에 법회 모임이 있었사옵니다."

"알고 있소."

공민왕이 수긍하듯 작게 고개를 끄덕였다. 아마도 왕명을 받은 밀직 사 내관이 어디에서 어떤 자들이, 어떤 성격으로 모였는지를 왕에게 소상히 보고하였을 것이다.

전날 저녁에 십자로와 가까운 보제사 널찍한 판두방에서 편조를 지지하는 자들의 모임이 열렸다. 얼마 전부터 상장군 이운목이 미리 몇 번씩이나 편조에게 허락을 얻어 준비한 자리였다. 겉으론 법회의 성격을 띠었지만 실은 편조를 믿고 따르는 동지들의 단합과 위로를 겸한 석찬(夕餐) 모임이었다.

그곳에는 예전부터 편조를 성원했던 기현을 위시한 사람들 외에도 새로 편조를 지지하여 모여든 사람들이 많았다. 그 모임에서 편조는 현 조정 정세에 대한 분석과 아울러 자신이 뜻한 바와, 앞으로 추구해 나갈 사항들을 조목조목 예를 들어 사람들에게 털어놓았다. 그것은 지지자들에게 자신의 입장과 책임을 명확히 밝히는 일임과 동시에 미래의 신뢰를 얻어두는 일이기도 했다. 그의 진지하고 과감하면서 열정에 찬 설교가 사람들에게 열렬한 환호를 받았음은 물론이다.

"많이들 모였다고 들었소."

"송구스럽습니다."

"송구할 것까지야…헌데."

공민왕이 무엇인가 생각하는 눈빛으로 잠깐 말을 끊었다.

"전하, 소신에게 긴히 하실 말씀이라도……?"

"그렇소. 과인 누구보다 거사를 믿고 의지하는 마음에서 진솔히 털어놓으리다. 근래 들어 조정 신료들이 거사의 정사 참여를 탄핵하고 비판하는 상소들을 수십 건이나 올렸소."

"모두가 소신의 부덕한 소치라 여겨지옵니다."

"다들 거사의 출신과 배경을 문제 삼고 있소이다. 첨의정승 정세운이 상소한 것과 유사한 이야기요."

정세운은 홍건적의 일차 난 때 죽은 이승경 대감과 함께 편조의 등용을 앞장서서 반대한 권신이다. 편조를 요승이라고 헐뜯고 공격해오는 통에 그를 피해 몇 년간 두타 행을 한 적도 있다. 다행히 이승경이나 정세운 모두 이미 죽고 없었다. 정세운을 살해한 건 공민왕과 총애를 다투던 김용이었다. 정세운이 홍건적의 재침에 큰 공을 세우자 이를 시샘한 김용이 꾀를 내어 거짓으로 왕의 비밀 전교를 받았다며 안우, 김득배, 이방실을 시켜 정세운을 척살한 것이다. 편조로선 오랫동안 앓던 이가 절로 빠진 셈이었다.

"소신이 미천하고 역량이 부족하여 그러는 것이라 여기옵니다."

"엔간하면 그냥 넘어가려 했지만, 이번에는 보우국사가 직접 과인에게 상소를 올렸소."

편조의 눈에 흰 수염을 가슴까지 기른 보우국사의 단아한 얼굴이 스쳐 지나갔다.

"보우국사께서 무슨 근거로 소신을 비난하는 상소를 올렸는지 모를 일입니다."

공민왕이 못내 씁쓸한 미소를 머금었다. 그저께 보우국사가 올린 상소문 내용이 떠올랐던 것이다.

'나라가 다스려지려면 진승(眞僧)이 그 뜻을 얻고, 나라가 위태로워 지려면 사승(邪僧)이 그때를 만나니 왕께서는 살피시어 그를 멀리하면 큰 다행이겠습니다' 라는 내용이었다.

"짐작 가는 게 없으시오?"

"있기는 합니다만……."

편조는 충분히 짐작하고도 남았다.

"아무튼 그 일로 과인이 거사에게 당부하고 싶은 말이 있소."

잠시 말을 중단한 공민왕이 편조의 얼굴을 힐끗 한 번 건너보았다.

"좀 신중해달라는 것이오."

편조가 번쩍 고개를 들었다.

"소신 아둔하여 전하의 말씀을 잘 알아듣지 못하겠사옵니다. 신중 하란 말씀은……?"

"거사는 역도 최유가 원나라에서 어떤 몹쓸 짓을 벌였는지 대충 알 고 있을 것이오."

최유(崔濡)는 동지밀직을 지낸 최안도의 아들로 몽고식 이름은 첨목 아불화였다. 고려에 있을 때 참리 벼슬을 지내면서 수많은 문제를 일 으켰다. 같은 관직에 있는 동료를 구타하기도 하고, 여염집 아녀자들 에게 음행을 일삼았다. 또 그의 동생인 최원까지 왕을 모함하다가 투 옥되자 고려에 원한을 품고 원나라로 돌아가서는 남방에서 싸울 지원 병을 고려에서 차출할 것을 요구하거나, 전쟁 물자를 요구하기도 해서 고려 조정으로선 한마디로 골칫거리였다.

그 뒤 고려에서 공민왕이 친원세력을 축출하며 기철 일파를 제거하 자 최유는 화가 난 기황후를 꼬드겨 덕흥군 왕혜를 왕으로 세울 음모 를 세웠다. 때를 기다리던 그는 홍건적의 침입이 한창일 때 고려의 국세가 가짜라며 순제에게 거짓 보고를 올렸고, 순제는 이를 믿고 공민왕을 폐하고 왕혜를 고려왕에 임명했던 것이다. 따라서 원나라 측에서 보자면 공민왕은 이미 폐위된 것이나 다름없었고, 원나라를 믿고 따르는 고려의 일부 친원파 신료들에게 있어서도 공민왕은 원나라에서 인정받지 못한, 정통성을 잃은 왕권으로 비치고 있었다.

"소신, 잘 알고 있습니다."

"우리 고려가 현재 겉으로는 어느 정도 원나라의 간섭에서 벗어났다고 믿소. 하지만 아직 조정 신료들 대부분은 원나라와 직, 간접적인 관계를 맺고 있소. 그만큼 원나라의 입김이 고려 조정에 미치는 영향도 적지 않다는 말이오, 안타깝게도……."

말을 하던 공민왕이 나직히 한숨을 내쉬었다. 왕이면서 조정 대신들의 눈치를 보아야 하는 자신의 처지에 대한 불만과 한탄이 섞인 한숨이었다.

"주상전하, 너무 심려치 마옵소서."

고려 조정에서 올 정월에 일만 군사를 이끌고 압록강을 넘어 선주까지 침범해왔던 역도 최유를 돌려달라는 요청을 해놓고 있지만, 아직 원나라에서는 이에 응하지 않고 있었다.

"아직도 원나라와 음양으로 관계를 맺고 원나라의 힘을 등에 업은 많은 조정 신료들이 과인의 주변을 에워싸고 권력을 행사하고 있소. 따라서 거사를 전적으로 밀어주기엔 과인의 여력이 그리 많지 않소."

"주상전하, 뭐라고 드릴 말씀이 없습니다."

편조는 불현듯 얼굴이 뜨거워지는 느낌이 들었다. 마치 아비의 사랑을 믿고 까불던 자식이 아비가 힘없음을 깨달았을 때 느끼게 되는 그런 부끄러움과 민망함이었다.

"그러니 과인이 힘을 얻을 때까지 거사는 몸을 좀 낮추어주시오. 바람이 불 때 몸을 낮추는 것은 지혜로운 일이지, 용기가 없어 하는 행동이 아니지 않소. 기다리다 보면 조만간 어깨를 펼 때가 도래할 것이오."

공민왕의 말에는 편조 중용에 대한 대소 신료들의 반대와 탄핵이 심한 터에, 어제의 편조를 위한 모임처럼 너무 두드러지거나 눈에 나기 쉬운 모임은 자제하라는 의사가 담겨 있었다.

"고얀 중 같으니!"

편조가 나직이 씹어뱉는다. 전하께 상소까지 올려서 나를 곤경에 몰아넣다니 자신은 뭐가 그리 잘났는가. 편조는 보우가 자신을 내쳤던 이십여 년 전의 좌절을 아직도 마음에 각인처럼 새겨두고 있다. 그것은 평생 잊혀지지 않을 수치스런 기억이다.

당시 보우는 그에게 집착이 강해 불제자가 될 수 없는 상이라고 말했다. 그렇다면 자신이 왕의 총애를 받는 법사로 등용된 지금은 무어라 변명을 할 것인가. 불제자가 될 수 없는 팔자여서 법사에 머물지 못하고 지금처럼 거사가 된 것 아니냐고 빈정거릴 것인가.

"거기 비키지 못하겠느냐!"

앞장서서 길을 열어가던 길라잡이가 크게 소리를 지르는 바람에 편조는 회상에서 깨어난다. 길 저편에 남여를 탄 행렬이 편조의 앞길을 막고 있다.

다닥다닥 붙은 민가들 사이로 난, 겨우 우마차 한 대 지나갈 작은 골목길이다. 거기에 두 행렬이 겹쳐져서 갈 수 없게 되자 서로 길을 비키라고 소리치고 있는 것이다.

저쪽 역시 편조 일행처럼 가마꾼을 빼고 네 명의 군졸이 길라잡이를 선 남여다. 이편보다 수적으로는 두 명이 적다. 건너보니 높다란 남여 위에는 굴갓(벼슬한 중이 쓰는 대나무로 만든 위가 둥근 갓)을 쓴 승려가 의젓하게 앉아 있다. 흰 수염이 보기 좋게 가슴팍까지 내려와 있다.

편조는 단번에 그가 자신이 사승이라는 상소를 올린 보우국사임을 알아차린다. 궁궐에서도 몇 번 마주친 적이 있어서 익히 알고 있었던 것이다.

호랑이도 제 말하면 나타난다더니, 공교롭게 되었군.

편조는 내심 어찌 돼가나 두고 보자는 심사가 되어 일단 지켜보기로 한다.

"보우국사님 행차이시니라. 썩 비켜나지 못하겠느냐."

저편에서 앞장선 길라잡이가 목청껏 소리친다. 서로 조금씩 양보하면 지나갈 수도 있는 길이지만, 양쪽 다 주인의 위세를 보아 그렇게 할 수는 없는 노릇이다.

"어허, 여기 청한거사님이 행차하신다. 어서 썩 비켜라!"

남여 곁에서 종종걸음으로 따라붙던 눈치 빠른 무노가 앞으로 나선다. 주인 신분은 하인이 먼저 안다고, 새롭게 왕의 총애를 입고 있는 거사님을 모시는 입장으로선 절대 한 발짝도 물러설 수가 없는 것이다. 그건 주인의 굴복을 뜻하는 것이나 다름없기에 더욱 그러하다.

"거기 청한거사인지 백한거사인지 모르겠다만 뭘 믿고 그리 기고만장한가?"

"저자가 터진 주둥이라고 말을 막 하는구나. 엇다대고 함부로 말을 내뱉는가."

주먹이나 쓸 줄 아는 군졸과 배운 바 없는 하인배인지라 오가는 말도 거칠기 짝이 없다.

"나라의 큰어르신도 몰라보는 이런 후레자식들 같으니……."

보우국사 편에서 덩치가 큼직한 장정 하나가 팔을 걷어붙이며 나선다. 감히 왕과 국사를 논하며 교계의 큰 기둥인 보우국사를 막고 선 무리를 용서할 수 없다고 결심한 모양이다.

"저 불상놈이 어디서 힘 자랑 좀 해보겠다, 이거냐?"

편조 측에서도 어깨가 딱 벌어지고 힘깨나 쓰게 생긴 장정 하나가 앞으로 나선다. 그 뒤로 호위하듯 다른 장정들이 우르르 따라붙는다. 보우국사 편에서도 두세 명이 뒤를 봐주려고 나선다. 곧 한판 크게 벌어질 셈이다.

"그만두어라!"

지켜보던 편조가 버럭 소리를 지른다. 막 싸움질을 벌이려던 군졸들과 하인들이 주춤 물러나며 편조의 눈치를 살핀다.

"남여를 내려라."

편조의 지시에 따라 남여가 내려지고, 편조가 땅바닥에 내려선다. 뜻하지 않은 상황에 무노가 영문 모르는 눈길로 편조를 바라본다.

"이거 보우국사님 아니십니까? 행차에 길을 막아서 송구스럽습니다."

"청한거사 아니신가."

편조의 지나친 예절에 뭔가 저의가 있을 것으로 짐작한 보우가 가볍게 마주 인사를 보낸다. 보우는 지금 광화문에서 가까운 승록사(僧錄司)에서 승정(僧政)에 관한 일을 마치고 북천동으로 가는 길이다. 이인복 대감 댁에 볼일이 있어 가는 중에 지름길이라고 택한 게 하필 편조가 평소 궁궐을 드나드는 길이었던 것이다.

"어찌 저처럼 하찮은 거사가 나라의 안녕을 기원하시는 대 보우국사님의 길을 막을 수 있겠습니까."

누가 들어도 빈정대는 기색이 완연한 말투다. 보우국사는 아무런 대구도 없이 편조가 하는 양을 그냥 지켜볼 뿐이다.

"보아라. 저 보우국사님이야말로 원나라에까지 가서서 큰 도를 배우시고, 지금 이 나라가 이처럼 굳건한 반석에 오르도록 노력하신 분이시다. 크나큰 법력으로 고려에 평화와 복덕이 오게 하신 분이시거늘 어찌 행동들이 그리 오만하고 방자한가. 냉큼 길을 열어드려라."

그 말 속에는 나라가 이토록 어지러워질 때까지 국사란 사람이 과연 무얼 했으며, 원나라에 붙어서 국사가 된 친원파 세력 나부랭이가 아니냐는 질책이 숨어 있다.

"네가 입은 여전하구나."

가만히 응시하던 보우가 한마디 던졌다.

"저야 사승이며 요승일진대 무얼 하든 국사님 발치에나 닿을 수 있겠습니까."

"쯧쯧, 네가 입으로 한몫한다는 얘기는 들었다만, 너의 업은 그 입으로 다 짓는구나."

보우가 허연 수염을 쓰다듬으며 혀를 찬다. 양미간에 연민의 기색이 어려 있다.

"계성현 옥천사의 불동이란 아이를 아십니까?"

"그 동자아이가 바로 네가 아니더냐?"

보우의 말을 듣자 옛날의 격정이 치미는지 편조의 얼굴이 자신도 모르게 굳어진다.

"잘 알고 계십니다그려. 그 집착이 많다던 아이가 불미스럽게도 조정에 들게 되었습니다."

"하찮은 물건도 보는 사람에 따라 귀중하게 여겨지기도 하는 것 아니겠느냐.”

“좋은 말씀이십니다. 일찍이 화엄선에 합격하여 세상에 명망을 드높인 분이 나라가 위급하면 그저 연등이나 달고, 전란이 일어나면 기도회나 열고, 힘 있는 조정 중신들의 눈치나 보아가며 어설픈 절집이나 지키는 것은 그 쓰임새가 커서 그런 것입니까?”

편조가 경멸하듯 조소를 머금고 말한다.

“내가 네 입을 이겨서 무엇하겠느냐. 가자!”

눈을 돌린 보우가 교꾼들을 재촉한다.

“아이 하나 받아들이지 못하는 아량으로 어찌 국사를 돌보시는지 알다가도 모를 일입니다.”

편조의 노골적인 조소에도 보우국사는 가타부타 대꾸가 없다. 자기 곁을 지나쳐 멀어지는 보우가 탄 남여를 지켜보던 편조의 얼굴에 한 가닥 짙은 경멸의 빛이 떠오른다.

“어서 가자꾸나.”

편조가 탄 남여가 움직이기 시작한다. 편조는 멀리 보이는, 서서히 어둠이 내리면서 짐승처럼 검게 웅크린 산등성이에 시선을 주며 어떤 식으로든 새로운 세상을 열 준비를 해야겠다는 결의를 다잡는다. 또 그것은 분명 보우에 대한 어떤 조치를 포함하는 것이어야 했다.

등잔불빛이 방 안에 고인 어둠을 몰아내고 있다. 탁자를 사이에 두고 마주 앉은 건 이인복과 국사인 보우다. 조금 전 사랑채에서 함께 저녁상을 물린 뒤 차를 마시며 한담을 나누고 있는 중이다. 보우가 이인복보다 일곱 살이 많지만, 두 사람 모두 긴 수염에 기품 있고 장엄한 모습이 마치 신선이 하계에 내려온 듯하다.

"요즘 왜 뵙기가 힘드나 했더니 이렇게 훌륭한 서책을 만드느라 바쁘셨나 보오이다."

묶으려고 쌓아둔 서책을 훑어보던 보우가 감탄을 늘어놓는다. 서책 표지에는 붓글씨로『금경록(金鏡錄)』이라고 적혀 있다.

"칭찬해주시니 부끄러울 따름입니다. 남이 쓴 글을 모아서 엮어내는 게 무슨 큰일이겠습니까."

요즘 이인복의 유일한 낙은 책을 엮어내는 일이다. 그는 이미 충숙왕과 충선왕의 실록도 편찬해놓은 바가 있다.

"사마천의『사기』도 실은 역사를 모아놓은 글이 아니오. 헌데 너무 일에 몰두하시느라 몸이 상하진 않을까 염려가 되오이다."

"무슨 말씀이신지?"

"대감의 안색이 별로 좋아 보이지 않아 드리는 말씀이오이다. 어디 미편한 곳이라도 있소이까?"

"아닙니다. 며칠째 잠을 설친 때문인가 봅니다."

얼버무리긴 했지만 실은 요즘 들어 그는 심기가 적잖이 상했다. 그건 이인민(李仁敏)이란 막냇동생 때문이었다. 그는 외모나 성정에서 둘째인 이인임과 비슷한 면이 많았다. 지금 판삼사사로 있는 이인임이 탐욕스럽고 간악하다면 막내 이인민은 성정이 음탕하고 잔학했다. 또한 교활한 면도 있어서 정언(正言)과 지평을 거쳐서 지금은 감찰장령이 되어 있었다.

얼마 전에 그 인민이 음심이 동해 이웃집 농부의 아낙을 건드린 것이다. 이를 알게 된 농부가 인민의 집에 찾아가 따지고 들었더니 노복들을 시켜 몹시 두들겨 패게 했다. 울분을 참지 못한 농부는 종내 대들보에 목을 매어 자결했다. 뒤늦게 이를 안 농부의 모친마저 슬픔을 못

이겨 스스로 마을 우물에 몸을 던지고 말았다

　이인복이 이런 소문을 들은 것은 농부의 억울함을 안 마을 사람 누군가가 관아에 고발을 하면서였다. 하지만 감찰장령인 이인민이 사건을 담당한 관리에게 뇌물을 써서 사건을 유야무야 처리했다. 그러나 나쁜 소문은 사라지지 않아서 결국 이인복의 귀에까지 들려오게 된 것이다.

　참으로 기가 막힐 노릇이었다. 그렇지 않아도 간악한 이인임이 하루가 다르게 관직을 높여가는 터에 막내인 인민마저 사람으로서 지어서는 안 될 죄업을 짓는 것을 보자 가히 억장이 무너질 지경이었다. 그렇다고 다른 사람도 아닌 친동생을 관아에 고발할 수도 없는 노릇이었다. 결국 심기가 상한 이인복은 며칠간 곡기마저 끊었다.

　"몸은 마음의 집이라, 마음을 지키려면 몸을 보중해야지요."

　"사는 게 어째 업만 쌓아가는 듯합니다."

　"겸손의 말씀, 대감의 고아함과 청렴함은 세상이 다 알고 있소이다."

　이인복의 부끄러운 심중을 알 리 없는 보우가 이인복을 위로한다.

　"참, 국사께서 이번에 상소를 올리셨다면서요?"

　면구스러움을 감추느라 이인복이 화제를 바꾼다.

　"예. 더 이상 편조의 중용을 보고 있을 수만은 없어서 올리게 되었소이다."

　"주상전하께서 어떤 결정을 내리실지 궁금합니다."

　"상소는 올렸으나 비답(批答)이 없으니…주상전하께서는 이미 편조에게 심의(心意)를 기울이신 듯합니다."

　보우가 근심스러운지 긴 수염을 쓸어내린다.

　"그거 참 큰일이로군요. 소인 역시 얼마 전에 상소를 올렸습니다만,

주상께선 아직 아무런 회답도 내리지 않으시는군요."

그러면서 이인복은 불현듯 우연히 듣게 된, 항간에 은밀히 떠도는 소문을 떠올린다. 편조가 미행을 나온 공민왕에게 반야라는 얼굴 예쁘장한 여비를 바쳤다는 믿지 못할 소문이다. 그런 소문이 떠도는 데는 그럴만한 까닭이 있을 것이다. 하지만 그건 일국의 중신이 입에 올릴 만한 이야기는 아니었다. 그런 소문은 저잣거리의 사람들이나 입에 올릴 그런 얘기인 것이다.

"참으로 나라의 장래가 걱정되오이다."

"근래 신진 사대부들이 조정에 대거 등용되고 있다는 점이 그나마 다행스러운 일입니다."

"그렇소. 그들이야말로 앞으로 나라를 이끌어갈 새로운 인재들이 아니겠소이까."

보우가 지혜로 가득한 눈빛을 하고 고개를 크게 주억거린다. 이인복은 문득 풍천도인을 떠올린다. 풍천은 지금 운곡도인과 함께 산천을 떠돌고 있을 것이다. 이인복은 그가 지금 곁에 있었으면 좋을 거라는 생각을 해본다. 풍천이라면 지금의 난국에 대하여 나름의 좋은 해결책을 내놓을지도 모를 일이다.

난데없는 바람이 들이치자 등잔불빛이 흔들린다. 이내 불이 꺼지면서 어둠이 두 사람 사이에 가득 고여 든다. 열어놓은 완자창 밖으로 검은 하늘이 보이고, 눈썹처럼 생긴 미월(眉月)이 쓸쓸하게 떠가고 있다.

12부

十二月ㅅ 분디남ㄱ로 갓곤 아으 나올 盤잇 져 다호라
니믜 알픠 드러 얼이노니 소니 가재다 므르숩노이다
아으 動動다리

십이월(十二月) 분디나무로 깎은, 아아! 바친 소반의 젓가락 같구나

임의 앞에 놓았더니, 손님이 가져다 물었구나

아으 動動다리

1

영정 앞으로 향을 태우는 연기가 흐른다. 그건 영혼의 한스런 흐느적거림 같다.

공민왕은 골똘한 시선으로 향 연기의 어지러운 흐름을 바라본다. 그건 잡을 수도, 멈출 수도 없는 덧없는 인생의 모습을 기이한 형태로 나타내고 있는 듯 보인다.

"전하, 공원황후 듭시오."

바깥에서 내시의 복송 소리가 난다. 곧이어 비단옷자락 스치는 소리와 함께 공원황후 홍씨가 공민왕 앞에 모습을 나타낸다. 얼굴엔 자못 근심의 기색이 어려 있다.

그러나 공민왕이 보기엔 그리 탐탁지 않다. 보나마나 그가 식음을 전폐한 일을 걱정하며 이제 만백성을 돌아보실 때이니 노국공주의 죽음을 그만 애통해하라는 애원을 늘어놓을 것이다. 그 뻔한 위로의 말들이 공민왕에게는 좀 지겹기도 하고 어찌 보면 역겹기조차 하다.

"금일도 수라에 손을 대지 않으셨다면서요?"

걱정스런 어투로 공원왕후가 묻는다. 공민왕의 시선이 빠르게 공원왕후의 얼굴을 스쳐 간다.

나이는 속일 수 없다는 말처럼 그녀의 얼굴에도 세월의 흔적인 잔주름이 져 있다. 그러나 아직도 피부는 적당한 윤기와 탄력을 지니고 있다. 또 요염한 눈매며 선이 분명한 도톰한 입술엔 여전히 여자로서의 성적인 분위기가 남아 있다. 어쩌면 아직도 남자의 사랑을 충분히 받아들일 수 있으리라.

충숙왕이 승하한 뒤 많은 세월이 흘렀음에도 아직 남아 있는 홍씨의 곱고 여성스런 용모는 공민왕에게 미움을 넘어 일말의 분노마저 느끼게 한다. 만일 그녀가 좀 더 늙었거나 아니면 여성적인 부분이 사라졌다면 그녀를 이해하고 받아들이기가 쉬울 거라는 생각도 든다.

돌이켜보면 그녀의 농염한 자태로 인해 얼마나 많은 불화가 있었던가. 그가 듣기로도 부친인 충숙왕이 정사를 소홀히 한 이유가 그녀와 놀아나기 위해서였다던가. 또 원나라 복국장공주가 그녀를 질투한다 하여 지아비인 충숙왕에게 두들겨 맞은 뒤 질투와 증오에 몸부림치다가 일찍 세상을 뜬 것도 다 남자를 홀리는 홍씨의 예쁘장한 용모 때문이었다고 하지 않던가. 이어 후비로 온 조국장공주마저 충숙왕의 냉대 속에 홀로 용산원자를 낳다가 죽었다지.

지나친 억측 같지만 형인 충혜왕이 어릴 적부터 무분별한 성적 탐욕에 빠져든 것도 어찌 보면 공원왕후 홍씨의 그런 음탕한 피를 이어받아서 그런 것인지도 모른다.

충혜왕에게 공원왕후 홍씨가 어머니이듯 공민왕에게 있어서도 홍씨는 엄연한 친모였다. 하지만 공민왕이 모친 홍씨를 볼 때마다 느끼는 것은 이유 모를 낯섦과 거부감이다. 그건 저 마음 깊숙한 곳에서 우러나오는 듯하다. 명색이 친어머니라고 하지만 그는 홍씨의 사랑을 받아 본 기억이 전혀 없다. 과연 홍씨의 품에 한 번이라도 안긴 적이 있었는지조차 아리송하다.

어릴 적 기억이라고는 그저 잠깐씩 궁궐과 약간 떨어진 덕경부란 곳으로 유모의 품에 안겨서 홍씨를 만나러 갔던 그런 단편적인 기억뿐이다. 그건 아무런 의미나 감정이 담겨져 있지 않은 무수한 기억 중 하나일 따름이다.

하지만 그 기억 속에서까지 홍씨는 그를 받아들이지 않았다. 젖먹이 아이는 제쳐둔 채 그저 자신을 찾아온 충숙왕의 품에 안겨서 깔깔거리며 요염하게 웃었을 뿐이다.

"부디 옥체를 생각하셔서……."

예상대로 왕후 홍씨의 입에서 나오는 말은 그의 건강을 염려하는 소리다. 하지만 마음에서 우러나는 게 아니라 그저 해보는 상투적인 얘기라는 걸 공민왕은 알고 있다.

천성적으로 그녀는 남자의 사랑을 받아들이는 일에만 익숙하다, 다른 이들에게 사랑을 베풀 줄 모르는 차가운 여인이다. 심지어 모성애조차 결여된 여인으로 자기 자식들에게도 사랑을 베풀지 않았다. 그가 어려서부터 모든 여성에 대한 혐오감을 품게 되었다면, 그것은 분명이 홍씨라는 여인으로부터 비롯되었을 것이다. 그건 공민왕 자신이 누구보다 잘 알고 있다.

"알고 있으니 걱정 마세요."

그의 딱딱한 응대에 홍씨가 잠시 주춤하는 기색이 느껴진다.

"그래도……."

"대비마마, 지금은 혼자 있고 싶습니다."

차가운 그의 말에 잠시 불편한 정적이 흐르고, 치맛자락 스치는 소리와 함께 홍씨의 기척이 멀어져 간다. 사위가 가라앉듯 조용해진다.

이따금 빠지직거리며 초 심지가 타 들어가는 소리가 들릴 뿐이다. 길고 지루한 침묵이 계속되면서 공민왕의 상념은 다시 저 먼 과거를 향해 화살처럼 달려간다. 노국공주와의 기억들이 쌓여 있는 곳이다.

처음 노국공주를 만났을 때 그는 열아홉 살이었다. 그때 그는 볼모로 잡혀온 고려왕실의 세자로서, 그냥 초명(初名)인 기로 불렸다.

때는 봄이었다. 연경의 봄은 메마르고 거칠었다. 황사라 불리는 고비사막의 먼지가 뿌옇게 천지를 뒤덮고 나면, 그 뒤로 조금씩 봄이 찾아오는 것이다. 노국공주 역시 그랬다. 처음에 왕실 집안의 통혼으로 소개를 받았을 때만 해도 그녀는 왕실의 압력에 밀려서 하는 수 없이 만났던 낯선 이국 여인에 불과했다.

그때 그는 세상에 아무런 뜻도 없었다. 그저 자신이 전혀 원하지 않았던 이국에서의 삶이 지루하고 따분했을 뿐이다. 무엇 하나 자신의 뜻대로 이루어지는 것은 없었다. 모든 건 그가 의도하는 바와 관계없이 엉뚱하게 흘러갔다.

결혼마저도 그랬다. 사랑하는 남녀가 서로 원해서가 아니라 자신들의 권세를 세세손손(世世孫孫) 지키려는 왕실의 집안끼리 엮어낸 정략적인 혼사였을 뿐이었다.

그가 혼을 쏟아붓듯이 서화에 깊이 빠져든 것도 그런 억압되고 뒤틀린 상황 때문이었을 것이다. 조금씩 서화에 재미를 들이고 있을 무렵이었다. 그림을 그리던 자신을 찾아온 그녀는 뒤편에 서서 한참이나 그림을 바라보더니 한마디 던졌다.

사람들은 누구나 외롭지만, 현자(賢者)는 그 마음을 자신을 단련하는 데 쓰고, 어리석은 자는 자기를 학대하는 데 쓴다더군요.

그 말이 한순간 그의 가슴에 닫아둔 녹슬고 무거운 빗장을 열게 했을 것이다.

외로운 사람은 외로운 사람을 알아본다. 그녀가 던진 그 짧은 한마디에 그녀 역시 지독한 외로움에 빠져 있다는 것을 그는 깨달았다. 어떤 면에서 외로움은 세상으로부터 자기를 지키려는 순수함에서 비롯되기도 한다. 그 막이 터졌을 때 외로움은 물이 뭉치듯 한 덩어리가 된다.

당신은 누구보다 여자의 마음을 잘 이해하는 사람이에요. 남자들은 여자를 지배하려고만 들어요. 그들은 여자들에게 어떤 식으로든 상처를 남기고 싶어해요. 당신은 그렇지 않아서 제 마음에 들어요. 세상에는 평생 믿어도 될 사람과 그러지 못한 사람이 있는데, 당신은 전자예요. 결코 당신은 누구를 배신하거나 버릴 그런 나쁜 사람이 아니에요. 전 그런 당신을 만난 게 너무나 행복해요.

그녀를 처음 안았을 때 그는 그녀가 누구보다 따스하고 부드러운 가슴을 가진 것을 알았다. 그건 잃어버린 어머니와도 같았고, 멀리 두고 온 그리운 고향과도 같았다. 그녀를 안고 그는 수없이 맹세했다. 다시는 어머니를 잃지 않기로, 두고 온 고향을 잊지 않기로. 아울러 그녀를 결코 배반하지 않기로.

그렇게 그와 그녀는 처음부터 육체가 아닌 마음에서부터 맺어졌다. 녹슨 외로움과 묵혀둔 창고와 같던 고독, 아침 이부자리에서 느끼곤 하던 슬픔과 해질 무렵의 향수 따위가 칡넝쿨처럼 서로에게 매달리게 했다. 그건 남과 여의 관계가 아니었다. 우주를 떠도는 별의 만남처럼 하나의 외로운 존재와 또 다른 외로운 존재와의 만남이었다.

노국공주 역시 외롭게 자라난 몸이었다. 원나라 종실인 위안이란 자의 둘째딸로 본명은 보탑실리였다. 부친이 엄격한 사람이어서 집 안에서 누구 하나 마음 놓고 이야기하는 걸 본 적이 없었다. 그녀의 모친은 이유 모를 병으로 일찍 세상을 떠났다. 두 번째 부인은 그녀를 몹시 쌀쌀맞게 대했다. 그나마 가장 친했던 언니가 시집을 간 뒤로 그녀와 이야기를 세 마디 이상 나눈 사람은 없었다. 그녀는 연못이 있는 커다란 정원에서 늘 혼자였으며, 잠잘 때나 식사할 때도 늘 혼자였다. 그렇게 그녀는 홀로 고독과 외로움의 뿌리를 깊이 내리고 살아왔던 것이다.

성장기에 그런 외로움을 겪은 때문인지 노국공주는 세상에서 누구보다 그를 깊이 이해한 여인이었다. 그가 마음의 어머니를 잃고 외롭게 자라났다는 것도, 이국에서 홀로 외로움과 고독에 병들고 지쳐가고 있다는 것도, 무엇보다 그가 여인들에 대한 깊은 불신에서 연유했을 성적 결벽증을 가지고 있다는 점까지.

그가 왕위에 올라 고려로 환국하게 되었을 때 노국공주는 별로 반기는 기색이 아니었다. 그가 이유를 묻자 그녀가 대답했다.

당신이 고향으로 돌아가는 것은 반갑지만 당신을 잃을까 겁이 나요. 왕이란 신분은 한 여인이 혼자 차지하기엔 너무 크고 넓어요.

그 말을 듣고 그가 약속했다.

난 세상을 전부 잃는 한이 있어도 절대 당신은 잃지 않을 것이오. 저 하늘에 대고 맹세하겠소.

그런 그녀가 홀연 자신을 두고 떠났다. 다시 만날 기약도, 아무 남김도 없이 떠나간 것이다. 그 헤어짐의 가벼움에 그는 처음 분노를 넘어선 절망을 느꼈다.

그러나 시간이 지나면서 앙금처럼 남게 되는 것은 삶에 대한 아득함이다. 혼자 배를 저어가야 할 저 먼바다의 망망함이다. 홀로 빈 배에 남아 있어야 할 자신의 초라함에서 느껴지는 서글픔이다. 더 이상의 항해는 필요가 없어진 것이다. 무엇을 위해 저 거친 바다를 저어가야한단 말인가. 대체 바다 건너에 무엇이 있든 그게 뭐 그리 중요하단 말인가.

사람들은 어리석게도 늘 소중한 사람을 잃고 난 뒤에야 깨닫는다. 두 사람이 함께 배를 저어가는 건 그 너머에 있는 무엇을 찾아가려는 게 아니라, 함께 서로를 격려하며 거친 바다를 건너가는 그 과정이 소중한 것임을.

삶이란 언제나 그렇지만 항상 터무니없는 곳에서 사람을 배반한다. 아무런 준비도, 방비도 없는 곳에서 불쑥 생사(生死)의 날카로운 칼날을 들이민다. 그때는 이미 너무 늦어 있다. 피할 수도, 피할 여지도 남아 있지 않다. 그 칼에 찔려서 어이없어 하며 떠난 사람이야 그렇다 쳐도 남겨진 사람은 떠난 사람 이상으로 고통스럽다. 그들은 대부분 떠난 사람을 향해, 해주지 못한 일에 대해서, 지키지 못한 약속에 대해서, 다하지 못한 애정에 대해서 뉘우치며 괴로워한다.

내가 그녀에게 하나 잘못한 게 있다면…….

공민왕은 자책의 늪에서 목만 간신히 내놓은 채 생각한다. 그건 그가 남성으로서 처음 관계를 한 여성이 노국공주가 아닌 다른 여성이었다는 점이다. 그건 아직 자신도 잘 이해하지 못하고 있는 일이었다. 오랫동안 함께 잠자리를 했던 노국공주에게서는 느끼지 못했던 성적인 관심을 왜 반야라는 처녀에게서 처음 느끼게 되었는지.

어쩌면 반야의 그 섬세하고 조용한 자태에서 불현듯 난생처음 남성으로서의 자신을 발견했기 때문이 아니었을까. 혹 그게 아니라면 어떠한 다른 종류의 갈증 같은 건 아니었을까. 말하자면 사랑의 결핍이나심적인 방황 같은 것.

돌아보면 그때 자신은 육체적으로나 정신적으로 심한 방황을 하고 있었다. 계속되는 친원파의 역모사건에, 두 차례에 걸친 홍건적의 난으로 인한 몽진, 거기다 홍왕사에서 있었던 김용의 반란으로 인해 몸과 마음이 모두 지칠 대로 지친 그런 때였다.

노국공주 역시 날마다 피난을 다니느라 너무나 지쳐 있었다. 서로를 위로하고 감싸줄 여유조차 갖지 못하던 힘들고 위태로운 나날이었다. 그건 살다보면 자연발생적으로 생겨나는 일종의 미세한 틈이라고 할 수 있었다. 그러나 그건 시간이 지나면 저절로 아물고 말 미세한 균열 같은 거였다. 한데 그 틈으로 반야라는 여인이 끼어들었다. 그건 정말이지 우연이었다.

그전에도 그의 곁에 여인이 없었던 것은 아니다. 오랫동안 그와 노국공주 사이에 태기가 없음을 염려한 조정 대신들의 성화에 쫓겨서 정승 이제현의 딸을 왕비로 들인 적도 있었다. 또 있다. 작년 봄엔 죽성군 안극인의 딸이 왕비로 간택되어 입궁을 했다. 그녀의 용모는 그린 듯 매우 아름다웠다. 하나 그녀들을 건드린 적은 결단코 없었다. 질투로 애태울 노국공주를 염려해서 그런 건 아니었다. 그건 자신의 성적 결벽증 때문이기도 했지만, 저 연경에서 스스로에게 한 약속 때문이었다.

그러던 그가 처음 반야를 보았을 때 그녀의 깨끗함에 왠지 마음이 끌렸다. 세상의 어느 여인도 그녀처럼 순수해 보이지는 않았다. 게다가 심금을 울리는 듯한 그윽한 음성과 조신한 자태가 참으로 보기 좋았다. 그러나 그가 반야에게 사랑을 느꼈던 것은 아니었다. 그저 피로감이 누적된 삶의 여정에서 순수해 뵈는 그녀를 통해 작은 위안이나마 얻고 싶었을 뿐이었다.

"전하, 청한거사이옵니다."

상념을 깨뜨리는 내시의 복송 소리가 들려온다.

"들라 해라."

하얀 두건에 소복을 입은 청한거사가 안으로 들어온다. 향을 사르고 영정을 향해 제례하는 그의 모습이 몹시 숙연하다. 그의 입에서 굵고 나직한 염불 소리가 새어나온다. 염불을 마친 그가 뒤편에 앉는다.

"전하, 육체는 덧없고 허망한 것이옵니다. 너무 상심하지 마시길."

"육체가 허망하다면 우리가 가진 모든 것들이 허망한 것 아니오."

"육체는 한낱 의복과 같은 것이옵니다."

"그렇다면 우리가 어디에 마음을 둬야 하겠소? 의복이오, 사람이오?

"물론 사람이지요."

"그럼 의복이 무슨 필요가 있겠소?"

"우리 인간 세상의 인연은 짧고도 짧습니다. 언제나 계속될 수는 없지요. 다만 사람들이 집착하여 언제나 떠나지 않을 것처럼 살고 있는 게 문제겠지요. 이제 잊으십시오. 이승에 남은 사람의 마음이 가벼워야 떠나는 사람도 마음의 짐을 덜고 홀가분하게 떠날 수가 있을 거라 사료됩니다."

"과인도 알고 있소. 하지만 과인이 괴로운 건 그녀가 떠나서이기도 하지만, 떠나간 공주와의 약속을 어긴 나 자신을 용서할 수 없다는 점이요. 난 그게 심히 괴롭소."

"이러시다가 옥체를 상할까 염려되옵니다."

"과인이 스스로를 벌할 만큼 했다고 여겨질 때까지는 이럴 생각이오. 거사도 그렇게 알고, 과인 대신 흐트러진 정사를 잘 맡아 나갔으면 하오."

말을 마치고 영정을 바라보는 공민왕의 옆얼굴엔 사랑하는 여인을 잃은 한 남자의 고독만이 가득하다. 그 모습에서 편조는 인간 삶의 한 나약한 면을 보는 듯하다.

편조는 염불 소리를 높이며 앞으로 자신이 할 일을 궁리한다. 공민왕은 앞으로도 한동안 자신과의 약속을 위해 노국공주의 영정 앞을 떠나지 않을 것이다. 그렇다면 자신은 이제 공민왕의 부탁대로 흐트러진 정사를 잘 맡아 나가야 할 것이다. 그건 아마도 자신에게 위험과 기회가 한꺼번에 닥쳤다는 얘기가 될 것이다.

2

이른 아침부터 길을 메우며 사람들이 하나둘씩 모여들기 시작하고 있다. 이내 길은 사람들로 북새통을 이룬다. 아직 날씨는 쌀쌀하지만 사람들은 초봄의 추위 따위는 아랑곳하지 않는다.

개경 동남쪽의 보정문을 나오면 하삼도와 남경으로 이어지는 관도 주변에 큰 절이 하나 자리하고 있다. 개경에서 남쪽을 오가는 관리나 행인들이 묵고 가기도 하는 천수사(天壽寺)다. 천수사는 평소에도 수십 명의 승려가 상주하는 큰 사찰이다. 오늘 큰 법회가 열린다는 소문을 듣고 사람들이 몰려들고 있다.

특히 오늘은 종교적 절일로 꼽히는 삼월 삼짇날이다. 일 년 열두 달 노동에 시달리던 여인들도 이날만은 일손을 놓고 하루를 온전히 쉴 수 있는 날이다.

"예상은 했지만, 대단하군."

천수사 대웅전 앞이다. 사방으로 수백 장은 넘을 듯한 널따란 마당이 내려다보이는 석조 계단 위에서 아래를 내려다보던 이운목이 놀라움과 득의에 찬 음성으로 말한다. 곁에 섰던 박희가 고개를 끄덕여 동의를 표한다. 법회를 개회하려면 아직 두 식경 남짓 기다려야 함에도 벌써부터 밀려드는 인파가 보통이 아니다.

법단이 설치된 대웅전 마당은 이미 가득 찬 형편이고, 마당 주변 언덕과 인근 소나무 숲까지 사람들로 메워지고 있다. 이 정도라면 아마도 법회가 열릴 즈음엔 발 디딜 틈도 없이 사찰 경내가 가득 찰 것이다.

이번 법회는 몇 달 전 편조의 지시에 따라 조심스럽게 준비된 것이다. 편조를 지원하는 사람들의 정기적인 모임에 대하여 편조를 미워하는 조정 신료들의 반발이 적지 않았다. 조정을 뒤집을 역모를 꾸민다는 터무니없는 상소까지 있었다. 결국 공민왕마저 편조에게 모임을 자제하라는 충고를 내렸을 정도였다.

궁여지책으로 생각한 것이 설교를 겸한 법회였다. 법회라면 어디서든 열 수 있는 종교적 행사인 까닭에 별다른 트집을 잡지 못하리란 계산에서였다. 거기다가 한 술 더 떠서 인덕공명 노국공주 극락왕생을 위한 문수대법회라는 거창한 명칭까지 준비했다.

개경 남쪽에선 제일 큰 사찰인 천수사를 법회 장소로 택할 수 있었던 것도 따져보면 이운목을 위시한 관직에 있는 편조 지지자들의 도움이 컸다. 처음에 법회를 열 수 있도록 허락해달라는 편조 측의 요청은 천수사 승려들의 반대에 부딪혀 거부되었다. 종파가 다른 법회를 허용해줄 수 없다는 게 그 이유였다.

편조 측에서도 쉽게 물러설 수 없는 형편이었다. 개경 부근에서 천수사만큼 적당한 장소를 찾기 힘들었기 때문이었다. 그래서 편조 측 관료들은 지속적으로 사찰을 방문하고 주지에게 은근히 협박과 회유를 했고, 거기에다 편조 자신이 직접 왕이 하사한 백마를 타고 사찰을 방문해 법회를 열 수 있도록 해달라고 요청했다. 그러자 결국 천수사 측에서도 마지못해 법회를 허락했던 것이다. 편조의 조정 내에서의 위상을 보거나 노국공주 극락왕생을 위한다는 법회의 명칭 상 더 거부를 했다가는 왕의 노여움을 사서 강제로 사찰을 폐쇄 당할 수도 있었기 때문이었다.

그 뒤로 준비는 일사불란하게 진행되었다. 기현과 그의 처를 비롯한 신도들이 발품을 팔고 돌아다니며 법회를 알리는 소식을 저 먼 남경과 서경까지 퍼트렸고, 승려 능우를 비롯한 다른 이들은 개인적으로 평소 잘 알고 지내는 신도들과 주변 사람들에게 법회 참석을 종용하러 다녔다.

이번 법회 날짜를 군이 상사일로 잡은 것도 편조의 지시에 따른 것이었다. 상사일이 되어야 평소 일에 묶여 발을 뺄 틈이 없던 노비들이나 하인, 천민, 가난한 아녀자들이 법회에 많이 참석할 수 있으리란 것을 계산에 넣었던 것이다.

"정말 대단하군, 대단해."

"내 머리털 나고 이렇게 사람이 많이 모인 건 첨 보네그려."

"나도 그러네. 청한거사, 청한거사 말로만 듣긴 했는데 이처럼 사람들이 많이 모여들 줄 몰랐어."

"저 남경 아래쪽 지방에서도 구경을 왔다지 아마."

"어제 청교역에선 얼마나 사람들이 많았던지 방을 못 구해 서로 싸움질이 나고 했다던데……."

"그만큼 법력이 대단하다는 증거지. 일설에는 일찍이 저 먼 천축에서 도를 통한 법승인데 도탄에 빠진 이 나라를 구하기 위해 현신(現身)했다더군."

"언젠가 공민왕 전하가 악귀들에게 잡혀 큰 곤경에 처했을 때 청한거사가 법력으로 이를 물리쳤다며."

"영령하신 공민왕 전하께서 왜 청한거사님에게 정사를 맡겼겠어. 다 그만한 능력이 있으니 그런 거지."

모여든 사람들은 저마다 한마디씩 귀동냥으로 들은 말을 곁의 사람에게 옮겼다. 곁의 사람은 다시 그 곁의 사람에게 자기가 들은 말을 약간 더 부풀려서 이야기를 전했다. 나중엔 청한거사가 부처님의 환생이라는 말까지 떠돌 정도였다. 모여선 군중들 틈에 끼어 있으면서 편조의 능력을 과장되게 퍼트리라는 지시를 받은 사람들의 입이 한몫한 것도 사실이었다.

"청한거사님이 납신다!"

갑자기 군중 사이에서 웅성거림과 함께 환호성이 터져 나왔다. 일주문 부근에서부터 물결이 갈라지듯 사람들 사이가 열리고 좌우로 목탁을 두드리는 십여 명 승려들의 보위를 받으며 긴 머리에 비단 두건을 쓰고 황금색 승복을 입은 사람이 모습을 드러낸다. 이제 사람들에게 청한거사로 불리는 편조다.

목을 빼고 기다리던 사람들은 기다리던 편조가 나타나자 머리를 조아려 인사를 하는가 하면, 환호성을 내지르기도 하고, 가져온 꽃묶음을 땅바닥에 던지는 등으로 말 그대로 야단법석(野壇法席)이 벌어진다.

주로 힘없는 늙은이와 가난한 아녀자들, 농부와 상인, 천민들이 대중을 이루고 있는 사람들 사이를 걸어오며 편조는 보이는 사람마다 공손하게 합장을 한다. 그게 가난한 자건 나약한 자건 못난 자건 상관없이 은근한 미소를 띠고 합장을 올린다. 공민왕의 극진한 총애를 받는, 도를 깨우쳤다는 지체 높은 신분으로선 가히 파격적인 행동이다.

양쪽으로 모여선 사람들은 낮게 임하는 편조의 그런 태도에 감격한다. 높은 관직에 있는 사람이거나, 심지어 자신들을 부리는 알량한 주인마저 자신들에게 그처럼 친절하고 격의 없는 태도를 보여주는 건 난생처음이다. 처음엔 당황하던 사람들도 이내 감격하고 감동한다. 눈물이 글썽한 아낙도 있고, 넋을 놓고 바라보는 노파도 있다.

"청한거사님, 부디 도탄에 빠진 중생들을 구해 주소서."

누군가 법단 아래에서 목이 터져라 소리친다. 이어서 사람들이 청한 거사를 연호하는 소리가 절 마당을 메운다. 그 소란은 한동안 그치지 않는다. 어지러운 세상을 만나 고통과 주림, 억압과 착취, 차별로 삶의 희망을 잃은 많은 민중들은 성인이 출현해서 자신들에게 삶의 희망을 던져주기를 간절히 바라고 있는 것이다.

드디어. 징 소리에 이어 동라와 목탁 소리가 장엄하게 어우러지는 가운데 편조가 천천히 법단으로 향한다. 군중들은 편조의 얼굴을 조금이라도 가까이서 보려고 까치발을 하고, 어깨를 밀치고, 한동안 부산을 떤다.

편조의 주문대로 법단은 귀하고 위엄 있게 꾸며져 있다. 법단 양쪽에는 번(불보살의 위덕을 표시하는 장엄도구)이 길게 내려져 있고, 대웅전 처마 중간에는 금빛 글씨로 인덕공명 노국공주 극락왕생 문수대법회란 커다란 붉은 휘장이 달려 있다. 그 아래로 누런색 개(법사의 법회 때 위를 덮는 도구. 천막의 일종)가 덮이고, 법단 앞에는 종이로 만든 형형색색의 꽃송이가 몇 단씩 화려하게 장식되어 있다. 수십 개의 촛불이 타오르고 향 연기가 법단 주변으로 안개처럼 자욱하게 퍼진다. 정말 근래에 보기 힘든 거창하고 성대한 법회다.

편조가 천천히 법단에 올라 눈 아래에 모여든 무수한 중생들을 지긋이 바라본다. 정말 감회가 새로웠다. 또한 크게 만족스러웠다.

여기가 어딘가. 개경에서 제일 크다는 사찰인 천수사가 아닌가. 예전 같으면 감히 발을 들일 생각도 못했을 큰 절이다. 그런데 오늘 그런 큰 절에서 이처럼 무수한 중생들을 모아놓고 자신이 설법을 하려는 것이다. 그건 세상에 자신의 등장을 알리는 동시에 자신의 성공을 세상에 보여주는 일이 될 것이다.

또한 거기에는 남다른 정치적 복안도 있다. 이렇게 수많은 군중의 환호를 받으며 설법을 하는 자신의 모습을 본 조정 신료들이라면 아마 그 위세에 얼마간 기가 질릴 것이란 건 능히 헤아려 볼 수 있는 일이다. 또 자신을 반대하던 대신들이라도 이처럼 많은 중생의 지지를 받는 광경을 보고 나면 예전처럼 함부로 전하께 상소를 올리거나 탄핵하지는 못할 것이라는 정치적 계산도 깔려 있는 것이다.

마음을 움직이는 것이 세상을 움직이는 것이다.

편조는 오래전에 읽었던 책 구절 중에 하나를 떠올리며 마음을 가다듬는다. 이제 여기서부터 진짜 승부는 시작되는 것이다. 이 군중들을 모두 자기편으로 만들 수 있다면 그건 세상을 움직일 수 있는 힘을 얻는 것이다. 세상을 움직일 수 있는 사람이야말로 진정한 영웅인 것이다. 편조는 가볍게 헛기침을 하여 목청을 가다듬은 뒤 특유의 능란한 설법의 포문을 연다.

한편, 법단과 조금 떨어진 대웅전 돌기둥 뒤편에는 두툼한 겨울승복을 입은 두 명의 승려가 서 있다. 한 승려는 이마가 짱구처럼 튀어나와 있고, 한 승려는 코가 납작하다. 등에 멘 바랑이나 차린 복장들을 보아둘 다 멀리서 법회가 열린다는 소문을 듣고 온 게 분명하다. 먼저 짱구이마 승려가 놀랍다는 듯 입을 연다.

"몰라보게 많이 변했네."

"정말 네가 전에 말한 그 편조란 불목하니가 법단 위의 저 거사님이란 말이야?"

납작코 승려가 미심쩍은지 의심의 눈길을 풀지 않는다.

"내 말이 틀림없다니까. 그때 겨우내 함께 지냈는데 그걸 모르겠어."

"거 철봉대산가 뭔가 하는 용공사 주지의 방술책을 훔쳐 도망쳤다는 그 친구 말이야?"

"그래, 우선 생긴 것만 봐도 알겠어. 저렇게 생긴 인상은 잘 변하지 않거든."

"그랬던 친구가 어떻게 이처럼 큰 절에서 법석을 열고, 설법을 하게 되었을까?"

"그래서 사람 팔자는 알 수가 없다는 거지."

짱구이마 승려가 자신의 신세를 생각한 듯 깊은 한숨을 내쉰다. 그는 오래전 겨울 금강산 북쪽의 용공사에서 편조가 불목하니 노릇을 할 적에 제법 친하게 지냈던 동자승이다. 이제 그도 나이가 서른이 다 되어 이마에 몇 개의 주름이 생겨나 있다.

"조금 있다가 설법이 끝나면 한번 찾아가 보는 게 어때? 널 어느 정도는 기억하고 있을 거 아냐?"

"그렇지만 반겨주기나 할까. 전하의 총애를 받는다는, 소위 높으신 어른인데……."

짱구이마 승려가 쓴 입맛을 다시며 미간을 접는다.

"하긴 그렇겠지. 우리 같은 뜨내기 행자승을 쳐다보기나 하려고. 병졸들이 아예 근처에 접근하지도 못하게 할 거야."

"그래, 맞아. 그러니까 저 설법이 끝나면 여기서 음식이나 배부르게 얻어먹고 가자. 설법이니 뭐니 떠들어도 배고픈 중생에겐 먹는 게 남는 거지."

"좋은 생각이야. 나무아미타불."

두 배고픈 승려가 잡스런 이야기를 나누는 사이에도 중생을 향한 편조의 설법 소리는 계속해서 힘차고 낭랑하게 천수사 경내에 울려 퍼지고 있다.

3

갑작스레 폭우가 쏟아지고 있다. 한참 자라나던 잎들이 빗방울을 맞고 머리를 숙인다. 그러나 곧 비는 그치고 말간 햇살이 드러난다. 뜨거운 유월 햇살에 습기까지 더해져 대기는 숨쉬기 괴로울 만치 후텁지근하다.

빗물을 함빡 머금어 반들거리는 감나무가 한 그루 서 있는 농가가 보인다. 싸리문이 반쯤 열려 있는 걸로 보아 집 안에 사람이 있기는 있는 모양이다.

"일단 들어는 가봐야지."

누추한 차림의 남자가 말한다. 조금 전 내린 비를 맞아 머리와 어깨까지 젖어 있어 한결 꾀죄죄한 몰골이다. 예전의 희고 기품 있던 얼굴은 간 곳이 없다. 그의 한 손에는 삼베로 된 작은 자루가 들려 있고 다른 손에는 지팡이가 들려 있다.

그의 옆에는 작은 아이를 낡은 포대기로 감싸 둘러업은 검고 초췌한 얼굴의 아낙이 서 있다. 그녀 역시 비에 젖은 초라한 모습이다. 나이는 얼마 되지 않은 듯하지만 고생을 한 탓인지 나이 든 사람처럼 보인다. 그들은 다름 아닌 석기와 그의 처다. 지금 그들은 동냥을 얻기 위해 길가의 민가를 기웃거리는 것이다.

"안에 계십니까?"

석기가 소리를 지른다. 사흘 굶으면 누구나 거지가 된다는 말처럼 처음엔 이런 구걸의 말을 꺼내기 어려웠지만 이젠 제법 과객질에 이골이 나 있다.

"누구요?"

내다보는 사람은 입이 합죽한 노파다. 얼굴 전체가 쭈그렁바가지처럼 잔뜩 주름졌지만 마음은 옳게 써왔는지 선량한 인상을 간직하고 있다.

"지나가던 과객 부부입니다. 불쌍타 여기시어 적선 좀 하십시오."

과객이라는 말보다 부부라는 말에 이끌렸는지 방문턱에서 목을 빼고 두 사람의 행색을 살핀다. 그러다가 이내 여자가 아기를 업고 있는 것을 발견한다. 노파가 혀를 찬다. 얼굴에 동정의 빛이 떠올라 있다.

"아이쿠, 아기까지 있구려. 피곤할 텐데 우선 여기 쪽마루에 앉기부터 하구려."

이런 집은 무조건 반갑다. 석기 처가 주춤거리며 집 안으로 들어선다. 그녀는 다리가 아팠던지 업고 있던 아기부터 등에서 풀어 내린다. 아기는 배가 고파서인지 피곤해선지 깊은 잠에 빠져 있다. 코에는 콧물이 누렇게 말라 있고 머리에는 부스럼 딱지가 두어 개 앉아 있다.

"얼굴이 훤한 게 아기가 잘생겼구면."

쪽마루에 내려놓은, 잠든 아이를 내려다보며 노파가 말한다. 그동안 석기 처는 마루에 앉아 손으로 두 다리를 주무른다. 아기를 업은 터에다 오랫동안 걷느라 다리가 몹시 아팠던 것이다. 석기 역시 마루에 엉덩이를 내려놓는다. 곡식을 얻든 말든 일단 쉬고 보자는 심산이다.

"그래, 어디서 오는 길이오?"

노파가 물었다. 석기는 잠시 궁리한다.

"저 위에서 내려오는 길입니다."

대충 둘러대는 석기다.

"저 위라면, 선주 아래 안주 말이오?"

"예, 거깁니다."

"그래, 거기는 왜 떠나셨소? 옛말에 아무리 객지가 좋다 해도 고향만큼 좋은 것은 없다고 하지 않았소."

"작게나마 농사를 지었는데 소작료를 못 냈다고 땅을 빼앗는 바람에……."

"쯧쯧, 보나 마나 그 잘난 귀족이나 벼슬아치들 짓이겠구려. 자신들은 손에 흙 하나 묻히지 않으면서 권세와 토지를 가졌답시고 일밖에 모르는 사람들 등쳐먹는 천하에 몹쓸 작자들 말이오."

석기가 자신도 모르게 무거운 한숨을 내쉰다. 귀족이라면 왕세손인 자신이 누구보다 귀족이어야 할 것이다. 하지만 지금 자신의 처지는 어떤가. 거지 중에서도 상거지가 되어 있다. 더구나 늘 사람들의 눈치를 보며 쫓기는 몸이다. 이보다 더 처량한 신세가 어디 있는가. 세상 어디에도 자신처럼 비참한 왕족이나 귀족은 없을 것이다. 만약 자신이 죽어 저승에 간다면 부친인 충혜왕을 붙잡고 따져 묻고 싶었다. 왜 자신을 이렇게 비참한 지경으로 몰아넣었느냐고. 차라리 노비 자식이라도 이보단 나았을 거라고 외치고 싶었다.

"예, 그렇게 되었어요."

석기의 처량한 마음을 눈치챈 석기 처가 얼른 대답을 대신한다.

"거참 딱하게 되었소. 어디 보자, 부엌에 먹을 거라도 있는지 뒤져

봐야지."

기듯이 문턱을 넘어온 노파가 마루를 내려서서 부엌으로 향한다.

두 사람은 노파가 준 식은 조밥덩이로 허겁지겁 허기를 에운다. 석기가 자리에서 일어나려 하자 석기 처가 만류한다.

"여기 좀 더 쉬었다 가요. 아직 다리도 아픈데……."

"그러시구려. 그리 바삐 갈 데가 있소?"

노파가 거든다.

"그것보다 해 떨어지기 전에 큰 마을을 찾아들까 해서요."

큰 마을에 가야 잠잘 곳이나 먹을 것을 얻기가 쉬운 때문이다.

"여기서 가까운 큰 마을이라야 연주인데, 거기까지 가려면 반나절은 족히 걸어야 할게요."

석기가 하늘을 쳐다본다. 벌써 해가 중천에서 한 뼘가량 넘어서고 있다. 지금부터 부지런히 걸어야 닿을지 말지 할 것이다. 그만 갈까 아니면 이 근처에서 하룻밤 묵고 갈 방을 얻어 볼까 망설이고 있는 참에 농부 차림의 중년 남자가 불쑥 마당에 들어선다. 바짓단과 종아리에 진흙이 묻은 걸로 보아 방금 논일을 하다가 온 모양이다.

"얘야, 지나가던 과객 부부인데 몹시 힘들어 보여서 들어와서 좀 쉬라고 했다."

노파의 말에 농부가 잘했다는 듯 고개를 끄덕인다.

"일을 하다가 목이 말라서 잠시 들렀습니다."

노파가 부엌으로 가서 바가지에 물을 퍼다 준다. 갈급하게 물을 마시고 손등으로 입술을 훔치던 농부의 눈길이 석기의 얼굴에 가 멎는다.

"어딘지 낯이 익은데…어디서 보았는지 생각이 나지 않는군. 저분 인상이 특이해서 잘 기억이 날 듯도 한데. 거기 보시오. 혹시 우리가 어디서 만나거나 본 적이 있지 않소?"

농부의 말에 석기의 가슴이 철렁하면서 얼굴에 핏기가 가시는 게 느껴진다. 여긴 낯선 곳이고, 처음 보는 농부가 자신의 얼굴을 알 리가 없다. 그런데도 낯이 익다면 그건 관아 벽에 나붙은 용모파기를 보았을 가능성이다.

"그, 그럴 리가 있습니까. 저는 이 마을에 처음 오는 길인데요."

"아니야. 분명 어디서 보기는 했는데……."

아무래도 기억이 나지 않는지 고개를 갸웃거리던 농부가 마당을 나선다.

"곧 날이 저물 텐데 어서 갑시다."

농부가 저만치 사라진 뒤 석기가 울렁거리는 가슴을 누르며 처를 다그친다. 여기 있다가는 큰일 나겠다 싶었다. 행여 농부가 기억이라도 살리는 날에는 자신들은 꼼짝없이 죽은 목숨이다.

"어지간하면 쉬고 내일 아침에 떠나구려. 저기 헛간 옆에 안 쓰는 방도 하나 있는데……."

노파의 말을 뒤로하고 두 사람은 아이를 둘러업고 허겁지겁 길을 나선다. 그들은 뛰다시피 마을 고샅길을 벗어나 곰솔이 듬성듬성한 뒤편 산언덕을 넘는 길을 택한다. 하지만 마음만 급할 뿐 걸음은 더디다. 석기가 다리를 저는 데다가 석기 처는 아기를 업고 있기 때문이다. 얼마쯤이나 갔을까.

"거기 서 보시오."

돌아보니 뒤편에서 소리치며 쫓아오는 사람은 그 농부와 다른 한 명의 중년 남자다. 그들은 걸음이 날래어 곧 석기의 뒤까지 따라붙는다. 분명 석기왕자임을 알고 쫓아온 것이리라.

"어서 달려."

석기는 말은 그렇게 했지만 자신도 달릴 여력이 없다. 숨이 턱까지 차오르고 숲의 나무들이 작아서 몸을 숨길 만한 곳도 없다. 석기는 이제 여기서 한 많은 생을 마감하는구나 하는 비감이 치민다. 아무 죄도 없이, 그저 왕의 자손이라는 이유 하나만으로 태어나서 여태까지 제대로 한번 살아보지도 못한 것이 애통하고 분했다. 자신을 이렇게 만든 충혜왕이라는 작자를 만나면 자기 손으로 죽이고 싶었다. 어금니를 무는 순간 휘청하며 앞으로 나뒹군다. 지팡이가 허방을 짚은 것이다.

"아이고, 제발 생목숨 살려주시오."

엎어진 석기와 더는 달릴 수가 없어진 석기 처가 무릎을 끊고 달려오는 사람들에게 두 손을 모아 빈다. 석기는 이제 끝이구나 싶어서 절로 눈물이 흘러내린다. 석기 처는 아예 땅바닥에 얼굴을 박고 흐느낀다.

"이러지 마시고 일어나십시오. 혹 석기왕자님 아닌지요?"

다가온 중년 남자가 공손하게 석기에게 말한다. 석기는 아무런 대답도 하지 않는다.

"어허, 왕자님이 맞구려. 여기서 이러실 게 아니라 일단 우리 집으로 가십시다."

외모가 점잖게 생긴 중년 남자는 백언린이란 자로 예전 석기왕자 역모사건에 몰려 옥사한 임중보의 먼 친척이었다. 개경에서 말단 관직인 감적관(監的官: 무과의 활 쏘는 시험에서 화살이 맞는지 검사하는 사람)으로 있던 그는 친척인 임중보의 집을 자주 찾았고, 그때 먼 눈길로 그 집에 묵고 있던 석기왕자를 보았던 것이다. 농부 역시 함께 석기왕자를 보았다. 그 당시 역모사건의 여파로 관직에서 물러난 백언린은 그 뒤 고향인 안협(安峽)으로 내려와서 농사를 짓고 있었다.

"이 친구가 아무래도 석기왕자님을 본 것 같다고 하기에 이렇게 달려왔더니 역시 틀림이 없군요."

"어떻게 한 나라의 왕자님이 이처럼 박복한 운명을 타고났는지 참 눈물이 나는군요."

백언린의 집으로 온 그들이 넓은 대청에 자리를 잡고 앉자 성이 강씨인 농부가 연민에 가득한 눈길을 하고 말한다.

"당시 역모사건이 터무니없이 조작되었다는 걸 누구보다 소인이 잘 알고 있습니다. 그게 모두 당시 추문관이었던 이인임인가 하는 벼슬아치가 자신의 공적을 높이려고 애꿎은 사람을 잡아다가 고문하여 조작한 것이지요."

원만하게 생긴 인상으로 보아 좀체 화를 내지 않을 듯한 백언린의 말투에도 이인임에 대한 짙은 분노가 담겨 있다.

"다 지난 일인걸요. 또 저와 아무 관계도 없는 일이고……."

석기가 남의 일처럼 쓸쓸하게 대꾸한다.

"참, 재작년에도 평양부에서 석기왕자님을 모시고 역모를 꾸민 사건이 있었다는 얘기를 들은 바 있습니다. 왕자님께서도 들으셨는지요?"

"역모사건이라니요? 처음 듣습니다. 자세히 얘기해 보시지요."

석기가 짐짓 시치미를 떼고 묻는다. 그건 분명 재작년에 자신에게 있었던 일과 관련이 있을 성싶다.

"당시 석기왕자를 지칭하는 괴한이 평양부에서 도당들을 이끌고 역모를 꾸민다는 정보를 들은 서북 도순문사 전녹생과 서해도 도순문사인 김유가 이들 역도를 체포한 사건 말입니다."

"그럼 역모를 꾸민 죄인들은 다 체포되었습니까?"

"그게 듣기로는…왕자님께 이런 말씀드리기가 민망스럽군요."

백언린이 턱을 만지며 머뭇거린다.

"괜찮습니다. 어서 말해보시지요."

결과가 궁금해진 석기가 재촉한다.

"단 한 사람, 석기왕자로 칭한 자를 효수하여 그 머리를 개경으로 가져갔다고 하더군요. 뒤에 들리는 소문으론 그가 귀속이란 법명을 가진 승려로 변장을 하고 있었다고 하였습니다만……."

석기는 가슴이 철렁하는 소리를 듣는다. 그렇다. 그건 분명 자려일 것이다. 그처럼 비참하게 효수를 당하는 바람에 약속한 묘향산 보현사에 나타나지 못했던 것이다. 그녀는 결국 석기를 살리기 위해서 스스로 목숨을 초개같이 던진 것이다.

석기는 가슴 저 아래에서 치밀어 오르는 슬픔을 억누를 수가 없다. 굵은 눈물이 뿌옇게 앞을 가리더니 곧 볼을 타고 줄줄 흘러내린다. 석기의 느닷없는 반응에 놀란 백언린이 당황해서 묻는다.

"혹 아시는 분입니까?"

그녀는 평생 동안 자신을 위해 헌신하고 그것도 모자라 종내 자신의 목숨까지 선뜻 바친 여자였다. 곁에 있을 때는 못 느꼈지만 지금 생각하면 세상에 그런 여자는 다시없을 것이다.

석기는 젖먹이 시절부터 자려의 품에서 자랐다. 그녀의 젖가슴을 만지며 자진한 어머니를 잊었고, 그녀의 무릎을 베고 음모술수가 판치는 세상의 고통을 잊었다. 그녀는 그에게 있어 모든 것이었다. 따뜻한 모닥불이었고, 비바람을 가리는 천장이었고, 밤에 빛나는 등불이었고, 따뜻하고 안온한 잠자리이기도 했다. 어머니이자 애인이었고, 친구이자 동반자였다. 그녀의 가슴에 안겨서 사랑을 배우고 애정을 느꼈으며, 육체의 쾌감을 알았다. 그녀야말로 이 세상에서 유일한 자비의 화신이었다. 이제 석기는 깨닫는다. 그처럼 암흑에 빠진 자신의 운명을 비추던 한 줄기 불빛이 영원히 꺼지고 말았음을.

먼저 달아났던 그는 처와 함께 보현사에서 자려가 나타나기를 두 달이 훨씬 넘도록 기다렸다. 그러나 아무리 기다려도 그녀는 나타나지 않았다. 무슨 사정이 있겠지. 석기는 그렇게 마음을 다잡고 스스로를 위로했다. 아마 석기 처와 그녀의 뱃속에 든 아기만 없었다면 그는 절대 묘향산 보현사를 떠나지 않았을 것이다. 그녀가 나타날 때까지 생명이 다할 때까지 기다렸을 것이다. 그게 그녀를 위해 그가 할 수 있는 마지막 배려였다.

이상하게도 아기는 자려와 헤어진 그 무렵에 배태되었다. 문득 어쩌면 아내의 뱃속에 든 아기가 자려의 환생이 아닐까 하는 생각이 든다. 그렇지 않다면 하필 자려와 헤어진 그즈음에 아기가 생긴 이유를 설명하기 힘들었다.

이제 생각하니 너무 또렷해진다. 아무리 생각해도 아기는 자려의 환생이 확실한 것이다. 비록 자신의 몸을 던져 석기를 구했지만 마음은 결코 석기를 떠나지 못하여 다시 사람으로 환생한 것이다. 석기는 정녕 그렇게 믿고 싶다.

"그럼 왜 그렇게 슬퍼하십니까?"

"아닙니다. 애꿎게 나 대신에 효수 당한 그 사람이 불쌍해서 눈물이 나는군요."

"역시, 역시 왕자님은 너무 자애롭고 선량하십니다."

석기의 애끓는 심정을 아는지 모르는지 두 사람은 석기의 마음 씀씀이에 대한 칭찬을 아끼지 않는다. 석기는 눈물 사이로 멀리 허공에 한 마리 백로가 날아가는 것을 본다.

그 허우적대는 쓸쓸한 날갯짓이 또 다른 슬픔으로 석기의 가슴을 메이게 한다. 그건 왕자라는 신분 때문에 끝없이 떠돌아야 하는 자신을 향한 연민이기도 했다.

4

오후에 가끔씩 내리던 비가 개이고 하늘에 둥근 달이 비친다. 논에
서는 개구리 소리가 소나기가 내리는 듯 요란하다. 논둑에 서 있는 갯
버들나무는 여인의 머리채처럼 긴 가지를 드리운 채 밤이 그린 묵화
(墨畵) 속에 잠겨 있다.

공민왕은 논 사이로 난 길을 지나 천천히 숲이 있는 언덕길로 접어
든다. 미복 사이로 살갗에 와 닿는 밤바람이 훈훈하다. 앞장선 내시가
든 사동등(絲桐燈: 비단으로 겉을 씌운 등롱) 불빛이 미치지 않는 길 양옆
으로는 작은 관목들이 여기저기 검게 무더기를 이루고 있다. 익숙하지
는 않지만 왠지 운치가 있는 밤길이다. 뒤를 따르는 내관의 발자국 소
리가 희미하게 밤 대기 속으로 스며든다.

공민왕은 지금 반야가 있는 능우 모친의 집으로 가는 길이다. 이미
내관에게 통기를 받은 반야가 몸단장을 하고 그를 기다리고 있을 터
였다.

참으로 오랜만에 나오는 길이다, 라고 공민왕은 생각한다. 노국공
주가 세상을 뜬 지 벌써 넉 달이 지나가고 있다. 그때는 상기도 남은
추위가 맹위를 떨치는 늦겨울이었지만, 지금은 여름으로 접어드는

성하의 계절이다.

세월은 무상해서 어떤 사람의 죽음으로도 멈추어지지 않는다. 그저 돌아보지도 않고 제 갈 길을 가는 것이다. 그동안 그는 한 번도 노국공주의 빈소를 떠나지 않았다. 제대로 차린 수라상을 받기 시작한 것도 보름쯤 전서부터다. 사랑하던 여인의 죽음은 그를 세상사에 관심을 잃게 만들었다. 매사가 덧없게만 느껴졌다.

노국공주 영정을 보며 칩거하던 그가 반야를 찾아 나서야 했던 건 머릿속에 두어 가지 의문이 떠오른 때문이다. 처음에 작게 시작된 의문은 고요한 수면에 던져진 돌멩이처럼 일파만파의 물결을 만들어내며 퍼져갔다. 쉽게 떨쳐버릴 수 없는 의문들이다. 결국 그는 자신이 가진 그 의문에 대한 해답을 얻고 싶어 미행을 나선 것이다.

"전하, 어서 오셔요."

달빛이 환하게 내린 사립문 바깥에 서 있던 반야가 고요히 그를 반긴다. 곁에 서 있던 능우 모친과 반야를 돌보는 몸종은 공민왕에게 깊이 허리 숙여 인사한 다음 종종걸음으로 자신의 방으로 되돌아간다.

"잘 지냈소?"

그는 반야의 안내를 받아 침소로 쓰이는 안방으로 들어간다. 내관들이 신경을 쓴 덕인지 안방은 단아하면서 정결하다. 뒤편 벽에는 산수화가 그려진 여덟 폭 병풍이 펼쳐져 있고, 바닥엔 황금색 비단 보료가 깔려 있다. 한구석엔 책을 읽을 수 있도록 작은 서탁도 놓여 있다. 문짝을 튼 저편 방에는 두 사람이 누울 수 있는 비단 금침도 준비되어 있다.

그가 보료 위에 앉자 반야가 앞에 조심스레 치맛자락을 감싸며 앉는다. 촛불이 바람에 일렁인다. 불빛에 비치는 그녀의 얼굴은 여전히 아름답고, 지극히 조용하게 비어 있다. 그 다소곳하고 예쁜 자태를 본 남자들이라면 아마 그 누구라도 그녀를 자신의 소유로 만들고 싶은 충동을 느끼리라.

그렇다 하더라도 수많은 여인들을 두고 하필 그녀에게서 처음으로, 오랫동안 굳게 잠겨 있던 남성으로서의 욕구가 열린 것은 무슨 까닭이었을까. 공민왕은 그 부분이 여전히 미심쩍고 의문스럽다.

"전하, 뭐라고 드릴 말씀이……."

노국공주에 관한 애도를 뜻하는 말이다.

"아니다. 심려 말아라. 그래, 몸은 괜찮으냐?"

"예."

언제나 대답은 백지처럼 간결하다.

"이리 가까이 와보려무나."

공민왕이 손을 내민다. 반야가 손을 잡으며 그의 곁으로 옮겨 앉는다. 그녀의 숨소리가 귀에 닿을 듯하다. 그녀가 눈길을 들어 공민왕의 얼굴을 바라본다. 예의 텅 빈 눈빛이다. 애정이 담겨 있는 것 같지도 않다.

"외롭지는 않았는가?"

반야가 고요히 고개를 가로젓는다. 어찌 보면 외로웠다는 뜻 같기도 하고, 어찌 보면 외로움 같은 것에는 관심이 없다는 의미처럼 보이기도 한다.

"생산을 했다는 얘기를 듣고도 와보지 못하였구나."

불빛에 비친 반야의 입 언저리에 보일 듯 말 듯한 미소가 스쳐 간다. 하지만 공민왕으로선 그게 무슨 의미인지는 알 수가 없다. 단순한 것 같기도 하고 무언가 숨기고 있는 듯하기도 하다.

"옆방에 재워 두었습니다. 데려올까요?"

"아니다. 아기는 나중 보자꾸나."

한시 빨리 아기를 확인하고 싶은 마음을 억누르며 공민왕은 곁에 앉은 반야의 마음을 읽어내려고 노력한다. 반야는 별로 서운해하는 기색이 없다. 그게 원래 고요한 성정 탓인지, 아기에 대한 애정이 없는 것인지, 혹은 공민왕이 모르는 마음속에 그려놓은 다른 밑그림에 연유한 건지 잘 읽어내기 힘들다. 일반 아녀자라면 자신이 낳은 아기부터 보여주고 싶은 마음에서 아기를 미뤄 놓는 남자에게 서운함을 드러내기가 쉬울 터였다

공민왕은 우선 자신이 가졌던 의문 중 하나를 던져보기로 한다.

"넌 청한거사를 어찌 생각하는가?"

그 질문 속에는 편조에 대한 그녀 마음의 향배를 묻는 의도도 얼마간 포함되어 있다. 그는 희미하게 짐작은 하고 있다. 편조와 반야 사이가 결코 무채색이지는 않다는 것을. 옅은 분홍색이거나 혹은 아예 붉은색일지도 모른다고 예상하고 있었다.

처음 기현의 집에서 반야가 다반을 들고 자리에 등장했을 때 보였던 편조의 태도가 그런 마음을 갖게 했다. 뭔가 안절부절못하는 게 곁눈에 들어왔던 것이다. 그 불안정한 태도에서 순간적으로 유발된 짓궂은 충동이 어쩌면 그가 반야를 안게 된 지렛대로 작용한 것인지도 모른다. 얄밉게도 반야라는 여인을 통해 자신에 대한 편조라는 한 남자의 충정을 시험해보고 싶은 마음도 극히 일부 포함되어 있었을 것이고.

"그 사람은 가난하고 불쌍한 사람입니다."

잘 모르겠다며 슬쩍 발을 빼리라 예상하고 있던 그로선 전혀 뜻밖의 대답이다.

"가난하고 불쌍하다고? 어떤 면에서 그렇다는 게냐. 풀어서 얘기해 보아라."

공민왕이 눈을 내리깐 반야의 하얀 아미를 응시한다.

"소녀는 잘 모릅니다만, 즉상즉심이라고 생각되옵니다."

"즉상즉심이라면 자기를 떠나서는 정토도 없고 아미타불도 없다는 의미가 아니더냐?"

편조가 처음 반야를 만났던 날 득의양양해서 떠들었던 말이란 걸 공민왕이 알 리 없다.

"외람되게도 제가 그 사람이 가난하다고 말씀 올린 것은, 그 사람은 자기를 버려서 세상을 얻으려는 사람이기 때문이지요. 그래서 결과적으로 불쌍하다고 여겨집니다."

"왜 자기를 버렸다고 생각하게 되었느냐?"

"그건 단지 소저의 느낌일 뿐이옵니다."

개인적인 느낌이라면 더 캐물을 소지는 없다. 하지만 그녀가 편조를 이처럼 평가할 수 있다는 점은 둘이 단순한 사이가 아님을 은연중 드러내는 것이다. 하지만 그 이유를 노골적으로 캐묻기에는 왠지 내키지 않는다. 두 사람의 관계를 짐작하면서도 그녀를 건드린 건 바로 자신이기 때문이다. 그래서 그건 더욱 유치한 노릇이다.

"그래, 자기를 버렸기 때문에 가난하다고 하였나?"

"모든 것은 자기 안에서 찾아야 한다고 소녀는 생각하고 있습니다. 행복이건 도(道)건, 사랑이건. 모두 자기 마음속에서 비롯되는 것이옵니다. 그런데 자기를 버리고 난 다음에 어디서 무엇을 구하든 그게 무슨 소용이 있겠습니까? 그건 마치 자신은 놓아둔 채 자기의 그림자를 쫓아가는 것처럼 우매하고 어리석은 짓이라 여겨집니다."

그렇다. 반야의 말처럼 청한거사는 아마도 세상 바깥에서 자신을 찾으려 한 건지도 모른다. 그에게선 항상 그런 집념의 면모가 엿보인다. 그의 시선은 항상 외부 세계를 향해 독수리의 눈처럼 날카롭게 번득이고 있다. 그건 출신이 가난하거나 마음의 결핍을 가진 자들의 대체적인 속성이기도 하다.

또한 어쩌면 그것은 형인 충혜왕이 모친에게서 받지 못한 사랑을 다른 무수한 여인들과의 육체적 관계를 통해서 얻으려 한 것과 엇비슷한 맥락일 수 있다. 비록 여인들이 그를 구원해주지 못하고 결과적으로 수렁에 빠트린 것이 되긴 했지만.

"옳은 말이다."

"부끄럽습니다."

그녀가 나부죽하게 고개를 숙인다.

"내가 너의 마음을 얻을 수 있을까?"

과연 어떤 대답이 나올까 궁금해하며 공민왕이 묻는다. 이곳으로 오기 전부터 계속해서 머리에 맴돌았던 질문이다.

"마음은 빈 허공일 따름입니다."

"허공이라, 그럼 사람을 사랑한다는 것은 무슨 의미인가?"

"남녀 간의 사랑이란 수면에 비친 자신의 그림자를 보는 것과 같다고 여겨집니다."

사랑이란 수면에 비친 자신의 그림자를 보는 것. 말을 곱씹으며 공민왕은 한동안 반야를 지그시 응시한다. 듣고 보니 결코 마음이 가볍지 않다. 그녀의 말대로라면 그가 노국공주를 사랑한 것은 결국 자기 자신을 사랑한 것에 다름 아니란 말이 된다. 정말 그런 것인가.

스스로 질문을 던지던 그의 머릿속에 문득 한 가지 해답이 저절로 떠오른다. 그건 자신이 왜 유독 반야에게 성적 욕구를 가지게 되었느냐는 의문에 대한 해답이다.

공민왕은 자신도 모르게 미간을 찌푸린다. 그 해답은 회상하기도 싫은 저 어린 기억과 맞닿아 있었던 것이다.

그건 충숙왕의 사랑만을 기다리는 모친 홍씨에 대한 불쾌한 기억이다. 그녀에 대한 뿌리 깊은 거부감은, 남자의 사랑을 기대하지 않는 반야의 텅 빈 듯한 자태와 대조되어 전혀 다른 여성의 모습을 보게 만들었던 것이다. 그게 어릴 적부터 여성성에 대하여 굳게 잠겨 있던 그의 남성적인 문을 열게 만들었던 것이다.

아아, 대비 홍씨……

공민왕은 내심 낮게 신음을 흘린다.

이제 알 것 같다. 돌이켜 보면 그렇게 반야를 통해 처음 열려진 그의 성적인 욕구는 그동안 굳게 닫혀져 있던 노국공주를 향해서도 열리게 되었던 것이다.

반야를 건드린 지 얼마 되지 않은 작년 초여름, 결혼한 뒤 처음으로 거친 남성이 되어 노국공주를 안았을 때 그녀의 놀랍고 당혹스러워하던 얼굴이 떠오른다. 십 년 넘게 오누이처럼 지내던 노국공주의 몸을 열었던 것은 반야를 건드렸다는 죄책감 때문이었을까, 아니면 뒤늦게 성적인 쾌락에 눈을 뜨게 되었기 때문이었을까. 그건 이후에도 알 수 없는 일로 남을 것이다.

그가 남자로서 처음 공주의 몸으로 들어갔을 때 그녀는 느꼈을 것이다. 그가 근래에 다른 여인과 육체적 관계를 가진 몸이 되었다는 것을.

그런 이유에선지 관계가 끝난 다음에도 그녀는 한동안 그에게 아무런 말도 건네지 않았다. 그녀는 그저 조용히 등을 돌리고 앉아서 눈물만 흘렸다. 그건 서른 넘어 처음 몸을 열게 된 감회나 고통 때문이 아닌, 자신과의 약속을 저버린 남자에 대한 통한의 눈물이 아니었을까.

다른 건 모르지만 하나는 분명했다. 그렇게 공주를 건드린 탓에 그녀가 죽음에 이르렀다는 사실이다. 만약 반야를 품에 안지 않았더라면 노국공주의 몸을 열지도 않았을 것이고, 그렇다면 공주가 늦은 나이에 난산으로 아까운 목숨을 잃진 않았을 것이다. 그렇게 따져보면 어릴 적부터 뿌리 깊이 자리한 홍씨에 대한 부정적인 감정이 원인의 일단이 아니라고 할 수 없겠지만, 모든 책임은 결국 자신의 내부에서 비롯된 것이다.

진정 업이로다.

공민왕은 자신도 모르게 탄식처럼 중얼거린다. 결국은 약속을 저버려 그녀를 죽음으로 이끈 것은 자신이다. 그런 결론은 곧 자신을 향한 지독한 환멸감으로 바뀐다. 그는 그런 자신이 밉고 증오스럽다.

부드러움과 온화한 외양 속에 감추고 있었던 것은 어릴 적의 보기 흉한 심적인 상처였다. 처음부터 어긋나고 왜곡된 정신세계였다. 그걸 그동안 잘도 감추고 있었던 것이다. 그는 그런 이중적인 자신을 무참히 파괴하고 싶은 욕망이 부글부글 끓어오르는 걸 느낀다. 언젠가 노국공주가 그에게 한 얘기가 기억에서 솟구친다.

제가 당신에게 딱 하나 두려운 점이 있다면, 그건 당신 스스로를 파괴하려는 힘이 늘 당신 속에 내재되어 있다는 점이에요. 전 그게 무섭고 두려워요.

바람에 펄럭거리는 촛불을 보며 공민왕은 자학적인 미소를 머금는다. 그렇다. 그녀는 누구보다 그를 잘 알고 있었다. 그가 섬세하고 부드러운 외양 속에 얼마나 날카롭고 무서운 칼을 지니고 있는지를.

"소녀가 무슨 잘못한 말이라도……."

차갑게 비틀어진 공민왕의 표정을 본 반야가 우려하는 눈길이 된다.

"아니다. 너의 솔직한 대답이 많은 도움이 되었다."

"전하, 괜한 얘기로 심기를 건드린 건 아닌지요?"

"괜찮다."

"마음이 울적하시면 술상이라도 들이라고 할까요?"

"아니다. 갑자기 아기가 보고 싶구나."

몸을 일으켜 마루를 거쳐서 옆방으로 건너간 반야가 비단 포대에 싸인 아기를 안고 왔다. 그녀는 품에 든 아기를 조심스레 공민왕 앞으로 내민다. 그가 손을 뻗어 포대를 들추었고, 불빛에 아기의 얼굴이 드러난다. 공민왕은 잠깐 호흡을 삼킨다. 그가 제일 마지막으로 가졌던 의문이 풀리는 순간이다.

첫눈에도 아기의 얼굴은 좀 못생긴 편이다. 이마가 좁고 전체적으로 둥근 얼굴이다. 언뜻 보면 누군가와 닮아 있다. 공민왕은 잠깐 동안 참았던 숨을 길게 내쉰다. 어디선가 밤 뻐꾸기 우는 소리가 들려온다.

"아기가 잘생겼구나."

공민왕이 검지로 아기의 붉은 볼을 건드리며 말한다. 아기에게선 아직 비릿한 젖 냄새가 난다. 듣기로는 일월에 낳았다니까 세상에 나온 지 다섯 달이 되는 셈이다. 그는 다시 한 번 마음속으로 계산을 해본다. 반야와 처음 잠자리를 가진 게 오월 중순경이니까 일월에 출산이라면 아무래도 석연치 않은 부분이 있다.

누구 아이면 어떤가.

공민왕은 감정을 억제한 쓸쓸한 마음으로 아기를 내려다본다. 왕세자면 뭐 하는가. 삶이 괴롭기는 평민보다 더하면 더하지 낫지는 않을 것이다. 그는 이제까지 자신의 삶이 행복하다고 생각해 본 적이 없다. 차라리 평민으로 태어났으면 하는 바람을 가진 적도 적지 않다. 문득 형인 충혜왕의 모습이 오래된 기억의 지층 속에서 기포처럼 솟구쳐 오른다.

그가 충혜왕을 만난 건 불행하게도 연경의 옥사 안에서였다. 고려에서 압송돼 와서 군옥에 갇혀 있다는 소식을 들었던 것이다. 옥사장에게 뇌물을 주고 옥사 안으로 들어가서 형을 만났을 때 충혜왕은 그를 보고 커다랗게 웃었다. 걸친 옷은 군데군데 찢어지고 머리는 산발을 하여 왕이라기보다 미친 광인의 모습이었다. 충혜왕은 열다섯이나 어린 그를 보고 마치 어린애 대하듯 했다.

네가 홍씨가 낳은 자식이냐. 너도 역시 불쌍한 놈이로구나.

왜 이렇게 되었느냐고 그가 묻자 충혜왕은 냉소적으로 대답했다.

피 내림이지. 너는 우리 가족에게 더러운 피가 흐르고 있는 걸 모르고 있었더란 말이냐.

당시 그는 그 말뜻을 알 것 같기도 했고 모를 것 같기도 했다.

그다음으로 충혜왕을 본 것은 그로부터 사흘 뒤였다. 게양현으로 유배를 가기 전날이었을 것이다. 먼 곳으로 떠나기에 앞서 얼굴이나 한 번 더 보아둘 양으로 옥사로 찾아갔을 때 충혜왕은 아무 말 없이 물끄러미 그를 바라보았다. 헝클어진 머리와 때에 절은 얼굴에서 문득 두 줄기 눈물이 흘러내리는 게 보였다. 충혜왕이 말라서 갈라터진 음성으로 그에게 호소하듯 말했다.

넌 내가 너무 외로워서 이렇게 되었다면 이해하겠느냐.

그 외로움이 어디에 연유했는지는 말하지 않았다. 하지만 그 누구보다 충혜왕의 외로움이 어떤 종류의 것인지 그는 짐작하고도 남았다.

그 이튿날 충혜왕은 호송 군졸들에게 끌려서 개처럼 비참한 몰골로 연경을 떠났다. 그게 그에게 단 하나뿐인 형의 마지막 모습이었다.

내가 이 아기를 받아들이는 건 어떨까.

공민왕이 잠든 아기의 얼굴을 찬찬히 들여다본다. 숨소리가 작고 고요하다. 아직은 보호를 받아야 할 미약한 생명체다. 아기의 어미 역시 아직은 완전하지 않다. 그녀 역시 누구에게도 속해 있지 않은 가련한 여인이다. 누구보다 그가 제일 잘 알고 있다. 그의 마음의 결정에 따라서 당장 버려질 수도, 또 귀하게 될 수도 있다.

그는 잠시 감상적이 된다. 노국공주의 죽음 때문이기도 하다.

"아기의 이름을 지으려고 하는데……."

이름을 짓겠다는 건 이 아기를 자신이 거두어들이겠다는 에두른 표현이다. 반야는 별다른 변화를 보이지 않는다. 그저 약간 기뻐하는 듯 보일 뿐이다.

"혹 마음에 두신 이름이라도……?"

"네 이름이 반야이니 이 아기는 모니노(牟尼奴)가 어떨까 싶군. 석가모니의 모니를 따서 말이야."

"좋은 이름이군요."

반야가 아기를 내려다보며 작게 고개를 끄덕인다.

"이제 그만 가봐야지."

공민왕이 몸을 일으킨다. 옷자락이 일으킨 바람에 촛불이 일렁인다. 반야가 아기를 안은 채 그를 바라본다. 아무런 갈망도, 바람도 없는 텅 빈 눈빛이다.

그녀는 공민왕의 뒤를 따라 방을 나온다. 바깥 마루에 앉아 있던 두 명의 내관이 얼른 일어나 채비를 차린다. 사동등을 든 내시가 앞장을 선다. 사립문 바깥에 서 있던 호위무사가 주위를 둘러보며 경계 태세를 늦추지 않는다.

"너는 무슨 의미로 사는가?"

눈이 내린 것처럼 달빛 환한 마당을 나서던 공민왕이 문득 걸음을 멈추고 뒤를 따르던 반야를 돌아본다.

"그저 윤회할 뿐입니다."

반야가 희미하게 웃는다. 달빛을 받은 그녀의 얼굴이 달처럼 하얗다. 바라보던 공민왕은 문득 그녀의 얼굴을 한 대 세게 때렸으면 하는 참으로 기이한 충동에 사로잡힌다.

5

편전의 열어놓은 빗살 완자창에 칠월 여름 햇살이 빗각으로 비쳐든다. 아직은 아침의 선선함이 남아 있다. 본격적으로 더워지는 건 두어 시진쯤 지나서일 것이다.

"취성부원군 납시오."

석조 계단을 밟는 발자국 소리와 함께 일직내관인 김유가 모습을 드러낸다. 예전에 서해 도순문사로 있을 적에 평양부에서 있었던 석기왕자의 역모사건을 조정에 알린 자다. 그 뒤 밀직부사로 영전된 그는 금년 정월에 원나라에 가서 역도 최유가 고려왕으로 내세웠던 덕흥군을 고려로 압송해달라는 요구를 전하고 돌아오기도 했다.

내관 김유의 뒤를 이어 황색 관복에 금어(정4품 이상의 문관의 복식에 다는 주머니)를 달고, 봉황이 그려진 요대(腰帶)를 차고 나타난 자는 진평후(眞平候)에 봉작돼 취성부원군으로 명명된 편조다.

"어서 오오."

공민왕이 그를 맞는다. 공민왕은 조금 전까지 노국공주의 영위가 안치된 영락전(影樂殿)에서 향을 피우며 앉아 있다가 잠시 이리로 건너왔던 것이다.

편전에 들어서는 편조를 바라보는 공민왕의 시선에 왠지 모를 쓸쓸함이 감돈다. 편조의 당당한 자태에서 문득 권력의 한 기이한 측면을 보는 듯했기 때문이다. 자리가 사람을 만든다는 말이 맞는 모양이라고 공민왕은 생각한다. 진평후란 작위를 부여받은 게 불과 이틀 전이건만 벌써 그의 모습에는 한 나라의 운명을 좌지우지하게 된 권력자의 위엄과 당당함이 엿보인다.

"그래, 어제도 또 술깨나 드시었소?"

공민왕이 지나가는 말처럼 묻는 건 내관에게 들은 바 있기 때문이다. 편조의 중용을 축하하는 모임이 만월대 아래의 넓은 전각에서 있었다고 했다. 편조를 지지하는 사람들로 자리가 비좁았으며, 개중에는 편조의 중용에 너무 기뻐서 흐느껴 우는 자도 몇 있었다는 보고를 받았던 것이다.

"예, 기쁜 자리라 술을 적잖이 마셨습니다."

"몸 상하지 않도록 하시구려."

"황공하옵니다."

편조가 머리를 수그린다. 그의 모습에서 공민왕은 난데없이 불쑥 윤호를 떠올린다. 원나라에서부터 자신을 호위하다가 스스로 토왜사를 청하여 궁궐을 나간 그였다. 그 뒤로 양광도 도순무사가 되어 왜구를 무찌르는 데 혁혁한 공과가 있었다고 했다. 올봄에 잠깐 조정에 들렀을 때 그의 모습은 밝고 활기차고 보기에 좋았다. 다시 조정에 들어올 생각이 없느냐고 은근히 떠보았을 때 자신은 전장에 나가 있을 때가 가장 마음이 흡족하다고 했던가.

아마 이 취성부원군과 연배가 비슷할 테지.

공민은 그 윤호가 곁에 있었으면 좀 덜 쓸쓸할 거라는 생각을 해본다. 둘이서 한가롭게 바둑을 두며 시름을 덜 수도 있었겠지.

"요즘 여러 국사들이 많은 줄 아오."

"예, 그러하옵니다."

"그래, 오늘은 과인에게 어떤 재가(裁可)를 요청하려오?"

"중요한 사안이옵니다."

"어려워 말고 말해보시오."

"새로운 국정운영에 관해 토론을 해보았습니다만 중신들의 반대가 만만치 않습니다."

그건 공민왕도 내관에게 들어 알고 있다. 관제, 신분, 국방 전반에 걸친 일대 개혁안이 마련되었고, 그걸 두고 얼마 전부터 조정 중신들 간에 격렬한 토의를 벌어지고 있다고 했다.

"대체 누가 경의 혁신방안에 대해 반대를 한다는 말이오?"

"이름을 거론하기는 어렵사옵고……."

"제일 앞장서 반대하는 사람이 누구요?"

"승상 이인복 대감을 위시하여……."

이 승상이라면 공민왕이 왕위에 오를 때부터 신임하던, 직언을 서슴지 않기로 알려진 신하다. 공민왕은 이인복의 훤칠하고 장엄하던 모습을 떠올린다. 조정에서 오래도록 맡은 임무를 충실히 하던 중신이다. 조일신의 난이 있었을 때는 그를 위기에서 구해 준 충신이기도 했다.

안타까운 마음이 든다. 얼마 전에도 입궐하여 자신에게 편조법사를 멀리 하라는 간언을 올리지 않았던가. 그래서 더욱 취성부원군과 대립하는 입장이리라. 이 승상의 충정은 이해하고도 남지만 이미 자신은 취성부원군을 밀어주기로 마음의 결단을 내려놓고 있다. 누구든 대세를 바꾸기는 어려울 것이다.

"이 승상이 반대하는 건 나름의 이유가 있을 것이오."

하긴 무슨 일이든 고통이 따르지 않는 순환은 없다. 무엇이든 교체될 때는 그만한 고통이 수반된다. 뒤 강물이 앞 강물을 밀어내는 것과 같다. 새로운 지식이 옛 지식을 덮듯 젊은 사람이 늙은 사람을 대체하려 드는 건 당연한 일이다. 하지만······.

"조정 중신들의 반대가 심해서 토론 자체가 어려운 실정입니다. 그들이 혁신안에 반대하는 이유는 대부분 자신들의 권력과 상충하기 때문에 그런 줄로 사료됩니다. 토지나 조세, 노비 문제가 그렇사옵니다. 계속해서 이들의 반대에 밀리면 소신으로서도 달리 어떻게 해볼 도리가······."

"차차 고려해 보도록 하겠소."

일단 대답을 유보해 두지만 곧 어떤 식으로든 자신이 부원군의 의사에 따른 결정을 내릴 것이란 사실을 공민왕은 잘 알고 있다. 자신이 부원군에게 새로운 중책을 주어 중용할 때는 이미 그에게 왕의 권한을 반 넘게 넘겨준 거나 다름없다. 이제 단순한 권력의 형식만 남아 있을 뿐이다.

그저께 자신이 직접 중책을 주기 전에 그에게 힘을 실어 준 바가 있었다. 언젠가 자신의 여력이 없어 마음대로 해주지 못할 때, 강풍에 몸을 숙임은 지혜로운 일이지, 용기가 부족한 게 아니라는 말을 했었다. 이제 그 바람이 지나갔으니 어디 한 번 힘껏 활개를 펴보라는 격려의 말까지 해주지 않았던가.

"황송하옵니다."

"잘해나가리라 믿소."

"전하의 믿음에 어긋나지 않도록 혼신의 힘을 다하겠습니다."

편조가 고개를 숙인다. 그의 어깨를 바라보던 공민왕은 한 달여 전에 들었던 반야의 말을 떠올린다. 그녀는 편조를 가난하고 불쌍한 사람이라고 평했다. 자기 자신을 버리고 세상을 얻으려는 남자이기 때문이랬지.

혹시 반야는 권력을 얻기 위해 연인인 자기를 버린 편조에 대한 증오심에 그런 말을 한 건 아닐까. 아니면 세상에서 가장 중요한 제 자신은 버려두고 세상 바깥에서 무언가 얻으려고 나선 편조를 긍휼히 여겼기 때문일까.

아무튼 자기를 버리고 세상을 얻든, 연인을 팔아서 권력을 얻든, 모두 개인적인 선택의 문제이다. 사람들은 누구나 어떤 일을 하든지 늘 선택을 하면서 살아간다. 농부는 파종의 시기를 선택해야 하고, 장군은 언제 적을 공격할지를 결정해야 하고, 권력자는 어떤 정책을 펼지, 어떤 역사를 만들어나갈지를 선택해야 한다. 하지만 그 선택의 옳고 그름에 대한 판단은 자신의 몫이 아니다. 후일 누군가에 의해 그 결과가 평가될 뿐.

공민왕이 편조에게 권력의 힘을 실어준 것은 그의 선택에 대한 격려의 일환이었다. 자신을 버리고, 연인마저 버리고 세상을 향해 나선 남자에게 힘을 실어주고 싶었다. 무엇을 찾든 한 가지쯤은 세상 속에서 찾게 해주고 싶었다. 그리고 가진 것 없이 비천한 출신의 그가 세상에 존재를 드러내게 도와주고 싶었다.

그러나 자신은 무엇인가. 선택은커녕 모친에 대한 애증에서 비롯된 성적 결벽증을 지닌 나약하고 왜곡된 남자일 뿐이다. 또한 사랑하는 여인과의 약속도 지키지 못한 무능하고 무책임한 남자였다. 그러면서 만백성의 어버이로 버젓이 용상을 지키고 있다. 그건 스스로 생각해도 위선과 환멸에 다름 아니다. 또한 그것들은 시간이 지날수록 자신의 내부에서 점차적으로 증폭되고 있다. 이제는 자신의 위선과 환멸이 역겨워서 참을 수조차 없을 지경이다.

"영락전으로 가겠다."

공민왕은 서둘러 편전을 빠져나온다. 영락전에서 공주의 영정 앞에 향을 사르고 참회하며 자신에 대한 환멸을 뿌리 깊게 맛보는 것만이 위선에 찬 자신을 구제할 수 있는 유일한 방안이 될 것이다.

기현의 집 사랑채엔 더운 날씨임에도 불구하고 오늘도 적지 않은 사람들이 모여앉아 있다. 두 칸 사이를 튼 널찍한 사랑방에 앉은 사람은 집주인인 기현을 비롯해 이운목, 김난, 박희, 이춘부, 허소유 이렇게 일곱 사람이다. 방 중앙에 의젓하게 자리하고 앉은 사람은 취성부원군이 된 편조다. 그는 합죽선을 부치며 좌중의 이야기를 듣고 있다.

원래 기현의 사랑채에서 자주 자리를 함께하는 이들이지만 오늘만은 특별히 편조의 측근 몇 사람만 모여 있다. 앞으로의 국정 방향을 결정하는 중대한 자리였기 때문이다. 따라서 그들의 표정은 사뭇 진지하다.

"이제부터가 고비입니다."

하얀 두건을 쓴 이운목이 좌담을 이어간다. 그는 편조가 중용된 뒤 직위가 올라서 용호상호군이 되어 있다.

"중신들의 반대와 저항이 거세지는 작금, 저들의 힘을 어떻게 와해시키느냐가 중요합니다. 만약 이대로 계속 저들의 반대가 지속된다면 비록 부원군께서 전하의 총애를 얻고 계시지만 우리의 혁신안을 관철

시키기엔 곤경이 적지 않을 듯싶습니다."

"그건 모두들 알고 있소이다. 현안은 그 일을 어떻게 극복하면 좋겠느냐는 거지요."

이춘부가 답답하다는 듯 미간을 찡그리며 말한다.

"때를 기다리는 게 좋을 성 하오. 뭐든 급하게 밀고 나가면 저항은 그만큼 커지게 마련입니다. 제 소견으론 빗물이 땅에 스미듯 천천히 일을 진행시키는 게 어떨까 하오만……."

기현이 조심스레 자신의 의견을 개진한다.

"그런 식이면 어느 천년에 우리의 개혁을 완수하겠소? 개혁을 시작하기도 전에 몽땅 늙어죽고 말 것이오."

"허나 수백 년을 이어온 저 권신들의 세력은 아직도 강대하고 뿌리가 깊습니다. 우리의 힘이 약한 판에 너무 강하게 밀어붙이다간 도리어 우리가 당하는 수가 있지 않겠소."

"그렇다고 조정 권신들이 약해지길 기다리기엔 너무 시간이 없지 않소. 전하께서 부원군나리께 힘을 실어주고 있는 지금이 가장 적기로 여겨지오이다."

"하지만 마땅한 방도가 없지 않소. 낙엽을 쓸어내듯 한꺼번에 그들을 조정 밖으로 쓸어낼 수도 없는 형편이고…전하께서도 쉽게 윤허를 내려주시지 않는 실정이지 않소."

"지난번처럼 한 번 더 문수회를 개최해보는 건 어떻소. 당시 문수회에 운집한 수많은 사람들을 보고 난 뒤에 조정 중신들이 감히 입을 떼지 못하였다지 않소. 그처럼 우리를 지지하는 세력을 넓혀가면 자연 저들의 세력이 힘을 잃게 될 것 아니겠소?"

수염을 쓰다듬으며 애기를 듣던 박희가 끼어든다.

"일리 있는 얘기요. 그러나 백성들이 우리에게 많은 지지를 보내준다고 저들 중신들이 끄덕이나 할 것 같소? 권력 없고 가난한 백성들이 무슨 힘이 있소. 그저 여름 개구리처럼 소리만 시끄럽지. 중요한 것은 조정 내 실권을 움켜쥐어야만 우리 뜻대로 개혁을 하든 개악을 하든 할 수 있다는 것 아니오."

이번 인사에 편조의 추천으로 감찰장령이 된 허소유가 박희의 의견을 반박한다.

"그만들 하시오."

측근들의 갑론을박을 잠자코 듣고 있던 편조가 입을 뗀다. 좌중이 물을 끼얹은 듯 조용해진다.

"지난번에 본인에게 숨은 복안(腹案)이 있다는 말을 한 걸 기억하고 있소?"

편조의 물음에 다들 고개를 주억거린다.

"예부터 큰 나무를 없애려면 먼저 잔뿌리부터 제거하라는 말이 있소이다. 중신들의 권세는 그들이 가진 많은 토지와 재물, 그들이 거느린 하인이나 노비들에게서 나오는 것 아니겠소?"

"그렇습니다."

기현이 맞장구를 친다.

"그러니 그들이 가진 토지와 노비들을 나라에서 환수하면 그들이 힘을 잃게 될 건 당연지사 아니겠소."

"하지만 저들이 자신들이 가진 토지와 노비를 환수하려는 걸 손 놓고 보고 있지만은 않을 것입니다."

"그렇겠지요. 그런 의미에서 아예 명문화된 법으로 토지와 노비를 환수하는 법안을 만들어 시행하면 어떻겠소? 아울러 그 법에는 세 가지 당위성이 있소. 첫째, 귀족과 세도가들에게 집중된 토지를 환수하여 백성들에게 나누어주면 백성들의 살림이 넉넉해질 것이고, 둘째, 노비들을 양민으로 환원시키면 군역과 세원을 늘릴 수 있어 한층 나라를 부강하게 할 수 있고, 셋째, 그렇게 하면 임금과 조정이 많은 백성들의 신망을 얻을 수 있을 것이오. 명분이 이렇듯 뚜렷하면 저들도 쉬 거부하기는 힘들 것이오. 물론 그렇게 되면 거기에는 우리가 원하던 대로 기득권 세력들이 가진 힘을 약화시키는 결과도 덤으로 따라올 것이고."

"참으로 훌륭한 묘안입니다."

김난이 모처럼 만에 토론 자리에 끼어든다.

"하지만 법을 정하는 일에서부터 저들의 반대가 만만찮을 겁니다."

이운목이 신중하게 이의를 제기한다.

"그러하오. 그런 까닭에 처음부터 치밀하게 조사하고 연구해서 그들이 반대할 빌미를 주지 않도록 해야 할 것이오. 그래서 이번 일은 김 지평에게 맡길까 싶소이다. 김 지평은 오래전부터 토지에 대한 관심도 많았고, 또 노비 문제에 대해서도 어느 정도 일가견이 있다고 알고 있소."

편조의 말에 다들 놀라는 기색이 역력하다. 개혁의 본질이자 중책이랄 수 있는 정책을 지평 김난에게 맡기는 게 의외였던 모양이다. 하긴 마땅히 맡길 사람이 없기는 했다. 이런 중요한 일을 외부사람에게 맡기다간 일이 시작되기도 전에 기밀이 새어나가서 엉망이 되고 말 것이다. 사실 김난이란 위인이 좀 가볍고 촐싹대긴 해도 일에 대한 열정은 있는 편이니 그런대로 적당한 직책을 준 셈이다. 더욱이 편조에게 딸까지 바친 사이가 아닌가.

"잘해 보시오. 나머지는 내가 알아서 할 것이오. 나를 믿고 따르면 아니 될 게 뭐 있겠소."

편조의 격려와 결연함이 뒤섞인 한마디에 다들 고개를 끄덕여 수긍의 뜻을 나타낸다.

"부원군나리, 바깥에 손님이 와 있습니다."

사랑채 마당에서 젊은 청지기가 내방객이 있음을 알린다.

"누구신가?"

"이인임 대감댁에서 사람을 보내왔습니다."

"이인임 대감?"

편조가 음성을 높여 되묻는다. 놀란 건 그만이 아니다. 둘러앉았던 사람들 역시 놀란 눈을 하고 서로를 둘러본다.

"예. 오늘 저녁에 부원군을 모시고 석찬을 나누었으면 하는데 어떻겠냐며 의견을 여쭈어라 하셨습니다."

전혀 예상치도 못한 제안이다. 현재 시중(侍中)으로 있는 이인임은 보수세력의 중심에 있는 이인복의 동생이자 조정 중신들의 영수격인 자다. 현 조정 권신들의 반 이상이 그의 영향력 아래 움직인다고 할 수 있을 정도다.

"이인임 대감이라면 우리가 앞으로 척결해야 할 대상이 아닙니까?"

"그렇다마다요."

이춘부가 묻고 허소유가 대답한다.

편조는 부채질을 하며 잠시 깊은 생각에 잠긴다. 이인임이 이처럼 손을 내민 데에는 분명 그 나름의 어떤 간계나 복안이 숨겨져 있을 것이다. 짐작건대 그가 원하는 건 나와 손을 잡는 것이다.

만일 그렇게 나오면 어떤 결정을 내려야 할 것인가. 그가 내민 손을 잡을 것인가, 아니면 거절할 것인가. 분명 그는 수구세력의 중추이며 개혁의 대상이다. 하지만 그의 권세는 여전히 막강하다. 자신이 공민왕 전하의 전폭적인 신임을 얻고 있지만 그것만으로 개혁의 물결을 이끌고 가기에는 힘에 벅차다. 앞으로 지속적인 개혁을 해나가자면 권신과 세신대족들의 저항을 무릅써야 한다. 그건 그에게 녹록지 않은 정치적 부담으로 작용할 것이다.

"찾아뵌다고 아뢰어라."

부채질하던 손을 멈추며 편조가 단호한 음성으로 말한다. 적이라도 일단 만나본 뒤에 매사를 결정하는 게 옳을 터, 나중 일은 나중 생각하면 될 것이다.

아직 여름해가 남아 있는 하오 무렵. 서향 창문으로 들어오는 빛으로 방 안이 환하다. 호화롭게 꾸며진 이인임의 내실은 그의 권세를 대변하듯 남송 화가의 병풍이며 호피 등 값나가는 물건들로 치장되어 있다. 청옥을 조각해 만든 커다란 화병과 상감으로 금을 입힌 촛대도 화려하기 그지없다.

갖은 음식이 차려진 주안상을 중앙에 두고 이인임과 편조가 마주 앉아 있다. 그들 곁에는 두 명의 젊은 기녀가 시중을 들고 있다. 겉보기엔 화기애애한 자리 같지만 상대의 빈틈을 노리는 팽팽한 기류가 감돌고 있다. 한 사람은 수구세력의 영수 격이고, 한 사람은 새로운 권력의 핵심으로 떠오른 자이기 때문이다.

"참으로 대단하시오. 진평후에 봉작된 것 다시 한 번 경하드리오."

이인임이 옥잔을 들며 말한다. 오십 중반에 접어든 그였지만 아직 얼굴은 사십 정도로 보인다. 탄력 있는 피부에 불그스레하니 혈색도 좋다. 단지 백발증(白髮症)에 걸린 것처럼 머리가 하얗게 세어 있는 것이 특이한 점이다.

사흘 전, 공민왕은 중신들의 반대를 무릅쓰고 편조에게 역사에 유래가 없을 정도의 막강한 권한을 부여했다. 그에게 도당의 최고 직이자 국정자문역인 영도첨의사사(領導僉議司事)를 맡겼으며, 음양과 천문의 변화를 살펴 국정에 반영하는 판서운관사(兼判書雲館事)와 아울러 불교계 전반을 관장하는 직위인 제조승록사사(提調僧錄司事)에 임명한 것이다. 모두 나라의 권력 전반에 지대한 영향력을 행사하는 직위였다. 이인임은 지금 그걸 말하고 있는 것이다.

"분에 겨운 중책을 맡아 마음이 무거울 따름입니다."

편조가 옥잔을 들며 신중하게 말을 받는다.

"겸손의 말씀, 공민왕 전하께서 신료를 판별하시는 안목이 대단하신 거지요."

이인임이 온화한 미소를 띠고 말한다. 하지만 그의 가느다란 눈길은 비수처럼 날카롭게 편조를 응시하고 있다.

참으로 알 수 없는 사람이다. 어떻게 사람이 이렇듯 두 가지 얼굴을 가지고 있을 수가 있단 말인가.

편조가 속으로 중얼거린다. 예전에 편조가 궁궐을 오가면서 잠시 스치는 눈길로 그를 봤을 때는 그저 길쭉하니 생긴 얼굴에 원만해 뵈는 관상이라고 여겼다. 그러나 그게 얼마나 잘못된 판단이었는지 편조는 오늘 이인임과 대면하고서야 비로소 깨닫는다.

그동안 편조는 세상을 떠돌면서 온갖 종류의 사람들을 만났고, 여러 가지 관상을 보아왔다. 사람들의 얼굴은 각기 달라 보이지만 실상 대다수는 팔상(八相)을 기본으로 한다. 거기에 혈통과 성품, 환경에 따라 각기 조금씩 변화가 있을 뿐이다.

하지만 이 이인임이란 자는 참으로 보기 어려운 기이한 관상을 가지고 있다. 우선 외양으로는 재기가 엿보이는 눈매에 전체적으로 귀하고 부드러운 인상을 가지고 있다. 하지만 그 얼굴 뒤편에 하나의 또 다른 얼굴이 숨어 있음을 편조는 새롭게 느끼고 있다.

한 사람에게 겹쳐진 두 개의 얼굴. 그 뒤편의 숨은 얼굴에서 편조는 이루 표현하기 힘든 무섭고 강한 기운을 엿본다. 뒤편에 숨어 있는 나찰의 얼굴은 말하고 있다. 방해하는 자는 누구든 가차없이 제거하리라는 것을.

"허나 문제는 전하의 성정이 그다지 굳세지 못하다는 거지요."

술잔을 비운 편조가 이인임을 탐색이나 하듯 건너다본다. 이인임이 입가를 당기며 부드럽게 미소를 띤다.

"부원군도 잘 아시다시피 전하는 문약하신 분이시오. 정에 약한 사람은 귀도 얇은 법이오. 지난번 친원세력을 몰아낸 뒤 원나라 식의 관제(官制)를 폐지했던 걸 기억하시오? 그런데 홍건적의 난이 있은 다음에 다시 원나라 식으로 환원시킨 것을 보면 짐작이 가지 않소? 심성이 착하면 의지가 약하다는 건 만고의 진리지요."

이인임의 부드러운 말속에는 지금 편조가 전하의 총애를 받고 있지만 그게 얼마나 갈 것이냐는 비아냥거림에 그러니 앞으로 조심하라는 경고가 내포되어 있다. 그건 편조도 익히 알고 있다. 지금의 공민왕은 편조에게는 양날의 검과 같다. 잘 쓰면 좋지만 자칫하면 이쪽 편이 다칠 수도 있는 것이다.

"그런 까닭에 더욱 신료가 보필을 잘해야 하는 것이겠지요."

편조의 대응에 이인임이 다시 의미 모를 미소를 짓는다. 가늘어진 눈길에 한 줄기 빛이 스쳐 간다.

"어디 정신을 팔고 있느냐? 손님 잔이 비었지 않느냐?"

조용한, 그러나 얼음장처럼 차갑기 그지없는 이인임의 지적에 놀란 기녀가 얼른 편조의 잔에 술을 채운다. 손이 떨려서 잔에 부딪히는 소리가 난다.

"황송하옵니다."

기녀가 어쩔 줄 몰라 한다. 기녀를 싸늘하게 노려본 이인임이 다시 편조에게 눈길을 돌린다. 언제 그랬냐는 듯 온화하기 그지없는 얼굴이다.

"참, 잊고 있었던 얘기 하나 해볼까요. 정세운 장군에 관한 이야기입니다."

술잔을 들어 입술을 축인 이인임이 말을 잇는다.

"그 정세운이 역도 김용이 보낸 자객에게 척살당하기 얼마 전에 나와 술을 마시며 했던 얘기가, 자신이 잘 아는 술승 하나가 괴이한 방술을 익혀서 그것을 함부로 써댄다고 털어놓더군요. 듣기론 남의 꿈에 마음대로 드나드는 몽중제경이란 술법이라던가. 아무튼 그걸 못쓰게 막아야겠다며 벼르더니 덜컥 김용의 손에 요절이 났지 뭡니까."

얘기를 하면서 이인임이 시종일관 편조의 얼굴을 뚫어지게 바라본다. 편조는 이인임이 왜 자신에게 그런 이야기를 하는지 아는 순간, 심장의 피가 싸늘하게 얼어붙는 걸 느낀다. 비명횡사한 정세운이 오래전 편조가 공민왕에게 사용한 술법의 명칭까지 알아냈다는 사실이 놀랍고, 그걸 자신에게 은근히 털어놓는 이인임의 간악한 수작이 더욱 가증스럽다.

"정 장군에게 그런 일이 있었군요."

밀물 들듯 치미는 노여움을 억누르며 편조가 천연덕스럽게 말을 받는다. 이인임이 힐끗 석양이 내리는 방문 바깥을 바라본다.

"여름해라 몹시도 길군요. 유시임에도 아직 해가 저물지 않는 걸 보니, 내친김에 이야기 하나 더 하지요. 제가 잘 아는 지인이 예쁘장한 비녀(婢女)를 데리고 있었다더군요. 그런데 어느 날 그 비녀를 옆집의 어떤 젊은 남자가 달라고 하도 졸라서 넘겼더니, 글쎄 그 비녀를 자신이 모시던 상전에게 갖다 바쳤다고 하더군요. 헌데 문제는 그 비녀에게서 아기가 생겼다는데, 그게 누구 아이인지 알 수가 없다는 겁니다."

편조가 김원명에게서 빼앗은 반야를 공민왕에게 넘긴 것을 빗대어 하는 이야기가 틀림없다. 노골적인 협박이자 빈정거림이다. 더 이상 듣고 있을 수가 없다. 편조는 술잔을 들어 단숨에 비운다. 독한 술기운이 목구멍을 훑고 지나간다.

"이 대감께선 참 재미있는 이야기를 많이 알고 계시는군요. 더 듣고 싶기는 하지만 별반 시간이 없는 터라, 요점을 말씀해 주시지요."

잔을 내려놓으며 편조가 말한다. 기녀가 다시 잔을 채운다.

"허허, 그러시군요. 정사에 바쁘신 분을 너무 오래 잡고 있었나 봅니다. 요지를 물으니 내 말씀드리겠소. 수레는 바퀴가 두 개여야 잘 굴러가는 법이라고 하오. 어떻소? 함께 수레를 끌어가보지 않겠소?"

은근한 미소를 띠며 이인임이 묻는다. 편조는 문득 그의 미소 뒤에 다시 나찰의 얼굴이 나타나는 것을 본다. 거절하는 순간 가장 강한 적이 되리라고 그 얼굴은 예고하고 있다.

편조는 자신이 일생에서 몇 번 안 되는 기로에 서 있음을 깨닫는다. 마음 같아선 이 음흉하고 간악한 작자의 제안을 일언지하에 거절하고 싶다. 동시에 그를 제일 먼저 개혁의 도마 위 올려놓고 난도질을 하고 싶다. 하지만 어려울 것이다. 이 사내는 이미 편조에 대한 여러 비밀을 알고 있다. 편조가 공민왕에게 술법을 썼다는 것과 반야를 넘겼다는 사실도.

이유는 그뿐 아니다. 또한 이 작자가 말한 대로 공민왕은 문약한 성정의 소유자다. 중신들의 반대가 매일처럼 거듭되면 마음을 바꾸지 말란 법도 없다. 이 교묘하고 처세술이 능한 이인임이 조정의 권신들과 수구세력을 규합하여 자신을 성토하면 개혁은 고사하고 끝없는 정치적 분쟁에 휘말려들 것이다. 그러다가 만약 공민왕이 정쟁에 싫증이라도 느끼는 날이 오면 그때는 파국이 오리라. 다시 만회할 수 없는.

"좋은 말씀입니다만 어떻게 그걸 믿겠습니까?"

편조의 물음에 이인임이 크게 두어 번 고개를 끄덕인다.

"서로 믿지 못하면 아무것도 할 수 없지요. 수레를 끄는 소는 주인을 믿고, 주인은 소가 수레를 끌어주기를 기다리는 것처럼 서로 믿는 수밖에 없겠지요."

그건 작자의 말이 옳다. 믿지 않고선 아무것도 이루어지지 않는다.

"무엇을 바라시는지?"

"감히 무얼 바라기야 하겠습니까? 서로 돕고, 지켜주자는 거지요."

서로를 지킨다. 그 말의 의미는 더 이상 자신을 적으로 삼지 말라는 말이다.

"역사는 이상만으로 굴러가는 게 아니란 건 아시겠지요?"

이인임이 못을 박듯 묻는다. 잠시 침음하던 편조는 무겁게 고개를 주억거린다. 이렇게 된 이상 이이제이(以夷制夷)의 방책을 쓸 수밖에.

"그럼 결정이 된 것이군요. 이럴 줄 알고 미리 준비한 게 있습니다."

자리에서 일어난 이인임이 검은 문갑에서 지필과 먹, 그리고 벼루를 꺼내어 편조에게 내민다.

"서로 믿기는 하오만, 그래도 약속은 정확한 게 좋을 듯하니 서로 한 자씩 적어 보관하기로 하십시다."

참으로 치밀하고 무서운 사내다. 편조는 다시금 작자가 적이 되었을 때를 상상하고 내심 두려움을 느낀다.

"앞으로 내 힘을 다해 부원군을 도울 것이오."

서약한 봉서를 하나씩 주고받은 뒤 이인임이 잔을 쳐든다. 편조도 자신의 잔을 든다. 이제 한 고비 넘은 셈이다. 공민왕은 자신에게 모든 정사를 일임했고, 권신들의 영수 격인 이인임과 손을 잡은 이상 그를 반대하던 세력들도 그리 크게 반대하지는 못할 것이다. 아무튼 그동안 계획했던 일들을 별 차질 없이 진행시킬 수 있을 것이다. 개혁은 성공할 것이고, 천한 출신인 자신이 온갖 역경과 고난을 헤치고 일인지하 만인지상의 지위에 오른 것처럼 앞으로 그의 세계는 영광의 역사를 더해갈 것이다. 그리하여 이 고려에 그의 위업이 우뚝 서게 될 것이다. 단지, 문제는 그 개혁이 일부 구세력에게는 영향을 미치지 못하는 미완의 개혁이 될지도 모른다는 점이다. 하지만 지금으로선 어쩔 수 없다. 최선이 안 되면 차선이라도 선택할 수밖에. 앞으로 구세력의 힘을 얼마나 약화시킬 수 있느냐가 문제겠지만, 그건 다음에 차차 대책을 세워도 그리 늦지는 않을 것이다.

그런 상상으로 편조는 조금씩 기분이 풀리는 걸 느낀다.

"우리의 앞날을 위해 한 잔씩 마십시다."

이인임이 술잔을 쳐들었고, 편조가 술잔을 부딪친다. 옥잔이 부딪히는 소리가 점차 어두워지는 방 안에 퍼진다.

거듭되는 술잔에 취기가 꽤 오른 편조가 볼일을 보려고 측간을 찾았을 때였다.

볼일을 보면서 창문 사이로 바라보니 남색 창공에 달이 대낮처럼 휘영청 밝았다.

삶이고 뭐고 모든 건 기만이지. 진정한 삶은 남을 속이고, 나아가 자신까지 속이는 게 삶의 진실이지.

그게 누가 술자리에서 했던 말인지, 혹은 취중에 나온 생각인지, 아니면 평소 자신이 가졌던 소신인지 잘 판단이 되지 않았다. 너무 술에 취한 탓인지도 몰랐다.

6

남경에서 이십여 리 아래쪽, 큰 강이 흐르는 나루터 부근이다.

평소 행인들이 바삐 오가던 황톳길은 텅 비어 있다. 강이 유유히 흐르는 나루터에도 빈 배만 쓸쓸히 매어 있을 뿐 사공은 보이지 않는다. 칠월의 폭염을 피하려고 다들 그늘에서 낮잠을 자거나 집에서 쉬고 있는 시간이다.

나루터 부근에는 토담으로 둘러싸인 허름한 주막이 한 채 보인다. 나무기둥을 받친 주막 처마에는 박 넝쿨이 무성하게 자라나서 시원한 그늘을 만들고 있다. 그 아래 다섯 명의 젊은 유생들이 술상을 앞에 두고 화기애애하게 이야기꽃을 피우고 있다. 길을 가다가 한낮의 더위도 피할 겸 담소도 나눌 셈으로 들어온 길동무들이다. 다들 젊은 데다가 눈빛도 총명한 것으로 보아 서책깨나 읽은 젊은이들이다.

"이림, 보게나. 자네 생각엔 이번 개혁이 성공할 것 같나?"

이림이라 불린, 눈매가 가늘고 영리하게 생긴 유생이 고개를 끄덕인다.

"개혁에 필요한 것은 이를 지지하는 세력이 얼마나 되느냐 하는 것인데, 지금으로 봐선 성공할 것으로 보이네. 수많은 천민들과 노비들, 그리고 땅 없는 소작농들이 모두 개혁에 찬성하는 입장 아닌가."

"더구나 개혁에 반대했던 이인복 대감도 결국 자리에서 물러났고, 이구수 대감은 멀리 유배까지 당했다고 들었네."

"그뿐이면 다행이네. 편조, 아니지 이제 취성부원군이라던가. 암튼 처음부터 그의 등용을 문제 삼던 보우국사도 왕명으로 저 남쪽 속리산에 금고(禁錮)되었다고 하더군."

"정말인가? 부처님이 들으셔도 놀랄 일이군. 세상이 어떻게 되려고 그 청담(淸淡)하던 보우국사님까지 그런 지경에 몰렸는지 도무지 모를 노릇이군."

"말 말게. 최영 장군은 강화도에서 왜구들을 쫓던 중에 좌천당했다고 하던데."

"그러면 이제 취성부원군이 주창하던 개혁이 일사천리로 진행되려나? 말 그대로 천민도 노비도 없는 공평한 세상, 세도가나 귀족들에게 강제로 땅을 빼앗기지 않는 그런 세상이 열리게 되는 건가."

"듣기엔 그럴듯하지만 그게 어디 말처럼 쉬운 일인가. 내가 보기엔 저 먼 후일에나 가능한 일이 아닐까 싶으이. 가진 것 없는 천민들이나 노비들, 또 땅 없는 소작농민들이야 당연히 개혁을 바라겠지만 그게 어디 하루아침에 이루어질 일일 성싶은가. 옛날부터 민심은 천심이라고들 하지만 아직 일반 백성들의 힘은 강변의 갈대처럼 힘없고 미약하네. 거기에 비하면 권문세족들이야 다들 수백 년씩 된 거목들이나 마찬가지. 그들이 자신들에게 불리한 개혁을 그처럼 쉽게 허용하지는 않을 것이고……."

얼굴이 갸름한 유생이 고개를 주억거린다.

"하지만 그들도 민심을 거역할 수는 없을 걸세. 이번 전민변정도감

(田民辨正都監)의 특별 조치로 노비에서 풀려나 양민이 된 자들은 취성부원군을 두고 성인이 나타났다며 감읍했다더군."

"어디 그뿐인가. 양반들에게 빼앗겼던 토지를 돌려받은 농민들은 이제야 나라를 바로 세울 성인군자가 나타났다고 대환호를 한다는 소문도 들리던걸."

"흥, 그거야 다 일시적인 현상일 뿐이네. 사람들은 종종 착각을 하고 살지. 약간 바람만 불면 그게 세상이 바뀌는 징조라고 여기는 게지. 그러나 세상이 어디 그리 쉽게 바뀌던가? 인간들은 보기보다 간특한 구석이 있지. 자신에게 이익이 된다면 당장 간이라도 빼줄 듯하다가도, 자기와 이해관계가 없거나 관심이 시들해지면 그때부턴 아예 쳐다보려고 들지도 않을 걸세."

이마가 넓고 유약한 인상에 냉소적인 분위기의 한 유생이 조소를 띠며 말한다.

"조 처사, 자넨 왜 늘 그렇게 세상만사를 삐딱하게만 바라보는가?"

조 처사로 불린 유생이 흥 하고 콧방귀를 뀐다.

"세상을 욕심으로 바라보는 자는 세상이 출세에 대한 기대와 권력에 대한 야망을 이룰 수 있는 기회의 장으로 보이겠지만, 나처럼 욕심 없이 바라보면 세상은 언제나 권모술수와 탐욕으로 가득한 가혹하고 비정한 곳이란 걸 직시하게 된다네."

"하긴 자네의 독설이야 누가 있어 말리겠나."

"그럼 자네와 내가 이번 개혁이 성공하느냐 아니냐를 두고 내기를 걸어보는 게 어떠한가?"

"무엇을 걸 텐가? 자네야 가진 건 그거 두 쪽 뿐일 텐데……."

"그런 말 말게. 남자야 그것만 있으면 되는 거 아닌가?"

조 처사가 당연하다는 듯 되묻는다.

"그럼 그걸 걸 텐가? 하긴 작아서 별 쓸모는 없겠지만 건다면 받아주지."

"쩝, 그건 나중 써야 하니 곤란하고, 내 명예를 걸면 어떤가? 내가 지면 자네를 형님으로 부르면 되지 않나. 자네가 지면 나를 형님으로 부르면 될 터이고……."

"예끼, 싫네. 자네 같은 독설가 동생 뒤봤자 주먹다짐 뒤치다꺼리밖에 더 있겠나. 걸핏하면 술값이나 내야 할 터이고……."

두 사람의 대화를 듣던 다른 유생들이 낄낄대며 웃는다.

"그런 밑도 끝도 없는 얘기는 그만두고 다른 유익한 이야기나 함세. 이번에 옛날 숭문관 자리에 새로 성균관을 지을 예정이라는 소문이 있던데 들었는가. 그리 되면 나라에서 관리를 뽑는 시험을 열지 않겠는가?"

"그렇겠지. 개혁을 하려면 새로운 인재들이 많이 필요할 테고, 그러면 필경 과거를 열어야겠지."

이림이란 유생이 말을 받는다.

"우리들도 개경으로 올라가는 이참에 잠시 기다렸다가 성균관 과거 시험을 한번 보고 내려오는 건 어떤가?"

"조정 문관으로 한번 나서 보시겠다? 우리 같은 유생들이 한세상 보내기에 관리처럼 좋은 자리도 없지. 허나 매일 친구들과 뭉쳐 다니며 술타령이나 해대고, 마을 처녀들 뒤꽁무니나 따라다니던 한량이야 언감생심, 오르지 못할 나무 쳐다보는 격이지. 하긴 세상사 모를 일이라는 말이 있긴 하지. 예전에 원나라에서 행하던 과부처녀추고별감에 벼슬자리가 다시 생긴다면 거기야 어찌 응시해 볼 수는 있을 테지."

조 처사란 유생이 입가에 허옇게 술을 묻힌 채 빈정거린다.

"아따, 또 그놈의 독설!"

그들이 함께 허허거리고 있을 때 어깨에 한낮의 햇살을 업은 두 명의 과객이 주막으로 들어선다. 한 명은 오십 중반의 번듯하게 차려입은 선달 차림의 남자였고, 한 명은 대나무 삿갓에 잿빛 승복을 입은, 피부가 곱고 색정적으로 생긴 여승이다.

이 보기 드문 기묘한 동행에 자연스레 유생들의 눈길이 두 길손에게 모아진다. 다중의 시선을 의식한 중년의 남자가 무안했던지 괜스레 쿵쿵 헛기침 소리를 내며 부엌에서 나물 다듬던 주모를 찾는다.

"과객들이 묵는 방은 없소?"

치마에 손을 닦으며 주모가 나오자 중년 남자가 묻는다.

"저 마루가 바람이 불어 더 시원한 데유. 하긴 손님들 좋을 대로 하시우. 객들이 묵고 가는 봉놋방은 저기에 있시우."

두 사람은 앞서거니 뒤서거니 하며 들마루를 거쳐 방 안으로 들어가 앉는다.

"거 날씨 한번 덥네그려."

흰 비단 두건에다 제법 부유해 뵈는 옷차림을 한 남자가 합죽선을 부쳐 땀을 식히며 말한다. 건너편에 앉은 여승이 대나무 삿갓을 벗자 갸름한 얼굴이 드러난다. 지심녀다.

그녀는 재작년에 석모도에서 쫓겨난 뒤로 마땅히 갈 곳도 없는 신세가 되어 탁발승 노릇을 하며 전국을 순례자처럼 이리저리 떠돌아다녔던 것이다.

"그러게 제가 낮에는 되도록 바깥에 나가지 말자고 했지 않아요."

햇볕에 그을렸지만 타고난 흰 피부에다 나이 마흔을 앞두면서 눈가에 약간의 잔주름이 생기긴 했지만 남자를 대하는 그녀의 태도는 여전히 농염하다. 붉은 입술이며 흰 피부도 여전히 젊은 여인처럼 팽팽하다. 달라진 게 있다면 몸매가 예전에 비해 눈에 띄게 풍만해졌다는 것과 눈매에 감돌던 냉혹한 기운이 사라지고 없다는 점이다. 아마도 그건 무영이 그녀의 타고난 악심(惡心)을 없애는 침술을 시전해준 덕분일 것이다.

"노수(路數)를 조금 줄여볼까 그랬지."

"사찰 유람을 나섰다는 분이 무얼 그리 바쁘실 게 있다고 서두르실까. 천천히 이곳저곳을 구경하면서 다니시면 될 일이지."

심녀가 남자를 만나게 된 건 불과 나흘 전이다. 탁발을 하고 다니던 중에 우연히 길가 나무 그늘 아래에서 만난 것이다.

심심풀이로 이런저런 이야기를 주고받다 보니 남자는 얼마 전까지 삭방도(朔方道) 도순문사로 있으면서 제법 모아둔 토지도 많았고, 재물도 넉넉한 편이었다. 관직에서 물러난 참에 나이도 있고 해서 더 늦기 전에 사찰 순례차 전국을 돌아다닌다는 말을 듣고 기회를 놓칠 심녀가 아니었다. 그녀는 힘든 탁발승 신세를 끝내자 싶어 갖은 아양으로 남자를 유혹한 것이다.

처음 중년 남자는 심녀가 여승이라는 사실에 못내 꺼려했지만 그녀의 농익은 유혹을 더 이상 견디지 못했다. 그녀를 안아본 남자는 쾌락에 맛을 들여 거의 제정신을 잃을 지경이었다. 그런 연유로 사흘째 연인처럼 길동무를 하고 다니던 중이다.

"임자는 어찌 그리 말투도 나긋나긋 부드럽나?"

"비록 차림은 여승이지만 저도 여자랍니다."

"맞아. 여자 중에서도 최고 상등품이지. 난 어젯밤에 자네와 놀다가 명줄 놓는 줄 알았네."

"아이, 뭘 그런 걸 가지고. 오늘밤엔 더 좋은 구경을 시켜드릴게요."

"그러다가 진짜 꼴까닥 숨넘어가면 어쩌려고?"

"보기보단 건강하신 분이 뭘 그러시나요."

"그런데 자네 같은 기막힌 육신을 가진 사람이 어쩌다가 비구니가 되었나?"

"타고난 팔자가 그런 걸 어찌하겠어요. 어머, 벌써 술상이 들어왔네. 소승이 따르는 술 한 잔 받으셔요."

바깥의 박꽃 그늘 아래 평상에서 술을 마시던 유생들 중에서 두 사람이 방 안에서 하는 수작을 눈여겨보던 입 큰 유생 하나가 낮게 혀를 찬다.

"눈꼴시어서 못 봐주겠네. 정말 말세야, 말세."

"어허, 누가 보라던가."

술잔을 들던 조 처사가 조소 어린 미소를 머금는다.

"벌건 대낮에 그것도 늙은 남정네와 여승이 잘도 놀아나누나."

입 큰 유생이 콧등을 찌푸리며 낮게 투덜거린다.

"괜한 소리 말게. 늙은 남자라고 욕정이 없으며, 여승인들 따뜻한 육신이 없겠는가."

이림이란 유생이 입 큰 유생을 점잖게 나무란다.

"그러게 늙은 당나귀가 콩은 더 밝힌다는 말도 있지 않던가."

얼굴이 얽은 유생이 한 수 거든다.

"하기 저 여승을 보니 몸매가 피둥피둥한 게 여간내기가 아니겠는 걸."

"아무리 그렇다 한들 대낮에 여승이 남정네와 놀아나는 꼴이 보기 좋지만은 않군."

"생각난 김에 우리 마을 얘기나 하나 해볼까. 마을 안쪽 산허리에 작은 절이 하나 있는데, 거긴 아예 산적 소굴이나 다름없네. 가끔씩 보면 덩치 큰 중들이 대여섯 명씩 모여서는 고기추렴을 하질 않나, 대낮부터 말술을 마시고 취해서 비틀거리질 않나, 그저 처자식을 데리고 살지 않다 뿐이지, 이건 절이 아닐세. 중도 중이 아니고. 그야말로 멀쩡한 화적들에다 적굴(賊窟)이지."

"그런 곳이 어디 거기뿐이겠어? 태조 이후로 증전(贈田)이니 사전(寺田)이니 해서 사찰에 헌납된 전답이 얼마인가. 여기에 그들이 거느리고 있는 승도며 사노비들만 해도 그 수가 얼마나 되는가. 게다가 양조(釀造)나 취리(取利: 고리대금업) 따위의 영리를 추구하여 모아놓은 재산만도 수만금은 될 테지. 아마 그것만 되돌려받는다고 해도 땅 없는 백성들의 반은 먹여 살릴 수 있을 거네."

"거야 백번 말해 무엇하겠나. 불교계의 적폐가 어디 어제오늘만의 일이던가. 비록 일부이긴 하지만 부처를 모시고 중생을 교화한다는 명분 아래 풍치 좋은 산자락에 떡하니 절을 짓고서는 저들끼리 온갖 사리사욕을 다 채우고, 여느 세도가들처럼 기회만 생기면 저들끼리 권력을 탐하고, 자리다툼을 하는 꼴을 이젠 정말이지 더 이상 두고 볼 수가 없네."

"조만간 누가 나서든 반드시 고쳐야겠지. 이대로 두다간 국력을 낭비하는 것은 물론이고 일반 백성들에게도 큰 짐이 될 걸세."

이림이란 유생이 결의가 담긴 눈으로 다른 유생을 둘러보며 웅변조로 말한다.

"그야 이를 말인가. 벌써부터 유생들 사이에는 다른 어떤 것보다 불교계부터 개혁해야 한다는 소리가 높아지고 있네. 게다가 개국 이래로 불교의 이념은 쇠퇴 일로에 있네. 민생을 도모할 새로운 질서와 이념이 필요한 시국이야."

"그러함에도 개경에선 노국공주를 위한 왕생불사를 크게 시작했다지. 개경 부근에는 재목으로 쓸 큰 나무가 남아나지 않아서 왕릉의 소나무까지 베어간다던데."

"공주의 명복을 비는 거야 좋지만 그게 무슨 부질없는 일인가. 공민왕 전하도 너무 마음이 약한 게 큰 탈이네."

"우리가 함께 상소문이라도 올려보는 게 어떤가?"

"그것도 괜찮은 방법이네."

"하지만 그래 봐야 무엇하겠는가? 왕도 정사에는 관심이 없고, 그저 지금은 권력을 쥔 취성부원군의 세상인데 그가 주도해서 일으킨 불사를 누가 감히 나서서 막을 수 있겠는가. 계란으로 바위나 치는 격이지…자 이제 부질없는 이야기는 그만두고 일어들 나세."

담소를 나누던 유생들이 무기력한 몸짓으로 자리를 털고 몸을 일으킨다. 그들이 일어난 자리 위로 매미소리가 자욱하게 쏟아진다.

심녀가 나루터 주막을 거쳐 간 사흘 뒤다.

부엌에서 손님이 주문한 술안주를 장만하던 머리가 반 너머 센 주모는 바깥에서 누가 찾는 소리를 듣고 부엌을 나선다. 마침 손님 역시 주모를 찾아 부엌으로 오던 중이다. 주모는 놀라움에 눈이 둥그레진다. 길가 주막을 하는 관계로 수많은 손님을 맞이했지만 오늘 찾아든 과객처럼 험악한 인상은 보지 못했던 것이다.

광대뼈가 툭 불거져 나온 깡마른 인상에 왼쪽 이마에서 눈을 거쳐서 턱까지 길게 칼자국이 나 있다. 게다가 왼팔이 팔뚝 어림에서부터 잘려 나가고 없다. 마흔 중반쯤의 턱수염이 무성한 사내의 얼굴은 꿈에 나타날까 무서울 정도다. 어쩐지 살아 있는 사람이라기보다 죽은 자의 영혼을 끌고 가기 위해 나타난다는 저승사자에 가까운 인상이다.

"여기 혹시 이렇게 생긴 여자가 지나가지 않았나?"

사내가 하나뿐인 오른팔로 품속을 뒤져서 꺼내든 물건은 여자의 얼굴이 그려진 작고 낡은 두루마기다.

"잘 모르겠네유."

두려움에 얼른 자리를 피하려는 주모에게 사내가 턱밑에 바짝 그림을 들이민다.

"자세히 좀 봐."

주모가 그림을 보니 어쩐지 낯이 익다. 좀은 특이하게 생긴 여인의 용모 때문이다. 주모는 머릿속에 한 사람을 떠올린다. 여승 처지에 남자와 짝을 지어 돌아다니는 게 특이해서 기억에 남아 있었던 여인이다.

"그러고 보니 비슷하게 생긴 여승이 한 사람 지나가긴 했시유."

"잠깐, 여승이라고 했나?"

"예. 분명 머리를 깎은 여승이었시유."

"여승이라…하긴 여승 차림을 할 수도 있겠군. 알았어. 언제쯤 여기를 지나갔나?"

턱을 끄덕이고는 사내가 주모에게 매서운 눈길을 준다.

"사흘쯤 전이유. 저 아래쪽으로 내려가는 듯하던데……"

주모의 대답을 듣는 둥 마는 둥 사내는 빠른 걸음으로 주막을 빠져나간다. 사내의 오른손에는 검인지 뭔지 모를 검고 기다란 작대기가 들려 있다.

"어휴, 그 사내 얼굴 한번 무섭게 생겨먹었네."

사내가 주막을 떠난 뒤 주모가 놀란 가슴을 쓸어내리며 말한다.

"척 보기에 바람나서 도망친 마누라 잡으러 다니는 모양 같은데, 잡기가 쉽지 않을 거여. 저리 되면 남자만 불쌍한 신세지. 하여간 여자는 요물이여, 요물."

쪽마루에서 멀건 국밥으로 허기를 채우던 늙고 추레한 과객 하나가 자신의 일인 양 거들고 나선다.

"손님도 마누라가 도망친 모양이네요."

과객을 건너다보며 주모가 빈정거린다.

"마누라가 도망쳤으면? 주모가 내 마누라 노릇을 해줄 거요?"

"아휴, 사양하겠시유. 남자라면 이제 정나미가 떨어졌으니까. 그나저나 전생에 무슨 악업을 지었기에 이 넓디넓은 세상에서 서로 도우며 살아가야 할 남자와 여자가 저처럼 악연에 얽혀서 생판 난리들인지……."

사내의 험상궂은 모습이 떠올랐는지 크게 몸서리를 치던 주모는 오래전 이와 비슷한 일이 있었던 걸 용케 기억해낸다. 아마도 십여 년 전쯤이었을 것이다. 무섭게 생긴 사내 하나와 여인 하나가 준수한 남자의 용모가 그려진 천 조각을 들고 와서는 이 남자가 어디로 갔느냐고 추궁하듯 물었다. 이제 보니 그 무섭게 생긴 사내가 조금 전 찾아왔던 남자가 분명한 듯싶다.

한데 이번에는 남자는 찾지 않고 어째서 함께 다니던 여자를 죽을상을 하고 찾아다니는 걸까. 그녀가 그동안 찾아다니던 남자와 함께 야반도주라도 친 걸까. 얼굴에 난 그 끔찍한 칼자국은 뭐고, 한쪽 팔은 어쩌다가 잃은 걸까.

여러모로 궁리해보았지만 주모로선 더 이상 알 길이 없다. 그녀는 산만한 생각을 털어내듯 머리를 가로저으며 밀린 설거지나 서둘러 마쳐야겠다고 마음먹는다.

주막을 빠져나온 강수는 더욱 걸음을 빨리한다. 사흘 전에 이 길을 지나갔다면 자신이 걸음을 재촉한다면 적어도 이틀 안으로 심녀를 따라잡을 수 있을 터이다. 승려로 변장했다고 해도 주모가 본 여인은 분명 심녀일 것이다. 강수는 확신할 수 있었다. 이제 그녀를 만나는 것은 시간문제다.

그가 벽란도 하역장에서 왜검사의 칼을 맞고도 생명을 건질 수 있었던 건 천만 요행이었다. 당시 그는 느닷없이 소나무 그늘에 숨어 있던 괴한이 그처럼 신속하게 자신을 노리고 뛰어들 줄은 전혀 예상치 못했다. 강수가 왜검사의 가슴에 반쯤 남은 칼을 박아 넣는 순간, 허공을 날아온 검은 그림자가 내리친 칼에 왼팔이 잘려나간 것이다. 그런 중상을 입고도 생명을 건질 수 있었던 건 바닷가 개펄에 처박히는 바람에 자연적인 지혈이 되었기 때문일 것이다.

강수는 다시금 마음을 다져먹는다. 이제 그녀를 만나면 지난번 약속을 지키라고 요구할 것이다. 그녀가 약속을 지킬 수 없다고 한다면 함께 이 세상을 떠나는 수밖에 없다. 그녀가 없는 세상은 그에게 아무런 의미가 없었다. 그녀만이 그가 이 험한 세상을 살아갈 수 있는 유일한 희망이자 낙이었다.

7

고개에 오르자 너머에는 깊숙하고 쓸쓸한 작은 들이 나온다. 우거진 잡목 사이로 멀리 산들이 꿈처럼 몽롱한 전망으로 펼쳐져 있다. 계곡으로 이어지는 오솔길 옆의 작은 숲에는 몇 그루 무리 지어 자란 함박 꽃나무가 철늦게 희고 탐스러운 꽃을 세상을 향한 선물인 양 피워내고 있다.

"안 오시려나 봐요."

고갯마루에 서서 오던 길을 바라보며 이진이 아쉬운 표정을 짓는다. 고개로 올라오는 길은 텅 비어 있다.

"괜찮아. 오실 거야."

아이를 무동을 태우고 가던 무영이 아무렇지도 않게 말한다. 푸른 단삼에다 허리에 넓은 띠를 매고 등에는 바랑을 메고 있다. 먼 여행을 떠나는 사람의 차림새다.

"당신은 늘 그렇게 낙천적이세요. 저만 늘 애태우게 하시고⋯⋯."

역시 분홍 단삼을 단정하게 차려입은 이진이 눈을 하얗게 흘긴다. 그 모습이 너무 순수하고 귀여워 보여서 무영이 싱긋 미소를 떠올린다. 언제나 그녀를 보면 한 송이 모란꽃을 연상하게 된다. 귀엽고 순결하고 또 여성스런 아름다움을 지니고 있다.

"내가 언제 당신 애를 태웠다고 그래?"

"예전부터 늘……."

말하던 이진은 그를 처음 만났던 날을 떠올린다. 오랜 해후에 감격하여 두 번째로 보는 그의 어깨에 기대어 한참이나 울었던 걸 생각하면 아직도 낯이 화끈거린다. 또 어쩌다 우연히 자신을 구해 줬던 남자를 연모하여 사방으로 찾아다녔던 나날들이 생각나서 부끄럽기도 하고 쑥스럽기도 한 것이다.

그다음에 주막에서 우연히 마주친 뒤에도 그를 향한 그녀의 연모의 정은 식을 줄 몰랐다. 그래서 작년 가을에는 부친인 이정을 졸라서 석모도로 직접 찾아가기도 했던 것이다.

"일부러 그런 것은 아니지 않나."

"피, 어쨌든 속을 끓인 건 저 혼자잖아요."

"그건 마음에 욕심이 생겼기 때문이지."

"제가 무슨 욕심이 생겼다는 거예요?"

"사람에 대한 욕심."

"사람을 사랑하는 것도 욕심에 포함되나요? 그건 애정이죠. 그건 그렇고 우리 이쯤에서 잠시 쉬었다 가는 게 어때요? 잠시 아픈 다리도 쉴 겸……."

"그렇게 하지."

"저기 마침 큰 소나무가 한 그루 있네."

풀밭이 펼쳐진 넓은 그늘에는 이미 먼저 와서 쉬고 있는 사람이 있다. 대나무삿갓을 쓰고 회색 승복을 입은 여승이다. 그들이 다가가자 여승이 가볍게 합장을 한다. 삿갓 아래로 보이는 인상이 곱살하고 해맑다.

"나무아미타불."

"스님, 여기 좀 쉬었다 가도 되겠지요?"

이진이 상냥하게 묻는다. 여승이 미소를 지으며 고개를 끄덕인다.

"물론입니다. 여기 그늘로 들어오세요. 소승도 더워서 쉬고 있던 중입니다."

대답하던 여승의 눈에 한 가닥 놀람의 빛이 스쳐 간다. 그녀는 눈이 부신 듯 무영을 응시한다.

"왜 그렇게 보시는지요, 혹 아시는 분인지?"

여승의 눈길이 예사롭지 않다고 느낀 이진이 묻는다.

"아니에요. 소승이 실례를 범했군요. 옛날에 보았던 어떤 분과 너무 닮아서……."

여승은 사십 남짓한 나이다. 그녀의 얼굴에는 무언가 아릿한 그리움 같은 게 떠올라 있다.

"그렇군요. 헌데 스님은 어디로 가시는 길이세요?"

"철원 도피안사로 가는 길입니다."

"어머, 잘되었네요. 마침 우리도 지금 그리로 가는 중이에요. 동행하면 되겠네요."

일행을 만난 게 좋은지 이진이 꽃처럼 환한 미소를 얼굴에 떠올린다.

"그러세요."

여승이 자그맣게 미소를 지으며 답한다.

무영이 무동 탄 아이를 풀밭에 내려놓는다. 아이는 시원한 나무그늘이 마음에 드는지 넘어질 듯 아장거리며 주변을 돌아다닌다. 떨어진 솔방울을 줍기도 하고 말을 배우는 중이라 곧잘 혼잣말을 뭐라고 중얼

거리기도 한다. 무영이 등에 멘 바랑을 내려서 물병을 꺼내 이진에게
내민다.

세 사람이 아이가 노는 모습을 지켜보며 쉬고 있는데 저편에서 힘찬
말발굽 소리가 들려온다. 세 사람의 시선이 동시에 그리로 향한다.

커다란 호말을 타고 기세 좋게 고개를 넘어오는 중년 남자는 다름
아닌 양검이다. 준수한 용모에 태풍이 불어도 끄덕도 않을 듯 태산처
럼 중후해 뵈는 외양은 인생을 제대로 알게 되는 사십대 남자의 관록
때문일 것이다.

"어머, 오셨어요?"

누구보다 반가워하는 것은 이진이다.

"늦으셨군요."

무영이 담담하게 웃으며 그를 반긴다. 양검이 말안장에서 가볍게 뛰
어내린다. 그의 허리에 달린 장검이 철컥거린다.

"약속을 못 지켜서 미안해. 누굴 좀 만나느라 늦어진 거야. 마침 왔
다는 소식을 듣고 집으로 달려갔더니 조금 전에 출발했다더군. 그래서
부랴부랴 이리로 달려왔지. 아무튼 멀리 가지는 못했군그래."

"그렇지 않아도 언제쯤 오시나 하고 기다렸어요."

이진이 반가움에 차서 활짝 웃으며 양검에게 말한다.

"저 스님은 누구신가?"

양검이 삿갓을 깊이 눌러쓴 채 뒤편 그늘에 앉아 있는 여승을 향해
턱짓을 한다.

"지나가던 스님이셔요. 우연히 여기서 만났는데 도피안사로 가시는
중이라 하셔서 동행하기로 했어요."

"그랬나?"

양검은 곧 시선을 돌려 풀밭에 서서 빤히 자기를 올려다보는 눈이 총명하게 생긴 아기를 내려다본다.

"김자지, 이놈이 못 본 사이에 많이도 컸구나."

양검이 다가가 번쩍 아이를 안아든다. 아이를 보는 그의 눈빛에 따뜻한 정감이 흐른다. 유정이 낳은 그의 혈육이다. 젖을 뗀 뒤로 유정의 건강을 염려해서 석모도에 있는 길상천과 무영의 손에 맡겨 키워 왔던 것이다. 이번 봄에 혼례식을 올린 무영이 섬에서 나올 때 아이가 떨어지기 싫어서 몹시 보챘다. 어쩔 수 없이 모친인 유정도 만나게 하고 세상 구경도 시킬 겸해서 데리고 나왔던 것이다.

"어서 아버지라고 불러 보아."

무영이 아이에게 말한다. 하지만 아이는 생부가 서먹했던지 검은 눈동자로 양검과 무영을 번갈아 올려다볼 뿐이다. 아기는 무영이 개경에서 혼례식을 올릴 때 양검을 만나보고는 처음 보는 셈이다.

"아, 아버지……."

수줍은 듯 아이가 겨우 기어들어가듯 말한다. 지켜보던 세 사람 모두 미소를 짓는다.

"그래, 언제쯤 돌아오려나?"

품에 안긴 아이의 머리를 한 손으로 쓰다듬으며 양검이 묻는다.

"단풍철이 되면 돌아올 예정입니다."

"석모도 사람들이 꽤 심심해하겠는걸."

석모도에서 두 번째 아기의 출산을 기다리는 유정과 길상천을 두고 하는 말일 것이다.

"누님이 몹시 보고 싶어 하시는 것 같은데 가끔씩 들러 보시는 게 어떨지요."

"당연히 그래야겠지. 하지만 요즘 좀 바빠져서 말이야."

얼마 전 양검은 두 차례에 걸친 홍건적의 난에서 적을 크게 물리치고 개경을 수복한 공을 인정받아 조정으로부터 일등 공신의 호를 받았고, 복직을 허가받아 지금은 좌우위의 대호군이 되어 있다.

"참, 외람되지만 조언 하나 해도 될까요?"

"조언이라니?"

"금오위 상장군 이성계를 아시지요?"

"이름은 들어 알고 있지. 무관들 사이에 들리는 소문으로는 대단히 용맹하고 뛰어난 장수라더군."

무영은 이성계의 호방하고 늠름한 얼굴을 떠올린다. 무영과 헤어지기 전에 그는 마치 큰 비밀을 털어놓듯 한 가지 제안을 했다. 나중에 자신과 함께 세상을 도모하는 일을 해볼 생각이 없느냐고. 그때 무영은 아무런 대답을 주지 않았던 것이다.

"이번 군 인사개편 때 소청을 내어 이성계가 있는 금오위로 옮기시는 게 어떨지요? 이성계는 함께 일할 수 있는 몇 안 되는 인물입니다."

양검이 흰 이를 드러내며 싱긋 웃는다.

"글쎄다. 조언은 고맙지만, 천천히 생각해 보지. 먼저 청해온 쪽이 있어서 말이야. 편조법사, 아니 취성부원군이 직접 사람을 보냈더군. 자신과 함께 일을 했으면 좋겠다고."

무영의 표정이 기이하게 변하는 것을 양검은 보지 못한다.

"그래서 어떡하실 생각입니까?"

"아직 결정하진 않았어. 좋은 기회인 것 같지만 내 성격상 누군가에게 매인다는 게 썩 내키지 않아서 말이야. 하지만 약속한 게 있어서……."

그가 말하는 건 오래전 화개산 도피안사에서 만났던 떠돌이 중이었던 편조에게 나중에 필요한 때가 오면 부르라고 했던 약속을 말하는 것이다.

아마 편조는 양검이 무관으로서 공을 세운 이야기를 들었을 것이다. 그래서 그에게 같이 일을 하자고 청해온 것이리라. 양검 또한 편조에 대한 이야기는 어느 정도 들어서 알고 있다. 현재 임금의 총애를 받아 최고의 권좌에 올라 세상을 개혁하려 하고 있다는 것을. 그 역시 오래 전부터 세상을 바꾸는 일을 꿈꾸어 오지 않았던가. 어쩌면 이번 일은 운명 같은 것인지도 모른다.

무영은 내심 일어나는 측은지심을 감추며 양검을 바라본다. 양검을 위하는 마음에서 말은 꺼내봤지만, 그가 어떻게 반응하리란 것은 이미 짐작한 일이다. 그는 앞으로도 계속해서 무인으로서의 길을 가게 될 것이다. 비록 그가 어떤 선택을 하고, 그 선택이 나중에 어떤 심각한 결과를 가져오게 되더라도 그건 몇 년 뒤의 일인 것이다.

만일 사람들이 앞날을 알 수 있다면 아무도 삶을 이어나갈 생각을 하지 않을지도 모른다. 삶의 길목 길목에서 인간을 기다리고 있는 게 무엇이라는 걸 안다면. 그래서 인간들은 내일을 모르고 살 수밖에 없는 것이다. 어차피 인간들의 삶이란 신이 그려놓은 역사라는 이름의 커다란 밑그림에 부나비처럼 모여들어 얽히고설키며 그 구조물을 만들어 가는 하나의 과정에 불과할 테니까.

무영은 자신이 봤던 상권 『음양도참록』의 내용을 머리에 떠올린다. 그 비서의 내용은 이미 그의 머릿속에 거의 다 들어가 있다. 그 책에는 참으로 놀랄 만한, 건국과 치세, 세상을 다스리는 여러 이치에 관한 내용들이 칠언절구의 시처럼 적혀 있었다. 가히 인간 세상에서는 보기조차 힘든 절세의 책이었다. 물론 그가 그 내용 전부를 완벽하게 이해하고 있는 것은 아니었지만.

지금 그 비서는 석모도 보문사 옆쪽의 수십 장이 넘게 높다란 암벽으로 솟구친 눈썹바위 속에 감추어져 있다. 아무도 그 속에 세상에서 가장 희귀한 비서가 감추어져 있는지는 모를 것이다. 설령 안다고 해도 새처럼 하늘을 나는 재주가 없는 한 그곳까지 올라가서 비서를 꺼내기는 불가능할 것이다. 그 비서는 때가 되면 세상에 나오게 되겠지.

무영에게 그 비서를 건네준 사람은 스승인 풍천도인이었다. 운곡도인과 함께 석모도를 떠나기 이틀쯤 전이었을 것이다.

늦은 밤에 풍천은 그를 법당으로 불러들였다. 떠나기 전에 넘겨줄게 있다고 했다. 풍천이 품속에서 꺼내든 건 놀랍게도『음양혼천비록』중의 상권인『음양도참록』이었다. 한때 양검이 전국을 떠돌며 찾아다녔던 책이기도 하고, 라마승인 마환이 석모도에서 길상천에게 중상을 입혀가면서 찾으려 했던 그 신비의 책이었다.

'오래전에 운곡도인이 어린 너를 나에게 맡기면서 밥값 대신이라며 맡겨두었던 책이다. 운곡은 네가 이 책의 수호자가 될 것이라고 예언하더구나. 그래서 나중 네가 크면 책을 돌려주기로 하고 받아 놓았느니라. 이제 때가 되었으니 너에게 돌려주마.'

그때 책을 건네주던 풍천도인이 농담처럼 했던 말이다. 덧붙여 풍천도인은 무학대사를 한번 만나보라는 말도 남겼다. 비서의 수호자인 무영의 의사를 존중해서 남긴 말일 것이다. 무학대사가 새로운 세상을 열기 위해 비서를 찾아다니고 있다는 사실을 무영은 잘 알고 있다.

"가만히 보니까 두 분이 아주 많이 닮았다는 생각이 들어요."

곁에서 두 사람이 얘기하는 것을 지켜보던 이진이 불쑥 끼어든다.

"그래?"

두 사람이 이구동성으로 대답한 것을 깨닫고 서로 얼굴을 마주보다가 멋쩍은 웃음을 떠올린다.

"부지지간이래도 믿을 만큼 닮았어요."

"원래 가까운 사람들은 서로 닮는다지 않아. 부부간이 닮은 것처럼 말이야."

양검이 슬쩍 말을 넘긴다.

"그런가요?"

이진이 큰 눈을 깜박거린다.

"얼굴을 보았으니 나는 이만 돌아가 보마."

아쉬운 얼굴로 안고 있던 아이를 땅바닥에 내려놓은 다음 양검은 훌쩍 말에 오른다. 그는 크게 웃으며 손을 흔들고는 이진과 무영이 지켜보는 가운데 왔던 고갯길로 힘차게 말을 몰아간다. 숲 사이로 난 고갯길 너머로 점차 작아지는 양검의 뒷모습을 바라보는 무영의 눈길에 다양한 감정의 빛이 나타났다 스러진다.

양검에게서 시선을 떼지 못하는 또 한 사람은 시종 그늘에 앉아 있던 여승이다. 그녀는 한 손으로 삿갓 챙을 치켜들고 양검의 모습이 고개 너머로 사라질 때까지 종내 눈길을 거두지 못한다.

비록 머리를 깎은 여승이긴 했지만 아직 여성스러움이 남아 있는 그녀의 희고 고운 얼굴엔 삶의 고통을 이겨낸 사람만이 갖게 되는, 가을날과 같은 쓸쓸한 고요가 어려 있다. 세상을 흐르는 욕념(欲念)의 강물을 건너온 사람만의 정선된 눈빛이다.

그러나 아직 완전한 체념 상태에 이르지는 않은 그런 불안함이 내재된 아련한 눈빛이다. 아직 여인으로서의 정념이 남아 있다고나 할까.

그러나 시간이 지나면서 저녁노을이 스러지듯 점차 그 눈빛은 처음의 무상함으로 돌아간다.

그녀는 자신도 모르게 볼에 엷은 미소를 떠올린다. 출가하기 전 속명이 문명주인 그녀는 아까 양검을 보는 순간 그가 누구라는 걸 금방 알았던 것이다.

아까 나무 그늘로 다가오는 청년을 보았을 때 그녀는 낡은 죽간에 쓰인 글자처럼 빛이 바래기는 했지만 아직도 생생한 기억 하나를 떠올렸다. 청년은 오래전 공녀로 차출되어 원나라 관리들에게 끌려가는 것을 구해 준 남자이자, 그녀에게 난생처음 여자의 몸이 가진 슬픔을 알게 해준 사람과 아주 닮아 있었다.

"저분을 아시는 거죠?"

양검이 사라진 뒤 이진이 여승의 태도에서 미심쩍은 점을 발견했던지 내처 묻는다.

"글쎄요. 이 세상을 사는 사람들은 다들 아는 사람들이 아닐까요?"

염화시중의 미소만큼이나 아리송한 대답이다. 지켜보던 무영이 한마디 툭 던진다.

"그래, 그리고 사람들에게는 다 제각각의 삶이 있는 법이지."

"그건 또 무슨 말이에요?"

이진이 무영에게 다정한 눈웃음을 보내며 묻는다.

"아니, 방금 그런 생각이 들었어. 농부는 농부대로, 무사는 무사대로, 귀족은 귀족대로, 그리고 남정네는 남정네대로, 아낙은 아낙대로 다 자신만의 길이 있다는 걸 느꼈어."

"김양검 아저씨처럼 말이지요?"

"그렇지. 어쩌면 사람들은 제각각의 춤을 추며 한세상을 살아가는 것인지도 모르지. 권력자는 권력자로, 평민은 평민으로, 저마다 한과 꿈과 욕망을 안고 이 풍진 세상을 살아가는 것이지. 마치 동동무를 추는 것처럼 말이야."

"동동무라뇨? 동동무가 어떤 춤이죠?"

"궁중에서 추는 동동무를 몰라? 내가 보여주지. 잘 봐. 이렇게 추는 게 동동무지."

무영이 앞으로 나서면서 어깨를 추어가며 흔들흔들 동동무를 춘다. 고달프고 힘든 삶에 겨워 비틀거리는 것 같기도 하고, 술에 취한 것 같기도 하고, 또는 흥에 겨워서 추는 어깨춤 같기도 하다.

그 모습을 보던 아이가 재미난다는 듯 까르르 웃는다. 이진과 여승도 입을 가리며 따라서 웃는다. 고개를 넘어온 바람이 무성한 나뭇잎들을 흔들고 지나간다.

저 멀리 북녘 하늘가로 검은 먹구름이 전운(戰雲)처럼 자욱하게 피어오르고 있다.

－『동동』전2권 끝

역사의 이면을 살다 간 민초들의 이야기…

팍팍하고 고단한 삶을 살아가다 보면 어쩐지 언젠가 전에도 그랬던 것 같은 기시감이 느껴지곤 했고, 그런 생각은 역사의 흐름도 늘 일정한 궤도를 가지고 되풀이되는 것은 아닐까 하는 생각으로 확장되었다.

그래서 역사의 흥망성쇠를 추적해 문학적으로 그려보는 것도 의의가 있을 거라는 생각이 들었고, 궁전에 그려진 화려한 얼모루단청보다는 비각이나 사당에 그려진 소박하고 남루한 얼금단청을 그리듯 역사의 이면을 살다 간 민초들의 삶을 그려보고 싶었다.

그러던 중 마침 박희섭 작가와 이야기를 나누다 의기투합하게 되었다. 글을 시작할 때만 해도 남북 정상회담과 10·4 공동성명으로 개성공단이나 금강산 관광 등 남북한 교류가 활성화되고 조만간 통일의 물꼬가 트일 것이라는 기대감이 부풀던 시기였으나, 지금은 더 멀어지고 가기 힘든 곳이 되어버렸다.

아무튼 소설에서나마 고려 개경의 문화와 역사, 지리 등을 나름대로 조명해 보았고, 언젠가는 이 소설의 배경인 개성과 주변 사찰들을 유람객의 여유로운 마음으로 돌아볼 날이 오기를 기대해 본다.

– 박희채

잃어버린 역사의 퍼즐을 맞추는 일에 흥미를 느껴

홍명희는 대하역사소설『임꺽정』에서 조선시대 사대부들과 민중들의 삶과 풍속을 토속적이고 실제적인 느낌으로 표현해내고 있다. 박경리 역시 대하소설『토지』에서 여러 인물들은 물론 평사리란 문학적 공간을 영상으로 보듯 실감나게 창조해내고 있다. 비록 그런 걸출한 작품들에 비할 바는 아니지만, 어떡하면 고려라는 역사적 배경과 당시대를 살다 간 다양한 인물들을 작가적 시각에서 새롭게 조명해낼 수 있을까하는 고민도 없지 않았다.

잃어버린 역사의 퍼즐을 맞추는 일은 그리 녹록지 않았지만 특유의 상상력으로 그 공간을 메우고 긱기 다른 인물들의 성격 창조를 통해 소설적 흥미를 가미하려고 노력했다. 그러다보니 작품이 조금은 흥미 위주로 흐른 감은 없지 않지만, 작가의 입장에선 글을 쓰는 내내 색다른 재미를 느꼈다는 점을 밝히고 싶다. 작가가 신명나서 쓴 소설이야말로 독자 역시 흥미롭고 재미있게 읽을 것이라는 소소한 믿음을 버리고 싶진 않다.

이제 또 새로운 소설을 쓰기 위해 네팔이나 인도로 훌쩍 떠나야 할 시간이 다가오고 있다. 겨울마다 집필하던 그 이국땅에서 어떤 새로운 이야기가 내 손길을 기다리고 있는지는 나도 모를 일이다. Namaste!

– 박희섭

역사소설『동동』은 다양한 인간 군상들의 삶의 양태를,
혼란스러운 고려 말기 풍운의 시대를 배경으로 펼쳐내고 있다.

인간의 심리를 움직이는 기본 동력은
그의 내부에서 들끓는 그 어떤 힘, 곧 욕망이다.
맹렬한 성취욕인 욕망 속에는 사랑이나 이상과 같은 야망에서부터,
열등감이 발현하는 투기심과 상대에 대한 분노와 적개심까지 포함된다.
역사소설『동동』에는 이처럼 욕망이 실현하는 동력 속에
다양한 인간 군상들의 삶의 양태를,
혼란스러운 고려 말기 풍운의 시대를 배경으로 펼쳐내고 있다.
역사소설이 문학성과 대중적인 흥미라는 양립성을
어떻게 결합시켜 독자를 매료시키는지를 생각케 하는 데
이 소설의 진정한 매력이 있다.

— 김원일(소설가. 순천대 석좌교수)

읽는 재미뿐 아니라 지금 우리의 팍팍한 삶을
넉넉하게 살펴보고 이해하는 차원으로 승화시켜준다.

장편역사소설 『동동』은 손에 쥐면 놓을 수 없을 정도로 빨아들여
한순간에 고려말의 시간 속을 거닐게 한다.
작가는 고려 말기의 왕족과 궁녀, 무사와 승려 등
다양한 계층의 인물들이 저마다 자신이 꿈꾸는
욕망과 사랑에 매달려 살아가는 모습을
박진감 있으면서도 서정적으로 묘사하고 있다.
고려 말기의 격동적인 사회상을 배경으로 다채로운 인생들이
선과 악, 사랑과 증오, 욕망과 슬픔에 휘말려 어우러지는 모습은
읽는 재미뿐 아니라 지금 우리의 팍팍한 삶을
넉넉하게 살펴보고 이해하는 차원으로 승화시켜준다.

― 문형렬(소설가)

매혹적인 욕망과 관능의 세계에서 빚어내는 사랑의 행위는
가히 전율 그 자체라고 할 수도 있을 것이다.

치명적인 관능의 팜므파탈. 세상의 모든 남자를
성의 노예로 타락시키는 쾌락불의 몸을 타고난 지심녀와
하룻밤 정인을 찾아 세상을 떠도는 순결한 영혼 유정의 대비는
시대를 초월한 욕망과 성, 그리고 사랑의 연대기를 보여준다.
안개같이 불투명한 시대에 죽음도 불사한 여인들이
매혹적인 욕망과 관능의 세계에서 빚어내는 사랑의 행위는
가히 전율 그 자체라고 할 수도 있을 것이다.

– 김경원(『와인이 있는 침대』작가)

장편소설

지은이 | 박희채 · 박희섭
펴낸이 | 황인원
펴낸곳 | 다차원북스

신고번호 | 제313-2011-248호

초판 1쇄 발행 | 2013년 1월 18일
초판 2쇄 발행 | 2013년 1월 25일

우편번호 | 121-897
주소 | 서울특별시 마포구 독막로 10(합정동 373-4) 성지빌딩 510호
전화 | (02)333-0471(代)
팩시밀리 | (02)334-0471
E-mail | dachawon@daum.net

ISBN 978-89-97659-16-6 04810
ISBN 978-89-97659-14-2 (전2권)

값·14,000원

이 도서의 국립중앙도서관 출판시도서목록(CIP)은
e-CIP 홈페이지(http://www.nl.go.kr/ecip)와
국가자료공동목록시스템(http://www.nl.go.kr/kolisnet)에서
이용하실 수 있습니다.
(CIP제어번호: CIP2012006191)